Bienvenidos al hostal de la felicidad

Si tienes un club de lectura o quieres organizar uno, en nuestra web encontrarás guías de lectura de algunos de nuestros libros **www.maeva.es/guias-lectura**

DEBBIE MACOMBER

Bienvenidos al hostal de la felicidad

Traducción:
ISABEL MURILLO

MAEVA

Título original:
    ROSE HARBOR IN BLOOM
Diseño de cubierta:
    Sandra Dios sobre imagen de Shutterstock

© Debbie Macomber, 2013
Este libro ha sido publicado bajo el acuerdo con Ballantine Books,
un sello de Random House, una división de Random House, LLC.
© de la traducción: Isabel Murillo, 2016
© MAEVA EDICIONES, 2016
Benito Castro, 6
28028 MADRID
emaeva@maeva.es
www.maeva.es

ISBN: 978-84-16363-81-0
Depósito legal: M-11.084-2016

Preimpresión: MT Color & Diseño
Impresión y encuadernación: Huertas, S. L.
Impreso en España / Printed in Spain

Para Peter y Maureen Kleinknecht, nuestros divertidos amigos de Florida. Por el vino, el golf, las historias y la amistad.

Agosto de 2013

Queridos amigos:

Bienvenidos a la segunda entrega de la serie dedicada al hostal Rose Harbor. Jo Marie está encantada de poneros al corriente de todo lo que está pasando en el hostal. Esta vez, el hostal está completo y tendréis el placer de conocer a Kent y Julie Shivers, que han ido a celebrar sus bodas de oro, aunque el problema es que no se llevan nada bien.

Su nieta está intentando actuar como mediadora entre ellos y, a la vez, tiene que lidiar con su antiguo vecino, que en su día se mostraba insoportable con ella, pero que ahora parece verla con otros ojos. Y luego está Mary Smith...

Pero esperad, estoy adelantándome. Es lo que nos pasa a los novelistas. Nos enamoramos de nuestras historias y de nuestros personajes, y acabamos revelando toda la trama.

Yo lo que de verdad quiero es que en el hostal os sintáis como en casa. Jo Marie está preparando galletas para ese guateque del cual ya empieza a arrepentirse... Cuidado, ya estoy anticipándome otra vez. Y luego está el manitas, Mark, que... Bueno, se acabó. No pienso pronunciar ni una palabra más. Dejaré que seáis vosotros los que paséis la página y empecéis a leer.

Y ahora, por favor, tomad asiento y relajaos. Prometo no revelar nada más. Todo el mundo en Cedar Cove está impaciente por poneros al corriente de lo que ha sucedido, que, como siempre, es mucho y variado.

Otra cosa que les encanta a los escritores es conocer la opinión de sus lectores. Me gustaría mucho saber qué pensáis. Podéis contactar conmigo de muchas maneras. Una de ellas es a través de mi página web: www.debbiemacomber.com. Otra es Facebook. Me encantaría recibir noticias vuestras.

Con todo mi cariño,
Debbie Macomber

Capítulo 1

Rose Harbor estaba en flor. Rododendros morados y azaleas rojas salpicaban el jardín. Salí al porche, apoyé la espalda en una columna de madera blanca y contemplé la parcela que ocupaba mi hostal. El nombre, Hostal Rose Harbor, estaba delicadamente escrito en el tablón que ocupaba un lugar destacado en el jardín, y junto a él, en calidad de propietaria, aparecía el mío: «Jo Marie Rose».

Jamás me había planteado ser propietaria de un hostal, ni siquiera gestionar uno. Aunque tampoco esperaba quedarme viuda con poco más de treinta años. Si algo había aprendido a lo largo de este viaje llamado vida, es que a menudo te tropiezas con giros inesperados que te desvían del camino que en su día te había parecido el más correcto. Mis amigos me aconsejaron que no comprase el hostal. Lo consideraban un paso demasiado drástico: significaba mucho más que cambiarme de casa y de trabajo; significaba un cambio completo de vida. Muchos eran de la opinión de que debía esperar a que transcurriera al menos un año desde el fallecimiento de Paul. Pero mis amigos se equivocaban. En el hostal encontré la paz y, sorprendentemente, también una cierta alegría.

Antes de adquirir el hostal, vivía en un apartamento en el centro de Seattle. Debido a mi trabajo y a mis responsabilidades nunca había tenido mascotas, excepto de pequeña. Pero poco después de mudarme a Cedar Cove, me hice con *Rover*. En cuestión de pocos meses, me encariñé terriblemente de él y se convirtió en mi sombra, en mi compañero inseparable.

A *Rover* lo encontré a través de Grace Harding, la bibliotecaria de Cedar Cove. Grace trabajaba como voluntaria en la protectora de animales y me recomendó adoptar un perro. Me habría gustado un pastor alemán, pero volví a casa con un chucho de raza desconocida y pelo corto. En el refugio le habían puesto el nombre de *Rover* porque era evidente que había sido un trotamundos y llevaba un buen tiempo abandonado.

Mis cavilaciones se vieron interrumpidas por un refunfuño procedente de la zona donde tenía pensado plantar una rosaleda y, con el tiempo, instalar también un cenador. El sonido lo había emitido Mark Taylor, el manitas que había contratado para que me construyese el rótulo del jardín de la entrada.

Mark era un personaje interesante. Le había encargado ya muchos trabajos, pero aún no tenía claro si él me consideraba su amiga. Prácticamente siempre se comportaba como un amigo, pero de vez en cuando se transformaba en un cascarrabias, un antipático, un gruñón, un terco... La lista era interminable.

—¿Qué pasa? —grité.

—Nada —rugió a modo de respuesta.

Por lo visto, el monstruo malhumorado estaba de vuelta.

Meses atrás le había pedido a Mark que cavara una buena parte del jardín para montar allí la rosaleda. Me había dicho que el proyecto ocuparía un lugar discreto en su lista de prioridades. Yo tenía la impresión de que trabajaba en ello solo cuando le apetecía, lo cual por desgracia no era muy a menudo, pero siempre pensé que encontraría huecos entre los demás proyectos que le había encargado y que en un par de meses lo tendría listo. Para ser justos con Mark, había que reconocer que el invierno había sido duro, pero lo cierto es que mis expectativas no se habían cumplido. Me habría gustado que los rosales estuvieran plantados a esas alturas. Y esperaba asimismo haber tenido el jardín en flor para la jornada de puertas abiertas que tenía pensado ofrecer a la Cámara de Comercio de Cedar Cove. El problema, o al menos uno de ellos, era que Mark era un perfeccionista. Solo tomar medidas del jardín debía de haberle llevado una semana entera. Parcelar con cuerda y marcar adecuadamente con tiza la zona comprendida entre un extremo y otro del césped recién cortado, una semana más. Sí, Mark había insistido en cortar el césped antes de tomar medidas.

Normalmente, no soy una mujer impaciente, pero todo tiene un límite. Mark era un manitas extremadamente habilidoso. No había encontrado todavía nada que no fuera capaz de hacer. Era una especie de chico para todo, y me sentía afortunada por tenerlo a mi servicio: a medida que pasaba el tiempo, encontraba más y más trabajitos que requerían su atención.

Como era nueva en el negocio y, además, bastante patosa, necesitaba alguien en quien confiar para llevar a cabo las pequeñas reparaciones. Como resultado de ello, los planes de la rosaleda habían quedado relegados a un segundo plano. Al ritmo que trabajaba Mark, ya me había resignado al hecho de que era imposible que todo estuviera listo antes del domingo por la tarde.

Se enderezó y se secó la frente con el antebrazo. Cuando levantó la vista, se dio cuenta de que yo seguía observándolo desde el porche.

—¿Piensas volver a quejarte? —dijo.

—No he dicho palabra.

Había captado su malhumor y me mordí la lengua antes de decir cualquier cosa que lo pudiera enojar. A Mark le bastaba con una palabra desdeñosa por mi parte para tener excusa suficiente para ausentarse durante lo que quedaba de día.

—No te hace falta decir nada —refunfuñó Mark—. Yo también sé leer las malas caras.

Rover levantó la cabeza al percibir el tono insatisfecho de Mark y luego me miró, como si esperara de mí que fuera a devolverle la volea verbal. No pude evitar sentirme decepcionada, y me habría resultado muy fácil seguir la conversación con unas pocas palabras bien escogidas. Pero sonreí dulcemente, decidida a contener mi verborrea. Lo único que podía decir era que me sentía afortunada de que Mark cobrase por proyectos y no por horas.

—Di qué piensas —insistió él.

—Pienso que te he dicho que me gustaría tener la rosaleda plantada antes de la jornada de puertas abiertas —repliqué, esforzándome por disimular la frustración.

—En ese caso, tendrías que habérmelo mencionado antes —me espetó.

—Lo hice.

—Pues es evidente que se me pasó por alto.

—Bueno, ahora no te mosquees.

No merecía la pena pelearse por ello a esas alturas. Las invitaciones ya estaban enviadas, y el acto, estuviera todo listo o no, estaba programado para el fin de semana. Sería un auténtico milagro que Mark tuviera el trabajo terminado a tiempo. Ya no tenía sentido enfadarse por eso.

De hecho, yo era tan culpable como Mark de aquel retraso. Muchas veces, antes de que se pusiera a trabajar, lo invitaba a un café. Y es que había descubierto que era un hombre tan interesante como quisquilloso. Tal vez lo más sorprendente de todo era que se había convertido en uno de mis mejores amigos en Cedar Cove, y, en consecuencia, me apetecía averiguar todo lo posible sobre él. El problema es que no era muy hablador. Había aprendido más cosas de él jugando al Scrabble que charlando. Por ejemplo, que era inteligente y competitivo, y que poseía un vocabulario enorme.

Incluso ahora, después de cinco meses, evitaba las preguntas y nunca hablaba de temas personales. No sabía ni si se había casado alguna vez ni si tenía familia en la región. A pesar de todas nuestras conversaciones, la mayoría de cosas que conocía de él era por deducción propia. Vivía solo. No le gustaba hablar por teléfono y era goloso. Era un perfeccionista y se tomaba los proyectos con calma. Ese era el resumen de todo lo que había averiguado acerca de un hombre al que veía como media cuatro o cinco veces a la semana. Me daba la sensación de que le gustaba charlar conmigo, pero no quería llevarme a engaño. Lo que le interesaba de mí no era ni mi ingenio ni mis encantos, sino las galletas que a menudo acompañaban las visitas. De no haber sido por mi curiosidad sobre su persona, lo más probable es que se hubiera ido siempre directo a trabajar. En cualquier caso, de ahora en adelante estaría demasiado ocupada para continuar con lo que yo llamaba «nuestra pausa para el café».

Sin dejar de refunfuñar, Mark continuó cavando en la hierba y acumulándola en perfectos montones alrededor de la zona despejada. Cortaba cada sección como si fueran porciones exactas de un pastel de boda.

A pesar de mi frustración por el retraso y de su conducta puntillosa, seguí apoyada en la columna del porche viéndolo trabajar. Hacía un día luminoso y soleado, y no pensaba desperdiciar la oportunidad. Limpiar los cristales, sobre todo los del exterior, era una de las tareas que menos me gustaba, pero había que hacerlo. Y decidí que no había mejor momento que aquel.

El agua caliente se había quedado tibia cuando sumergí la esponja en el cubo de plástico. Levanté la vista hacia las ventanas más altas, solté aire y arrastré la escalera hasta la pared lateral de la casa. Si Paul estuviera vivo, pensé, habría sido él quien se hubiera encaramado a la escalera. Meneé la cabeza para recordarme que, si Paul estuviera vivo, ni yo sería propietaria de aquel hostal ni estaría viviendo ahora en Cedar Cove.

A veces me preguntaba si Paul reconocería a la mujer en que me había transformado a lo largo del último año. Ahora tenía el pelo mucho más largo, aunque seguía siendo grueso y oscuro. La mayoría de las veces lo llevaba recogido en la nuca con una goma elástica. Siempre me había peinado con un estilo de lo más profesional para ir a la oficina, pero el cabello me había crecido hasta tal punto que, cuando me lo dejaba suelto, los rizos me acariciaban los hombros.

Mark, que prácticamente nunca hacía comentarios sobre nada, me dijo un día que tenía aspecto de adolescente. Lo tomé como un cumplido, aunque estaba segura de que no era esa su intención. Dudaba que Mark frecuentara mucho la compañía femenina, puesto que era capaz de hacer comentarios de lo más grosero y quedarse tan ancho, como si ni siquiera fuera consciente de lo que había dicho.

El peinado no era el único cambio que había sufrido mi aspecto. También habían desaparecido los pulcros trajes de chaqueta, las faldas tubo y las americanas ceñidas que eran el uniforme habitual para el puesto que ocupaba en el banco. Últimamente vestía casi siempre con vaqueros y jersey, y por encima, un delantal de cocinera. Una de las sorpresas que me produjo ser propietaria de un hostal fue descubrir lo mucho que me gustaba la cocina. A menudo pasaba las mañanas allí preparando grandes cantidades de comida. Hasta que adquirí el hostal, nunca había tenido muchas oportunidades de preparar platos sofisticados. Pero últimamente me cautivaba tanto leer un libro de recetas como leer un éxito de ventas de la lista del *New York Times*. Preparar cosas al horno me distrae y me sirve para tener algo con que obsequiar a media tarde a mis huéspedes, desde maravillosas magdalenas hasta panes caseros que reservo para servir con orgullo a la hora del desayuno. Engordé algún kilillo con tantas exquisiteces, pese a que estaba intentado perder peso. Por suerte, seguía entrando en mis vaqueros favoritos.

Había días en los que me preguntaba si Paul reconocería a mi nuevo yo, en parte porque a veces ni siquiera yo misma lograba hacerlo. Había cambiado, y supongo que era un proceso natural. Al fin y al cabo, mi mundo había dado un giro de trescientos sesenta grados.

Después de sumergir la esponja en agua jabonosa, subí los tres primeros peldaños de la escalera dispuesta a eliminar la capa de polvo y porquería acumulada en los cristales a lo largo de varios meses. Arrugué la nariz al aspirar el olor acre del vinagre, que era lo que mi madre me había recomendado para limpiarlos. Por desgracia, no había tomado nota de las proporciones y, viendo que el cubo era grande, había vertido media botella en el agua caliente. En aquel momento, el cubo olía como un frasco de encurtidos.

—¿Qué estás haciendo? —gritó Mark desde el otro lado del jardín.

—¿Y a ti qué te parece? —repliqué, decidida a no contagiarme de su mal humor. Ser amiga de Mark exigía una dosis importante de paciencia.

Clavó la horca en la hierba y cruzó el césped en dirección a mí, caminando como el soldado que se dirige a la batalla. Tenía el entrecejo fruncido.

—Baja de ahí.

Me mantuve inmóvil en el tercer peldaño.

—¿Perdón? —dije, pensando que aquello tenía que ser una broma.

—Ya me has oído.

Lo miré con incredulidad. No pensaba permitir, de ninguna manera, que Mark dictase lo que podía y no podía hacer en mi propiedad.

—Estas escaleras son peligrosas —dijo, cerrando las manos en puños y llevándoselas a las caderas.

Le hice caso omiso, subí un peldaño más y empecé a limpiar el cristal de la ventana.

—¿No sabes que el sesenta por ciento de los accidentes domésticos se producen como consecuencia de caídas de escaleras?

—No estaba al corriente, pero lo que sí sé es que el sesenta por ciento de las estadísticas son pura improvisación.

Pensé que mi réplica le haría gracia. Pero no. Si acaso, sirvió para que frunciera más el entrecejo y su expresión se volviera más sombría.

—No deberías estar ahí arriba. Por el amor de Dios, Jo Marie, sé sensata.

—¿Yo? —Si alguien era un insensato, era Mark.

—Estar ahí arriba es peligroso.

—¿Sugieres que utilice una red de seguridad? —dije, puesto que hablaba como si yo estuviera paseándome por el alféizar de una ventana de la planta cincuenta y nueve de un edificio de sesenta plantas, cuando ni siquiera estaba en lo más alto de una escalera de mano.

Mark no respondió a mi pregunta. Cerró la boca hasta dibujar una línea tensa.

15

—No quiero discutir sobre el tema.

—Estupendo, pues no discutamos. Estoy limpiando los cristales, de modo que tú puedes volver a plantar mis rosales.

—No —insistió.

—¿No?

—Me quedaré aquí hasta que acabes con esta locura y bajes de ahí.

Suspiré con exageración. Mark estaba tratándome como si estuviera en la guardería y no como a una mujer perfectamente capaz de cuidar de sí misma.

—Supongo que debería agradecer tu preocupación.

—No seas ridícula —dijo—. Por lo que a mí respecta, como si te partes el cuello por tonta, pero no quiero estar presente si eso sucede.

—Muy amable por tu parte —murmuré, incapaz de disimular el sarcasmo en mi tono de voz.

Su actitud me fastidiaba tanto como sus palabras, de modo que lo ignoré y seguí limpiando los cristales. Cuando quedé satisfecha del resultado obtenido con las dos ventanas más altas, bajé con cuidado los peldaños, simplemente para demostrarle que era capaz de ser cautelosa. Mark mantenía las manos en la escalera, sujetándola con fuerza.

—¿Continúas todavía ahí? —pregunté, aun sabiendo perfectamente que estaba allí.

Volvió a ignorar mi pregunta.

—No te pago para que estés ahí quieto mirando cómo trabajo —le recordé.

Entornó los ojos hasta convertirlos en dos pequeñas rendijas.

—De acuerdo, pues. Me voy.

No podía creerlo.

—No, tú no te vas.

En cuestión de segundos, se había alejado del porche y empezó a cruzar el jardín; la rabia enfatizaba cada uno de sus pasos.

Bajé de un salto los dos últimos peldaños y lo seguí. Normalmente, no pierdo los nervios, pero Mark estaba forzando mi paciencia hasta límites insospechados. Era una persona demasiado independiente para que nadie, y mucho menos un hombre, dictara lo que podía y no podía hacer.

—No puedes irte —le dije—. Y, evidentemente, no puedes dejarme el jardín en este estado.

Mark actuaba como si no hubiese escuchado ni una sola palabra de lo que acababa de decirle. Empezó a recoger la horca y los demás utensilios que tenía esparcidos por el césped.

—Tenemos un contrato —le recordé.

—Pues demándame.

—Perfecto, lo haré… Lo primero que haré mañana por la mañana será decirle a mi abogado que se ponga en contacto contigo.

Aunque no tenía ningún abogado, confiaba en que la amenaza lo amedrentara lo bastante como para darse cuenta de que se estaba comportando como un idiota. Pero tenía que habérmelo imaginado; Mark ni siquiera pestañeó.

Rover me siguió y se quedó a mi lado. Lo de Mark era increíble. Después de tantos meses, estaba dispuesto a largarse por una bobada. No tenía ni pies ni cabeza.

Con la horca y la pala en una mano y la caja de herramientas en la otra, se dispuso a marcharse, pero de pronto pareció cambiar de idea, puesto que se giró bruscamente.

Di un paso al frente, agradecida de que hubiera recapacitado.

—Dale a tu abogado mi número de móvil.

—Sí, de acuerdo. La mitad de las veces no lo llevas encima y, cuando lo llevas, lo tienes sin batería.

—Lo que tú digas. Pues dale al abogado el teléfono de la oficina, ya que veo que tienes tantas ganas de demandarme.

—Lo haré.

Me quedé rígida al ver que Mark se marchaba de verdad. Miré a *Rover*, que ladeó la cabeza como si a él también le costara comprender lo que acababa de pasar y por qué. No era el único.

—No merece la pena angustiarse tanto por él —le aconsejé a mi perro, y entonces, temiendo que *Rover* echara a correr detrás de Mark, me agaché y le acaricié la cabeza—. De todos modos, con él todo dura diez veces más de lo que ha calculado.

—Y levantando la voz con la esperanza de que Mark me oyera, añadí—: Lárgate con viento fresco.

Me quedé en el jardín hasta que Mark se perdió de vista. Solo entonces, derrotada, me permití dejar caer los hombros.

Aquello era una locura. Hacía apenas una hora estábamos tomando tranquilamente café y té en el porche, y ahora acababa de amenazar con demandarlo. Y por cómo me sentía, se lo merecía.

Retomé la tarea de limpiar los cristales. Estaba tan histérica que los fregué y refregué hasta dejarlos con un brillo cegador. Acabé en un tiempo récord, los músculos de los antebrazos doloridos de tanto frotar. Durante medio segundo tuve la tentación de llamar a Mark para comunicarle que había sobrevivido a aquella peligrosa hazaña, pero me lo pensé mejor. Era él quien tenía que pedirme perdón por haberse pasado de la raya y haberme tratado como a una niña.

No pensaba disculparme. Pero lo conocía lo bastante para saber que podía llegar a ser tremendamente terco. Si había dicho que no tenía intención de volver, era lógico pensar que había hablado en serio.

Mi enfado se prolongó hasta entrada la tarde. No quería reconocerlo, pero la verdad era que lo echaría de menos. Me había acostumbrado a verlo con frecuencia, aunque fuera solo para tomar café. Siempre me ofrecía una opinión muy válida sobre mis galletas y otras meriendas. Nos sentíamos muy cómodos el uno con el otro. Era un amigo, simplemente, y valoraba mucho que pudiéramos ser solo eso: amigos.

En un intento por distraerme, vacié el agua sucia del cubo en el lavadero, aclaré la esponja y la puse a secar. Luego me dirigí a mi pequeña oficina.

El fin de semana llegaban clientes, lo cual era a la vez buena y mala noticia. El primer nombre que vi en la lista era el de la misteriosa Mary Smith. Había aceptado la reserva poco después de poner en marcha el hostal y lo recordaba muy bien. Cuando había hablado conmigo, Mary parecía insegura, dudosa, como si no tuviera muy claro si estaba haciendo lo correcto al reservar la habitación.

Tenía también la reserva de un grupo. La primera llamada había sido de Kent Shivers, que no parecía en absoluto emocionado ante la perspectiva de la celebración a bombo y platillo que su familia había decidido prepararle. Kent y su esposa, Julie, iban a celebrar sus bodas de oro y renovar sus votos. Posteriormente había recibido otras reservas, todas de familiares suyos. El sábado tenía reservadas siete de mis ocho habitaciones.

Pero solo uno de los huéspedes se quedaría hasta el domingo por la noche: Mary Smith. Al recordar sus dudas, me pregunté si acabaría cancelando la reserva en el último minuto, pero hasta el momento no había dicho nada. Su habitación estaba preparada.

No tenía muchas ganas de cenar, así que me conformé con unas patatas fritas con salsa, algo que en circunstancias normales jamás comería. Luego, como me sentía inquieta y no tenía nada que hacer, decidí preparar galletas de mantequilla de cacahuete, unas de mis favoritas. No fue hasta que las tuve enfriándose en la encimera que recordé que también eran unas de las favoritas de Mark.

Rover estaba acurrucado en la alfombra de delante de la nevera, uno de sus lugares preferidos. Se le veía feliz, pero yo seguía inquieta y no podía parar de andar de un lado a otro de la cocina, y luego de una habitación a otra. Cuando estuve en la zona de la casa que tenía reservada para mí, intenté tricotar un rato, pero empecé a cometer un error tras otro y al final guardé de nuevo la labor en la cesta. La televisión tampoco consiguió captar mi interés. Un libro que la noche anterior me había parecido fascinante se volvió de repente de lo más aburrido.

De verdad, ¿a quién se le ocurría ponerse hecho un basilisco por algo tan ridículo como limpiar los cristales encaramada en una escalera de mano? Se había mostrado maleducado, exigente y absolutamente irracional. Y eso no estaba dispuesta a tolerarlo. Ni de él, ni de nadie.

Pero me entristecía que la cosa hubiera acabado así.

Rover estaba ahora delante de la chimenea y levantó la cabeza un momento, para después descansar el mentón sobre las patas delanteras.

—Piensa por un instante en todo el dinero que me ahorraré en harina y azúcar —dije, en un débil intento de hacer una broma.

Pero sonó sin gracia alguna, ni siquiera para mí.

De acuerdo, estaba obligada a reconocerlo. Echaría de menos a Mark.

Capítulo 2

No dormí bien, lo cual no era de extrañar después del rifi-
rrafe que había tenido con Mark. Me sentía mal por nuestro
desencuentro, pero no podía permitir que ni él ni nadie me
dictara lo que podía y no podía hacer en mi propia casa.

Si se mantenía firme y quería romper el contrato, adelante.
La amenaza de una demanda no lo había amilanado en lo más
mínimo. Lo mío había sido un arrebato y ahora me arrepentía
de ello. Decidí que de momento lo dejaría todo tal y como
estaba y esperaría a que la situación se enfriara un poco.

Sin huéspedes a los que preparar el desayuno, me tomé mi
tiempo y disfruté del lujo de que nadie me pidiese nada a
primera hora de la mañana, aunque sabía que Mary Smith
llegaría poco antes de comer. *Rover* me siguió hasta la cocina
y me preparé un café. Luego salí al porche y me apoyé en la
columna con la taza mientras Rover correteaba por el césped
y lo regaba mientras hacía sus necesidades. Cuando hubo terminado, subió las escaleras del porche con tantísima energía
que no pude evitar sonreír.

El cielo estaba gris y encapotado; amenazaba lluvia. Confiaba
en que el sol fundiera las nubes y acabara brillando. Saboreé el
café y miré la parte del jardín que tenía la tierra levantada, allí
donde tantas ganas tenía de ver los rosales en flor. Un sentimiento de frustración y de rabia se apoderó de mí, y suspiré.

Entré, le di de comer a *Rover* y, cuando estaba guardando
de nuevo la comida en la despensa, oí que acababa de llegar un

coche. Miré el reloj y vi que todavía era pronto, apenas las siete y media. Acto seguido, se abrió la puerta lateral de la casa y escuché la voz de Hailey, que me llamaba.

—Estoy aquí —grité, y *Rover* corrió a recibirla.

Hailey Tremont era una alumna de último curso de educación superior que había contratado por recomendación de Grace Harding. Hailey venía dos veces por semana para ayudarme con las tareas domésticas y lo que hiciera falta.

Dobló la esquina del pasillo que daba acceso a la cocina.

—Buenos días —dijo, y se inclinó para acariciar a *Rover*.

Unas semanas atrás, Grace me preguntó si necesitaba ayuda. Por lo visto, la familia de Hailey tenía una propiedad cerca del rancho de Grace y su marido, en Olalla. Hailey quería labrarse un futuro profesional en el sector de la hostelería y necesitaba un trabajo a tiempo parcial. Trabajar conmigo le proporcionaría experiencia, y además conseguiría unos ahorrillos antes de empezar la universidad en otoño.

—Quería saber si me necesitarás el sábado o el domingo —dijo.

Sabía que su ceremonia de graduación estaba programada para ese fin de semana.

—¿Qué día es tu graduación?

—El domingo. Pero puedo trabajar si piensas que vas a necesitarme. —Bajó la vista—. Vendrán mis abuelos y mi tía Melanie, pero podría pasarme un rato.

Me iba bien que me ayudara el domingo, pero no quería pedirle que viniese a trabajar el día de su graduación.

—¿Por qué no vienes hoy y mañana al salir de clase? —Me quedé mirándola—. ¿Crees que te desbarataría los planes?

—No, sería perfecto. —Sus ojos se iluminaron cuando vio que tendría el domingo libre.

Me hubiera gustado tenerla más horas en el hostal, pero el negocio tan solo acababa de despegar.

—Estaré aquí por la tarde.

—Estupendo —dije.

Hailey miró el reloj.

—Tendría que ir tirando. La verdad es que es una tontería lo de ir a clase cuando hemos hecho ya todos los exámenes y nos han dado las notas. Creo que la mayoría seguimos yendo porque sabemos que son los últimos días que pasaremos juntos.

Recordé entonces el día de mi graduación. Parecía que hubiese pasado una eternidad. Me había distanciado de la mayoría de mis amistades del instituto, pero seguía todavía en contacto con mis dos mejores amigas. Diane se había ido a vivir a Texas, se había casado y tenía dos niños, y Katie vivía en el norte de Seattle. Katie también estaba casada y tenía tres niños. Seguíamos en contacto a través de Facebook y por correo electrónico, pero hacía mucho tiempo que no nos reuníamos las tres. Me prometí invitar a Katie a visitar Cedar Cove lo antes posible. Había visitado el hostal poco después de que yo lo comprara y le había gustado tanto como a mí.

—Pues entonces me marcho a clase, o a «no clase», mejor dicho —dijo Hailey, riendo—. Nos vemos luego por la tarde.

—Perfecto.

Saqué el cuenco que utilizaba para las mezclas y los ingredientes que necesitaba para preparar las magdalenas.

Acababa de abrir el libro y me disponía a empezar, cuando oí ruido fuera. Me detuve un momento, pero no salí enseguida a investigar. Tenía la clara sospecha de que se trataba de Mark.

Cuando asomé la cabeza por la ventana del recibidor, comprobé que no me había equivocado. Mark estaba fuera, observando el terreno que había preparado para plantar la rosaleda. Imaginé que se sentía tan mal como yo por el malentendido que habíamos tenido y que quería arreglar las cosas. Lo más probable era que se pusiera a trabajar e hiciera como si el día anterior no hubiese pasado nada.

No le exigiría disculpas, por mucho que creyese que me las debía. Aunque, la verdad, era posible que también se las debiese yo. Relajé la postura y dudé unos instantes. Hasta ese momento no me había dado cuenta de la tensión que me había provocado aquella riña, y me resistía a reconocer que me alegraba de verlo.

Decidí tomarme las cosas con calma. Esperaría unos minutos, le prepararía un café y le diría que tenía pensado preparar magdalenas. A ver cómo reaccionaba. Miré el reloj y, después de cinco minutos lentísimos, alcancé una taza, la llené de café y salí. Cuando llegué al primer peldaño, me detuve en seco.

Mark no estaba por ningún lado.

No tenía ni idea de adónde podía haber ido, pero entonces vi que la puerta del cobertizo en el que guardaba las herramientas estaba entreabierta. Bajé las escaleras, me dirigí hacia allí, abrí la puerta y encendí la luz. Mark no estaba. En aquel breve periodo de tiempo, apenas unos minutos, Mark había llegado y se había marchado, llevándose con él los pocos objetos que guardaba en mi casa.

Al parecer iba en serio cuando dijo que rompíamos nuestro contrato. Había tenido toda la noche para reflexionar sobre el tema. Si pensaba exactamente lo mismo a plena luz del día, significaba que no se arrepentía de nada. Pues estupendo, oye.

Oí que sonaba el teléfono y corrí a responderlo. Vacié la taza de café en el césped antes de arriesgarme a que, con las prisas, se derramara por cualquier parte.

—¿Hostal Rose Harbor? —dije, confiando en que no se notaran mis jadeos.

—Buenos días —respondió una animada voz masculina.

—Buenos días —repliqué.

—Llamo para preguntar si tienen habitaciones libres a partir de mañana y hasta el fin de semana.

No necesitaba mirar el libro de reservas para dar la respuesta.

—Solo me queda una.

—Estupendo, pues ya puede reservármela. Acompañaré a Kent y Julie Shivers desde Portland. Me llamo Sutton, Oliver Sutton, y soy amigo de la familia de toda la vida. Vengo por la fiesta de su aniversario de bodas.

—Sí, sí, tengo su reserva justo aquí —dije, mirando el libro.

La familia Shivers iba a celebrar una reunión en Cedar Cove, y yo no entendía aún por qué aquella gente había decidido desplazarse desde Oregon hasta nuestro tranquilo pueblo, pero imaginé que pronto lo averiguaría.

—¿Sería posible que la habitación de los señores Shivers estuviera en la planta baja? —preguntó Oliver—. Por las fotografías del hostal que he visto en Internet, supongo que debe de haber muchas escaleras.

—El hostal tiene habitaciones en las tres plantas. En la planta baja hay una.

Esa habitación era mi favorita, la más grande de todas, con un sofá de dos plazas y chimenea. Tenía una vista preciosa sobre la cala y, cuando estaba despejado, se veía a lo lejos la cordillera de las Olímpicas. Había días que estaban tan preciosas que no podía dejar de mirarlas.

—¿Está libre? —preguntó Oliver.

—Sí.

—Estupendo. Me temo que Kent ya no está para escaleras, por mucho que no quiera reconocerlo.

—Puedo cambiar una habitación por otra sin ningún problema, aunque hay una pequeña diferencia de precio —le comenté, pensando que era justo que lo supiera de antemano.

—No pasa nada. Cárguelo a mi cuenta, por favor.

—De acuerdo. ¿Y tiene usted alguna preferencia en lo referente a su habitación? —pregunté.

Vi que dudaba un momento.

—Supongo que Annie Newton también habrá reservado una habitación, ¿no?

—Sí, de hecho, sí.

Había mantenido un par de reuniones breves con Annie. Era la nieta de los Shivers, y gracias a ella sabía que la pareja iba a celebrar en el hostal su cincuenta aniversario de bodas. Annie vivía en Seattle, y se había pasado por aquí para conocer personalmente el hostal y llevar a cabo los preparativos para la reunión familiar. Se dedicaba profesionalmente a organizar eventos y se estaba encargando también de este.

—De ser posible, me gustaría una habitación que estuviese en la misma planta que la de Annie.

—Puedo arreglarlo, sí.

Tendría que cambiar a Mary Smith de habitación, pero no suponía ningún problema.

—Perfecto, pues. Nos vemos mañana. Llegaré con los Shivers hacia el mediodía.

Apunté los datos de la tarjeta de crédito y después me fijé en un detalle. Había anotado la reserva de Mary Smith el mismo día que había recibido la llamada de Kent Shivers. Y recordaba a la perfección ambas conversaciones, lo cual no era muy habitual.

A media mañana, el aroma de las magdalenas de zanahoria y piña inundó la cocina. Era una receta nueva y estaba ansiosa por probarla. La lista de ingredientes incluía nueces, pasas y semillas de lino, unos componentes que las convertían en un manjar de lo más sano, y si tenía que guiarme por el celestial aroma que salía del horno, estarían deliciosas. Luego, si me sobraba tiempo, pensaba hornear también unas galletas.

Hailey llegó hacia las dos y me encontró con el mostrador de la cocina lleno de hileras de galletas y con las magdalenas reposando en el horno.

—¿Por dónde quieres que empiece? —me preguntó, después de dejar la mochila en mi despacho.

Le pasé una lista detallada que había preparado antes. La leyó, me formuló un par de preguntas y se puso manos a la obra. Yo seguí con mis tareas en la cocina. Acabé de llenar el lavavajillas y, después de guardar las galletas en un recipiente hermético para reservarlas para la jornada de puertas abiertas, limpié todas las superficies.

Tenía pensado ofrecer las magdalenas en los desayunos del fin de semana. Pero la preparación de lo que iba a servir a lo largo de la jornada de puertas abiertas no había hecho más que empezar. Había abierto varios recetarios sobre la mesa, cuando oí que llegaba un coche.

Miré por la ventana y vi que el chofer salía del coche, rodeaba el vehículo y abría la puerta del lado del acompañante.

Apareció entonces una mujer que imaginé que sería Mary Smith, la típica mujer de negocios elegantemente vestida.

Me quité el delantal y, con *Rover* pisándome los talones, salí al pasillo para recibirla.

—Hola —dije—. Soy Jo Marie Rose. Bienvenida al hostal Rose Harbor.

—Muchas gracias —replicó la mujer, con un leve acento neoyorquino.

Reconocí de inmediato el traje de firma de primera calidad y me fijé en que le iba un poco grande. No fue hasta aquel momento que caí en la cuenta de que el pañuelo que llevaba en la cabeza era para disimular la pérdida de cabello. Mary Smith se había sometido recientemente a sesiones de quimioterapia. Tenía cáncer, y yo no tenía ni idea de cuáles serían los motivos que le habían llevado a viajar desde Nueva York hasta Cedar Cove para hospedarse en el hostal Rose Harbor.

Capítulo 3

Agotada después del largo vuelo desde Newark, Mary Smith se tumbó en la cama y cerró los ojos. El deseo de visitar Cedar Cove había surgido después de que le diagnosticaran un cáncer de mama. Era consciente de que había sido un impulso motivado por el miedo. La verdad es que en el fondo nunca pensó que acabaría emprendiendo aquel viaje. Ella no era una mujer impulsiva. Llevaba una vida regida por objetivos. Cruzar el país por capricho no era típico de ella, pero, aun así... Aun así allí estaba.

Había reservado expresamente un vuelo directo hasta Seattle para no tener que cambiar de avión. Temía que el hecho de verse obligada a correr de una puerta de embarque a otra pudiera cansarla físicamente. Y luego había resultado que el vuelo de seis horas entre la costa este y la costa oeste también la había dejado agotada. A pesar del cansancio, sin embargo, no consiguió echar ni un breve sueño. La cabeza le iba a toda velocidad y no podía parar de pensar en el pasado, en las decisiones que había tomado y en el hombre que había amado.

Por lo que ella sabía, George debía de vivir todavía en Seattle. Según las últimas noticias que había tenido de él, se había casado. De eso hacía ya diecinueve años —¿de verdad había pasado tanto tiempo?—. Mary deseaba su felicidad, y ese era uno de los motivos por los que había decidido no ponerse en contacto con él. Quería mantenerse completamente al margen de su vida, y no pensaba cambiar de actitud.

La aplicación del tiempo que tenía instalada en el teléfono móvil mostraba la previsión meteorológica para los próximos cinco días, lo que incluía el fin de semana. Había vivido un año en Seattle y recordaba que llovía casi continuamente. Pero ahora, como si tuviera ganas de llevarle la contraria, la aplicación predecía cinco días de sol; un premio inesperado. Cuando aceptó aquella oferta de trabajo y se marchó de Seattle para instalarse en la costa este, le sorprendió descubrir que Nueva York tenía una pluviosidad todavía superior. Sin embargo, Seattle tenía en su contra el factor de la llovizna, y más días grises y encapotados.

Estaba, por otro lado, aquella canción que decía que los cielos más azules eran los de Seattle. Fuera como fuese, y climatología aparte, esa ciudad siempre ocuparía un lugar especial en su corazón. Era el lugar donde se había enamorado, donde se había enamorado de verdad y profundamente por primera y única vez en su vida.

Le parecía ridículo quedarse encerrada intentando dormir con el sol que lucía fuera. Como había viajado ligera de equipaje, enseguida tuvo todas sus cosas colocadas en la cajonera.

Después de ordenarlo todo, salió de la habitación y bajó lentamente la escalera. La propietaria salió de la cocina justo cuando Mary alcanzaba el último peldaño.

—Espero que la habitación sea de su agrado —dijo Jo Marie, y añadió, con cara de preocupación—: ¿Algún problema con las escaleras?

—No, no pasa nada.

—Dispongo de una habitación en la planta baja, pero por desgracia la tengo ya comprometida con una pareja de personas mayores. De haberlo sabido... —Se quedó dudando.

Mary levantó una mano para impedir que continuara.

—Tranquila. Me siento más fuerte cada día que pasa.

—¿Puedo hacer alguna cosa por usted que le ayude a sentirse más cómoda?

—Nada, gracias —le aseguró Mary.

La propietaria no se quedó convencida.

—¿Le apetece una infusión?

—Eso sí que estaría bien. —Mary no tenía muchas ganas de charlar—. ¿Le importa si me la tomo en el porche?

—Ningún problema. Enseguida se la traigo. ¿La quiere con azúcar? ¿Con leche?

—Sola, por favor.

La silla Adirondack le ofrecía una espléndida vista de la cordillera de las Olímpicas como telón de fondo de las mansas aguas de la cala. El puerto quedaba al otro lado; había un portaviones y otros barcos atracados. El mar tenía una tonalidad verde intensa, y a lo lejos se veía un faro. Era un lugar realmente encantador.

En aquel momento se abrió la puerta que daba acceso al porche y apareció una adolescente cargada con una bandeja con una tetera, una taza de porcelana y un par de galletitas en un plato a conjunto. Lo sirvió en la mesita que había al lado de la silla donde acababa de sentarse Mary.

—Hola —dijo Mary, sonriendo a la chica.

—Hola. Jo Marie me ha dicho que le traiga esto.

—Gracias.

—¿Quiere que le sirva el té?

Mary dudó un instante. Era perfectamente capaz de servirse el té, pero agradeció la compañía de la chica.

—Sí, por favor.

La chica agarró la tetera y, sujetando la tapa, la inclinó con sumo cuidado y llenó la delicada tacita. Mary aspiró con agrado el vapor rosado y el aroma de la manzanilla.

—¿Cómo te llamas? —preguntó Mary.

—Hailey.

—¿Vives en la zona?

—Sí. —Hailey se enderezó y se apartó de la mesa—. Aquí en el porche hace un poco de fresco, sobre todo cuando el sol se esconde detrás de alguna nube. ¿Quiere que le traiga una mantita?

—Sí, por favor; muy amable.

La adolescente se marchó y reapareció en un par de minutos con una manta tejida a mano de colores cálidos. La depositó en el regazo de Mary y le dejó también unos cojines.

—¿Estudias por aquí? —preguntó Mary.

—Sí —respondió Hailey—. El domingo me gradúo.

—Felicidades.

—Gracias.

—¿Y tienes planes de futuro?

Hailey movió la cabeza con entusiasmo en un gesto afirmativo.

—Quiero dedicarme a la hostelería y trabajar en el sector.

—Estupendo.

—Será duro marcharme de Cedar Cove y dejar aquí a mi familia y mis amigos, pero hacerse mayor consiste en esto, ¿no? Es hora de levantar el vuelo, como dice mi abuela.

—Y tiene razón.

—A mi madre le gustaría que estudiara en la escuela de formación profesional, pero he conseguido una beca para ir a la Universidad de Washington.

—Felicidades. ¿Sois muchos en el curso?

—Muchísimos. Somos seiscientos, entre todos.

—Pues sí, realmente sois muchos.

Hailey hizo un gesto de conformidad.

—En mis tiempos era igual —continuó Mary—. Tuve la suerte de ser la primera de la promoción.

—¿En serio? Una de mis mejores amigas, Mandy Palmer, es la primera de la clase. Es muy inteligente. Como usted, supongo.

Mary sonrió.

—Cabría esperar que así fuera, pero la capacidad para obtener buenas notas no se traduce necesariamente en tener luego éxito en la vida.

—Mandy lo conseguirá. Tiene todo lo necesario para conseguirlo.

—Y seguro que tú también —afirmó Mary.

—Ojalá —dijo Hailey, y unió las manos por delante del cuerpo—. ¿Necesita alguna cosa más?

—No, nada más, todo está perfecto. Ha sido una jornada muy larga y me siento cansada.

—En ese caso, la dejo tranquila. Si necesita cualquier cosa, no dude en pedírnosla. Yo me iré pronto, pero Jo Marie está por aquí. Encantada de conocerla, señora Smith.

—Igualmente, Hailey.

La adolescente se marchó, y Mary, que empezaba a encontrarse algo mejor, cerró los ojos. Cruzar el país entero había sido una locura. El oncólogo le había desaconsejado el viaje. Le había dicho que debía descansar, que necesitaba concederle al cuerpo la oportunidad de recuperarse.

Mary consiguió al fin relajarse y sucumbió al cálido baño de sol. Sin darse ni cuenta, acabó adormilándose. Supuso que era natural que siguiera pensando en George.

Ningún hombre la había amado como él. Había habido otros hombres, tanto antes como después, pero ninguno la había querido con la intensidad con que lo había hecho aquel joven abogado de Seattle casi veinte años atrás.

Recordó el día que se conocieron. Era un sábado por la tarde, a principios de verano. Era junio, ¿verdad? Sí, junio. Había quedado para comer con su amiga Louise en el centro de Seattle, en el restaurante de la Space Needle. Se debían encontrar a los pies de la torre. Mary había estado esperando un buen rato, pero su amiga no se presentó.

Inquieta, Mary empezó a deambular de un lado a otro y a echar vistazos al reloj continuamente. Estaba tan concentrada mirando la hora que, sin querer, tropezó con un hombre que caminaba tranquilamente por la acera. Aquel hombre era George.

Después de pedirle mil disculpas, se llevó la agradable sorpresa de descubrir que a él también le acababan de dar plantón y que la invitaba a comer. Tenía una reserva y era una lástima desperdiciarla, así que Mary no se lo pensó dos veces: tomaron el ascensor y subieron al restaurante. Ella nunca había tenido un flechazo como el de aquel día. La atracción mutua fue fuerte e inmediata. La comida se prolongó tres horas. Posteriormente, él le confesó que le había contado una mentira. Que no había quedado con nadie, pero que al segundo se había enamorado de ella.

Resultó que la amiga de Mary había recibido una llamada urgente. Su padre había sufrido un infarto. Como en aquellos tiempos la gente no tenía teléfono móvil, Louise no había podido comunicarle a su amiga el grave contratiempo.

Pero Mary, viendo lo bien que le había salido la tarde, no se quejó en absoluto. George le dijo que quería volver a verla y quedaron al día siguiente, y luego al otro. En menos de un mes se habían convertido en amantes. Estaban locos el uno por el otro, totalmente enamorados. Mary jamás se había sentido de aquella manera. Ni antes de George ni tampoco después.

Mary trabajaba en una gestora de fondos de inversión, un mundo eminentemente masculino en el que se estaba haciendo un nombre. En su día se había mostrado reacia a mudarse a Seattle, aunque al final el cambio le había resultado beneficioso en muchos sentidos. El trabajo la obligaba a viajar con frecuencia a Nueva York, y su objetivo era ascender a un puesto importante en la gran metrópolis.

Cuando se conocieron, George acababa de entrar a trabajar como socio en un prometedor bufete de abogados. Ambos tenían jornadas laborales larguísimas y, cuando tenían que permanecer separados durante toda la semana, se hacía realmente duro. Pero siempre encontraban la manera de estar juntos el máximo tiempo posible. Tres meses después de su primera cita, George le pidió que se casara con él.

Incluso ahora, después de tantos años, Mary seguía recordando la cara de decepción que puso George cuando ella lo rechazó. Intuía que pronto le ofrecerían aquel puesto en Nueva York que tanto deseaba, y no podía pedirle a George que abandonara el bufete. Pero el rechazo no lo desanimó, ni mucho menos. Si algo definía a George, era su persistencia. Mary acabó perdiendo la cuenta de las muchas veces que su novio había defendido su postura. Él la amaba. Ella lo amaba. Aunque tuvieran que pasarse la vida viajando de costa a costa, aquello funcionaría. Su amor estaba por encima de todo y lo demás eran minucias. Encontrarían la manera.

A Mary le habría encantado que hubiese sido así, pero después de seis meses de viajes de un lado a otro, comprendió que la situación estaba afectándolos negativamente. Aquello no era vida, y tampoco los ayudaría a fundar una familia. George quería tener hijos; adoraba los niños y se merecía ser padre. En cambio ella, francamente, no tenía madera de madre. Carecía de instinto maternal. La maternidad no le interesaba. Y así fue como Mary hizo lo único que podía hacer: dar por finalizada la relación. En cuanto le ofrecieron el puesto fijo en Nueva York, lo aceptó, vendió el apartamento que tenía en Seattle y se despidió de George con un beso. Se le partió el corazón y le partió el corazón a él, pero era necesario.

Él se quedó pasmado, mudo de asombro e increíblemente herido. Mary se odiaba a sí misma por hacer aquello, pero no había otra salida.

Fue un corte limpio. Doloroso, tremendamente doloroso para ambos, pero rápido. Dos años más tarde, George le envió una invitación para que asistiese a su boda. Mary supuso que la única manera que tenía George de vengarse era comunicándole que había encontrado otra mujer a la que amar. Otra mujer dispuesta a darle todo aquello que él deseaba en la vida y que ella nunca podría darle. En su vida adulta, Mary solo había llorados dos veces. Una fue el día que recibió aquella invitación de boda, dirigida personalmente a ella y escrita del puño y letra de George. Y la otra... Ese era el motivo por el que estaba ahora en Cedar Cove.

George había seguido adelante, y ella se alegraba de que así fuera. Lo había amado y suponía que siempre seguiría amándolo. Nunca se había planteado el matrimonio, pero, de haberlo hecho, solo se hubiera casado, con George. Con el maravilloso, dulce y amantísimo George.

Se llevó la mano a la frente y se palpó la cabeza. Después de las sesiones de radioterapia y quimioterapia, el cabello empezaba a salirle de nuevo. Suspiró y agarró la taza de la infusión.

Cáncer.

El diagnóstico había sido un revés tremendo. Estaba en la cúspide de su carrera y, de repente, después de una mamografía sospechosa, había pasado a enfrentarse a un cáncer de mama en fase cuatro y con metástasis. Su mundo se había transformado de la noche a la mañana. En vez de liderar juntas directivas, tomar decisiones y ser el centro de atención, empezó a pasar sus jornadas sentada en una silla en el centro de oncología y escuchando las recomendaciones de los médicos para combatir la enfermedad. En vez de dar consejos, era ella quien los recibía.

Mary había sido siempre una mujer que dominaba la situación. Nunca había permitido que nada se interpusiera en su camino. Era inteligente, astuta y sofisticada. Se había enfrentado sin pestañear a instituciones financieras, al gobierno federal y a un sinfín de abogados.

En la empresa, era la mujer que más había ascendido, y ocupaba el cargo de vicepresidente de una de las gestoras de fondos de inversión más importantes de Nueva York. Nunca se había imaginado que llegaría a ser tan rica. Pero el dinero no servía para nada cuando el enemigo que tenías delante era el cáncer. Mary no podía intimidarlo, no podía abrumarlo con su fuerte personalidad, no podía sobornarlo ni pasárselo a una de sus secretarias personales para que se ocupara de él.

Tampoco podía ignorarlo.

El cáncer estaba allí, delante de ella, mirándola a la cara, sin darle alternativas.

Estaba enferma y aún podía enfermar mucho más. Los médicos habían hecho todo lo que estaba en sus manos. Lo que tenía por delante en aquellos momentos era un periodo de espera, de descanso. En veinte años, Mary no había descansado jamás; toda su vida había girado alrededor de su carrera. Pero ahora, obligada como estaba a analizar su pasado, le preocupaban muchas decisiones que había tomado, decisiones que tenían que ver con George.

Había llegado la hora de ser sincera. Siempre había sido franca con todo el mundo, y le sorprendía no haberse tratado a sí misma del mismo modo que trataba a los demás. Las excusas que se había inventado para viajar a la otra punta del país habían surgido con tremenda facilidad.

Mentiras. Todo mentiras.

Había llegado el momento de rendirse a la verdad. Estaba en Cedar Cove por George.

—¿Mary?

Mary abrió los ojos de golpe y vio a Jo Marie de pie delante de ella. El delantal, los vaqueros y el jersey habían desaparecido. Ahora iba vestida con pantalón negro y una blusa blanca de seda con un broche en forma de rosa en el ojal superior.

—Tengo que salir para hacer un par de recados.

Mary parpadeó, sin comprender muy bien por qué Jo Marie tenía que informarle al respecto.

—No es necesario que coja el teléfono si llaman.

Por el amor de Dios, ¿y por qué tendría que hacerlo?

—El domingo celebro una jornada de puertas abiertas y...

—Entendido —murmuró Mary, que seguía sin comprender qué tenía que ver ella con todo eso.

—No tardaré mucho, pero que sepa que Hailey está por aquí, por si necesita cualquier cosa.

—No es necesario que me informe, señora Rose. Está usted en su casa y puede hacer lo que le plazca.

—Lo sé, pero he pensado que estaría bien informarle por si acaso viene alguien.

—¿Espera a alguien en concreto?

—No, la verdad es que no. Pero confiaba en... —Dejó la frase a medias—. Si necesita cualquier cosa...

—No, no necesitaré nada —replicó Mary, cortándola.

Empezaba a arrepentirse de haber elegido un hostal. Por lo que decían, podían ser lugares cálidos y acogedores. Buscando por Internet, había encontrado la página web del hostal Rose Harbor. Y se había enamorado de la elegante sencillez y la belleza de la casa. La fotografía de la vista que se dominaba desde allí había acabado por convencer a Mary de que era el lugar donde le apetecía estar, y había hecho la reserva.

—No se preocupe por mí —dijo, en un tono tal vez demasiado seco.

No quería que la gente hiciese concesiones con ella. Ni porque tuviera cáncer ni por ninguna otra razón.

Jo Marie asintió y se marchó. Los zapatos resonaron con fuerza sobre los peldaños de madera.

Mary volvió a cerrar los ojos y se dispuso a perderse de nuevo en sus pensamientos. Durante años se había sentido mal por haber tratado a George como lo había hecho, sobre todo hacia el final de la relación. Había sido cruel, pensando que lo hacía por el bien de los dos. Y ahora, sentada al sol, con él seguramente en Seattle, al otro lado del estrecho de Puget, sentía unas ganas increíbles de volver a verlo, seguramente por última vez.

Pero no podía. No lo haría. George estaba casado. Entrometerse ahora en su vida sería duplicar su error. Había tomado una decisión y no tenía otra alternativa que soportar sus consecuencias.

Capítulo 4

Estaba a punto de llegar a la puerta cuando sonó el teléfono. Por un momento, sentí la tentación de no atenderlo y seguir a la mía. Pero no podía: aquello era un negocio y el hostal, mi medio para ganarme el pan.

—Hostal Rose Harbor —respondí de modo automático.

—Jo Marie.

Reconocí de inmediato la voz y me puse tensa.

—Le habla el teniente coronel Milford.

Sin quererlo, presioné con fuerza el auricular. La última vez que había visto al teniente coronel Milford había sido en el funeral de Paul, en Fort Lewis. El teniente se había comportado de maravilla conmigo desde el momento en que fui informada de que el helicóptero de mi marido se había estrellado contra una montaña en Afganistán. Había respondido con paciencia a todas mis preguntas, me había ofrecido infinitas palabras de consuelo. Me había prometido que haría todo lo que estuviera en sus manos para conseguir recuperar los restos mortales de mi esposo. Era el superior de Paul. Paul lo tenía en gran estima, y el respeto entre ellos era mutuo.

—La llamo por la promesa que le hice a usted y a las demás familias que perdieron a sus seres queridos el pasado abril.

—Sí —repliqué. Tenía la garganta tan cerrada que apenas fui capaz de articular la palabra.

—En el funeral le dije que haríamos todo lo posible por recuperar los restos mortales de Paul para poder darle sepultura.

—Sí, lo recuerdo —susurré.

Estaba segura de que ahora me diría que habían conseguido recuperar los restos. Una parte de mí deseaba escucharlo, necesitaba escucharlo, pero, por otro lado, ansiaba poder taparme los oídos y decirle a gritos que no continuara. Si habían localizado lo que quedaba del helicóptero, sería la confirmación final de que mi marido estaba muerto. A pesar de todo lo que me habían dicho respecto a que no era posible que hubiera sobrevivido al impacto, no podía evitar aferrarme a la creencia de que había conseguido salir de allí y seguía con vida.

—¿Jo Marie?

El teniente coronel debía de haber dicho alguna cosa que yo ni siquiera había oído.

—Disculpe.

—El terreno donde cayó el helicóptero está entre montañas y hasta ahora era inaccesible. Pero recientemente se han producido cambios que nos permitirán operar en la zona.

No mencionó de qué cambios se trataba, pero era fácil de imaginar. Paul y su equipo se habían adentrado en territorio de Al Qaeda, y el paisaje montañoso había dificultado la recuperación de los cuerpos.

—¿Cambios recientes? —dije. Tragué saliva y me mordí el labio—. ¿Está diciéndome que podré enterrar a mi marido? —pregunté con voz temblorosa.

—Sí y no. Como acabo de decirle, ahora tenemos acceso al lugar donde cayó el helicóptero. Han asignado un equipo para que se desplace hasta allí e investigue. En cuanto consigan retirar los cuerpos necesitaremos, naturalmente, realizar pruebas de ADN.

—Por supuesto.

—Prometo mantenerla al corriente.

—Sí, muchas gracias.

—¿Puedo hacer alguna cosa más por usted, Jo Marie?

Me habría gustado pedirle a gritos que me devolviera a mi marido. Que me devolviera todo lo que había perdido en aquella montaña del otro lado del mundo. Pero sabía que pedirle aquello era tan imposible como irracional. Tarde o temprano tendría que rechazar la idea de que Paul seguía con vida. Sin embargo, mientras sus restos continuaran en aquella montaña, yo podría seguir adelante con aquella locura. Podría seguir aferrándome a aquel mínimo hilo de esperanza que era todo lo que me quedaba.

—Paul Rose fue un buen soldado y un excelente oficial.

No era necesario que el teniente coronel Milford me contara lo que yo ya sabía.

—Dígame, por favor, si puedo hacer algo más por usted. —Dudó unos instantes y añadió—: ¿Sigue usted ahí, Jo Marie?

—Sí, sí, claro... Gracias por llamarme.

—Volveré a ponerme en contacto con usted en cuanto tengamos más información.

—Sí, por favor —conseguí decir, esforzándome para que no se me notara que estaba llorando—. Ha sido muy amable por haberme llamado.

—Recuerde que siempre puede contar conmigo para responder a cualquier pregunta que le surja.

—Lo recordaré.

Colgué el teléfono con manos temblorosas. Me resultaba imposible esconder las emociones cuando se trataba de algo relacionado con Paul. Mi vida y mis sueños estaban estrechamente enlazados con mi marido, y me lo habían arrancado de mi lado. No sabía si alguna vez llegaría a acostumbrarme al vuelco inesperado y trágico que había sufrido mi vida. Conocerlo, enamorarme y crear un futuro común había convertido aquella época en la más feliz de mi vida. Y eso que yo ya había descartado la idea de encontrar al hombre perfecto. Pero entonces había aparecido él, cuando menos me lo esperaba.

No alcanzaba a comprender por qué Dios nos había unido para luego robármelo. Ese Dios al que, desde que recibiera la noticia de la caída del helicóptero, no había dejado de llorarle.

Inspiré hondo, decidida a serenarme. Tenía una persona alojada en el hostal y pronto llegarían los demás. Pero noté que me flaqueaban las rodillas y no me quedó otro remedio que dejarme caer en una silla y apoyar los codos sobre la mesa.

Rover se acercó, como si intuyera que necesitaba consuelo. Levantó las patas traseras para apoyarlas en mi muslo y descansó allí la barbilla. Le acaricié la cabeza y permanecí sentada, respirando hondo hasta que los temblores amainaron.

Apenas me había dado tiempo a tranquilizarme cuando vi que Hailey bajaba por la escalera.

—Salgo un momento —le dije—. Mary Smith está en el porche y creo que quiere intimidad, pero si necesita cualquier cosa, ¿te ocuparás de todo?

A Hailey le brillaron los ojos. Hasta aquel momento nunca la había dejado a cargo del hostal o de los huéspedes para ausentarme. Y adiviné que aquella nueva responsabilidad le encantaba.

—Por supuesto —respondió con sincero entusiasmo.

—No creo que tarde mucho.

Rover tiró de la correa, ansioso por ponerse en marcha.

—Me encargaré del hostal —me prometió Hailey mientras yo me dirigía hacia la puerta con la bandeja de galletas en una mano y la correa en la otra. Hailey bajó corriendo los peldaños que le faltaban y me abrió la puerta—. Que disfrutes del paseo —dijo.

—Gracias, lo intentaré, y toma un par de galletas si te apetece.

—Perfecto. Las de mantequilla de cacahuete son mis favoritas. Por cierto, ¿dónde está Mark? —preguntó—. Creía que iba a venir hoy.

En vez de explicarle que nos habíamos peleado, me encogí de hombros.

—Seguramente andará ocupado con cualquier otra cosa.

—Sabe lo de la jornada de puertas abiertas, ¿no?

—Lo sabe, sí —dije, e intenté esconder la frustración y la decepción que me había causado.

Nunca había sido una persona que estuviera enfadada mucho tiempo. Por muy rabiosa que Mark me hubiera puesto, a medida que la tarde avanzaba me había ido arrepintiendo de la discusión acalorada que habíamos tenido. Por mucho que no me gustara en absoluto la actitud de Mark, tenía que reconocer que el origen de la discusión había sido que él no quería que me hiciese daño. Eso sí, aunque él opinara lo contrario, yo sabía perfectamente que no había corrido ningún peligro.

Tenía claro que no estaría tranquila hasta que solucionara aquella situación incómoda. Además, la llamada que acababa de recibir me había dejado conmocionada y necesitaba un amigo. Mark sabía escuchar. No hablaba mucho, pero cuando lo hacía siempre me sorprendía con su sabiduría y sus puntos de vista. Tal vez la bandeja de galletas sería la ofrenda de paz que ambos necesitábamos.

Poco me importaba que Mark accediera o no a reemprender sus trabajos, aunque confiaba en que lo hiciera. Fuera como fuese, lo que importaba ahora era nuestra amistad. Ambos nos habíamos comportado como un par de tontos. Y alguien tenía que dar el primer paso. A pesar de que no estaba dispuesta a decir que me había equivocado, sí lo estaba a sugerirle que olvidáramos el altercado. Esperaba que él estuviera dispuesto a aceptar mi iniciativa.

Fue como si *Rover* supiera dónde quería ir, puesto que se puso en marcha hacia la dirección correcta. La casa taller de Mark estaba solo a un par de manzanas del hostal y ya habíamos hecho aquel paseo varias veces, aunque siempre por cuestiones de negocios.

Se me ocurrió entonces que era posible que Mark no estuviera en casa y pensé en qué podía hacer si no lo encontraba. Tenía el taller justo detrás de la casa. Si no estaba, le dejaría las galletas en el taller para que las encontrara allí, lo cual obligaría a Mark a mover ficha y haría que la situación fuese más cómoda para mí. Dar aquel primer paso había resultado duro para mi ego; tragarse el orgullo no era cosa fácil.

Cuando me acerqué al taller, oí la radio. Mark estaba dentro, escuchando un programa de debate. *Rover* ladró y lo hice callar, puesto que no me apetecía anunciar nuestra llegada. La verdad es que no había pensado qué quería decirle y en aquel momento me arrepentí de no llegar mejor preparada.

Erguí la espalda y abrí la puerta. Mark apenas levantó la vista. Estaba lijando una cuna que ya había visto en otra visita al taller. Se trataba de una auténtica obra de artesanía. No era un encargo, sino una pieza en la que trabajaba a ratos libres.

Me fijé en que detenía las manos un instante al ver que era yo. Pero después de un momento de duda, siguió con la lija.

—Hola —dije, notando que tenía la boca seca. Me quedé en el umbral.

—Hola.

Comprendí que no iba a ponerme las cosas fáciles.

—Esta mañana he preparado galletas.

—¿De mantequilla de cacahuete? —preguntó mientras seguía lijando la madera.

—Tus favoritas. Te traigo una bandeja.

Mark levantó la vista, como si se percatara ahora de mi presencia.

—Es una ofrenda de paz —le expliqué.

Mark se trasladó al otro extremo de la cuna, pero siguió de cara a mí.

—¿Lo haces porque quieres que vuelva y me ponga a trabajar otra vez en la rosaleda?

—No..., no exactamente.

—¿Entonces por qué?

—Porque te considero un amigo —dije—, y no quiero dejar las cosas tal y como se quedaron ayer.

—Hiciste una tontería.

—Y tú te comportaste de forma irracional —repliqué con un tono tan rotundo como el suyo—. Sería mejor que simplemente aceptáramos que a veces podemos estar en desacuerdo. ¿No te parece?

Mark se encogió de hombros, como si aquello le trajera sin cuidado, pero detecté un indicio de sonrisa que me llevó a pensar que él tampoco estaba satisfecho con nuestro enfado.

—¿Quieres que te deje aquí las galletas?

Levantó la vista y rio con sinceridad.

—No soy tonto. Sí, quiero las galletas.

Esperé un momento, confiando en que dijera algo más. Pero no lo hizo. Frustrada, dejé la bandeja y di media vuelta dispuesta a marcharme. *Rover* se había acurrucado en el suelo y no parecía tener ganas de moverse. Tiré de la correa. La mayoría de las veces era él el que tiraba de mí, así que me extrañó verlo tan reacio.

—Pues me voy —dije, y noté la decepción como un gran peso sobre los hombros.

Justo cuando llegaba a la puerta tirando de *Rover*, que con terquedad se negaba a moverse, Mark abrió la boca para hablar.

—No es necesario que te marches tan rápido. Además, tendríamos que hablar sobre la rosaleda.

Se apartó de la cuna y hundió las manos en los bolsillos traseros del pantalón, de tal modo que los codos sobresalieron a ambos lados.

—¿Qué pasa con la rosaleda?

Rodeó la cuna y se quedó delante de mí.

—¿Quieres que siga trabajando en ella o no?

Me encogí de hombros con la misma despreocupación que él había mostrado antes, como si fuese un tema que me trajera sin cuidado.

—Eso depende solo de ti. Has sido tú el que ha decidido dejarlo.

—Sí, supongo que sí.

Se acercó al lugar donde tenía una cafetera, se sirvió una taza y, sin soltar el recipiente de vidrio, me indicó con un gesto si me apetecía también una.

No estaba muy de humor para café, pero comprendí que era su manera de decir que estaba de acuerdo en hacer las paces, de modo que moví la cabeza en un gesto afirmativo.

—Supongo que marcharme no fue de las mejores ideas que he tenido en mi vida. Me apetecía mucho trabajar en el proyecto.

Sonreí, él me devolvió la sonrisa y el peso del rencor que llevaba encima desapareció al instante.

Me pasó el café, que tenía un marcado aroma a quemado, como si llevase un montón de tiempo recalentado.

—¿Es reciente? —pregunté.

Mark asintió.

—Me lo preparé ayer.

Reí.

—Bromeas, ¿no?

Volvió a sonreír, pero no respondió, lo que me llevó a pensar que no lo había dicho en broma.

—Te saldrá pelo en el pecho —dijo, y le dio un sorbo al café.

—Justo lo que necesito.

Lo probé, hice una mueca de asco y dejé la taza.

Mark sacó un taburete y yo acepté el gesto como una invitación para que me sentase. A continuación, retiró el plástico transparente que cubría la bandeja y tomó una galleta.

—¿Quieres una? —dijo.

Después de haberme pasado casi todo el día horneando galletas, la verdad es que no me apetecían. Adelgazar y estar en la cocina al mismo tiempo era de lo más complicado.

—No, gracias.

Mark acercó otro taburete y se sentó delante de mí. Me examinó unos instantes y frunció el entrecejo.

—¿Estamos en paz, no?

—Espero que sí. —Dudé un momento antes de formularle la pregunta—. ¿Y la rosaleda? ¿Volverás?

—Si es lo que quieres, sí, pero no esperes milagros. No estará lista para la jornada de puertas abiertas.

—Me lo imaginaba.

Mark masticó la galleta.

—Las mejores hasta la fecha —murmuró.

Tenía migajas en las comisuras de la boca. Era un tipo alto y desgarbado, y, por lo que había visto hasta el momento, era una de esas personas que podía comer lo que le viniese en gana sin tener que inquietarse por el peso.

—Si estamos en paz, ¿qué te preocupa? —dijo, presionándome y cogiendo una segunda galleta.

—¿Qué te hace pensar que estoy preocupada? —le.pregunté, sorprendida por la facilidad con que podía leer mi estado de ánimo y no muy segura de si eso me gustaba.

Entornó los ojos, y yo empecé a ponerme nerviosa al ver que seguía examinándome. Se señaló el entrecejo.

—Cuando estás preocupada se te forman unas arrugas aquí que resultan muy graciosas.

—Pues no estoy preocupada.

—Lo estás.

No quería discutir con él. Sabía que tenía razón.

—Justo antes de salir de casa he recibido una llamada inquietante.

—Vaya.

Levantó las cejas y le dio otro sorbo al café. No tenía ni idea de cómo podía beber aquella cosa tan amarga.

—Era el oficial superior de Paul.

Mark dejó la taza.

—¿Y qué quería?

—Al parecer, ahora pueden acceder al lugar donde cayó el helicóptero. —Uní con fuerza las manos sobre el regazo y bajé la vista para evitar el contacto visual. Agradecía tener a alguien con quien comentar lo que acababa de ocurrirme—. El teniente coronel Milford llamaba para comunicarme que el ejército ha enviado un equipo hacia allí para recuperar los cuerpos.

Mark se sacudió las migas que le habían caído en las rodillas mientras asimilaba lo que estaba contándole.

—Supongo que querrás enterrar el cuerpo de Paul.

—Sí, claro —susurré, sorprendida por el leve temblor de mi voz—. Claro que sí. No quiero que el cuerpo de mi marido quede abandonado en una montaña al otro lado del mundo. Paul y los demás hombres que estaban con él se merecen un entierro digno.

—¿Y por qué dices entonces que has recibido una llamada inquietante?

—¿He dicho eso?

Solo recordaba haber dicho que había recibido una llamada. Lo de «inquietante» se me habría escapado sin darme cuenta.

—Es evidente que estás nerviosa. ¿No será que cualquier cosa que tenga que ver con Paul es como si reabriese una herida que empezaba a cicatrizar?

La pregunta era buena, y supongo que en parte era eso lo que me pasaba.

—Tal vez.

—¿Pero hay algo más?

Asentí y tragué saliva para deshacer el nudo que se me había formado en la garganta. La mirada de Mark se desplazó hacia mis manos, que continuaban unidas sobre mi regazo y que habían empezado a temblar. Me habría gustado poder esconderlas bajo los brazos, ocultar mi reacción.

Siguió un momento incómodo, en el que tanto Mark como yo nos quedamos callados. Como si ninguno de los dos supiera qué decir.

Al final fui yo la que rompió el silencio.

—Si encuentran el cuerpo de Paul, tendré que olvidarme de la fantasía de que tal vez sigue con vida.

—¿Existe alguna posibilidad?

Negué con la cabeza. Era evidente que no me habrían entregado el dinero del seguro de vida de haber existido la más mínima posibilidad de que Paul hubiera sobrevivido a la tragedia del helicóptero. Hacía tiempo que sospechaba que el superior de Paul había intervenido para facilitar el reparto del dinero del seguro entre los familiares.

—Pues creo que ha llegado el momento, ¿no te parece? —dijo Mark.

—No —repliqué con convicción—. Todavía no. No puedo.

Nunca habíamos hablado de Paul, y me di cuenta de que, por mucho que considerara que Mark era mi amigo, resultaba imposible que comprendiese las emociones que había despertado en mí aquella última noticia sobre mi esposo. Me di cuenta de que no tendría que haberle comentado lo de la llamada. Ansiosa

47

por marcharme, me levanté del taburete. Y *Rover*, a regañadientes, se incorporó.

—Tengo que volver —anuncié en tono seco—. Vamos, *Rover*.

Estiré de la correa y Rover reaccionó al instante, tirando de mí hacia la puerta del taller.

—Gracias por las galletas —dijo Mark, acompañándome.

—De nada, ya sabes —dije, y levanté la mano para decirle adiós.

Mark correspondió con el mismo gesto.

—Y gracias por mostrarte dispuesta a reconocer que estabas equivocada.

A punto estaba de empezar a discutir de nuevo, cuando me di cuenta de que lo había dicho en broma.

—Muy gracioso —murmuré.

Mark rio entre dientes. Se veía que quería ayudarme y no sabía cómo. Era demasiado pronto para comentar la información que acababa de conocer, puesto que ni siquiera yo misma había digerido todavía la noticia.

—Hasta luego —dijo Mark, y me abrió la puerta.

Asentí. Era su manera de darme a entender que pasaría pronto por casa.

A *Rover* le habría encantado un paseo más largo, pero yo tenía ganas de regresar al hostal. No quería dejar mucho rato sola a Hailey.

—El próximo día ya daremos un paseo más largo —le prometí a *Rover*, que siguió tirando de la correa hasta que, tras comprender que no iba a conseguir nada, claudicó y nos pusimos tranquilamente en marcha hacia el hostal.

Mark se quedó en la puerta. Percibí su mirada y, cuando miré por encima del hombro, lo descubrí apoyado en la jamba, observándome. No tengo ni idea de cuánto rato permaneció allí.

Capítulo 5

Hailey estaba en la puerta cuando llegué al hostal.

—¿Todo bien? —le pregunté—. Hailey asintió y me entregó una notita de color rosa.

—Ha llamado Annie Newton y ha dejado su número de teléfono. Ha dicho que volvería a llamar en un rato.

—Estupendo, gracias —dije, y cogí la nota.

Hailey se marchó y quedamos para que volviese al día siguiente por la tarde.

Justo acababa de sacarle la correa a Rover cuando sonó el teléfono. Yo tenía que marcharme enseguida a la reunión con la Cámara de Comercio.

—Hostal Rose Harbor —dije, y miré de reojo el reloj que colgaba de la pared del despacho; esperaba que la llamada no me entretuviese mucho rato.

—Hola, soy Annie Newton, la nieta de Kent y Julie Shivers.

Era curioso que Annie sintiera la necesidad de presentarse cada vez que hablábamos. En los últimos seis meses, Annie había estado en el hostal dos veces para organizar los preparativos de las bodas de oro de sus abuelos. De entrada se había planteado celebrarlo todo en el hostal, pero luego lo había descartado porque al final, entre familiares y amigos, había acabado enviando doscientas cincuenta invitaciones.

—Llamo para ver si sería posible llegar al hostal esta tarde en vez de mañana por la mañana, como tenía pensado.

Me di cuenta de que le temblaba la voz. De no haber hablado nunca con ella, es posible que el detalle me hubiera pasado por alto, pero la conocía ya lo bastante como para notarlo.

—¿Va todo bien?

—Sí, sí, claro… Bueno, de hecho, no. En este momento estoy un poco alterada. Creo que ya te mencioné que hace seis meses rompí mi compromiso.

No me había mencionado nada, pero quise animarla a continuar.

—Lo siento, Annie. Debió de ser una decepción enorme.

—Sí, lo fue… Lo es. Lenny me ha llamado hoy y hemos discutido, y he pensado que me iría bien despejarme un poco.

—Si quieres llegar antes, ningún problema.

—Estupendo.

Noté que se quedaba más tranquila.

—Me iría muy bien. Mis abuelos llegarán mañana por la mañana y quiero asegurarme de estar ahí para su llegada. He pensado que sería buena idea repasar una vez más todo lo que he planificado.

—Antes he hablado con un amigo de la familia —le dije, pensando que no era la única que hoy estaba turbada como consecuencia de una llamada.

—¿Un amigo de la familia? —repitió Annie.

—Ha llamado antes para reservar una habitación. Al parecer, es la persona que traerá a tus padres en coche desde Oregón.

Annie dudó un instante.

—Y este… amigo de la familia, ¿no te habrá dejado por casualidad su nombre, verdad?

—Sí, por supuesto, lo tengo anotado en la libreta de reservas. Espera un momento que lo busco.

—Da igual, no tiene importancia —dijo Annie, y suspiró con exageración, como si fuese otra mala noticia.

Era evidente que no tenía un buen día.

—Tu habitación está preparada, así que si quieres venir esta tarde, perfecto. Solo que…

—¿Sí? —preguntó con evidente ansiedad.

—Que tenía planes de ausentarme la mayor parte de la tarde. ¿A qué hora pensabas llegar?

—Oh, tranquila, seguro que puedo matar un par de horas con cualquier cosa.

—Puedes llegar cuando quieras, Annie —le dije. Y viendo que ya tenía todos los datos de su tarjeta de crédito, añadí—: ¿Sabes qué? Dejaré la llave de tu habitación en la encimera de la cocina, y así, si llegas antes de que yo esté de vuelta, puedes subir directamente e instalarte.

—¿Seguro que no te causaré ningún problema?

—En absoluto, aunque quiero que sepas que hay otra huésped, de modo que si te cruzas con ella, explícale quién eres.

—De acuerdo.

Me di cuenta de que su tono de voz sonaba ya mucho más tranquilo. No era necesario ser Sherlock Holmes para saber que la discusión con su ex la había dejado preocupada. Annie debía de estar ya suficientemente agobiada con los preparativos del aniversario de bodas de sus abuelos como para ahora tener que lidiar con aquello. Y si en algún momento me había mencionado que había roto recientemente su compromiso, se me había pasado por completo, por mucho que no fuera un dato de los que suelo olvidar. Saber lo que le había pasado me ayudaba a comprender por qué se había volcado con tanto entusiasmo en el proyecto del aniversario. Annie me caía bien, y respetaba mucho su talento para la organización de eventos. Se había encargado de todos los detalles de la reunión familiar, había trabajado con las empresas de catering locales y con la florista, y había contactado con el ayuntamiento para obtener todos los permisos necesarios para celebrar la ceremonia de renovación de votos en la glorieta del paseo marítimo. Annie me había repetido innumerables veces que quería que todo saliese perfecto para sus abuelos. Ahora comprendía que, además, durante todo aquel tiempo había necesitado algo que la distrajese del revés que había sufrido.

De no haber sido por la reunión con la Cámara de Comercio, me habría quedado unos minutos más charlando con ella.

Pero como me había entretenido al llevarle las galletas a Mark, se me había hecho tarde.

Nos despedimos, cogí el bolso y acaricié a *Rover* en las orejas de camino hacia la puerta. No le gustaba que me marchase de casa sin él. En cuanto se daba cuenta de que me preparaba para salir, levantaba la cabeza y, al no ver su correa por ningún lado, adoptaba esa expresión de «pobrecito de mí», apoyaba la cara en las patas delanteras y gimoteaba. Pero siempre, cuando volvía a casa, se le había pasado el enfado y me recibía como si me hubiera ausentado toda una vida y me hubiese echado terriblemente de menos.

—Vuelvo enseguida —le prometí a mi fiel amigo.

Cuando salí al porche, vi que Mark estaba trabajando de nuevo en el jardín. Dudé unos instantes al pisar el primer peldaño, pero me detuve y sonreí, feliz por haber hecho el esfuerzo de limar nuestras diferencias, por mucho que el primer paso hubiera tenido que darlo yo.

Mark debió de oír que se cerraba la puerta mosquitera, puesto que levantó la cabeza y, cuando vio que era yo, descansó sobre la azada.

—¿Adónde vas? —preguntó.

—A una recepción en la Cámara de Comercio —respondí.

Siguiendo el consejo de Peggy Beldon, me había registrado en el organismo al poco de mi llegada a Cedar Cove y asistía a todas las reuniones. Me gustaba el ambiente de camaradería que reinaba entre los propietarios de los distintos negocios de la zona. Nos animábamos y nos apoyábamos mutuamente. Ahora que lo pensaba, nunca había visto a Mark en ninguno de aquellos encuentros. Él también tenía un negocio, y la asociación podría aportarle beneficios.

—¿Cómo es que no eres miembro de la Cámara? —le pregunté.

—¿Y quién dice que no lo sea?

Tenía razón.

—Nunca te he visto en las reuniones.

—No voy.

—¿Por qué? —pregunté. En mi humilde opinión, te haría un gran bien ser un poco más sociable.

Se encogió de hombros.

—Para empezar, tengo trabajo más que suficiente para mantenerme todo el día ocupado. Y para continuar, no me van ni los chismorreos ni el intercambio de tarjetas de visita. Si esa gente dedicase a su negocio el mismo tiempo que le dedica al cotilleo, no tendría tiempo para asistir a tantas chorradas sociales.

—Ya está aquí el señor Mal Carácter, ¿a que sí?

Sonrió y movió la cabeza en un gesto afirmativo.

—No tengo tiempo para esas cosas. ¿Quieres que trabaje en tu jardín o que vaya a ese encuentro a comer galletas y queso?

—Prefiero que trabajes en mi jardín.

—Pues justo a eso me refería.

Mark volvió a sonreír. Dos veces en un mismo día; asombroso.

—No tardaré mucho —le aseguré—. Es posible que en cuestión de una hora, más o menos, llegue otro huésped. Le he dejado la llave de la habitación en la cocina.

—¿Y esa mujer que está tomando el sol en el porche lateral? ¿Conoces algo de su historia?

—¿Mary Smith? No, no sé nada.

—¿Está bien? —preguntó, y volvió la cabeza hacia donde se había instalado la mujer.

—No del todo —dije—. Así que si se pone un poco quejica no le hagas caso. Supongo que el viaje debe de haberla dejado agotada. Me parece que necesita descansar. No te lo tomes a mal si te suelta alguna fresca.

—No te preocupes. Le replicaré con otra.

—Mark —dije, regañándolo—, intenta ser agradable.

—Lo intentaré —repuso, y me marché.

Como prácticamente todo está a poca distancia del hostal, decidí ir andando a la reunión. El edificio de la Cámara estaba en Harbor Street. En realidad, no era un encuentro formal, ni mucho menos; ese tipo de reuniones se celebraban con carácter mensual al mediodía, en un restaurante. La Cámara se había mudado recientemente a otras oficinas y la invitación era para dar a conocer las nuevas dependencias. Imaginé que sería también como una jornada de puertas abiertas.

Cuando llegué, ya había un montón de gente. La primera persona que vi fue a Grace Harding, la bibliotecaria. Nos habíamos hecho buenas amigas y era una fuente excelente de información. Grace llevaba toda la vida en Cedar Cove y conocía absolutamente a todo el mundo. Además, había estado viuda varios años antes de volver a casarse y, tal vez por ello, me había tomado bajo su protección. Yo valoraba muchísimo tanto su amistad como sus consejos.

Hacía ya un tiempo que no hablábamos. A pesar de que coincidíamos con frecuencia en la biblioteca, últimamente solo la había visto de pasada.

—Jo Marie —dijo al acercarse, con los brazos abiertos para recibirme.

—Grace, me alegro de verte.

—Y yo. ¿Qué tal está *Rover*?

—Tan fiel como siempre —le informé.

—Me alegro de que decidieses mantenerle el nombre. Le queda perfecto.

Le había dado bastantes vueltas a la idea de ponerle un nombre más digno y atractivo. De entrada, *Rover* me había parecido un nombre de perro muy simple y demasiado común. Quería uno más original, más inteligente. Un nombre como *Buttercup*. En memoria de su adorado golden retriever, el compañero fiel de Grace hasta la muerte de su primer marido, ella y su actual marido, Cliff, habían donado una zona vallada para que los perros del refugio de animales pudieran corretear a sus anchas.

Buttercup.

Un nombre maravilloso para una mascota. En comparación, *Rover* me parecía soso y de lo más vulgar. Además, que hubiera sido un trotamundos era otra de las razones por la que había seguido jugando con la idea de cambiarle el nombre. *Rover* ahora tenía un hogar. Yo también había sido una trotamundos y, al igual que mi perro, parecía haber encontrado por fin un puerto seguro donde refugiarme.

—¿Qué tal se porta *Rover*? ¿Te da problemas con los huéspedes?

—En absoluto.

La expresión de Grace se relajó.

—Estupendo.

Saqué del bolso las invitaciones que me quedaban y le entregué dos.

—Espero que puedas venir y traigas contigo al juez Griffin. Te doy un par más por si se te ocurre alguna otra persona a la que invitar.

Grace miró la invitación.

—Me apetece mucho ver lo que has hecho con el hostal. Y sé que a OIivia también le encantaría venir.

—Pues venid las dos. Tengo ganas de enseñároslo todo.

No sabía si mencionarle lo de la rosaleda. Por mucho que Mark y yo hubiéramos limado nuestras diferencias, era una decepción que la rosaleda no pudiera estar terminada a tiempo.

—Me hace mucha ilusión —dijo Grace, y guardó la invitación en un bolsillo lateral de su voluminoso bolso.

—¡Grace!

El que la llamaba era el sheriff Troy Davis. Estaba hablando con otro hombre, al que no reconocí, y miraba a la bibliotecaria.

—Si me disculpas... —dijo Grace.

—Por supuesto.

Me fui de la reunión habiendo repartido todas las invitaciones y con la promesa de varios propietarios de negocios de que se pasarían por el hostal el domingo por la tarde. Tanto Peggy Beldon como su amiga Corrie McAffee se ofrecieron voluntarias para ayudarme en cualquier cosa que necesitara. Les di las gracias. En aquel momento estaba todo bajo control, o eso esperaba, pero les dije que las llamaría si lo consideraba necesario.

Lo primero que vi en cuanto llegué al hostal fue que Mark ya se había marchado y que había llegado Annie Newton. Su coche estaba correctamente aparcado en el camino de acceso.

Mary ya no estaba en el porche e imaginé que, al haber refrescado, había decidido entrar.

Mi fiel *Rover* me esperaba en la puerta. Después de la habitual rutina de «cuánto me alegro de que estés de regreso», que consistía en saltos, ladridos y dos o tres vueltas en círculo a toda velocidad a mi alrededor, correteó hacia el salón para asegurarse de que me enteraba de que había llegado otro huésped a la casa.

Estaba sentada en el sofá delante de la chimenea apagada, la mirada fija en el hogar.

—Hola, Annie.

Levantó la vista con expresión sorprendida. Por lo visto, el escándalo que había montado *Rover* no había sido suficiente para alertarle de mi llegada. Cuando vio que era yo, sonrió.

—Gracias por permitirme llegar antes de lo previsto.

—No me ha representado ningún problema. —Fui a dejar el bolso en el despacho y volví enseguida—. ¿Has coincidido con la otra huésped?

—Mary Smith, se llama, ¿no?

—Sí.

—Ha dicho que se sentía cansada y que subía a acostarse. Espero que se encuentre bien.

—¿Te ha mencionado alguna cosa sobre la cena? —le pregunté. Si quería, podía encargar algo fuera, o también podía prepararlo yo.

—No. La verdad es que no creo que de momento le apetezca comer.

—Entiendo. Debe de estar todavía con el horario de la costa este, y el vuelo debe de haberla fatigado. Voy a preparar un poco de té. ¿Te apetece?

Annie se lo pensó unos instantes y asintió.

—Encantada. Gracias.

Annie era una joven encantadora de cabello castaño y grandes ojos verdes. Envidiaba la brillante melena que le caía hasta media espalda. Habría podido protagonizar uno de esos anuncios de champú en los que la cabellera se despliega con todo su esplendor hacia un lado. Me siguió hasta la cocina, y, cuando tomó asiento en un taburete, me fijé en que tenía un pañuelo de papel arrugado en la mano. Era evidente que la conversación telefónica que había mantenido con su antiguo prometido seguía preocupándola. Entendía perfectamente cómo debía de sentirse.

Me moví con destreza por la cocina para preparar rápidamente la tetera.

—Si te apetece hablar, soy buena oyente —dije en tono despreocupado. No quería que pensara que la estaba presionando, pero la verdad era que en el transcurso de los últimos seis meses habíamos cosechado una cierta confianza.

—Mi relación con él se ha terminado —dijo—. Lo digo en serio. Si estoy triste es por todo lo que vivimos juntos. Mi madre siempre decía que estaba enamorada del amor, y seguramente tenía razón.

—Con las madres siempre sucede lo mismo, ¿verdad? —dije, instalándome en un taburete delante de Annie—. Parece que nos conocen mejor ellas que nosotras mismas.

Annie examinó la encimera de mármol como si pretendiese encontrarle sentido al patrón aleatorio que seguían las vetas del material.

—Lenny sigue pensando equivocadamente que cambiaré de idea. Ya lo hice una vez, pero no lo volveré a hacer —dijo con férrea determinación.

Serví té para las dos y esperé a que Annie continuara, si así le apetecía. A pesar de que no podía evitar sentir curiosidad, no quería acosarla con preguntas.

Annie cogió la taza y se la quedó entre las manos, como si necesitara su calor.

—Es lo mejor.

Bebí un poco de té y seguí prestándole atención.

—Amo... Amaba a Lenny. Curioso, ¿verdad? Lo amaba tanto como para convertirme en su esposa. Pero entonces averigüé que mientras salíamos él había estado con otra mujer. En cuanto me enteré de lo que él calificó como un «pequeño desliz», rompí por completo la relación. Con el tiempo, Lenny logró convencerme de que le diera otra oportunidad.

—¿Y se la diste?

Movió la cabeza en un gesto afirmativo.

—Y entonces, hace seis meses, volvió a ocurrir. Y eso fue todo. Se acabó. Rompí el compromiso. La primera vez no expliqué el motivo a mis padres. A mi familia le gustaba Lenny. Es gracioso y simpático, y, viéndolo, dirías que es el chico perfecto.

—Pero tiene esa debilidad.

Annie se llevó la taza de té a los labios.

—Una debilidad importante, ¿no te parece? Por desgracia, Lenny se muestra incapaz de aceptar el hecho de que me niego a casarme con él.

Me pareció que había tomado una buena decisión al librarse de él.

—Lo que no alcanzo a comprender es por qué todo esto está siendo tan duro para mí —continuó Annie, con la mirada fija en la taza—, por qué, a pesar de todo lo sucedido, sigo echándolo tanto de menos. —Soltó una carcajada—. Es de lo más ridículo, ¿verdad?

—En absoluto —le dije. Apoyé los codos en la encimera y le di otro sorbito al té—. Debéis de haber pasado mucho tiempo juntos. Estar con Lenny debió de convertirse en una costumbre.

Annie se quedó mirándome durante un momento que se me hizo eterno mientras reflexionaba sobre lo que acababa de decirle.

—Tienes razón. Lo veía a diario, lo hacíamos prácticamente todo juntos... O eso creía, al menos.

Esbozó una mueca para acompañar la última parte de la frase.

—Creo que es mucho mejor que descubrieras todo eso ahora que una vez casada.

—Es justo lo que yo pienso. Me jura y perjura que esos deslices no significaron nada... —Annie cerró los ojos y meneó la cabeza—. De hecho, dice que fueron las otras mujeres las que lo sedujeron para que no pudiera encontrar la felicidad a mi lado.

—¿Y te lo crees?

Agitó una mano.

—Si me lo creo o no carece de importancia. Porque si esas mujeres lo sedujeron, fueran cuales fuesen sus razones, Lenny siempre estaba a tiempo de tomar una decisión, y decidió... traicionarme.

—Imagino que ahora duele muchísimo, pero el tiempo lo cura todo —dije, consciente de que la vida después de una pérdida no es fácil, pero también de que, poco a poco, se aprende a convivir con ese dolor.

—Me niego a casarme con un hombre en quien no puedo confiar.

Estaba completamente de acuerdo con ella.

—Lenny piensa que si sigue acosándome, acabaré cambiando de idea. Han pasado ya seis meses y aún cree que existe una posibilidad de seguir juntos, a pesar de todo lo que he hecho y dicho.

Para huir de Lenny, Annie había decidido llegar al hostal con un día de antelación. Intentaba escapar de su antiguo prometido, o tal vez del temor a volver a cambiar de idea. Y a pesar de que era una decisión dolorosa, me parecía la correcta. Confiaba en que el hostal la ayudara a curar sus heridas, igual que había sucedido conmigo. Sabía, al menos, que estar en Cedar Cove le daría a Annie el espacio y la fuerza que tanto necesitaba.

Capítulo 6

Para distraerse de la ruptura de su compromiso, Annie había trabajado duro en los preparativos de la celebración de las bodas de oro de sus abuelos. Todo estaba a punto. Había diseñado invitaciones en forma de pergamino que había enviado en el interior de unos tubitos. Y había recibido confirmación de asistencia por parte de más de ciento cincuenta familiares y amigos. Se había reunido con el párroco para organizar la ceremonia de renovación de votos, que tendría lugar delante del mar. La recepción, una cena tipo bufet, y el baile posterior se celebrarían sin ningún contratiempo. El menú de la cena estaba cerrado y el grupo de tres músicos que le habían recomendado estaba contratado. Dos de los miembros originales de la banda habían tocado en la zona durante casi cincuenta años, y ahora sus hijos habían tomado el relevo. Era muy probable que los abuelos de Annie hubieran bailado al son de aquella banda cuando eran jóvenes.

Lo que Annie jamás se habría imaginado era que Lenny iba a ponerse tan terco en su intento por recuperarla. Comprendía que el problema era haberlo «perdonado» la primera vez. Como había podido convencerla en una ocasión, ahora él creía que con tiempo y paciencia conseguiría que ella pasara por alto su segunda indiscreción. Pues eso no iba a pasar. Para distraerse de la dolorosa ruptura, había depositado todos sus esfuerzos en preparar una fiesta de aniversario de bodas que su familia nunca olvidaría.

Como hecho a posta, justo en aquel momento sonó el teléfono. Annie lo sujetó y miró quién era: Lenny, tal y como se imaginaba.

De entrada se le pasó por la cabeza ignorar la llamada, pero sabía que sería inútil. Después de dos semanas de silencio, Lenny se había puesto nuevamente en contacto con ella y le había dejado innumerables mensajes. Era evidente que no pensaba claudicar hasta convencerla de que volviera con él. Si no ponía fin a aquello ahora mismo, acabaría arruinándole la fiesta.

Pulsó la tecla para responder, y después no le dio a Lenny ni la más mínima oportunidad de hablar.

—Te he dicho que no volvieras a llamarme —dijo, con una determinación fruto tanto de la rabia como del dolor—. Nada de lo que puedas decirme me hará cambiar de idea.

—Annie, por favor.

—No sé cuántas veces tengo que decírtelo, Lenny, pero se acabó. Déjame tranquila, por favor. ¿Lo has entendido?

Había tomado una decisión y no tenía la más mínima intención de echarse atrás.

—No, no lo he entendido —contraatacó él—. No entiendo nada de todo esto.

—Pues yo te lo explico ahora mismo con una sola palabra: Nichole... Y Sadie, y todas las demás cuyos nombres ni siquiera conozco.

Las palabras de Annie parecieron flotar entre ellos, como si hubieran quedado atrapadas en una red invisible.

—¿Cuántas veces tendré que decirte que todo fue por su culpa, que fueron ellas las que me sedujeron?

Annie seguía sin comprender que Lenny no quisiera asumir su parte de culpa.

—Tienes razón, te engañaron. Resulta que todo fue un error, un error de esos que te cambian la vida para siempre, un error de los que rompen compromisos y hacen que la que fue tu pareja no quiera volver a verte jamás.

Llevaba los últimos seis meses dejándoselo así de claro, pero, por lo visto, él no acababa de captar el mensaje.

—¿Dónde estás? —le preguntó Lenny, en lugar de discutir con ella—. Llevo sentado una hora delante de tu apartamento. Quiero hablar contigo. ¿Acaso no ves lo que me estás haciendo? No puedo dormir, no puedo comer. Tenemos que solucionar esto de una vez por todas antes de que me vuelva loco.

Frustrada, Annie retorció con nerviosismo la colcha entre sus dedos. Todo lo que decía Lenny tenía que ver con él, giraba en torno a él. Le chocaba no haberse dado cuenta antes. A lo mejor su madre tenía razón y era cierto eso de que se había enamorado del amor. Con todo el tiempo y esfuerzo que había dedicado a la organización de la fiesta de sus abuelos, cabía esperar que Lenny conociera su paradero. Si de algo podía sentirse agradecida en aquel momento era de que tuviera una memoria tan limitada y egoísta.

—No estoy en Seattle.

—Lo sé. —La exasperación teñía sus palabras—. ¿Dónde has ido? Dímelo y voy enseguida, a ver si entras en razón. Sin ti soy un desgraciado, Annie. Ten un poco de corazón y acaba de una vez por todas con mi dolor.

Lo último que deseaba Annie en aquel momento era ver a Lenny.

—Se ha acabado, Lenny. No sé cuántas veces tengo que decírtelo, pero nuestra relación está *kaput*, acabada, agotada. No vamos a casarnos.

—Mi familia, sobre todo mi madre, cuando se entere...

—¿Estás diciéndome que después de seis meses aún no se lo has dicho ni a tu madre ni a tu hermana? —¡Increíble! Se ocuparía de aquello en breve—. Mira —dijo, incluso con dulzura—, si quieres que se lo comunique yo a tu madre y al resto de tu familia para ahorrarte el mal trago y otros problemas, ya lo haré.

—No, no lo hagas.

—Entonces, deja de acosarme de una vez.

—No puedo y no pienso hacerlo hasta que hablemos del tema para solucionarlo —replicó Lenny, que tenía por costumbre ignorar todo aquello que no quería escuchar o no quería creer.

Por parte de Annie no había absolutamente nada más que hablar. La realidad le había abierto los ojos y no pensaba dar marcha atrás. Lenny era un chico divertido, una de esas personas cuya compañía resultaba apetecible porque era ingenioso y encantador. Era el perfecto vendedor de coches, y, con frecuencia, el vendedor del mes. Le gustaba ser el centro de atención, pero Annie había comprendido por fin que todo en él era superficial. La vida era un juego que había que jugar. Hablar es muy fácil, pero las palabras se respaldan con hechos, como decía su padre. Y Lenny era todo menos profundo; tendría que haberse dado cuenta hacía mucho tiempo.

—Mi madre te tiene en un altar y...

—Seguro que Nichole o Sadie también le gustan —replicó Annie, convencida de que, a los ojos de su madre, su precioso hijo no podía haber hecho nada malo.

—Annie, por favor, dime dónde estás para que podamos hablar cara a cara.

—Donde esté o deje de estar no es en absoluto de tu incumbencia.

—Estás decidida a evitarme, ¿verdad?

Una cosa había que decir a favor de Lenny: nunca daba su brazo a torcer. Annie llevaba meses sin ponerse en contacto con él y se había negado a responder a sus llamadas y a los innumerables mensajes de texto en los que él le suplicaba que reconsiderase su decisión. Sabía que estar hablando con él ahora era un error, pero quería dejar zanjado el tema de una vez para poder concentrarse en la celebración familiar.

Esperó un momento para serenarse.

—¿Annie?

—Lenny. Por favor. Escúchame —dijo, enfatizando cada palabra y realizando una breve pausa entre ellas.

—Haré lo que sea para compensártelo. Lo que sea. Tú solo tienes que decírmelo y lo haré.

Annie era consciente de que estaba a punto de creérselo, a punto de confiar en él, pero sabía que no debía hacerlo.

—Lo que quiero, lo que necesito, es que me escuches, porque lo que voy a decirte va muy en serio.

—Yo también hablo en serio, cariño.

—Si te devolví el anillo de compromiso no fue porque estuviera enfadada, sino porque estaba...

—Lo sé —la interrumpió él para seguir precipitadamente—. Podrías haberme arrancado los ojos, pero no lo hiciste. Mantuviste la calma, la frialdad, lo que me invita a pensar que...

—Lenny, estás hablando. Pero no me escuchas.

—Vale, vale, continúa y di lo que desees. Te prometo que tendrás toda mi atención.

Annie inspiró hondo y contuvo el aire unos instantes mientras buscaba las palabras adecuadas. Necesitaba hacerse escuchar y, a la vez, ser tremendamente clara.

—Te devolví el anillo de compromiso porque tú y yo no nos casaremos jamás, bajo ninguna circunstancia. —En cuanto hubo terminado la frase, le concedió un momento para que asimilase lo que acababa de decirle, y entonces le preguntó—: ¿Has entendido lo que te he dicho, Lenny?

Después de unos breves instantes de duda, Lenny murmuró:

—Creo que sí.

—Bien.

—Pero ¿cuándo puedo volver a verte? —preguntó.

Annie resistió la tentación de colgar el teléfono.

—Creo que no me has oído, Lenny. Nunca más volveremos a vernos.

Aquello pareció pillarlo por sorpresa.

—¿Nunca más? No estarás hablando en serio.

—Hablo con la misma seriedad con la que presento mi declaración en Hacienda —dijo, pensando en el problema que Lenny había tenido el año pasado, cuando comprendió que no era buena idea engañar al fisco.

—¿Lo que pretendes decirme es que no quieres volver a verme? ¿Nunca más?

Por lo visto, no había estado atento a lo que había pasado durante los últimos seis meses.

—Nunca —le reconfirmó Annie, con un tono de voz frío y poco emotivo.

Annie no estaba enfadada, sino simplemente resuelta a acabar con el tema. Lenny, sin embargo, se negaba a creer que ella hablara en serio. Y Annie ya no sabía qué decir ni qué hacer para dejarle claro que su decisión era definitiva. Lenny dominaba hasta tal punto el arte de convencer a la gente a la hora de vender coches, que creía que podía utilizar las mismas técnicas en su vida personal y obtener los mismos resultados.

—¿Y para qué querría yo verte? —le preguntó.

—Mmm... —Lenny dudó, como si ni siquiera él lo supiera.

Annie contuvo las ganas de soltar una carcajada. Desde que habían roto, él no le había declarado su amor ni una sola vez. La gran preocupación de Lenny era, al parecer, cómo explicarle la ruptura del compromiso a su madre.

—No vuelvas a llamarme nunca más, te lo pido por favor, Lenny.

—¿Nunca? —preguntó, como si esa palabra se le hubiera quedado marcada en la cabeza, lo cual, en cierto sentido, podía considerarse un progreso.

—Eso es. Nunca. Nuestro compromiso, nuestra relación, todo está acabado, y antes de que me vengas de nuevo con que no estoy hablando en serio, permite que te garantice que sí, que hablo completamente en serio. Si sigues acosándome de esta manera, y acosando a mis amistades, no me quedará otra opción que pedir una orden de alejamiento.

—No serías capaz —replicó él, pasmado.

—No juegues conmigo, Lenny. Puedo hacerlo, y lo haré.

Y sin querer oír más argumentos, cortó la llamada. Esperó unos minutos para asegurarse de que Lenny no volvía a intentarlo y, al ver que no llamaba, guardó el teléfono en el bolso con la remota esperanza de que aquello fuera el fin del acoso al que había estado sometida.

Por difícil y doloroso que hubiera resultado aquel periodo de separación, había sido necesario. Si Lenny la había engañado antes de la boda, y no una sino dos veces, era evidente que aquello no era más que un pequeño aperitivo de lo que le esperaba si se hubieran casado. Sabía que a Lenny le gustaba flirtear, pero era fácil confundir aquella tendencia con algo inseparable de su carácter extrovertido y simpático. Tal vez la perdición de Annie había sido no ser celosa.

Igual que la otra huésped de Jo Marie, ella tampoco tenía ganas de cenar, de modo que estuvo un rato leyendo. Por un momento, tuvo la tentación de llamar a una amiga para explicarle la conversación que había mantenido con Lenny, pero enseguida decidió que era mejor no hacerlo. Si empezaba a hablar con Elisa o con cualquier otra amiga, acabaría reconociendo lo mucho que lo echaba de menos y lo difícil que le resultaba romper aquel compromiso. Era mucho más confortable concentrar la atención en sus abuelos y olvidarse de que hubo un día en el que estuvo enamorada.

A pesar de la desagradable conversación telefónica, Annie durmió toda la noche. Fue como si el aire fresco de la cala la hubiese acunado y provocado un sueño dulce y plácido. A la mañana siguiente, se sentía inmensamente mejor.

Y en cuanto a Lenny, sabía que había derramado sus últimas lágrimas por él. Aquellos pocos días era justo lo que necesitaba. Por mucho que se los pasara trabajando, el esfuerzo merecía la pena para garantizar que la celebración familiar saliese a las mil maravillas. El hecho de que ellos llevaran cincuenta años enamorados le daba esperanzas para pensar que el amor y el compromiso podían durar toda una vida. Lo único que tenía que hacer ahora era encontrar un buen hombre. A pesar del dolor que sentía en esos momentos, Annie estaba segura de haber tomado la decisión correcta y de que ya no había marcha atrás.

Mary Smith ya estaba sentada desayunando cuando Annie bajó. La tarde anterior, la conversación que había mantenido con aquella mujer había sido muy breve. Poco después de que Annie llegara al hostal, Mary se había excusado y había subido a su habitación. Con ello le había dado a entender que no buscaba compañía ni estaba de humor para charlas. Annie tampoco tenía ganas de socializar, de modo que le había ido bien.

—¿Café? —preguntó Jo Marie en cuanto Annie entró en la sala de los desayunos.

Annie se detuvo unos instantes con la intención de poder absorber toda la luz. El sol brillaba al otro lado de las ventanas e inundaba la estancia con su resplandor y calidez. No era el tiempo típico de finales de mayo; era una sorpresa de lo más agradable. Annie se había atrevido a soñar con poder disfrutar de un fin de semana soleado para celebrar la fiesta, y esperaba que el buen tiempo se prolongara unos días.

Annie agarró una taza de café y Jo Marie la llenó con diligencia.

—Creo que ya os habéis presentado —dijo Jo Marie, y miró a las dos en busca de confirmación.

—Sí —dijo Mary, respondiendo por ambas.

—Los abuelos de Annie y un amigo de la familia llegarán durante el día de hoy —añadió Jo Marie, para informar a Mary.

—Seguidos por un montón de parientes, algunos de los cuales pasarán la noche del sábado cn el hostal —le explicó Annie—. Pero no te preocupes, no es un grupo ruidoso.

—La casa estará llena —confirmó Jo Marie.

Mary le lanzó una mirada inquisitiva.

—¿Es algún tipo de reunión familiar?

—Mis abuelos celebran sus bodas de oro —respondió Annie, y añadió a continuación—: Confío en que tengas oportunidad de conocerlos; seguro que te encantan.

—Seguro —dijo Mary, con escaso entusiasmo.

—Lo que más me sorprende es que, después de tantos años, mis abuelos sigan profundamente enamorados.

A Annie le gustaba ver la dulzura con que su abuela trataba a su abuelo. Ella le preparaba las pastillas cada mañana, y él la ayudaba a hacer la cama y lavaba los platos del desayuno. Por la tarde, se sentaban cada uno en su sillón y, mientras su abuela hacía calceta, su abuelo se entretenía con los crucigramas. Se apoyaban mutuamente, se ayudaban y se animaban. Annie consideraba todo un honor formar parte de aquella celebración, pues estaba dedicada a las dos personas más encantadoras que conocía. Sus abuelos le daban esperanzas de que algún día también ella acabaría teniendo una relación con tanto amor como la suya.

—¿Has dicho bodas de oro? Así que se casaron en los años sesenta, ¿no?

—Así es. Fueron novios en la universidad, pero el abuelo tuvo que dejar los estudios por cuestiones de dinero.

—¿Son de Cedar Cove?

—No, son de Oregón —le explicó Annie—, pero se casaron aquí. El abuelo sabía que acabarían reclutándolo cuando estalló la guerra de Vietnam y decidió alistarse en la marina. Y en cuanto acabó el periodo de instrucción, lo embarcaron. No sabían cuánto tiempo pasaría hasta que volvieran a verse.

—¿Y Julie vino a visitarlo a la base naval? —preguntó Jo Marie.

—Sí, y entonces decidieron no esperar a hacer una boda con toda la pompa sino casarse rápidamente. Es una de las historias más románticas que he oído en mi vida.

—En los tiempos que corren, donde los divorcios son lo más habitual, es una maravilla conocer a gente que ha conseguido que su matrimonio funcione —dijo Mary.

—No siempre fue sencillo. Mi abuelo trabajaba en la construcción, y hubo momentos de crisis económica en los que se quedó sin trabajo durante varios meses. Pero las penurias, en lugar de distanciarlos, sirvieron para unirlos más si cabe.

—Muchas familias lo sufren —dijo Jo Marie—. Los problemas económicos pueden suponer una tensión terrible para relaciones y matrimonios.

—Estoy completamente de acuerdo —corroboró Mary—. Conozco más de un caso.

—¿Estás casada? —preguntó Annie. No pretendía ser fisgona, pero le pudo la curiosidad.

—No —respondió Mary, sin añadir más información.

Annie se preguntó si estaría divorciada. De ser así, podía ser una conversación dolorosa para ella.

—Te pido disculpas si la pregunta ha sido impertinente, Mary.

Mary levantó la mano para acallarla.

—No lo ha sido en absoluto. Pienso que es maravilloso que tus abuelos hayan podido compartir cincuenta años juntos. Yo nunca me he casado... Una vez estuve tentada, pero de eso hace ya mucho tiempo.

La mirada de nostalgia de aquella mujer era tan intensa que Annie no pudo resistirse a extender la mano y posársela en el hombro.

—Me parece que tienes unos abuelos estupendos.

—Los tengo.

—Me muero de ganas de conocerlos —dijo Jo Marie.

Se ausentó un momento y regresó con una bandeja con pastas para el desayuno, magdalenas caseras y rebanadas de pan de plátano, de pan rústico y de pan integral.

Annie tomó asiento y se sirvió una magdalena. Estaba ansiosa por reencontrarse con sus abuelos. Eran la personificación del amor verdadero.

Capítulo 7

En aquel momento, Mary y Annie eran las dos únicas huéspedes del hostal. Pero con la llegada de los abuelos de Annie y los demás familiares, pronto tendría la casa llena.

Mientras retiraba los platos del desayuno, vi que Annie y Marie volvían a subir a sus habitaciones. Annie había anunciado que tenía que ir a hablar con la florista sobre los centros que adornarían la mesa, y había ido a buscar la chaqueta y el bolso.

Mary la siguió escaleras arriba, pero a un ritmo mucho más lento. Subía cuatro o cinco peldaños y hacía una pausa, como si el esfuerzo le hubiera agotado todas las fuerzas.

Me quedé en la puerta de la cocina, pensando si debería decirle alguna cosa. Y entonces fue como si Mary intuyera mi presencia, puesto que se giró y me miró por encima del hombro.

—Estoy bien —dijo sin dejar de jadear—. Simplemente tardo un poco más de lo normal.

—¿De verdad que no necesitas ayuda? Te presto mi brazo encantada.

Negó con la cabeza.

—No, gracias. Me tumbaré un rato y me quedaré como nueva. Aún no tengo mucha fuerza, pero me siento mucho mejor que hace unas semanas.

Me alegraba de oírlo, pero me preocupaba que aquellas escaleras fueran excesivas para ella.

Cuando terminé de recogerlo todo, puse el lavavajillas y observé el jardín desde la ventana con la esperanza de ver a Mark. Pero no estaba por ningún lado. Si bien no había mencionado que tuviera intención de regresar por la mañana, confiaba en encontrármelo trabajando duro.

Sonó el teléfono y corrí al despacho para responder.

—Hostal Rose Harbor.

—He pensado que debía informarte de que hoy no trabajaré en tu jardín.

—Oh —dije, disimulando la decepción—. Justo ahora estaba pensando en ti.

—Te pido disculpas, pero tengo también otros compromisos, ya sabes.

—Lo sé —musité.

—Te prometo que no te dejaré el césped levantado. Para la jornada de puertas abiertas lo tendrás todo limpio y presentable.

—Gracias, pero me encantaría disponer de algún tipo de calendario para saber cuándo estará listo el proyecto —dije, esforzándome por disimular que la frustración se apoderaba de nuevo de mí.

—No puedo hacerlo.

—¿El qué? ¿La rosaleda o lo del calendario?

Murmuró alguna cosa que no alcancé a comprender.

—El calendario —respondió por fin. Me dio la impresión de que mi pregunta no le había hecho ninguna gracia—. Ya te dije que este proyecto no era mi prioridad.

No era necesario que me lo recordase.

—Si encuentras a alguien que pueda hacerlo dentro de los plazos que necesitas, contrátalo. Por mi parte no pondré ninguna pega.

—Parece que esta mañana no te has levantado con buen pie —dije, reprimiendo las ganas de responderle con el mismo tono—. De verdad, Mark, no es necesario que estés tan gruñón.

Ignoró el comentario.

—Más tarde pasaré a devolverte la bandeja.

—Cuando tú quieras.

—Hasta luego.

Cuando colgó, meneé la cabeza con preocupación. Me preguntaba qué mosca le habría picado. Estaba cruzado, evidentemente. Contagiada de su mal humor, regresé a la cocina, agarré un trapo y empecé a limpiar la encimera con la misma fuerza que empleaba para fregar cacerolas y sartenes. Creía haber hecho algún avance en los últimos días, pero estaba claro que no.

Rover ladró para avisar de que llegaba alguien. La llamada, un solo golpe seco en la puerta, me dio a entender que se trataba de Mark. No esperó a que fuera a abrirle, sino que entró, dio un solo paso en el recibidor y no fue más lejos.

—Te traigo la bandeja.

No dijo ni una palabra acerca de las galletas que le había llevado.

—¿Te gustaron las galletas? —le pregunté.

—¿Te apetece oír cumplidos?

—Un «gracias» o un «todo un detalle por tu parte» no estarían de más —repliqué. Estaba tan decepcionada por su aparente falta de urgencia en todo lo relacionado con mis proyectos que no tenía ni ganas de esconder mi sarcasmo.

—De acuerdo, gracias. Y ahora, tengo que irme. Voy tarde —dijo, con una mano ya en el pomo de la puerta.

Rover se sentó y miró expectante a Mark. Me mordí la lengua para no decirle que no le haría ningún daño rascarle un poco las orejas a *Rover*. Pero acto seguido, y sin que yo dijera nada, Mark se agachó e hizo precisamente eso.

Rover levantó la barbilla y disfrutó de las atenciones que estaba recibiendo.

—Este perro no vale para nada, es un inútil...

Me sentí insultada al instante. *Rover* podía ser cualquier cosa, pero no un inútil.

—Inútil —reiteró, pero me fijé en que Mark seguía rascándole las orejas y estaba completamente abstraído con el perro.

—¿Podrías darme alguna pista sobre cuándo estarás disponible para trabajar en el jardín? —pregunté, con la impresión de que últimamente todas nuestras conversaciones giraban en torno a la rosaleda.

—Pronto.

—¿Mañana? —sugerí, en un intento de presionarlo.

—No puedo asegurártelo.

Dejé caer los hombros, decepcionada.

—Veremos qué puedo hacer.

—Sí, te lo agradecería.

Mark se incorporó.

—Pero no albergues muchas esperanzas. Haré lo que pueda para dejártelo bonito, pero seguirá sin ser perfecto.

—Entendido.

Se despidió con un gesto de la cabeza y se marchó. La puerta se cerró con delicadeza.

Sabía que regañar a Mark y recordarle que en un principio había estimado que con un par de semanas de trabajo tendría suficiente no serviría de nada. De eso hacía ya varios meses. Era difícil no sentirse desalentada.

Tricotar me sirve de consuelo cuando estoy tan malhumorada. Y aunque no tengo la costumbre de ponerme a tricotar tan pronto por la mañana, ahora las circunstancias lo exigían. Fui a la habitación a buscar la labor y luego me instalé en el sillón de delante de la chimenea y relajé la espalda.

Mis dedos empezaron a trabajar la lana y a tirar de la madeja, y, sin poder evitarlo, me encontré de nuevo pensando en Mark e intentando determinar el modelo de conducta que últimamente regía nuestra relación. Cada vez que tropezábamos con una barrera, como acababa de suceder con nuestra reciente pelea, Mark siempre hacía o decía expresamente alguna cosa para sacarme de mis casillas. A cada paso hacia delante, le seguían dos, o incluso tres, hacia atrás.

Lo más atinado sería despedirlo y buscar otra persona. Y esa había sido mi intención cuando él se había largado hecho una fiera por haberme atrevido a entrar en «zona peligrosa» subiendo a una escalera para limpiar los cristales de las ventanas. Después, ambos lo habíamos consultado con la almohada, pero yo había sido la que había ido a verlo con una ofrenda de paz. Y por mucho que no lo hubiera dicho y se hubiera esforzado por disimularlo, sabía que Mark se había alegrado de verme.

Habíamos solventado nuestras discrepancias, o eso me imaginaba. Todo parecía haber vuelto a la normalidad. Pero su actitud acababa de cambiar de nuevo por completo. Se había mostrado malhumorado, irascible y con ganas de perderme de vista lo antes posible.

¿Qué le pasaba? No lo entendía, francamente. Tiré con tanta fuerza de la lana que la madeja salió disparada de la cesta y empezó a rodar por la alfombra. *Rover* se puso al instante en estado de alerta, la recogió con la boca y me la trajo.

—Buen chico —dije, acariciándole la cabeza.

La sugerencia de Mark de que *Rover* era un inútil había sido un golpe bajo. Lo había dicho simplemente para hacerme enfadar. Y lo había conseguido. Me pregunté qué hubiera dicho al ver lo que *Rover* acababa de hacer.

Era en momentos como aquel cuando más echaba en falta a Paul. Cada día había alguna cosa que servía para recordarme todo lo que había perdido, algo que parecía atacarme directamente el corazón: un golpe, un sentimiento de desolación, una sensación de confusión. No soy de esas personas a las que les gusta hacerse la víctima, pero la situación con Mark empezaba a desesperarme. Mis dedos seguían trabajando la lana, aunque sin hacer mucho caso del dibujo. Debería prestar más atención.

Parecía como si Mark no quisiera estrechar más la relación. Y no solo conmigo, sino con todo el mundo. Siempre que mencionaba a otra gente que Mark trabajaba para mí, se deshacían en elogios sobre su buen hacer. Pero pocos me habían comentado detalles sobre su persona. Aquel hombre era un enigma, evidentemente. Un rompecabezas que me enojaba y me intrigaba a la vez. Era como si intentara mantener distancias con todo el mundo. Por lo que yo sabía, Mark no tenía ningún amigo íntimo, pero sí muchos conocidos. Rara vez hablaba sobre sí mismo. Y no podía evitar sospechar que debía de tener algún secreto profundo y oscuro. Me pregunté si andaría metido en el programa de testigos protegidos o si estaría escondiéndose de la justicia. Pero descarté de inmediato esas ideas, que no eran más que una prueba de mi desbordante imaginación.

Me negué a perder ni un minuto más pensando en Mark. Acabé la pasada, dejé la labor y volví a la cocina. Consciente de que tenía un exceso de energía, decidí que lo que necesitaba era salir a caminar un poco a paso ligero. Todavía hacía fresco, de modo que fui a buscar un jersey y decidí que aprovecharía para devolver a la biblioteca el libro que había acabado de leer. Y así, de paso, vería a Grace.

En el instante en que *Rover* me vio agarrar el jersey, corrió hacia el lavadero, donde guardaba la correa. Siempre estaba a punto para un poco de ejercicio. Por suerte, en la biblioteca dejaban entrar animales.

Eché a andar sin que la cabeza dejara de darme vueltas. Pensé otra vez en Paul. La verdad es que siempre estaba presente en mis pensamientos, y la conversación con el teniente coronel Milford lo había colocado en un lugar preferente.

Me pregunté cómo harían las demás viudas. ¿Seguirían pensando a diario en sus maridos, por muchos años que hubieran transcurrido desde su fallecimiento? Se lo preguntaría a Grace. ¿Se había sentido ella como me sentía yo muchos días, con la sensación de estar viviendo solo media vida? Una cosa tenía clara: nunca dejaría de amar a Paul.

Cuando llegué a la biblioteca, me dijeron que Grace no iría a trabajar hasta la tarde. Dejé el libro y me llevé otro que había reservado. El camino de regreso hasta el hostal era empinado y me recordó que tenía que hacer algo para practicar deporte con regularidad, tal vez apuntarme al gimnasio o a clases de aeróbic acuático.

Cuando me acercaba al hostal, vi que llegaba un coche y que aparcaba en el espacio reservado a los huéspedes. Se abrió la puerta del conductor y apareció un hombre alto y delgado que rondaría los treinta años de edad. Llevaba el pelo bastante largo, y se lo recogió detrás de una oreja antes de abrir una de las puertas de atrás para ayudar a salir a una anciana. Le tendió la mano para sujetarla, en un gesto de gran delicadeza.

A continuación, se abrió la puerta del lado del acompañante y salió un hombre mayor que, con las manos en la cintura, giró el cuerpo a derecha e izquierda para desentumecer las articulaciones.

Tenían que ser Kent y Julie Shivers, la pareja que celebraba su aniversario.

Subí los peldaños con *Rover* tirando con fuerza de la correa.

—Hola —les dije cuando me acerqué a ellos—. Imagino que son ustedes los Shivers.

—Efectivamente —dijo Kent.

—Jo Marie Rose. —Le estreché la mano a Kent primero y luego a Julie—. Y tú debes de ser Oliver.

—Oliver Sutton —me confirmó.

—Bienvenidos.

—Gracias —dijo Julie, y guió la mirada hacia el edificio del hostal—. Este lugar parece encantador.

—Gracias. A mí me gusta, y espero que a ustedes les guste también.

—¿Están preparadas las habitaciones? —preguntó Kent—. Me gustaría echar una cabezadita.

—No has parado de echar cabezadas en todo el camino —se quejó Julie, mirando con mala cara al que desde hacía cincuenta años era su marido.

—Creo que no.

—Has roncado todo el rato —replicó ella.

—No sé cuántas veces tendré que decirte que yo no ronco.

Oliver rodeó el vehículo y abrió el portaequipajes para sacar las maletas.

—Cualquiera pensaría que nos vamos seis semanas de vacaciones, con todo el equipaje que ha preparado Julie.

El comentario iba dirigido a mí.

—Solo he traído lo absolutamente necesario.

—¿Y eran necesarios estos diez libros? —preguntó Kent.

—Por eso le he pedido a Oliver que nos acompañara en su coche. Tú siempre andas quejándote, si no es de una cosa es de otra. Por una vez en tu vida, ¿podrías tener la bondad de reservarte tus comentarios solo para ti?

Kent emitió un soplido y echó a andar hacia la casa mientras Julie lo seguía a un paso más lento. Intenté ayudar a Oliver con el equipaje, pero rechazó mi ofrecimiento.

—Ya me encargo yo, ningún problema. —Cerró el maletero y miró en dirección al hostal—. ¿Cuándo crees que llegará Annie?

—Ya está aquí.

—¿Ya? —dijo, abriendo los ojos con una expresión de sorpresa.

—Llegó ayer por la tarde y ha dormido aquí —le informé.

—Así que ya ha llegado.

—Sí, pero ha salido.

Miré el reloj y vi que ya eran más de las once. Oliver parecía encantado.

—¿Tienes idea de cuándo estará de vuelta?

—No me ha comentado nada, pero no creo que tarde. Habéis llegado temprano, ¿no?

—Sí, un poco —replicó Oliver—. Kent y Julie son madrugadores.

Julie puso cara de exasperación.

—Eso es porque Kent se queda como un tronco a la que dan las nueve. Y por su culpa me pierdo todos mis programas de televisión favoritos.

—No tienes por qué irte a la cama cuando me voy yo —murmuró Kent, subiendo de uno en uno los peldaños del porche—. ¿Te has planteado alguna vez que quizá lo hago para alejarme un rato de ti?

—De acuerdo, pues entonces, si eso es lo que quieres, dormirás solo el resto de tu vida.

Me adelanté para prestarle mi brazo a Kent, por si acaso necesitaba ayuda. *Rover* subió corriendo y esperó ansioso arriba a que yo llegara. Coloqué la mano justo debajo del codo de Kent, que me sonrió y dijo en voz baja:

—Puedo subir perfectamente estas escaleras, pero si le apetece darme la mano, no la rechazaré.

Julie iba detrás, sujetándose a la barandilla.

—No le haga caso. Kent tiene que operarse de la rodilla, pero es tan tonto que se niega a pasar por el quirófano.

—No pienso permitir que ningún médico me abra la pierna —espetó Kent.

—Eres un viejo tonto y testarudo.

—Te he oído perfectamente —gruñó Kent. Miró por encima del hombro y añadió, más bajito—: Vieja metomentodo.

—Y además tiene oído selectivo —me dijo Julie.

Miré entonces a Kent y me dio la impresión de que no había oído el último comentario.

En cuanto los dos entraron en el hostal, me volví y vi que Oliver ya había descargado dos maletas grandes, un neceser y dos bolsas de viaje de cuadros.

Le quité la correa a *Rover,* que fue directo a instalarse en su cesta, aunque sin dejar de vigilar en ningún momento a los nuevos huéspedes. Después guié a los recién llegados hacia la cocina.

—¿Dónde tengo que firmar? —preguntó Kent, un poco aturullado, mientras se llevaba la mano al bolsillo de atrás para buscar la cartera.

—Oh, no se preocupe, Annie se ha encargado de todo.

—Espero que venga pronto —dijo Julie.

—Seguro que sí. ¿Les apetece un café?

Los tres dijeron que no, de modo que les entregué las llaves de las habitaciones. Kent y Julie se dirigieron poco a poco hacia la que les correspondía, y Oliver los siguió con el equipaje. Al salir de la cocina hacia el pasillo, la pareja continuó discutiendo.

¿Así que esa era la pareja de enamorados de la que tan orgullosa se sentía Annie? Pues vaya...

Oliver los dejó en la habitación y cerró la puerta.

—¿Todo bien? —le pregunté.

—Creo que sí. Solo espero que no acaben matándose antes de la fiesta —replicó.

Capítulo 8

Después de desayunar, Mary volvió a tumbarse en la cama para descansar un rato. Pasada media hora, creyó sentirse suficientemente en forma como para dar un breve paseo. El oncólogo le había recomendado recuperar su ritmo de vida lo antes posible. Un paseo y el aire fresco le harían bien.

Estaba animada. A pesar de que sus movimientos seguían siendo lentos, notaba que la energía retornaba poco a poco. Aún no estaba preparada para saltar edificios altos de un solo brinco, al estilo *superwoman*, como había hecho en su día, pero no se podía quejar. Había un progreso. Al menos, había dejado de estar pegada a la taza del inodoro todo el día, muerta de dolor y vaciando el contenido del estómago. Y es que, aunque los fármacos para prevenir las náuseas habían evolucionado mucho, no eran del todo efectivos en su caso.

Al llegar a los pies de la escalera, pensó que Jo Marie saldría corriendo de la cocina de un momento a otro para ver qué tal estaba. Se detuvo unos instantes y esperó a que apareciera la propietaria. Pero viendo que Jo Marie no salía, dobló la esquina del pasillo y asomó la cabeza por la puerta de la cocina. El perro tampoco estaba por ningún lado. Jo Marie debía de andar atareada por algún rincón de la casa, y le pareció bien.

Con pasos calculados y lentos, Mary abandonó el hostal y empezó a descender la colina en dirección al mar. Se sintió atraída hacia la zona de césped que rodeaba la glorieta. El sol brillaba radiante e iluminaba el nuevo día. Un gran cartel colgado en el tablón de anuncios del ayuntamiento anunciaba una actividad que empezaría el mes siguiente: los conciertos en la cala.

Una de las actuaciones programadas era la de un cantante que, según rezaba la publicidad, era comparable a Tony Bennett, si acaso eso era posible. Años atrás, George la había llevado a un concierto de este último. Tony iba a actuar en Seattle, y sabiendo que a ella le gustaba mucho aquel cantante, George se las había apañado para conseguir dos entradas, pese a que ya estaban agotadas. Y después, durante el concierto, él no le había soltado la mano ni un solo momento. Era un romántico. Atento y detallista.

Con los demás hombres que habían pasado por su vida, el sexo siempre había sido frenético, enfebrecido, una carrera por arrancarse la ropa hasta llegar a la cama. Pero con George había sido distinto. Con él, hacer el amor era un acto lento, cariñoso, tierno... y, oh, tan amoroso.

Otra vez George.

Estando tan cerca como estaba de Seattle, era normal que él rondara constantemente sus pensamientos. De hecho, se había erigido en el protagonista desde el instante en que las ruedas del avión habían rebotado en la pista de aterrizaje.

Mary tomó asiento junto a una de las mesitas de picnic que había alrededor de la glorieta, contempló las cristalinas aguas de la cala y fijó la mirada. Justo al otro lado de aquel cabo estaba Seattle.

Y George.

Los hombres habían ido entrando y saliendo de su vida, pero solo había habido un George. Lo amó entonces y seguía amándolo ahora. Se mordió el labio inferior para luchar contra la emoción que la embargaba. Tenía un nudo en la garganta y le ardía el estómago. Le echó una vez más la culpa al cáncer. La condenada enfermedad se había hecho con el control de su ordenada vida. Tener cáncer la ponía furiosa. No era justo. No era correcto. Era una mujer que hacía deporte, que seguía una dieta equilibrada, que se sometía con regularidad a controles médicos. No se merecía tener que enfrentarse a aquello.

Cuando recibió la noticia fue como una sentencia de muerte, pero luego decidió que si tenía que morir, lo haría luchando. Y, efectivamente, había combatido con la determinación que la caracterizaba, empleando hasta el último gramo de sus fuerzas y toda su voluntad para plantarle cara al cáncer. Se había negado a tumbarse en la cama a esperar a que llegara la muerte. Ser derrotista no iba con ella, y por eso había afrontado la enfermedad del mismo modo que había afrontado siempre cualquier obstáculo que se hubiera interpuesto en su vida.

Con la cabeza llena de pensamientos inconexos, Mary se acercó a la barandilla que dominaba el mar. Una estrella de mar gigantesca de color blanco, la más grande que había visto nunca, se aferraba con fuerza a una roca. Así era como se sentía ella, aferrándose a la vida, resistiendo, luchando con desesperación para que todo volviera a ser como antes.

Mary necesitaba una existencia estructurada. La anhelaba. Como criatura de costumbres que era, sus jornadas seguían un orden, su vida, también. Era como mejor funcionaba. A las ocho de la mañana ya estaba sentada en su despacho con una taza de café. A las dicz, al mediodía, a las tres, a las cinco…, a todas horas sabía qué tenía que hacer o dónde tenía que ir. Todo en su vida estaba cuidadosamente organizado.

Pero el cáncer lo había cambiado todo.

Buscó el teléfono móvil y se conectó a Internet. Cabía la posibilidad de que George ni siquiera viviera en Seattle y que tantas angustias no hubieran servido para nada. Echar un vistazo a las listas de abogados de la ciudad no hacía daño a nadie, pero se había resistido a hacerlo hasta aquel mismo instante. Si comprobaba que aparecía su nombre, se sentiría más aliviada.

No tardó mucho en encontrar la respuesta. Allí estaba su nombre, junto con un número de teléfono.

George Hudson, Esquire.

Sintió la necesidad de beber alguna cosa y entró en una cafetería. La carta de cafés de Java Joint era impresionante; por todos era sabido lo muy en serio que se tomaba la gente del noroeste del Pacífico todo lo relacionado con el café.

Le parecía asombroso la de puestos callejeros de café que había en una ciudad tan pequeña como Cedar Cove. En el recorrido desde la autopista hasta el hostal había contado seis. Seis. En una ciudad cuya población era inferior a siete mil habitantes. Y eso teniendo en cuenta que esos eran solo los que ella había visto. Era evidente que tenía que haber más.

El joven de detrás del mostrador llevaba un delantal blanco atado a la cintura. La placa que lucía en la camisa lo identificaba como Conner. Su aspecto era el de un niño de quince años, pero a buen seguro era mayor.

—¿Qué le apetece tomar? —le preguntó a Mary.

—Café solo.

—¿Está segura de que no le apetece probar nuestra bebida del día?

—¿Es café?

—Sí, claro, pero con una combinación de sabores. Hoy tenemos café con leche con algodón de azúcar.

—¿Algodón de azúcar? —preguntó incrédula.

—Es uno de nuestros grandes éxitos de ventas.

—¿Junto con el de cacahuetes y palomitas?

—Tiene gracia —dijo el chico con una sonrisa—. Pero ese aún no lo hemos intentado.

—Café solo —insistió Mary.

—Ahora mismo.

Preparó una taza y se la sirvió.

Al pagar, Mary se fijó en el anillo estudiantil que lucía el chico.

—¿Te gradúas el domingo? —preguntó, y a continuación, sintiendo la necesidad de aclarar el motivo de su pregunta, añadió—: He conocido una chica que trabaja en el hostal Rose Harbor que me ha dicho que la ceremonia de graduación es este fin de semana.

—¿Se aloja usted en el hostal?

—Solo por unas noches, sí.

—Pues debe de haber conocido a Hailey. Ese hostal es un lugar estupendo, ¿verdad? —comentó el chico—. Ella dice que

Jo Marie es la mejor. Me parece fenomenal que esté enseñándole a Hailey los entresijos del negocio. El hostal no es grande, pero es un buen lugar para comenzar.

—¿Conoces a Hailey?

Mary nunca había vivido en una ciudad pequeña, una de esas ciudades en la que parece que todo el mundo esté relacionado con todo el mundo, y precisamente por eso le asombraba. Nacida y criada en Boston, en la costa este, con dieciséis años empezó a trabajar. Su padre tenía problemas con la bebida y era incapaz de aguantar en ningún puesto, razón por la cual su madre había tenido que buscarse dos empleos para sacar adelante a la familia. Mary no lo había tenido fácil; había trabajado en cualquier cosa que se le había presentado. Estar al cuidado de su hermano menor, que por desgracia había seguido los pasos de su padre, le había hecho llegar a la conclusión de que no quería formar una familia. Tenía demasiada ambición, demasiada energía. Amaba el este y amaba a George... Oh, otra vez George... Pero él nunca se había imaginado viviendo fuera de Seattle. Habían intentado sacar adelante una relación a distancia, pero estaba condenada al fracaso.

—Todo el mundo conoce a Hailey —dijo Conner, interrumpiendo sus pensamientos—. Se pasa casi todos los días por aquí al salir del trabajo y nos enrollamos.

—¿Os enrolláis?

—Sí, hablamos y eso.

—Ah, claro. —Era evidente que Mary no estaba al corriente de la jerga de los adolescentes de hoy en día.

—Voy un curso por delante de Hailey. Y trabajo aquí para colaborar con los gastos de mi educación.

—Eso está muy bien.

Mary también había compaginado el trabajo con los estudios, y sabía que no era fácil. Había conseguido además muchas becas.

—Por suerte tengo este trabajillo de verano, pues la verdad es que en estos últimos tiempos no es que el trabajo crezca como las setas.

—Sí, te entiendo perfectamente.

Mary le dejó una propina generosa; el chico abrió los ojos como platos al ver el billete de cinco dólares.

—Si necesita que vuelva a llenarle la taza, solo tiene que decírmelo y le sirvo enseguida.

—Gracias.

Mary eligió una mesa junto a la ventana que dominaba Harbor Street. Vio que una mujer regaba las plantas de las macetas que rodeaban las farolas. Las flores nunca habían sido el fuerte de Mary y no sabía de qué variedad eran, pero tenían unos tonos amarillos y rojos tremendamente intensos.

—¿Ha venido para el concurso de las gaviotas? —preguntó Conner.

—¿Qué?

—En Cedar Cove celebramos este concurso anualmente. Es un gran acontecimiento. Un año, el concursante salió incluso en el programa de Jay Leno.

Mary sonrió. No entendía cómo había podido perdérselo.

—Siento decirte que nunca he oído hablar del tema.

—Se celebra el próximo sábado por la mañana en el paseo marítimo. Gana la persona que atrae más gaviotas con su llamada. Si aún está por aquí, a lo mejor le gustaría verlo. Es muy divertido, y además está también el mercado con todos los productores agrícolas de la zona.

—Tomo nota.

—Hailey suele estar allí todos los sábados con su madre. Venden confitura casera. Mi favorita es la de cerezas con chocolate.

—¿Confitura? —dijo, con la impresión de haberse perdido todo un mundo de sabores.

—¿A que suena rara? Pero le aseguro que es la mejor que he probado nunca.

Vaya entusiasmo. Mary bebió un poco de café. Tenía la taza aún por la mitad cuando Conner salió de detrás del mostrador con una cafetera recién hecha y le rellenó la taza. Un nuevo cliente, un hombre con un mono de trabajo grasiento, entró entonces en el establecimiento. La miró un instante y apartó

84

rápidamente la vista. Mary estaba acostumbrada. Tal vez «acostumbrada» no fuera la palabra exacta, pero ver la incomodidad de los demás ante su ausencia de cabello, ante su evidente batalla contra el cáncer, ya no la tomaba por sorpresa. Ni tampoco la llevaba a sentirse ofendida.

El hombre apenas estuvo unos instantes en la cafetería, lo justo para que le prepararan una bolsa con comida para llevar.

Mary saboreó el café con calma, hasta que se enfrió tanto que dejó de resultarle agradable. La verdad es que no tenía necesidad de estar en ningún sitio en concreto ni había tampoco ningún lugar especial adonde quisiera ir. Y eso le preocupaba más que cualquier otra cosa.

Igual resultaba que desplazarse hasta la zona de Seattle no había sido al final una idea tan brillante como imaginaba. Mary no era una mujer impulsiva, y aquel viaje había sido una decisión caprichosa. ¿En qué estaría pensando? Era una locura. Pero allí estaba. Y al otro lado de la bahía estaba George.

Observó entonces la cuesta que tenía que subir para regresar al hostal y le entró miedo. Era demasiado. Tendría que haber caído en la cuenta cuando había empezado a bajar hacia el mar. No le quedaría otro remedio que encontrar a alguien que la llevara, un taxi o lo que fuera.

El teléfono emitió un bip indicando que acababa de recibir un mensaje. Alguien se había puesto en contacto con ella. ¿Un amigo? ¿Un compañero de trabajo? Con las prisas por sacar el teléfono del bolso, estuvo a punto de tirarlo al suelo. Pero el mensaje no era más que publicidad de su restaurante favorito en Nueva York.

Cerró la mano derecha con fuerza alrededor del teléfono. Con solo pulsar una tecla apareció en la pantalla el número de teléfono del despacho de George. Era de suponer que le gustaría saber que ella estaba en la zona, ¿no?

—Está casado —murmuró.

—¿Decía algo? —preguntó Conner.

Mary levantó la cabeza de golpe; la pregunta la había sobresaltado y pillado completamente por sorpresa.

—Hablaba sola —dijo, sin apartar la vista del número de teléfono de George.

—Mi abuela también lo hace.

¿Parecería de la edad de su abuela? Aquel chico estaba empezando a deprimirla.

—¿Se encuentra bien? —preguntó Conner.

Mary levantó la vista.

—¿Por qué lo dices?

—Es que está mirando el teléfono como si... No sé, como si el teléfono fuera a darle la respuesta sobre algo que necesita saber.

—Estaba pensando en llamar a un viejo amigo —dijo, aunque le parecía increíble estar hablando de aquello con un adolescente a quien acababa de conocer.

—¿Y qué le impide hacerlo? —Conner apoyó los codos en el mostrador y se inclinó hacia delante—. ¿No le apetecería a usted tener noticias de un viejo amigo?

—Eso depende.

Conner se encogió de hombros.

—¿De qué?

—No puede decirse precisamente que nos separáramos en términos muy amistosos.

—En este caso, intente enmendarlo.

Era como si aquel adolescente tuviera respuestas rápidas para cualquier cosa. Con él, todo parecía fácil.

Mary siguió con la mirada clavada en el teléfono.

—Hágalo —la animó Conner—. No se arrepentirá.

«¿Quieres apostar algo?», lo retó Mary mentalmente. Después se colgó el bolso al hombro y echó a andar hacia la puerta.

—Gracias por el café y por la conversación.

—Haga esa llamada —dijo Conner, extendiendo el brazo para señalarla.

Mary salió del establecimiento y caminó hacia el paseo. A lo mejor debería llamar a George. En realidad no tenía nada que perder, aunque tampoco nada que ganar. En cualquier caso, si era sincera consigo misma, debía reconocer que George había sido el motivo que la había empujado a subir a aquel avión rumbo a Seattle.

Pero no el único.

Antes de que le diera tiempo a cambiar de idea, pulsó la tecla que la pondría en comunicación con el despacho de George.

Una mujer respondió al segundo ring.

—Despacho de George Hudson. ¿En qué puedo ayudarle?

—Buenos días —dijo Mary, esforzándose para que le saliese la voz de la garganta. Enseguida consiguió controlarse. Enderezó la espalda y, cuando volvió a hablar, la voz no la traicionó en lo más mínimo—. Soy Mary Smith, una vieja amiga del señor Hudson. ¿Estaría disponible en este momento?

—Lo siento, señora Smith, pero el señor Hudson estará todo el día en los juzgados. ¿Quiere que le deje algún mensaje?

—No, no hace falta.

—¿Le digo que ha llamado?

—No, no se moleste. Lo intentaré de nuevo en otro momento.

Sin ni siquiera decir adiós, cortó la comunicación. Cuando guardó el teléfono en el bolso, le temblaba la mano. El hecho de que George no estuviera disponible era respuesta suficiente. No volvería a intentarlo. Era el destino. Estaba claro que no estaba escrito que pudieran volver a ponerse en contacto.

Pensó que la cuesta que tenía por delante para volver al hostal le agotaría todas las fuerzas, así que le pidió a Conner que llamara un taxi.

El vehículo se detuvo delante de la puerta de la cafetería en menos de cinco minutos. Conner la acompañó y le abrió la puerta.

Mary se inclinó hacia la ventanilla y le dio la dirección al taxista.

—No queda muy lejos, señora —dijo el hombre en tono quejumbroso.

—Le pagaré el triple de la tarifa normal —le garantizó, para evitar que siguiera quejándose.

—Si eso es lo que quiere, pero le aseguro que el hostal está solo a cuatro manzanas de aquí.

Mary no esperó a que terminara la frase; se instaló en el asiento de atrás y cerró la puerta. Sacó un billete de veinte dólares de la cartera y el taxista lo tomó al tiempo que atajaba sus protestas. Cuando llegaron frente al hostal, Mary vio que había otro coche aparcado. Más huéspedes, imaginó.

La excursión la había dejado muy cansada. Lo que más le apetecía era apoderarse de la silla del día anterior, sentarse al sol y descansar.

Salió del taxi y se dirigió al hostal.

En aquel momento sonó el teléfono y respondió a la llamada de forma mecánica.

—¿Diga?

—¿Mary? ¿De verdad eres tú?

Era George.

Capítulo 9

Rover saludó a Annie meneando la cola cuando esta regresó al hostal después de hablar con la florista. Jo Marie emergió de la cocina en cuanto Annie cerró la puerta a sus espaldas.

—Ya han llegado tus abuelos y vuestro amigo —le informó Jo Marie—. Oliver me ha pedido que les diera la habitación más próxima a la sala de estar.

Será amigo de ellos, tal vez, pero no mío, pensó Annie.

—Oh, estupendo —replicó.

Pensó que era todo un detalle por parte de Oliver procurar que sus abuelos no tuvieran que subir y bajar escaleras. Ojalá se le hubiera ocurrido antes a ella. Pero en vez de seguir pensando en lo poco que le gustaba el vecino de sus abuelos, centró su atención en Jo Marie.

—¿No te han parecido fabulosos mis abuelos? —le preguntó sin esperar una respuesta concreta. Sus abuelos formaban una pareja tan encantadora y generosa que estaba segura de que Jo Marie se habría quedado impresionada.

La respuesta de la propietaria fue una sonrisa decididamente débil. Justo en aquel momento sonó una alarma en la cocina.

—Tengo que sacar las galletas del horno —dijo, y se ausentó.

Rover siguió a Jo Marie.

Ansiosa por ver a la familia, Annie recorrió el largo pasillo hasta la habitación de sus abuelos. En ese momento, su único deseo era que Oliver se hubiera ofrecido simplemente para traer a sus abuelos desde Portland y no tuviera intención de quedarse a la fiesta de aniversario. Miró hacia el techo en un gesto de plegaria y rezó para que se marchara lo antes posible. Por favor, Dios mío, suplicó, y llamó a la puerta.

Se oyeron los gritos de su abuela.

—Responde tú, ¿quieres, Kent?

—¿Que responda a qué?

—Están llamando a la puerta —clamó la abuela, levantando más si cabe la voz—. ¿No ves que estoy ocupada?

—Tranquila, tranquila, que ya voy —gritó Kent a modo de réplica.

La puerta se abrió unos instantes después. El abuelo de Annie forzó la vista para intentar reconocerla.

—¿Annie? —preguntó.

—Por el amor de Dios, ponte las gafas —gritó Julie, saliendo del cuarto de baño—. Oh, Annie, eres tú.

Y corrió a darle un abrazo a su nieta.

—Abuela —dijo Annie, que le devolvió el abrazo y estrechó a continuación a su abuelo.

—¿Y a mí no me toca nada?

Annie se volvió en redondo y, tal y como se temía, se topó con Oliver Sutton. Era la última persona que deseaba ver aquel fin de semana. Su historia era larga y complicada. En su día, había estado locamente enamorada de él, pero él lo había echado todo por la borda. Oliver era de la edad de su hermano mayor, y de pequeños se burlaba constantemente de ella. Debido a la relación tan estrecha que mantenía con los abuelos de Annie, se había convertido en parte de todas las celebraciones que se organizaban en su casa de Portland.

Desde los cinco hasta los trece años de edad, Annie no recordaba unas Navidades o una Semana Santa sin Oliver burlándose de su pelo rojo... Y eso no había sido más que el principio de su desagradable historia. Era un tipo implacable. Si alguna vez había llegado a odiar a alguien, ese era Oliver Sutton.

—Para ti ni un abrazo —le dijo, intentando hacerle comprender que antes abrazaría a un puerco espín que tocarle a él un pelo.

—Oliver ha tenido la amabilidad de traernos desde Portland —le explicó su abuela.

—Podría haber conducido yo perfectamente —se quejó Kent—. Pero si Oliver quería acompañarnos, ningún problema.

—Si te pusieras las gafas como te ordenó el médico...

—Me las he dejado —murmuró Kent, mirando a Annie—. Y tu abuela estará encantada de que me las haya olvidado. No veo ni jota sin ellas.

—La abuela podría llevar siempre encima un par de recambio...

—Me niego a ser la niñera de tu abuelo —proclamó Julie, cortándola—. Es un hombre adulto. Asegurarme de que no se olvide las gafas no es mi responsabilidad.

—No tenía nada que hacer, así que decidí acompañarlos —dijo Oliver, atajando la discusión de los abuelos.

Annie apartó la vista, incómoda bajo la mirada escrutadora de Oliver. No le quitaba los ojos de encima, y ella se sentía más turbada de lo que debería. Era como si volviera a tener trece años.

—Tengo que decir que Oliver se ha portado de maravilla —prosiguió la abuela sin percatarse en absoluto de la tensión que se dibujaba en el rostro de su nieta.

Annie nunca había logrado entender qué le encontraban de maravilloso sus abuelos a su inoportuno vecino, pero tampoco tenía ganas de preguntárselo. Hasta donde le alcanzaba la memoria, Oliver siempre había sido un fastidio. Ella, que solo tenía un hermano y un primo, ambos varones, siempre había sido la única chica, y ello la había convertido en el blanco de todas sus bromas. Y Oliver se había erigido en el cabecilla del grupo.

—Te veo muy bien —comentó entonces Oliver.

La respuesta natural habría sido agradecerle el cumplido, pero Annie se negó a hacerlo. Él seguía sin quitarle los ojos de encima, y ella tuvo que resistir la urgencia de lanzarle una mirada furiosa. Sabía de sobras que no era persona de su agrado.

—¿No piensas darle las gracias a Oliver por lo que acaba de decirte? —preguntó su abuelo.

Annie consiguió murmurar una respuesta ininteligible. En su día había caído presa de los supuestos cumplidos de Oliver, y no estaba dispuesta a volver a hacerlo.

—Iba a sugerir que fuéramos todos juntos a comer —dijo Oliver.

—Me parece una idea estupenda —replicó la abuela, encantada de apuntarse a todos los planes del joven.

—¿Qué pasa? —preguntó el abuelo.

—Kent, por favor, ponte los audífonos.

—Odio esos cacharros. Cuando me los pongo, me pican los oídos.

—Ya sabes lo que me molesta tener que repetir todo lo que digo.

—¿Qué dices?

La abuela resopló con exageración.

—Da igual.

—¿No tenéis hambre? —preguntó Kent—. Debe de ser casi hora de comer.

Era evidente que el abuelo necesitaba los audífonos.

—Concededme diez minutos —reclamó Julie—. Aún tengo cosas que sacar de la maleta y me gustaría refrescarme un poco.

—Por supuesto —dijo Annie.

Annie y Oliver salieron juntos de la habitación. Ella se negó a mirarlo y echó a andar por el pasillo, deseosa de huir de él y dispuesta a inventar una excusa si era necesario.

Tenía la sensación de que él seguía con los ojos clavados en ella. Una sensación que se repetía siempre que estaban juntos. Oliver Sutton era el hombre más desagradable que había conocido en su vida.

—¿Cuándo fue la última vez que nos vimos, Annie? —preguntó Oliver, en un intento de iniciar una conversación.

—Fuera cuando fuese, no queda aún lo suficientemente lejos.

Annie recordaba aquella ocasión, pero no estaba dispuesta a mencionarla. La verdad era que, aunque preferiría que no fuera así, recordaba todos los detalles relacionados con Oliver Sutton.

Y no mejoraba precisamente la situación que él fuera tan atractivo: facciones clásicas, alto, moreno y guapo a más no poder. El problema era que él también lo sabía. Y según su abuelo, que hablaba tan a menudo de él, era un mujeriego. Pues que se apañara con todas esas mujeres. Y si dejaba un regimiento de corazones rotos dondequiera que fuese, tal y como su abuelo insinuaba, mejor para él, pero Annie estaba decidida a no ser una de ellas. Había aprendido la lección hacía tiempo y no le apetecía caer de nuevo en el mismo error.

Oliver rio como si Annie acabase de contar un chiste.

—Oh, vamos, no puedes seguir enfadada porque te tirara de las coletas. Tenías ocho años.

Annie lo fulminó con la mirada.

—Si solo hubieras hecho eso...

Pero se calló de repente a media frase. Hablar de nuevo sobre ofensas del pasado no servía de nada. Oliver se reiría de su letanía de quejas, y no estaba dispuesta a otorgarle ese poder sobre ella.

—Lo que has hecho por tus abuelos es maravilloso —dijo Oliver, cambiando de tema—. Julie lleva semanas hablando única y exclusivamente de la celebración de su aniversario.

—Me dedico a planificar fiestas a nivel profesional. Era lo mínimo que podía hacer —replicó Annie, aunque no le mencionó que lanzarse de lleno a la organización de aquella reunión familiar le había permitido mantenerse centrada y superar de algún modo el terrible periodo que había seguido a la ruptura con Lenny.

—Te veo muy bien, Annie, lo digo en serio. Jamás te había visto tan guapa.

¿Otro cumplido por parte de Oliver?

Annie se cruzó de brazos y se enfrentó directamente a él.

—¿Por qué has venido? —le preguntó.

Oliver pestañeó, como si la pregunta le hubiera pillado por sorpresa.

—Tu abuela...

—Ya sabes lo que opino de ti.

—Sí, por desgracia lo sé. Julie me pidió que los acompañara en coche, y como tenía tiempo, no pude negarme. —Sonrió y se cruzó también de brazos—. Veo que sigues teniendo ese temperamento de pelirroja.

—El color de mi pelo no tiene nada que ver con mi carácter —replicó, y descruzó los brazos para cerrar los puños con fuerza.

Oliver separó los brazos del cuerpo y con las manos hizo un gesto para ponerse a la defensiva.

—No me digas que piensas volver a pegarme un puñetazo.

Annie tenía trece años cuando eso ocurrió, y él se lo merecía.

—No me tientes.

—Pero lo tienes —musitó él—. Siempre has tenido ese carácter.

Aquella era una historia improbable. Oliver siempre se había burlado de Annie, y ella no estaba dispuesta a tolerarlo nunca más.

—No te cruces en mi camino, ¿me has entendido? Tengo muchas cosas en que pensar y no tengo tiempo para jueguecitos tontos contigo.

Oliver adelantó hacia fuera el labio inferior.

—Pues es una lástima.

Annie consultó su reloj. Sus abuelos necesitaban una cantidad de tiempo tremenda para ponerse en marcha. A pesar de que tenía controlado todo lo de la fiesta, siempre podía alegar que le faltaba comprobar algún detalle para así evitar la comida y no tener que aguantar a Oliver. Le bastaría con pronunciar un par de palabras, pero esperaría a que...

—¿Qué tal está Lenny? —preguntó Oliver.

La pregunta la pilló completamente desprevenida.

—¿Quién... quién te ha hablado a ti de Lenny? —le inquirió, al tiempo que recordaba que ni siquiera había tenido tiempo para contarles a sus abuelos que había roto el compromiso.

—Tu abuela, claro está. Cuando os prometisteis, ella me lo contó.

—Como bien sabes, el compromiso está roto...

Oliver arqueó las cejas como si estuviese sorprendido.

—¿Desde cuándo?

—Hace ya un tiempo, pero no es asunto de tu incumbencia —le espetó, sin ganas de darle más detalles. Cuanto menos supiera Oliver de su vida personal, mejor.

—¿Y es por eso que estás tan irritable?

—¡La razón eres tú, y no estoy irritable! —insistió Annie—. Ojalá captaras la indirecta y te largaras.

—De ninguna manera. Esto se pone más interesante a cada minuto que pasa. Y entonces, ¿qué pasó entre tú y el señor «Amor de tu vida»? Al menos, así es como tu abuela lo describió.

Annie apostaría los ahorros de su vida a que su abuela no había dicho tal cosa. A pesar de que había hablado varias veces con sus abuelos para comentar la planificación de la fiesta de su aniversario, no les había mencionado nada de Lenny. Era un tema que intentaba evitar, aunque suponía que sus padres les habrían contado ya lo de la ruptura del compromiso.

—¿Acaso Lenny bebía demasiado?

Hizo caso omiso de la pregunta.

—¿Irresponsable con el dinero, quizá?

En vez de seguir escuchando aquella letanía de preguntas, Annie hizo ademán de marcharse.

—Ya lo sé. Le iban demasiado las faldas.

—¿Puedes parar? —le pidió.

—Ah, así que era eso.

De ninguna manera pensaba permitir que Oliver supiera que acababa de dar en el blanco.

Pero en aquel preciso momento, como si Lenny supiera que estaba siendo el protagonista de la conversación, le sonó el teléfono móvil. Annie miró el identificador de la llamada y pulsó la tecla para responder.

—No vuelvas a llamarme —le gritó, y colgó inmediatamente.

Se abrió entonces la puerta de la habitación de sus abuelos y apareció Julie.

—¿Quién era, cariño?

—Nadie importante —le informó Annie, obligándose a sonreír.

—¿Te he mencionado que Betty y Vern ya están en la ciudad? —preguntó a gritos Kent, que estaba todavía en la habitación.

Annie sabía que aquella pareja eran buenos amigos de sus abuelos. Vern y su abuelo se habían conocido en la marina y habían sido los padrinos de bodas de Kent y Julie.

—Por desgracia, no se alojan en el hostal. Betty tiene una hermana en la ciudad, Gerty, y han decidido quedarse en su casa —le explicó la abuela—. Ojalá hubieran reservado también habitación en el hostal. Es un lugar encantador. Kent y yo hemos quedado para ir a cenar con ellos esta noche. No os importa, ¿verdad?

Oliver respondió antes de que Annie pudiera abrir la boca.

—En absoluto. Será un placer invitar a Annie a cenar.

—Ah..., no es necesario —aseguró ella—. Tengo un centenar de cosas que hacer.

—Pues te ayudaré —se ofreció Oliver.

Annie tuvo que reprimirse para no darle un pisotón.

—Gracias, pero está todo controlado.

—Annie, cariño, no rechaces nunca la ayuda de nadie —le aconsejó su abuela, dándole un delicado pellizco en la cintura—. A ver, ¿dónde se ha metido tu abuelo? Te juro que este hombre se entretiene con lo primero que encuentra.

—Ya voy, ya voy —gritó Kent. Salió al pasillo, cerró la puerta de la habitación y le dio varias vueltas al pomo para asegurarse de que estaba bien cerrado—. ¿Qué tal estáis de hambre? Yo apuesto por buscar un mexicano.

—Kent —dijo Julie, refunfuñando—, sabes perfectamente que la comida mexicana me produce ardor de estómago, y, además, todo ese queso que ponen no es bueno para tu corazón.

Una mueca de decepción ensombreció la cara del abuelo.

—Llevo semanas sin comer queso. Si quiero tirar la casa por la ventana y comer queso, lo haré. El responsable de mi dieta soy yo, no tú, y quiero comida mexicana.

—Podemos pedir una ensalada de pollo, abuela —sugirió Annie.

—Vale, de acuerdo. Pero no sé por qué todo el mundo tiene que ceder ante los caprichos de tu abuelo, la verdad.

Kent y Julie siguieron discutiendo mientras salían del hostal y caminaban lentamente hacia el lugar donde Oliver había aparcado el coche.

—¿Ha sido así todo el trayecto desde Portland? —le preguntó Annie a Oliver, conmocionada ante tanta riña.

—Me temo que sí. Han estado metiéndose el uno con el otro desde que nos hemos puesto en marcha.

—Oh, vaya.

—¿Qué te parecería una tregua, Annie? —preguntó Oliver—. Entre tú y yo, quiero decir. Si nosotros nos mostramos educados y respetuosos, tal vez ellos decidan seguir nuestro ejemplo.

Annie sabía que era mejor no confiar en él. Pero cuando la miró con aquellos ojos castaños tan irresistibles, estuvo a punto de ceder.

—Ya veremos.

Oliver se encogió de hombros.

—De acuerdo, como tú quieras.

Mientras Annie alcanzaba a sus abuelos, Oliver fue a ver a Jo Marie para que le recomendara algún restaurante mexicano. Regresó rápidamente y se instaló en el asiento del conductor, al lado de Kent. Annie y su abuela ocuparon el asiento trasero.

—Jo Marie me ha dicho que hay un restaurante estupendo no muy lejos de aquí que se llama Taco Shack —informó Oliver, poniendo el motor en marcha.

Julie murmuró alguna cosa por lo bajo e hizo una mueca de desagrado. Annie le dio unos golpecitos en la mano para tranquilizarla.

—Creo que darle esos caprichos para comer a tu abuelo está mal —susurró Julie, mirando por la ventanilla—. Muy mal, de verdad.

—Lo he oído —refunfuñó Kent—. A mí nadie me da caprichos para comer, y tú menos que nadie.

—¿No recuerdas...?

—Julie tiene una memoria de elefante —dijo Kent, inclinándose hacia Oliver—. Saca a relucir cosas de hace cuarenta años como si hubieran sucedido ayer.

—Creo que vamos a tener un tiempo estupendo para la jornada de renovación de votos —intervino Annie, antes de que la pareja empezara a discutir otra vez.

—¿Quién ha dicho que vayamos a renovar nuestros votos? —preguntó el abuelo, mientras se giraba para mirar a Annie—. Al ritmo que vamos tu abuela y yo, este matrimonio no dura ni una semana más.

—Llevas cincuenta años amenazando con dejarme. A estas alturas, ya deberías haberlo hecho.

—Niños, niños —dijo Oliver, sonriendo.

—Oh, mirad qué restaurante más mono —exclamó Julie, y señaló un edificio de estilo victoriano de color rosa.

—Es el salón de té que os mencioné cuando empecé a buscar un lugar donde celebrar la recepción —dijo Annie—. Por desgracia, el restaurante no está preparado para un acontecimiento de este calibre.

—Pues parece perfecto —masculló la abuela, como si pensara en voz alta—. Seguro que sirven comidas fabulosas.

—No conseguirías acercarme ni a tres metros de ese lugar —murmuró Kent—. Jamás me verás en un salón de té como ese, sujetando la tacita mientras levanto el dedo meñique.

—Tampoco a mí se me ocurriría jamás ir contigo a un lugar así.

—Ah, ya estamos —intervino Oliver, cortando la discusión. Y acto seguido giró a la derecha para acceder al aparcamiento del restaurante—. Jo Marie estaba en lo cierto, tiene un aspecto fabuloso —afirmó mientras estacionaba justo delante del Taco Shack.

A Annie se le había formado un nudo gigantesco en el estómago después de haberse pasado todo el trayecto escuchando las discusiones de sus abuelos. Ella siempre los había tenido por una pareja encantadora. No recordaba haberlos visto nunca lanzándose reproches. Pero ahora que los tenía allí, a punto de celebrar sus bodas de oro, la sensación que transmitían era la de dos personas que no se soportaban.

¿En qué momento habrían cambiado las cosas? Annie no tenía ni idea de cómo sacaría todo aquello adelante si sus abuelos no dejaban de picarse mutuamente de aquella manera. Esperaba que fuera una situación pasajera, a causa de los nervios, y que todo volviera enseguida a la normalidad.

Como un auténtico caballero, Oliver abrió una de las puertas traseras y ayudó a la abuela a bajar del automóvil. Kent, lejos de esperar a su mujer, ya había avanzado hasta la mitad del aparcamiento. Julie corrió para alcanzarlo.

—Todo saldrá bien —le dijo Oliver a Annie.

—¿Cómo puedes decir eso? —musitó ella, a punto de romper a llorar—. Es un desastre.

—No están tan mal —replicó él, para disipar los miedos de Annie—. Solo están un poco estresados con todo este follón del aniversario.

—¿Estás insinuando que no debería haberme tomado la molestia de organizar esta fiesta? —preguntó furiosa—. ¿Es eso lo que pretendes decirme?

—Lo que pretendo decirte es que no te preocupes, que todo saldrá bien.

Annie suspiró. Confiaba en que Oliver estuviera en lo cierto.

—Lo siento, creo que yo también estoy un poco estresada.

—Tal vez yo podría hacer algo para que te relajaras —se ofreció Oliver, posándole la mano en la espalda.

—Sí, claro.

—Siempre podría... volver a besarte.

—No vayas por ahí, Oliver Sutton —murmuró Annie, y lo apartó de un manotazo.

—Con lo que me gustó la primera vez.

Capítulo 10

Cuando Mary escuchó la voz de George al otro lado del teléfono, le temblaron las piernas de tal manera que tuvo que buscar rápidamente un sitio donde poder sentarse. Por suerte, la silla Adirondack del porche estaba cerca. Se dejó caer en el asiento de madera y presionó con fuerza el móvil contra el oído.

—¿Dónde estás? —preguntó George con un tono de voz impregnado de urgencia, como si ella necesitara desesperadamente ayuda.

—En Washington.

—¿En el estado o en la ciudad?

—En el estado —respondió Mary casi sin aliento, como si hubiera subido corriendo varios tramos de escaleras.

—¿Estás bien? —la voz se calmó un poco—. ¿Necesitas alguna cosa?

Horrorizada, Mary se dio cuenta de que tenía los ojos llenos de lágrimas y que le resultaba imposible hablar.

—¿Mary? Habla.

—Ten... tengo cán... cer —dijo, hipando.

El anuncio llegó seguido de una larga pausa, como si George se hubiera quedado tan conmocionado por el diagnóstico como ella cuando escuchó por primera vez la palabra en boca del médico. Pero George se recuperó con rapidez.

—¿Cuándo puedo verte?

Armándose de toda su fuerza de voluntad, Mary consiguió controlar por fin las emociones. Buscó un pañuelo de papel en

100

el bolso y se lo llevó a la nariz. Al tomar de nuevo la palabra, lo hizo con voz firme y fuerte.

—Verme no es muy buena idea.

—Creo que no estoy de acuerdo.

George, el dulce George, siempre tan educado y cariñoso. Mary nunca había logrado comprender cómo había llegado a convencerse de que estaba enamorado de ella.

—Necesito verte —suplicó George.

Era evidente que enterarse de que tenía cáncer había sido un golpe duro para él. Soltárselo así de entrada había sido un error. Un error tan grande como llamar a su despacho.

Mary luchó consigo misma.

—Dime dónde estás —insistió— y voy enseguida.

Mary se negó a que tan siquiera se plantease dejar lo que estuviera haciendo.

—Se supone que estás en los juzgados —le recordó.

—Eso es lo que menos importa.

—No, George.

—Entonces prométeme que me permitirás verte.

Mary cerró los ojos con fuerza para combatir el deseo abrumador de verlo, pero le resultaba imposible. Ni siquiera en aquel momento alcanzaba a comprender qué locura se había apoderado de ella cuando había decidido intentar localizarlo. En otras circunstancias, jamás habría sucumbido a aquella debilidad.

La amenaza de la muerte la había hecho flaquear en áreas donde siempre había sido muy fuerte. Se había alejado de George hacía diecinueve años. Nunca había intentado volver a hablar con él ni verlo otra vez, pero ahora se descubría anhelando sus caricias, deseando su amabilidad y su delicadeza. Si pudiera volver a verlo, todo habría merecido la pena. Una última vez.

—Mary, ¿me has oído?

—Sí —musitó ella.

George dudó, y entonces, con voz muy baja, tremendamente baja, añadió:

—Por favor.

Mary notó la sensación de un sollozo en la garganta, un sonido que escapaba de ella y parecía el grito de un animalito herido.

—¿Estás llorando, Mary?

Cuando había dado por terminada la relación no había derramado ni una sola lágrima, pero ahora lloraba a moco tendido como un recién nacido, y no podía ni disimularlo.

George habló de nuevo:

—No oigo otra cosa que el sonido de tus sollozos.

—Estoy bien, estoy bien —insistió Mary. Enfrentarse a una debilidad era algo nuevo para ella. Inspiró hondo varias veces y tardó unos segundos en serenarse. Después enderezó la espalda—. Creo que tu mujer no se tomaría demasiado bien que nos viésemos y...

—Estoy divorciado —la interrumpió George.

La noticia hizo que Mary se tambaleara. ¿Divorciado?

—¿Cuándo fue eso?

—Hace años. ¿Y tú?

Mary se relajó por primera vez desde que había respondido a la llamada.

—No me he casado.

—¿Nunca?

Si alguna vez hubiera deseado compartir la vida con alguien, habría sido únicamente con George.

—Nunca amé del todo a Kathleen —le explicó George—. Cuando nos casamos, ella sabía que mi corazón te pertenecía.

Una parte de Mary no quería seguir escuchando aquello, pero había otra que ansiaba oír esas palabras.

—Durante un tiempo, ese hecho careció de importancia —prosiguió George—. Éramos más o menos felices el uno con el otro. Sin embargo, pasados unos años, esa relativa felicidad empezó a marchitarse. No me sorprendió en absoluto que me pidiera el divorcio.

—¿Hijos? —preguntó ella, y la palabra casi se le queda atorada en la garganta.

—No.

—Si alguien se merecía haber sido padre, ese eras tú.

La línea se quedó en silencio mientras él digería las palabras.

—Lo siento mucho —susurró Mary, consciente de que le había robado aquella oportunidad junto con todo lo demás.

No hace falta decir que él sabía perfectamente a qué se refería ella.

—Lo sé —susurró también él.

Ambos dedicaron unos instantes a reflexionar sobre el pasado; Mary no estaba dispuesta a ser ella quien rompiera el silencio. Siempre había habido una conexión muy fuerte entre ellos. Al principio se había manifestado en el plano físico, pero aquel lazo, aquel vínculo, era también espiritual, y mucho más fuerte que cualquier cosa que ella hubiera experimentado con otra persona, incluso con sus familiares. Solo oír la voz de George... y era como si aquellos veinte años se evaporaran de repente. Como si se esfumaran. Como si nunca se hubieran separado.

—¿Cuánto tiempo hace que tienes cáncer? —preguntó él en voz baja y en un tono preocupado y temeroso.

—Me lo diagnosticaron hace ya unos meses.

—¿De qué tipo? —fue la siguiente pregunta.

Mary dudó, pero decidió que era mejor que conociera la dimensión del asunto, por terrible que esta fuera.

—De mama. Me hicieron una mastectomía doble.

George no hizo ningún comentario al respecto.

La decisión había sido muy angustiosa para Mary, pero en realidad solo existía una salida sensata: seguir con vida. Ahora, considerándolo con perspectiva, parecía una decisión fácil. Pero no lo había sido. Tenía la sensación de que le habían arrancado la feminidad.

—¿En qué fase está? —dijo con un hilo de voz, como si temiera preguntarlo aun teniendo que saberlo.

—En fase cuatro.

—¿Y el diagnóstico?

—Incierto.

Imaginó que aquella única palabra servía para explicarlo todo.

—¿Y por eso estás aquí? ¿Has venido porque quieres hacer las paces conmigo?

¿Era por eso? Antes, en el paseo marítimo, mientras veía las olas acercándose a la orilla, Mary había reconocido que había cruzado el país entero a bordo de un avión por George. Si le quedaba poco para reunirse con Dios, quería presentarse ante él sabiendo que había hecho todo lo que estaba en su mano para enmendar sus errores. Había mentido y engañado a George, y el sentimiento de culpa la había perseguido todos aquellos años. La ruptura le había parecido en su momento la mejor opción. No podía ser la mujer que él deseaba que fuera, la esposa y la madre que él necesitaba. Su relación de costa a costa estaba condenada al fracaso desde un buen principio. Él no había querido reconocerlo, pero ella sí. Como además era la más fuerte de los dos, fue ella quien tomó la determinación. Y sin embargo, había desgarrado tantas cosas al hacerlo, y había causado tantísimo daño a George...

—Sí, supongo que he venido para hacer las paces —reconoció en voz baja.

—En ese caso, estarás de acuerdo en que nos veamos.

Mary comprendió que George no estaba dispuesto a dejar correr el tema.

—Oh, George, ¿de verdad crees que es necesario? —dijo, porque se moría de ganas de estar con él, pero no quería que la viera en aquel estado.

Se llevó mecánicamente la mano a la cabeza.

A una cabeza calva.

Lo único que quedaba de su abundante cabello oscuro eran unos cuantos pelillos cortos. Hacía lo posible por disimularlo con un pañuelo de seda, pero no por ello engañaba a la gente. Las pelucas le sentaban fatal; había renunciado a ellas tras la primera semana.

—Quiero verte —insistió George—. Como mínimo me debes eso.

La verdad era que le debía muchas cosas más, pero Mary seguía albergando dudas. Cerró los ojos y, con el corazón completamente reacio, susurró:

—Nos veremos.

—Gracias.

—Pero antes tienes que saber unas cuantas cosas.

George dudó un instante.

—De acuerdo.

—En primer lugar, mi aspecto no tiene nada que ver con el que tenía hace veinte años —anunció, consciente de que los buenos tiempos habían quedado atrás hacía ya mucho.

George rio.

—¿Y crees que yo estoy igual?

En la cabeza de Mary, George no había cambiado. Retenía todavía la imagen de cuando se conocieron. Era joven y atractivo, al menos para su gusto. Por mucho que los años hubieran hecho mella en ella, no lograba imaginarse a George de otro modo que como cuando estaban juntos.

—Seguramente no me reconocerás.

Él volvió a reír, y se apresuró a contradecirla.

—Te reconoceré, Mary.

—Muy bien, lo que tú digas. Y ahora tienes que colgar. No es necesario que te recuerde que tienes trabajo en los tribunales.

—Esta tarde iré a verte. Solo tienes que decirme dónde y cuándo —dijo con ansiedad, dispuesto a hacer todo lo que fuese necesario con tal de encontrarse con ella.

—Iré yo —se ofreció Mary, pensando que era la solución más práctica.

—No. Has estado enferma. Dime en qué hotel te alojas. Porque estás en un hotel, ¿no?

La cosa empezaba a complicarse.

—No, no estoy en ningún hotel.

George esperó a que acabara de explicarse, pero, al ver que no lo hacía, le preguntó:

—¿Dónde te hospedas?

—¿Has oído hablar de Cedar Cove?

Confiaba en no estar cometiendo un error dándole tanta información sobre su paradero.

—Por supuesto que conozco Cedar Cove; está al otro lado del estrecho de Puget, enfrente de Seattle. Por el amor de Dios, ¿qué te ha llevado a alojarte allí?

—No sé si me creerías si te lo dijera.

—Pruébalo.

—Oh, George, tenía miedo. He cruzado todo el país en una misión imposible. Esta idea ha sido una locura.

—Para verme —dijo, satisfecho y orgulloso al comprenderlo.

—Sí, estoy dispuesta a reconocer que he venido por ti. —Aunque había también otros motivos, motivos sobre los que él no sabía absolutamente nada.

—Pero te daba miedo estar demasiado cerca.

—Sí..., supongo. Pensaba que seguías casado con Kathleen. No quería entrometerme en tu vida.

—A las dos y media habré acabado en los juzgados, máximo a las tres. Y de no ser así, le pediré a mi socio que ocupe mi lugar.

Mary miró el reloj. Era poco después del mediodía. Pensó que George debía de haber aprovechado la pausa de la comida para mirar los mensajes y llamar.

—Voy a ver los horarios del transbordador, y, si no me cuadran, iré en coche pasando por Tacoma.

—De acuerdo —dijo Mary, y suplicó a Dios que no se estuviera equivocando al acceder al encuentro.

—Iré directamente a tu hotel.

—No.

La respuesta de Mary fue inmediata. Informarle de que se alojaba en Cedar Cove ya había sido excesivo, y empezaba a arrepentirse de ello.

—En ese caso, dime dónde quieres que vaya.

El problema era que Mary no conocía ningún lugar en la zona excepto Java Joint. Y, por diversos motivos, ese establecimiento no era precisamente el ideal. Recordó entonces aquel encantador edificio de estilo victoriano que había visto al llegar a la ciudad, aquella casa de color rosa y de aspecto tan femenino, con delicadas cortinas de encaje en las ventanas y preciosos parterres con flores. Y un cerezo florido que remataba la imagen perfecta de postal.

Mary se había sentido automáticamente atraída hacia aquel edificio. Dos años atrás aquel salón de té ni siquiera le habría llamado la atención. Pero dos años atrás tenía pecho. Dos años atrás, a su entender, nada ponía en duda su feminidad. Por aquel entonces vestía siempre con faldas ceñidas y zapatos de tacón. Pero ahora tenía que batallar contra el linfedema y contra los efectos secundarios del tratamiento intensivo con quimioterapia.

—Hay un salón de té.

—¿Un salón de té?

Mary sonrió al captar el tono sorprendido de la voz de George.

—No suena muy propio de mí, ¿verdad?

—Pues no.

—Lo identificarás enseguida: es de color rosa.

—Un salón de té de color rosa —confirmó él, conteniendo una carcajada. La mujer que había conocido hacía ya veinte años habría evitado un lugar como ese por juzgarlo demasiado estereotipado.

—No soy la mujer que recuerdas, George. Tenlo presente; de lo contrario, te llevarás una amarga decepción.

—En ese caso, me muero de ganas de conocer a la mujer en que te has convertido.

Su bondadosa comprensión complicaba más si cabe las cosas.

—Estaré en el salón de té de color rosa a las cuatro, si consigo llegar a tiempo —dijo.

—De acuerdo —dijo Mary.

—Hasta luego.

—Hasta luego.

Pero Mary no cortó la comunicación, deseosa por seguir en contacto con él el máximo tiempo posible. Al cabo de unos instantes, se dio cuenta de que George tampoco había colgado.

George susurró entonces:

—Nunca he dejado de amarte.

Una solitaria lágrima rodó por la mejilla de Mary.

—No me ames, George.

—Es demasiado tarde para impedirlo. ¿De verdad pensabas que el tiempo alteraría lo que siento por ti?

Mary se quedó sin respuestas.

—Cuelga —insistió, pero la voz le temblaba de emoción—. Llegarás tarde a los tribunales.

—Cuelga tú primero —musitó él.

—No soy yo la que tiene trabajo.

—Cuelga, Mary.

Al ver que no le daba alternativa, Mary dio por finalizada la llamada, pero siguió con el teléfono en la mano, presionándolo con todas sus fuerzas.

¿Qué había hecho? ¿Cómo podía haber sido tan tonta y tan débil para haber llamado a George? ¿Qué saldría de todo aquello?

Nada. No podía salir nada.

Era demasiado tarde para ella, demasiado tarde para los dos.

Capítulo 11

Mary estaba ocupada al teléfono y mis otros huéspedes se habían ido a comer al Taco Shack. Así que, viendo que tenía tiempo libre, agarré las tijeras de jardinería y salí dispuesta a cortar unas flores.

El rododendro es la flor que representa al estado de Washington, y posee una asombrosa variedad de colores. En la finca tenía varios arbustos. Las flores rosas que se habían abierto a un lado del hostal estaban enormes, y corté unas cuantas para confeccionar algunos ramos. Siempre he adorado las flores, y me gusta tenerlas repartidas por casa.

Peggy Beldon me alertó en su momento de que debía tener presente que los huéspedes podían padecer alergias, de modo que siempre limitaba la cantidad de flores que ponía dentro de casa. Pero esta vez los rododendros estaban tan espléndidos que temía haberme pasado de la raya.

Preparé los ramos y coloqué uno en la zona del desayuno y otro en un jarrón grande en el salón. Luego dejé un ramo más pequeño en el pasillo y otro en un aparador que tenía en la segunda planta, y para acabar subí uno a la tercera. Las flores ponían una nota de color e inundaban la casa con un aroma dulzón.

Mary entró justo cuando yo bajaba por la escalera. La vi un poco alterada y su aspecto resultaba inquietante. Dudé sobre si decirle o no alguna cosa. Mary quería intimidad, y yo lo respetaba, pero me sentía preocupada. Me había dado cuenta de que se cansaba enseguida y de que se esforzaba por intentar ocultar sus debilidades. Esperaba que en casa se sintiera lo más cómoda posible, pero no quería agobiarla ni entrometerme en su vida.

—¿Le apetece un ramo de flores frescas para la habitación? —le pregunté, consciente de que había cortado tantos rododendros que podía llenar aún dos o tres jarrones más.

Mary se quedó mirándome como si se tratara de una decisión trascendental.

—Sí, sería muy agradable, gracias.

—Lo prepararé enseguida. ¿Desea alguna cosa más?

—No, creo que no —dijo, y descansó la mano en la barandilla para empezar a subir las escaleras.

—Si le apetece, puedo subirle una tetera a la habitación.

—No, pero gracias de todos modos.

Pasó por mi lado sin levantar la cabeza. Por un momento me pareció como si hubiera estado llorando, aunque Mary no parecía la típica mujer que cede fácilmente a la presión de las lágrimas.

Después de subir las flores a su habitación, me preparé la comida: un sándwich de mantequilla de cacahuete y mermelada. *Rover* estaba nervioso, como si no supiera lo que quería. Entró un par de veces en el lavadero y volvió a salir para quedarse mirándome. Luego se acercó a su cesta y la rodeó un par o tres de veces, pero no llegó a tumbarse en ella. Correteó entonces hasta la puerta de atrás, como si tuviera ganas de salir fuera. Pero cuando se la abrí se quedó quieto sin moverse y me miró, como si yo fuera capaz de leerle los pensamientos.

—¿Qué te pasa? —le pregunté a mi amigo canino.

Entró otra vez en el lavadero, donde yo guardaba la correa.

—¿Quieres dar un paseo?

Se puso de pie sobre las patas traseras, apoyó las patas delanteras en mis muslos y me miró otra vez fijamente. Sin saber qué hacer, me dirigí al lavadero y alcancé la correa. En cuanto la vio, empezó a bailotear feliz, lo que me dio a entender que lo que quería era eso.

Normalmente salíamos a dar un paseo después de desayunar; era una de nuestras rutinas. Su exigencia, puesto que no era otra cosa que eso, me resultó sorprendente, ya que ya habíamos salido por la mañana.

—Vale, vale, pero deja primero que acabe de comer.

Agarré una galleta de camino hacia la puerta.

En cuanto le puse la correa, *Rover* empezó a tirar hacia el porche de atrás y a arrastrarme. Tampoco esa era una conducta normal.

—¿Qué pasa, *Rover*? —le pregunté.

Viendo que estaba tan nervioso, decidí dejar que me guiara.

Pronto comprendí que *Rover* quería ir a casa de Mark. Curiosamente, no se paró ni una sola vez para marcar el territorio.

—*Rover* —insistí—, Mark no está en casa. Hoy ha ido a trabajar a otra parte, ¿no te acuerdas?

Mark me había dejado claro que no estaría disponible porque estaba trabajando en otro proyecto. ¡Un proyecto distinto a mi rosaleda!

Pero *Rover* se negó a escucharme y me obligó a acelerar el paso para seguirle el ritmo. Tiró de mí para rodear la casa de Mark y acercarnos al lugar donde tenía montado el taller.

—*Rover* —insistí, regañándolo—, ya te he dicho que no está.

—¿Quién anda ahí? —gritó Mark desde el interior del taller. La voz sonaba débil y jadeante.

—¿Mark? —Corrí a abrir la puerta y, al girar el pomo, descubrí que estaba cerrada con llave. Llamé con todas mis fuerzas—. ¿Hay alguien ahí? ¿Mark? ¿Estás bien, Mark?

—Sí. —Era otra vez la voz de Mark, pero débil y apenas audible—. Pasa.

—No puedo. La puerta está cerrada.

—La llave —dijo, con un tono de voz que denotaba sufrimiento—. En el cajón de la cocina, al lado del fregadero.

—¿No puedes abrir tú? —le pregunté.

—No.

—De acuerdo, voy a buscarla.

Entré corriendo en la casa por la puerta de atrás. *Rover* se quedó junto al taller y soltó un aullido cuando me separé de él.

111

—Ahora vuelvo —dije para tranquilizarlo.

Resultaba curioso que Mark se hubiera encerrado en el taller sin cerrar con llave la casa. Por lo visto, todos sus objetos de valor debían de estar en el taller, no en su hogar. Nunca había entrado en la casa. A pesar de la curiosidad, no me atreví a perder tiempo fisgoneando.

Para mayor frustración, la llave no estaba donde Mark me había dicho. Abrí un cajón tras otro hasta que localicé un llavero con diversas llaves de formas raras. Corrí de nuevo hacia el taller y tuve que probar dos o tres veces hasta que encontré la llave que abría aquella cerradura. Empujé la puerta y *Rover*, sin parar de ladrar, me adelantó para acceder antes que yo.

Mark no estaba por ningún lado.

—Aquí abajo —oí que decía, apretando los dientes.

Estaba sentado en el suelo, con las piernas atrapadas bajo una pesada mesa que se le había caído encima. De modo que ese era el proyecto superimportante que exigía toda su atención.

Me acuclillé a su lado y vi que estaba muerto de dolor. Se había quedado blanco como el papel.

—Llamaré a urgencias —dije.

—No —replicó con un tono de voz seco e insistente.

—Mark...

—No pasa nada, tú solo intenta retirar esta mesa.

¿Pero quién se creía que era yo? ¿Superwoman?

—No puedo levantar este armatoste —dije.

Ni tampoco estaba dispuesta a empezar a discutir con él. Necesitaba mucha más ayuda de la que yo sola podía proporcionarle. Por suerte, llevaba el móvil encima. Lo saqué del bolsillo y llamé para pedir ayuda.

—Jo Marie —dijo Mark, esbozando una mueca de dolor—, ¿es que siempre tienes que hacer justo lo contrario de lo que te digo?

Le hice caso omiso y seguí hablando con la persona que me atendía en el servicio de emergencias para explicarle la situación. Después de responder a una serie de sencillas preguntas, me informaron de que la ayuda se ponía en camino.

—¿Tienes algo roto? —le pregunté a Mark.

—¿Cómo quieres que lo sepa? —rugió—. ¿Acaso tengo pinta de médico?

—No es necesario que me respondas así —le espeté, aunque al instante tuve remordimientos por replicarle de aquella manera. El dolor tenía que ser espantoso—. ¿Te parece que te has roto algo o no?

—Me gustaría pensar que el dolor que siento es solo como consecuencia de un arañazo en la rodilla —dijo, y cerró la cara y apartó la mirada.

—¿Por qué habías cerrado la puerta?

—No quería interrupciones.

No lograba imaginar qué podía ser tan importante como para tener que esconderse, literalmente, detrás de una puerta cerrada. Pero ya se sabía que Mark era de lo más raro. En aquel momento, vi que se sujetaba el muslo con las dos manos, como si con ello pudiera mitigar el dolor.

—¿Es la pierna? —le pregunté.

—Sí —dijo con un gruñido, como si mi pregunta le fastidiase más aún que el dolor.

Me sentía completamente inútil, y no tenía ni idea de qué más podía hacer para ayudarlo.

—¿Puedo hacer alguna cosa?

—Largarte —murmuró.

—Pues eso no pienso hacerlo.

—Me lo imaginaba —resopló.

Nos quedamos unos instantes en silencio hasta que, al final, Mark me preguntó:

—¿Por qué has venido?

—Por *Rover*. No me ha dejado en paz hasta que he agarrado la correa. Y en cuanto hemos salido, me ha arrastrado hasta aquí.

Mark frunció el ceño.

—¿Y cómo es posible que lo supiera?

Yo también me lo había preguntado. Aquel perro era asombroso. Y seguro que Mark ya no lo encontraba tan inútil.

—¿Tienes alguna respuesta? —preguntó Mark con brusquedad.

—No.

—Pues ahora lárgate, ¿quieres? La ayuda llegará enseguida. Ya has cumplido con tu deber.

—No pienso dejarte aquí —insistí.

—Vete —gritó.

Mark Taylor era el hombre más antipático y desconsiderado que había conocido en la vida. Viendo que tenía tantas ganas de perderme de vista, me enderecé. Como comprendí que no estaba de humor para soportar mi presencia, decidí que me acercaría a la entrada a esperar que llegara la ayuda.

Mark levantó la vista, como si le sorprendiera que me dispusiera a hacer lo que acababa de pedirme.

—Les he dicho que se acercaran por la parte posterior de la casa, pero creo que será mejor que les muestre el camino.

Mark apoyó el peso del cuerpo sobre las manos, cerró los ojos y asintió. Le di un pellizco cariñoso en los hombros.

—No tardaré.

Oí a lo lejos el sonido de la puerta de un coche al cerrarse y salí corriendo del taller.

—Por aquí —grité.

A Mark no le había gustado que llamara para pedir ayuda, pero sabía que en el fondo se sentía aliviado. Estaba enfadado y se mostraba gruñón conmigo, pero lo acepté como una consecuencia del dolor que sentía en aquel momento y decidí no tomármelo como algo personal.

Los hombres del servicio de urgencias levantaron rápidamente la mesa para liberar las piernas de Mark. Vi enseguida que tenía el tobillo torcido en un extraño ángulo. Era evidente que se lo había fracturado. Debía de dolerle mucho. Pese a ello, intentó incorporarse sin ayuda. Los hombres del servicio de urgencias se lo impidieron y, desoyendo sus sonoras protestas, entraron una camilla en el taller.

—Ahora que ya no tengo esta maldita mesa encima, me encuentro perfectamente.

—Tienes una fractura en la pierna —dije, señalando lo que todos los presentes eran capaces de ver.

Mark siguió protestando, pero no le hicieron ni caso.

—¿Es usted su esposa? —me preguntó uno de los hombres. La placa que llevaba lo identificaba como Mack McAfee.

Mark debió de oír la pregunta, puesto que rio con disimulo, como si la simple sugerencia fuera para echarse a reír.

—Es solo un amigo —respondí, aunque después de lo que acababa de suceder, me pregunté si Mark seguiría considerándome como tal.

—Lo trasladaremos al hospital Bremerton. ¿Puede reunirse con nosotros allí?

—No quiero que Jo Marie se acerque a ese hospital —insistió Mark, mientras los dos hombres lo transportaban en camilla hacia la puerta.

Hice ver que no lo oía.

—He venido a pie y con el perro. Iré a casa a buscar el coche e iré enseguida al hospital.

—Ha sido una suerte que pasara usted por aquí —mencionó Holiday, que era el nombre del jefe.

Me habría gustado explicarle que había encontrado a Mark en aquellas condiciones gracias a *Rover*, pero pensé que no me creería. La verdad, ¿quién iba a creerme? Había sido como lo que sucedía en las películas, en aquellas historias protagonizadas por *Lassie* o *Rin Tin Tin*. *Rover* era un chucho con poderes mágicos.

Mi perro y yo regresamos rápidamente al hostal. Imaginé que Mary seguía en su habitación y que los demás no habían vuelto aún de comer. Calculé que en un par de horas llegaría el resto de los huéspedes y tendría que estar de vuelta.

Ahora que había cumplido con su cometido, *Rover* se acurrucó en su cesta y se quedó dormido enseguida, como si el breve paseo lo hubiera agotado por completo. Dejé una nota para Annie y sus abuelos, y salí por la puerta.

El corazón me latía deprisa cuando puse la llave en el contacto del coche, y no fue hasta aquel momento que me di cuenta de lo conmocionada que me había dejado lo sucedido.

Cuando llegué al hospital, me informaron de que habían llevado a Mark a hacerse unas radiografías. Y como yo no tenía otra cosa que hacer, fui a la sala de espera de urgencias y tomé asiento.

Me había leído ya una revista entera y me disponía a empezar la segunda, cuando oí la voz de Mark protestando por alguna cosa. No necesitaba ninguna bola de cristal para saber que no iba a ser un paciente obediente. La fractura en la pierna le impediría trabajar a su gusto. Y yo podía olvidarme de cualquier esperanza de tener mi rosaleda lista antes de otoño. En aquel momento, me sentí culpable por ser tan desconsiderada.

Apareció una auxiliar empujando la silla de ruedas de Mark, que llevaba la pierna izquierda enyesada hasta la rodilla.

—Ha venido su amiga —le dijo la chica.

Mark me miró y apartó rápidamente la vista.

De modo que seguía así. Estupendo. Había creído que como mínimo exhibiría una comedida muestra de agradecimiento. Ingrato.

—Voy a buscar el coche —le dije a la chica, ignorando por completo a Mark. Jugaríamos al mismo juego, pensé.

Me llevó unos minutos rodear el edificio para acceder a la puerta de urgencias. Cuando llegué a la entrada, Mark y la auxiliar ya estaban allí esperándome.

Detuve el coche, salí, rodeé el vehículo hasta la puerta del acompañante y la abrí para que la auxiliar ayudara a entrar a Mark.

—Gracias —le dije a la chica. Si él no pensaba darle las gracias, yo sí.

Se sentó muy rígido y erguido en el asiento del acompañante.

—No te haría ningún daño mostrarte un poco agradecido —murmuré, aunque con aquel mal humor no esperaba ninguna réplica por su parte.

—La enfermera me ha destrozado unos vaqueros estupendos —se quejó.

—¿Habrías preferido que te desabrochara el pantalón y lo pasara por la pierna rota? —le pregunté, sin querer ni imaginarme lo doloroso que le habría resultado eso.

Tardó unos instantes en responder, y cuando lo hizo no conseguí entender qué me decía.

—¿Necesitas que pare en la farmacia? —le pregunté.

Negó con la cabeza.

—Me lo traerán a casa.

—¿Y muletas? ¿Necesitarás?

—Tengo un par en casa.

De modo que no era la primera vez.

—¿Así que ya te habías fracturado la pierna?

—No.

No dio más explicaciones, y tampoco yo estaba dispuesta a indagar viendo el humor que gastaba.

El recorrido por la costa hasta llegar a Cedar Cove se me hizo eterno. El silencio entre nosotros era tan pesado como debía de serlo la fatídica mesa. Cuando por fin llegamos a casa de Mark, este ni siquiera esperó a que se detuviera el coche por completo para disponerse a abrir la puerta.

—Necesitarás esas muletas —le dije.

Mark se vio obligado a reconocer que no podría salir del coche sin esa ayuda. Soltó el aire y asintió.

—En el armario de la habitación del fondo.

Apagué el motor y me dirigí a la casa, esforzándome por disimular mi sonrisa. Tal vez podría aprovechar las circunstancias y escudriñar un poco más el interior de la casa.

Capítulo 12

Annie no sabía cómo hacer para superar la comida que se avecinaba en compañía de Oliver y sus abuelos. Estar con Oliver era un fastidio de por sí, pero es que además sus abuelos no se ponían de acuerdo en nada. Era sorprendente que hubieran logrado seguir casados tantísimos años. El recuerdo que tenía de ellos era que siempre se mostraban muy cariñosos, y no entendía qué podía haberles hecho cambiar. Antes los veía al menos tres veces al año, pero desde que empezó a estudiar en la universidad, y luego a trabajar, la frecuencia había cambiado. Además, sus abuelos habían pasado las dos últimas Navidades con unos amigos en Hawai.

—No entiendo por qué insistes en lo de la comida mexicana —dijo Julie, una vez estuvieron sentados y les trajeron la carta.

Les sirvieron rápidamente un pequeño recipiente con salsa y nachos.

—Insisto porque resulta que me gustan las enchiladas.

La abuela murmuró alguna cosa para sus adentros. Annie no logró captar qué decía, lo cual tal vez era mejor.

Kent tomó un nacho y lo sumergió en la salsa.

—Te quejas de que el queso no es bueno para mí. Pues resulta que me gusta, y si decido comer queso, no deberías impedírmelo.

—Pues alguien debería hacerlo —insistió la abuela, subiendo el tono de voz.

Annie se escondió detrás de la carta, incómoda por la atención que la discusión de sus abuelos estaba generando. Su abuelo hablaba tan fuerte que el restaurante entero podía oírlo. La riña había hecho girar la cabeza a todos los presentes.

—Si las enchiladas acaban matándome —insistió el abuelo—, moriré feliz.

—Pues adelante. Tienes toda la razón, si quieres taponarte las válvulas cardiacas y morir, tú decides. Yo me lo pasaré en grande gastándome el dinero que cobre del seguro de vida.

—Muy bien, que te diviertas. Y como te he dicho, yo al menos moriré feliz.

Y, muy consecuente, Kent pidió tres enchiladas de queso con arroz y frijoles.

La abuela pidió ensalada de pollo sin salsa pero con un poco más de aguacate. Oliver pidió fajitas de pollo y Annie se decidió por un plato de degustación de entrantes, aunque luego apenas probó la comida.

Imposible comer.

Cuando no regañaba a sus abuelos, se veía obligada a combatir las miradas de Oliver. Tuvo que contenerse para no atizarle un puntapié por debajo de la mesa y decirle que dejara de observarla como si fuese un apetitoso filete. Naturalmente, Oliver lo hacía a propósito, para ponerla nerviosa. Era el mismo juego de siempre, el que había practicado desde que eran pequeños. Se divertía a más no poder burlándose de ella y fastidiándola. Y era evidente que la situación no había cambiado.

Cuando pagaron la cuenta y salieron del restaurante, Annie le dijo en voz baja:

—¿Quieres parar?

—¿Qué? —replicó él, con gesto inocente.

—Sabes perfectamente a qué me refiero. Y te digo que no estoy dispuesta a tolerarlo.

Oliver parecía confuso de verdad.

—¿Tolerar el qué?

Annie entrecerró los ojos y aclaró, subiendo la voz:

—Que dejes de mirarme. —Y entonces, horrorizada, se giró y vio que sus abuelos la miraban boquiabiertos. No le quedó otro remedio que dar explicaciones—. Oliver ha estado mirándome todo el rato —les informó en voz baja y sintiéndose como una colegiala chivata que esperaba meter en problemas al acusado.

—Es normal que te mire —dijo la abuela, y la enlazó por el brazo—. Eres encantadora, Annie, y Oliver es un joven que sabe valorar a una mujer bonita.

A Annie le habría gustado contradecir a su abuela, pero enseguida se dio cuenta de que aún sería peor.

Se dirigieron al coche, Annie con su abuela y Oliver en compañía del abuelo. El recorrido de regreso al hostal transcurrió en un tenso silencio. Era como si todos estuvieran enfadados con todos. Annie estaba impaciente por perder de vista a Oliver, y sus abuelos habían dejado de hablarse.

En cuanto llegaron al hostal, Kent y Julie se fueron a su habitación. Annie los acompañó por si querían alguna cosa.

—Últimamente, tu abuelo se echa una siesta cada tarde —le confesó Julie a Annie en voz baja—. Si no duerme, está muy cascarrabias.

—Te he oído —dijo el abuelo—. Me tratas como a un niño de dos años.

—Es la pura verdad, querido. Si no echas tu siesta, te pones insoportable.

—Nada de todo eso es verdad —dijo Kent, y, meneando la cabeza, cerró la puerta.

De modo que Annie y Oliver se quedaron solos en el pasillo. Sin pronunciar palabra, Annie dio media vuelta para subir a su habitación. Cuanto menos hablaran, mejor.

Se sentó en la cama, alcanzó el móvil y vio que tenía seis mensajes de Lenny. Estaba tan decidida a alejarlo por completo de su vida que ni siquiera se tomó la molestia de abrirlos y leerlos. Pulsó varias veces la tecla de borrar hasta eliminarlos todos.

Justo cuando terminaba, sonó el teléfono y le dio tal susto que a punto estuvo de caérsele al suelo. Por suerte, era su madre.

—Mamá, no sabes cuánto me alegro de que me llames —le confesó Annie, atropelladamente. Para sobrevivir a aquella celebración necesitaría todo tipo de ayuda.

—¿Han llegado bien los abuelos? —preguntó su madre.

—Sí, y no me creerás cuando te cuente quién los ha traído hasta aquí.

Se dio cuenta de que le temblaba la voz solo de pensar en lo que aquel insufrible de Oliver era capaz de hacer para sacarla de sus casillas.

—Los ha acompañado Oliver —dijo su madre, como si todo estuviera planeado así desde un buen principio.

Annie se quedó boquiabierta.

—¿Lo sabías?

—Sí, la verdad. La abuela me llamó anoche y me contó que le había pedido a Oliver que los acompañara en coche a Cedar Cove. El abuelo se niega a ponerse las gafas y estaba preocupada.

—¿Y no me lo dijiste? —le inquirió, con la sensación de que toda la familia se había puesto contra ella.

—No consideré que tuviera gran importancia —replicó la madre, en tono inocente.

—¡Mamá! —exclamó Annie—. Sabes perfectamente lo que pienso de Oliver. De niña me aterrorizaba.

A decir verdad, su madre no sabía ni la mitad de la historia.

—Cariño, de eso hace ya muchos años. Ahora sois adultos y tampoco hace tanto que lo viste por última vez. El verano pasado, ¿no es así? ¿Y qué tal está Oliver, por cierto? Es un chico muy guapo.

Annie iba a decirle que no había cambiado nada, pero al instante decidió tragarse sus palabras. Oliver estaba exactamente igual a como lo recordaba. Y en cuanto a que era guapo, había que reconocer que era verdad. Además, tanto sus padres como su hermano lo tenían en gran estima, así como sus abuelos. El verano pasado, Oliver y el hermano de Annie, Peter, habían hecho una caminata de dos días por la cordillera de las Olímpicas y se habían pasado por su casa antes de emprender la excursión. Para Peter, la gracia de ir a ver a los abuelos era que podía aprovechar para visitar a Oliver. Y, naturalmente, parte de esa gracia incluía machacarla a ella lo máximo posible.

—Dile a Oliver que tengo muchas ganas de verlo. ¿Lo harás?

Annie tuvo que hacer un esfuerzo para confirmarle que lo haría.

—Entonces, el viaje de los abuelos ha ido bien, ¿no? —preguntó su madre a continuación.

Annie dudó, no sabía muy bien qué decir.

—Están bien, supongo.

—¿No tendrá otra vez el abuelo algún problema de corazón? —dijo su madre, preocupada de repente.

—No exactamente.

—¿Qué pasa entonces?

Annie soltó el aire lentamente.

—Discuten todo el rato.

—¿Sobre qué?

—Discuten por todo.

—Oh, vaya. ¿Está de malhumor el abuelo?

De hecho, los dos estaban fuera de sus casillas.

—No sé..., es difícil decirlo.

—Serán los nervios, cariño. No te preocupes.

Pero Annie no podía evitar sentirse preocupada. No creía que una buena relación funcionase de aquella manera. Siempre había considerado el matrimonio de sus abuelos como el ideal, pero por lo que había visto hasta aquel momento, ni siquiera se soportaban.

—Y lo que es más importante, Annie, ¿tú cómo estás? —preguntó entonces su madre, interrumpiendo sus elucubraciones.

—Estoy bien, mamá.

—Lenny ha llamado a casa preguntando por ti. No le he dicho dónde estás, para librarte de él. —Dudó unos instantes y añadió—: Cuando caí en la cuenta de que tus abuelos no sabían nada acerca de la ruptura, se lo conté. Confío en que no te importe.

—No, no pasa nada..., pero deben de haberle comentado alguna cosa a Oliver, porque no ha parado de hacerme preguntas.

—Oh, vaya. ¿Te molesta que lo sepa?

—No, creo que no. —Aunque habría preferido que siguiera creyendo que estaba comprometida. Suspiró—. ¿Te importa si comentamos todo esto más tarde, mamá? Hablar de Lenny me deprime. Y agradezco que papá y los abuelos apoyen también mi decisión.

—Por supuesto, cariño.

—Francamente, ahora que he roto el compromiso y que todo el mundo lo sabe, me siento mucho mejor de lo que me había sentido en un montón de meses —prosiguió Annie.

Y era la verdad. Lo único que faltaba ahora era que Lenny aceptara que la relación había terminado. La sorprendía que siguiera aferrándose a ella, aunque también era comprensible, puesto que Lenny no se lo había contado todavía a su familia y albergaba aún esperanzas de que ella cambiara finalmente de idea.

Para ser justos con Lenny, había que reconocer que también tenía buenas cualidades. Era encantador, simpático y divertido, por mucho que careciese de capacidad para ser fiel.

—Ya hablaremos después de este fin de semana —dijo su madre—. Has estado tan ocupada planificando eventos que no hemos tenido ni tiempo para hablar largo y tendido del tema.

Su madre tenía razón. Sumergirse en el trabajo había sido una válvula de escape fácil para Annie. Pero en cuanto hubiese terminado con la celebración que ahora tenía entre manos, el asunto volvería a despuntar. Sabía que lo único que lograría que Lenny se convenciese de que habían acabado sería que ella empezase a salir con otro hombre. Sospechaba que su inexistente vida social había animado a Lenny a creer que seguía enamorada de él. Pero se equivocaba. Su corazón se había llevado un buen golpe y necesitaba tiempo para curar las heridas.

Deseosa de cambiar de tema, preguntó:

—¿Cuándo llegareis papá y tú?

—Estaremos en Cedar Cove mañana, seguramente por la tarde. Tu padre quiere salir entre las tres y las cuatro —comentó su madre—. ¿Necesitas que haga alguna cosa entre tanto?

—Nada de nada, mamá. Lo tengo todo controlado.

Annie percibió que su madre se sentía aliviada.

—Eres la persona perfecta para organizar este evento —dijo su madre—. Te estamos todos tremendamente agradecidos. Quiero que sepas lo mucho que valoramos todo el trabajo y el tiempo que has dedicado a preparar esta fiesta para los abuelos.

—Lo he disfrutado.

Ahora lo único que tenía que conseguir era evitar que sus abuelos se matasen mutuamente antes de la gran fiesta.

—Llámame si necesitas cualquier cosa —se ofreció su madre.

—Lo haré —le prometió Annie.

Cuando terminaron de hablar, Annie se quedó pensando unos instantes sobre los recelos que le causaba la presencia de Oliver. Se sentía mejor al respecto después de hablar con su madre. Pero aun así quería dejar las cosas claras con él, establecer ciertos límites que le permitieran superar el fin de semana sin acabar estrangulándolo.

Como no sabía cuál era la habitación de Oliver, decidió buscar a Jo Marie para preguntárselo. Pero justo cuando abrió la puerta, él salía de la habitación que había enfrente de la suya.

Annie contuvo la respiración. Tenerlo en el mismo hostal era ya excesivo de por sí, pero que durmiese a escasos metros de ella la ponía muy nerviosa.

—Hola, Annie —saludó Oliver.

Annie vio que llevaba la guitarra. Su sonrisa le resultaba insufrible, pero no quería que él lo advirtiera, pues entonces aprovecharía esa circunstancia para hacerle sentir incómoda a la menor oportunidad.

—Creo que tendríamos que hablar, tú y yo —dijo, sin devolverle el saludo.

—Por supuesto. ¿Cuándo?

Para ella, cuanto antes pudiera establecer las reglas, mejor.

—¿Qué te parece ahora mismo?

Pensó que en poco tiempo el hostal se llenaría de familiares y amigos. Y tal vez entonces fuera ya demasiado tarde.

—De acuerdo. ¿Quieres venir a mi habitación?

—La verdad es que no.

Oliver dibujó una sonrisa en su rostro. Después murmuró:

—Supongo que es una decisión inteligente por tu parte.

—¿Qué quieres decir con eso? —replicó ella en tono desafiante, sin temor a retarlo.

—Nada.

Annie optó por no presionarlo, pues quería que la conversación fuera lo más amigable posible.

—He visto un par de sillas en el porche —sugirió.

—Me parece bien —dijo Oliver, y empezó a bajar los dos tramos de escaleras.

Annie lo siguió. La cabeza le echaba humo pensando en todo lo que quería decir y cuál era la mejor manera de iniciar la conversación. La tendencia natural que la dominaba era la de exponerle a Oliver las faltas que había cometido en el pasado y exigirle que no las repitiese. Eso, sin embargo, supondría iniciar la conversación con un tono negativo. Y si bien era cierto que los puntos positivos eran escasos, decidió que empezaría con ellos.

Oliver abrió la puerta y le cedió el paso. Se instalaron en los dos sillones de madera del porche. A pesar de que hacía sol, la tarde era fresca. Oliver reposó la guitarra sobre las piernas.

—¿De qué querías hablar? —preguntó con inocencia.

Pero Annie no estaba dispuesta a dejarse engañar. Él sabía perfectamente de qué quería hablar, de modo que unió las manos sobre el regazo y se inclinó hacia delante.

—Me alegro de volver a verte.

Oliver sonrió.

—No sabes mentir, Annie.

Ahí la había pillado. ¿Por qué?, ¿por qué habría dicho aquello? Oliver tenía toda la razón: era una gran mentira.

—Está bien, verte ha sido toda una sorpresa. ¿Por qué no estás trabajando?

Había oído decir que Oliver tenía un puesto estupendo como diseñador de software en una compañía de alta tecnología de las afueras de Portland.

—Decidí dejarlo.

Muy típico de él. Mientras la gente, en medio de una economía en declive, se moría por encontrar trabajo, él se permitía abandonar un puesto bien pagado.

—¿Y por qué motivo? —preguntó, incapaz de entender a aquel hombre.

Oliver se encogió de hombros, como si la decisión hubiera carecido de importancia.

—Siempre he querido viajar. Soy joven y libre, y si quiero ver mundo no hay mejor momento que el actual.

—¿Piensas viajar de mochilero por Europa?

Muy original por su parte.

—Por Australia.

—Oh —lanzó Annie, a quien siempre le habría gustado viajar allí. Sin embargo, se cuidó mucho de mencionarlo.

—Y cuando esté allá abajo, tengo también planes de visitar Nueva Zelanda y las islas Cook.

—Podría ser interesante —indicó Annie, confiando en que la conversación continuara en aquel tono distendido y amistoso.

Olivier colocó la guitarra bajo el brazo y agarró una púa antes de volver a mirarla.

—Siento haber estado mirándote de ese modo durante la comida.

La disculpa la pilló desprevenida. Era lo último que esperaba de él. Oliver rasgó un poco la guitarra.

—Te has convertido en una mujer preciosa, Annie.

Annie sintió la necesidad de informarle de que los halagos no le funcionarían con ella, pero al final se quedó a medio camino.

—Notar que observas hasta el más mínimo movimiento que hago me incomoda, de modo que preferiría que no volvieras a hacerlo.

Oliver asintió, tocó unos cuantos acordes y empezó a tararear una canción.

—También preferiría que ahora no te pusieras a tocar la guitarra —dijo Annie, que opinaba que era importante disponer de toda la atención de su interlocutor.

La petición dejó sorprendido a Oliver, que rápidamente levantó la vista.

—¿Por qué no?

—Porque esperaba que pudiéramos hablar, de adulto a adulto.

—Pienso mejor cuando tengo una guitarra en las manos.

Annie recordó lo mucho que le gustaba a Oliver componer canciones. La mayoría de las que recordaba contenían estrofas en las que se burlaba de ella y se reía de sus pecas y de sus aparatos de ortodoncia. Su hermano le había explicado que ahora Oliver utilizaba la guitarra como gancho para atraer a las mujeres. Por lo visto, a las chicas les encantaba que supiera tocar. Pero Annie no se dejaba impresionar tan fácilmente.

Oliver dejó la guitarra y centró toda su atención en Annie, que se dio cuenta de su error. Era mucho más fácil hablar con él cuando no la miraba a los ojos.

—Esta fiesta de mis abuelos es importante para mí.

—Por lo que me ha contado tu abuela, has trabajado muy duro para organizarlo todo.

—Así es —admitió—, de modo que espero que comprendas lo mucho que significa para mi familia que todo salga perfectamente.

—Por supuesto. Si puedo ayudarte en algo...

—Pues sí —respondió ella, aprovechando el ofrecimiento.

—Lo que sea. Lo único que tienes que hacer es pedírmelo.

—De acuerdo, te lo pediré —dijo Annie, y enderezó la espalda—. Por favor, te ruego que no utilices la menor oportunidad para burlarte de mí, para convertirme en el blanco de tus chistes tontos o para...

—Besarte —apuntó él, bajando la voz.

El recuerdo de aquel beso provocó un rubor instantáneo en las mejillas de Annie. Oliver había sido quien la había besado por primera vez. Y por aquel entonces era tan tonta que creía estar enamorada de él y que él también lo estaba de ella. Había sido una noche de verano, en el transcurso de una visita a sus abuelos. Recordaba las estrellas y la luna. Como era una romántica, se había tumbado en una manta para contemplar el cielo nocturno. Su hermano dormía profundamente en casa de los abuelos, y sus padres y sus abuelos estaban jugando al pinacle y no se habían enterado de que Annie había salido de casa a escondidas.

Y Oliver la había encontrado allí. Se había tumbado a su lado, sobre su misma manta, y habían estado así durante mucho rato. Él le había hablado de un modo muy distinto a las otras veces. Le mostró las constelaciones, y ella se quedó impresionada con sus conocimientos sobre el cielo nocturno.

Le había dicho que siempre esperaba con ganas las visitas que ella hacía a sus abuelos en verano y que le gustaba que estuviera allí. Por aquel entonces, ella tenía trece años y él, catorce. Aquella noche, Oliver le agarró la mano con fuerza. Incluso ahora recordaba el vuelco que le había dado el corazón con la emoción de aquel contacto. Todo era tremendamente romántico. Y como era una niña tonta, la cabeza se le había llenado rápidamente de historias de amor.

—Aún no me lo has perdonado, ¿verdad? —dijo Oliver, interrumpiendo sus pensamientos.

—No seas ridículo.

—Tendría que volver a besarte.

—Ni se te ocurra, Sutton. Ya no soy una niña tonta con la cabeza en las nubes.

—No, perdona, eras una niña dulce con estrellas en los ojos.

—Me empujaste a aquello —contraatacó ella, incómoda a pesar de los años que habían pasado.

—Estoy dispuesto a compensártelo.

—Gracias, pero no.

Era evidente que aquella conversación no iba a ninguna parte. Annie se levantó dispuesta a volver a entrar en la casa.

Oliver siguió su ejemplo, y, antes de que ella tuviera tiempo de darse cuenta de lo que sucedía, posó las manos en sus hombros y la obligó a girarse hacia él.

Annie podría haberse quejado. Podría haberse retirado hasta quedar lejos de su alcance. El instinto le decía que de haber protestado, él la habría soltado al instante. Pero ya nunca comprendería por qué no lo hizo.

Y entonces allí, en el porche, con el sol bañando la tarde con su luz, Oliver se inclinó hacia delante y la besó por segunda vez en su vida. Sus labios, húmedos y cálidos, se posaron delicadamente sobre los de ella, que, sin poder evitarlo, se rindió a él: abrió la boca y aceptó la sensación de su lengua y su sabor. Oliver la estrechó entre sus brazos y ella le correspondió. El beso se volvió interminable.

Pero Annie recobró el sentido al cabo de poco rato y se deshizo del abrazo. Aquello había sido incluso peor que la primera vez. E incluso mejor.

—¿No ha estado mal, verdad? —susurró él.

Annie no respondió; no se atrevía. Y echó a correr hacia el interior de la casa, cerrando de un portazo.

Capítulo 13

Mary llegó al salón de té casi con un cuarto de hora antes. La simpática recepcionista, que según la chapa identificativa se llamaba Dianna, la acompañó hasta una mesa al lado de la ventana. El sol se filtraba en el interior y suavizó la sensación de frío que se había apoderado de ella.

No le gustaba en absoluto reconocer lo nerviosa que estaba ante la perspectiva de volver a ver a George. A pesar de que tenía la carta delante, sus pensamientos no estaban en la comida, por tentadora que fuera. Uno de sus principales temores era que George no la reconociera. Tal y como había insistido en decirle, ya no era la mujer que era casi veinte años atrás. Ni tampoco era la mujer que él recordaba. Aparte del hecho de haber perdido ambos pechos, estaba mucho más delgada que antes, una consecuencia más de los efectos secundarios de la quimioterapia. Y además, se había cubierto la cabeza con un pañuelo de seda por miedo a que la sorpresa de verla calva fuera demasiado impactante para él.

Empezaba a arrepentirse de aquella cita. No obtendría nada bueno de ella. Lo más normal del mundo sería que George se quedara de piedra al ver su aspecto. Odiaba constatar que, además de todo lo que ya le había quitado, el cáncer le había robado también su capacidad para tomar decisiones inteligentes. Y para complicar más si cabe la situación, George querría hablar del pasado, del embarazo; un tema que prefería evitar.

Empezaba a sentir la tentación de levantarse e irse antes de que George llegara, pero la curiosidad y la necesidad la mantuvieron en su lugar. Cuando se abrió la puerta y él hizo su aparición, Mary tragó saliva para diluir el nudo que se le había hecho en la garganta.

Fue como si se le congelaran los pulmones, le resultaba imposible respirar. Lo reconoció de inmediato. No había cambiado en lo más mínimo. Su cabello había adquirido un tono plateado que le proporcionaba un aspecto elegante y distinguido. Imaginó que en los tribunales su presencia debía de resultar impresionante. No era especialmente guapo, pero su cara, con aquella nariz un pelín larga y aquellos ojos oscuros de mirada profunda, revelaba inteligencia y carácter.

George se detuvo un instante y miró a su alrededor. El local no estaba muy concurrido. Solo había cuatro o cinco mesas ocupadas. Un grupo de seis mujeres, con sombreros rojos y fulares de color morado, ocupaban la mesa central y charlaban animadamente. Se lo estaban pasando en grande. Sus risas resonaban por todo el establecimiento. En otra mesa había una pareja hablando muy juntos.

Mary enderezó la espalda y estrujó con nerviosismo la servilleta entre ambas manos. Aunque lograra reunir el valor necesario para levantarse y marcharse, ya no estaba a tiempo.

George esperó a la recepcionista. Él también había llegado con varios minutos de antelación.

—He quedado con una amiga —oyó Mary que le decía a la chica—. ¿Podríamos tener una mesa a la que le dé el sol?

—Por supuesto.

George siguió a la recepcionista mientras miraba a su alrededor. Mary había elegido expresamente un asiento que quedaba oculto por una planta para poder observarlo sin que él la viera de inmediato. Como si la suerte estuviera de su lado, la recepcionista le indicó una mesa contigua a la de ella. George se sentó de espaldas a Mary, que vio que estaba tan nervioso como ella. Le concedió unos minutos, se armó de valor, se levantó y se acercó a su mesa.

George levantó la vista y parpadeó, como si no se diera cuenta de que aquella era la mujer que tanto había amado en su día. Pero, de repente, abrió los ojos de par en par, sorprendido... O tal vez conmocionado, Mary no lo sabía a ciencia cierta.

—Mary —dijo, levantándose poco a poco de su asiento—. Mary —repitió, y la tomó con fuerza por ambas manos—. Oh, mi dulce Mary.

Se llevó las manos de ella a la boca y le besó los nudillos.

—Lo siento —musitó ella. La emoción hacía que su voz sonara temblorosa—. Sé que estoy horrorosa. Jamás debería haber accedido a que me vieras en este estado.

—No —dijo él, interrumpiéndola—. No digas eso. Yo... —Se había casi atragantado y no pudo continuar, de modo que corrió a rodear la mesa para retirarle una silla. Esperó a que ella estuviera instalada, y entonces se inclinó hacia delante para susurrar—: Estás incluso más bella de lo que recuerdo.

Para él, y solamente para él, ella no había cambiado ni una pizca. Mary lo amó más si cabe por ello, por el hecho de que la viese igual que era veinte años atrás.

La camarera se acercó para tomar nota en cuanto ambos estuvieron sentados.

—¿Té? —sugirió George, mirando a Mary.

—Sí, por favor —dijo ella.

La camarera les enumeró distintas variedades, y George le brindó a Mary la oportunidad de elegir.

—Earl Grey —dijo.

—¿Alguna cosa para comer? —preguntó Dianna a continuación—. Tenemos ensalada Cobb como plato del día.

—No, gracias, yo ya he comido —contestó Mary.

La verdad era que estaba tan nerviosa con la cita que apenas había probado bocado. Y además, desde que había iniciado el tratamiento, la comida le resultaba poco atractiva. No tenía apetito, lo que influía también en su pérdida de peso.

—Nuestras tartas son muy famosas, lo digo por si acaso puedo tentarlos con eso —añadió la camarera, que sin esperar a que se lo pidieran citó varias sugerencias. Solo con el nombre ya se le hacía a uno la boca agua.

—Frutas del bosque —respondió mecánicamente George, e hizo luego un gesto para invitar a Mary.

—Nada, gracias —dijo ella, mirando a la camarera.

—Tomará una porción de la tarta de crema de chocolate —intervino él, contradiciéndola.

—No, George, de verdad.

Dianna no se quedó para escuchar sus objeciones.

—La de crema de chocolate te encanta —le recordó George.

Mary no sabía cómo se acordaba aún de aquello. Pero no quería discutir, de modo que se resignó. Probaría un bocado para complacerlo.

George extendió el brazo por encima de la mesa para tomarle la mano. La miró fijamente con tanta ternura y cariño que ella no pudo sostenerle la mirada. Bajó la vista por miedo a romper a llorar.

—¿Cuánto tiempo?

Mary no necesitó que le aclarara la pregunta. Estaba preguntándole por el pronóstico. ¿Cuánto tiempo le quedaba de vida?

—El pronóstico no está claro; es demasiado pronto para decir nada. En gran parte depende de cómo responda a los tratamientos. —Hizo una pausa. Al parecer, George quería enterarse de todos los detalles, y seguramente a ella le hubiera sentado bien poder contárselos. Pero no se había reunido con él para hablar de su enfermedad—. Últimamente, mi vida consiste en pruebas y más pruebas. No existen garantías de nada, ya sabes. Mañana podría atropellarme un autobús y morir en el acto —añadió, forzando una sonrisa.

La presión sobre las manos de ella aumentó.

—¿Qué dicen los médicos?

—George, por favor. No quiero que el cáncer sea el protagonista de la conversación. No hablemos de mí, ¿vale? Cuéntame cosas sobre ti.

George suspiró y le temblaron un poco los hombros.

—Preferiría hablar sobre ti.

—En otra ocasión —replicó ella en voz baja—. Ahora, ponme al corriente de tus cosas.

George no sabía por dónde empezar.

—Reconozco que cuando rompiste conmigo lo llevé fatal.

—No fue en las mejores circunstancias —concedió ella a regañadientes.

—Si es el cáncer lo que te ha hecho volver aquí, le estoy agradecido.

—George —insistió ella—, hemos dicho que no hablaríamos de eso, ¿te acuerdas?

Daba la impresión de que iba a contradecirla, cuando llegó la camarera con el té y las tartas. La chica dejó primero la tetera sobre la mesa y a continuación los platitos. Mary se vio obligada a reconocer que la porción de tarta de chocolate cubierta de nata y salpicada con jarabe de chocolate resultaba tentadora.

George llenó las tazas.

—Decías...

—Nada. —Mary prefería no volver sobre aquel tema—. Te veo bien.

—Relativamente —replicó George, que tomó el tenedor para cortar un trocito de la tarta de frutas del bosque y probarla.

Mary siguió su ejemplo, y la excelente tarta de crema de chocolate la dejó sorprendida. Paladeó un instante sus sabores intensos y sedosos, y a continuación agarró la taza té.

George dejó el tenedor.

—He investigado un poco y me parece que podría ayudarte.

—¿Ayudarme? —preguntó Mary, frunciendo el entrecejo—. ¿En qué sentido?

—Con tu enfermedad.

—George, por favor, no.

Llevaba más de diecinueve años sin verlo y no quería que su primera conversación acabara convirtiéndose en una batalla de voluntades.

—Escúchame —insistió él—. En Europa hay una clínica de tratamiento revolucionario donde hacen auténticos milagros. Tengo contactos y podría conseguir una cita.

Mary no estaba en condiciones de viajar al extranjero.

—Te agradezco mucho que lo hayas mirado, pero...

—No puedes darte por vencida, Mary.

—Soy una luchadora, George, siempre lo he sido. Seguramente me conoces mejor que nadie. No me doy por vencida.

—Te acompañaré. Estaré...

Mary levantó la mano para hacerlo callar.

—Déjalo. Por favor.

La frustración se reflejó en la cara de George, y a Mary le costó contenerse para no estirar el brazo por encima de la mesa, tomarlo por la barbilla y consolarlo.

—Me pondré bien. Y ahora, basta de medidas drásticas. Todavía no estoy muerta. Todo irá bien, espera y verás.

—Imaginaba que a estas alturas ya sabrías que no soy un hombre paciente.

—No estoy en absoluto de acuerdo —replicó Mary, que jamás había conocido a nadie con más aguante que George.

—Había dejado correr toda esperanza de volver a verte —confesó George, con un sentimiento tan intenso que Mary notó que estaba de nuevo al borde de las lágrimas—. Llevaba casi veinte años esperando esta llamada.

Para esconder la emoción, Mary comió un segundo bocado de tarta. En cuanto comprendió que podía volver a tomar la palabra sin que la voz la delatara, dijo:

—Lo sé.

El silencio se prolongó. George le dio un sorbo al té y ella lo imitó. Mary comprendió que ambos tenían miedo de sacar el tema sobre el que más necesitaban hablar. Él no le preguntó sobre el aborto, y ella tampoco dijo nada al respecto. Mary, que era temeraria cuando tenía que discutir de negocios, se sentía reacia a comentar un tema como aquel. Podía mirar a los ojos a los miembros de una junta directiva, pero se sentía incapaz de decirle al hombre que amaba lo que tenía todo el derecho a saber; lo que, a decir verdad, debía saber.

—¿Qué tal está la tarta? —preguntó Mary.

—Deliciosa. ¿Y la tuya?

—Buena.

Qué tontería que fueran capaces de conversar sobre pasteles y no sobre ellos.

Mary tosió para aclararse la garganta antes de empezar a hablar.

—Lamento lo de tu matrimonio.

George asintió.

—No fue culpa de ninguno de los dos. La verdad es que Kathleen y yo no estábamos hechos el uno para el otro.

—Siento que no tuvierais hijos.

—También lo siento yo. —Dudó un instante y tomó la taza de té entre ambas manos. Su mirada se endureció por un instante—. Me gustaría creer que habría sido un buen padre.

—El mejor —musitó ella, y al notar que empezaba a titubearle la voz, se mordió el labio inferior para que no le temblara. Al ver que le costaba serenarse, bebió un poco más de té.

—Sé que si has elegido un hotel en Cedar Cove ha sido para mantenerte emocionalmente más alejada de mí, pero...

Mary se relajó.

—¿Pero...? —repitió ella, al ver que él no acababa de elaborar sus pensamientos.

—Pero no ha funcionado, ¿verdad?

—No —respondió, obligada a reconocerlo—. Al saber que estabas tan cerca ha sido imposible. No tendría que haberte llamado, aunque me alegro de haberlo hecho.

—Yo también me alegro.

La frustración se había evaporado, y era como si sus ojos estuvieran acariciándola y no pudieran dejar de mirarla. Le hacía sentirse como si estuviera contemplando una obra de arte, la pieza maestra de un museo, un Van Gogh o un Rembrandt. Para George, Mary seguía siendo hermosa a pesar de las facciones demacradas, la palidez y la ausencia de cabello. Para George, era una belleza.

—¿Cuándo tienes el vuelo de vuelta a casa?

—El lunes, pasado el mediodía.

George se puso tenso.

—¿Tan pronto?

Mary movió la cabeza en un gesto afirmativo.

—¿Y no puedes quedarte más tiempo? —preguntó él, devastado, como si fuera una injusticia haberla recuperado para volver a perderla tan rápidamente.

—No.

Había viajado desoyendo los consejos del doctor, y, además, tenía que someterse a más pruebas y acudir a innumerables visitas médicas.

—Entonces disponemos de muy pocos días.

—George, no he venido para perturbarte la vida —insistió ella.

—He despejado toda mi agenda para la semana que viene.

—¡George! —exclamó Mary, que hubiera preferido que no hubiese hecho tal cosa.

—¿Cenarás conmigo esta noche? —preguntó él con mirada suplicante.

Negarse era imposible. Mary había dado por sentado que aquella sería la única vez que vería a George, la única oportunidad que tendrían para hablar. La idea de pasar más tiempo con él la llenó de felices expectativas, de alegría. Sabía que lo mejor sería rechazar su oferta, pero se veía incapaz.

—De acuerdo —dijo.

—Estupendo. Iremos a Seattle. Tengo el coche aquí mismo.

Mary empezaba a notar que se quedaba sin fuerzas. Últimamente se cansaba con enorme facilidad.

—¿Te importa si cenamos por aquí?

—Ningún problema, si eso es lo que quieres, pero no conozco restaurantes en la zona. ¿Y tú?

—La verdad es que no.

George le indicó con un gesto a la camarera que se acercara a la mesa.

—¿Podrías recomendarnos un buen lugar para cenar? —le preguntó.

Dianna sonrió y se mostró encantada de poder ofrecerles algunas sugerencias.

—Oh, sí, hay dos que son buenísimos. DD's está en Cove, justo en Harbor Street, y luego está también el Lighthouse.

Ambos son excelentes. Si quieren marisco, les recomiendo DD's, pero si les apetece carne, mejor el Lighthouse.

George miró el reloj.

—¿Es necesario reservar?

Dianna se echó a reír.

—¿En Cedar Cove? Para nada.

—Muchas gracias —dijo George, y la chica se retiró.

—Preferiría descansar un poco antes de cenar —indicó Mary. Aborrecía tener que ceder ante las exigencias del sueño, pero sabía que cerrar los ojos unos minutos le sentaría de maravilla.

—Por supuesto. Tengo varios mensajes de correo que responder. Te acompañaré adonde quiera que te alojes y buscaré un cibercafé, tomaré algo y trabajaré un poco. ¿A qué hora quieres que te recoja?

Mary se quedó dubitativa. Había pedido un taxi para bajar hasta el salón de té, y su intención era pedir otro para volver al hostal.

—¿Estás seguro?

—Claro.

—Tal vez sería mejor que esperáramos hasta mañana.

—No —dijo con rotundidad George—. Con el tiempo tan limitado que tenemos, no quiero desperdiciar ni un solo minuto.

«Tiempo limitado». Qué gran verdad.

—¿Quedamos, pues, a las seis? —sugirió ella.

—A las seis en punto.

La sonrisa iluminó el rostro de George por completo, como si el hecho de que Mary hubiera accedido a cenar con él hubiera sido lo más maravilloso que le había sucedido en mucho tiempo. En muchos aspectos, era como un niño. Valoraba los pequeños placeres y saboreaba las alegrías más sencillas de la vida.

La camarera regresó con la cuenta, que George pagó, dejando una generosa propina.

—¿Me permitirás que te acompañe en coche hasta el hotel? —preguntó.

—Sí.

Él la ayudó a levantarse y la tomo por el brazo para salir del salón de té. Tenía el coche estacionado en el aparcamiento del local, y Mary lo identificó de inmediato. Era un modelo de lujo con matricula especial: GGH. Mary no tuvo que hacer ningún esfuerzo para recordar que el segundo nombre de George era Gair, el apellido de soltera de su madre. George Gair Hudson.

Él abrió la puerta del lado del acompañante y esperó a que ella se hubiese acomodado antes de rodear el vehículo hasta alcanzar la puerta del conductor.

Mary lo miró y sonrió.

—No soy una inválida, que lo sepas.

A pesar de lo débil que se sentía físicamente, le quedaba aún mucha vida, así como muchas ganas de luchar por ella.

La sonrisa de George desapareció.

—Quiero cuidar de ti, Mary. Déjame hacer todo lo que pueda, ¿de acuerdo?

Aquellas palabras la conmovieron, pero en lugar de responder a ellas verbalmente y correr de ese modo el riesgo de revelarle a George hasta qué punto le había afectado el comentario, Mary se limitó a asentir. A pesar de que la debilidad seguía presente, estar con George resultaba inspirador y revitalizante.

Le indicó el camino hasta el hostal, y cuando llegaron, George detuvo el coche y salió de nuevo dispuesto a ayudarla.

—Esta noche... —dijo, y entonces su expresión se volvió dubitativa.

—¿Sí?

—¿Podremos hablar de lo que sucedió hace años?

El estado de ánimo de Mary se desplomó. Sabía que le debía una explicación, pero ignoraba si tendría el valor suficiente para afrontar tan pronto su pasado.

—No sé si estoy preparada... —susurró.

—Pero hablaremos de ello.

—Te lo prometo.

Y lo harían.

Capítulo 14

Todos mis huéspedes habían salido a cenar fuera. No sabía adónde habían ido Annie y su familia, puesto que yo no estaba en el hostal cuando ellos se habían marchado. Recordaba haber oído que los Shivers habían quedado con unos amigos, lo cual dejaba libres a Annie y Oliver. Al ver que la casa estaba vacía, imaginé que los dos habrían salido también a cenar.

Mary se había marchado hacía tan solo unos minutos en compañía de un hombre de aspecto distinguido. No me había mencionado adónde iba, pero cabía imaginar que también salían a cenar fuera.

Estaba sola en casa, como era habitual. De modo que abrí la nevera en busca de ideas y vi que tenía gambas y varios huevos hervidos que me habían sobrado del desayuno. Me encanta el queso azul, así que decidí prepararme una ensalada Cobb con gambas. El beicon ya estaba frito, y tenía además un montón de lechuga.

Canturreando para mis adentros, mezclé los ingredientes, y justo cuando iba a sentarme a cenar, apareció *Rover* y me miró con sus increíbles ojos castaños. Ponía aquella mirada suplicante tan típica suya, como si quisiera decir que era una mala persona por disfrutar de aquella comida tan estupenda sin compartirla con él.

—Tienes tu comida en el cuenco —le recordé.

Mis palabras lo dejaron imperturbable.

—A ti no te gusta la lechuga —me vi obligada a decirle.

Se marchó hacia el lavadero, así que imaginé que *Rover* había entendido que tenía que comer de su cuenco. Pero me equivocaba. Se sentó y miró la correa. Yo empezaba a comprenderlo cada vez más, y vi que lo que pretendía decirme era que quería volver a salir de paseo.

—No, *Rover* —le dije—. Ya hemos salido dos veces y con eso es suficiente.

Me esforcé por ignorarlo y me senté a la mesa delante de mi maravillosa ensalada. Alcancé una servilleta amarilla, la extendí sobre mi regazo y me dispuse a empezar, pero entonces vi que *Rover* fijaba la mirada en dirección a la casa de Mark.

—Ya sabes que Mark no estaba de muy buen humor cuando lo he dejado —le recordé a *Rover*.

Podría decirse que el manitas me había echado prácticamente de su casa. Al volver del hospital, lo había ayudado a subir los peldaños de la entrada y a entrar. Pero apenas habíamos cruzado la puerta, Mark había empezado a insistir en que estaba bien y que no necesitaba más ayuda por mi parte. Es decir, me había pedido que me marchara, y sin la menor sutileza.

Pinché con el tenedor una de aquellas gambas de Oregón que tanto me gustaban. *Rover* me miró con tristeza, como si estuviera quitándole a Mark la comida de la boca.

—No me han sobrado muchas gambas —le dije a *Rover*.

Se tumbó en el suelo de la cocina con el hocico apoyado en las patas delanteras, sin dejar de mirarme.

Después de un par de bocados, no pude aguantarlo más.

—Vale, de acuerdo —murmuré, poco convencida.

Saqué de la nevera todo lo que acababa de guardar y preparé rápidamente una segunda ensalada. Para curarme en salud, agarré también un recipiente con sopa que había congelado a principios de semana. Era una de mis recetas favoritas: crema de calabacín con una pizca de jengibre.

Después de guardarlo todo en una bolsa, marché a regañadientes a ver a Mark. Me llevé a *Rover* conmigo, puesto que la idea de ir a su casa había sido de él. Tal vez si llegaba con aquel regalo, Mark no me consideraría una intrusa dispuesta a invadir su territorio privado. ¡Qué hombre más complicado, por Dios!

Rover tiró con fuerza de la correa durante todo el trayecto, aunque no con la misma urgencia que había empleado por la mañana. Al llegar, subí los peldaños de acceso a la casa y llamé al timbre.

Nada.

—Parece que ha salido —le dije a *Rover*.

Con intención de demostrarme que estaba equivocada, él ladró un par de veces y golpeó la puerta con la pata.

Rover no era de los que se dan por vencidos fácilmente. Después de lo que me pareció una cantidad de tiempo desorbitada, decidí llamar al timbre una segunda vez.

—Paciencia —refunfuñó Mark desde el otro lado.

La puerta se abrió instantes después. Mark estaba allí con sus muletas, mirándome furioso como si yo fuera la peste.

Su falta de empatía era irritante. Me entraron ganas de mirar a *Rover* y decirle que aquello era una gran pérdida de tiempo.

—Te he traído la cena —le anuncié, y levanté la bolsa para que viera que tenía un motivo para interrumpir su ocupada agenda social.

Mark frunció el ceño.

—¿Por qué?

No podía decirle que había sido por sugerencia de *Rover*.

—No lo sé, porque soy una tonta, supongo, pero he pensado que tal vez tendrías hambre y que preparar la cena sería un fastidio para ti —dije, sin molestarme por esconder mi sarcasmo y arrepintiéndome de haber cedido a la presión de *Rover*.

Mark se quedó mirándome como si evaluara lo que yo acababa de decir. Frunció más si cabe el ceño, como si sospechara que escondía algún motivo más.

—¿Quieres dejarme en el porche? —le pregunté. Mi enfado aumentaba a cada instante que pasaba.

Dudó un momento y al final meneó la cabeza.

—Puedes pasar.

Caramba, qué sorpresa. Me dejaba entrar en su territorio privado. No sabía si alegrarme por ello o no.

En cuanto abrió del todo la puerta, *Rover* entró corriendo, como si huyera de un grave peligro. Mark se hizo a un lado para abrirme paso hacia el salón. Había sido una semana espinosa para Mark y para mí. En aquel momento no sabía siquiera si hablar entre nosotros estaba permitido. Vi que tenía la televisión encendida y conectada a un canal de noticias, y un pequeño puf delante de un sillón, como si hubiera estado sentado con la pierna extendida.

—¿Quieres que deje esto en la cocina? —pregunté.

—Sí, por favor.

Me siguió, y comprobé que andaba bastante ágil con las muletas.

Intenté que no se diera cuenta de que miraba por todas partes, aunque me esforcé por examinar el espacio. Mi curiosidad estaba alerta. No vi nada de carácter personal. Ni fotos ni chismes de ningún tipo. Las paredes estaban desnudas. Me dije que parecía la habitación de un hotel, aunque luego me lo pensé mejor: en las habitaciones de los hoteles siempre había al menos algún cuadro. Mark no tenía nada de nada.

—¿Qué tal te encuentras? —pregunté.

—¿Cómo crees que me encuentro?

—Vale, ya sé que ha sido una pregunta estúpida. Era simplemente para iniciar la conversación —dije. Tendría que haber imaginado que Mark no estaría de humor para visitas.

Después de dejar el paquete en la encimera de la cocina, me giré hacia él, con las manos unidas en la espalda y *Rover* a mis pies. El perro se había tumbado en el suelo, como si pretendiese quedarse allí un buen rato.

—¿Te has tomado los analgésicos?

—No, no me gustan porque me dejan colgado.

Entonces fui yo la que frunció el ceño, aunque la decisión era de él, no mía. No me considero una heroína, y cuando el médico considera que me sentiré mejor con analgésicos, los tomo sin dudarlo ni un momento. Pero era evidente que Mark tenía otra opinión al respecto.

Iba a marcharme, cuando Mark me cortó el paso.

—Creo que tal vez te debo una disculpa —dijo, mientras sus manos presionaban con fuerza las muletas.

¿Tal vez?

Apreté los dientes para no decirle que me debía un montón de disculpas. Mark se había mostrado brusco, malhumorado, desagradecido y poco hospitalario. Pensándolo bien, tendría que importarme un comino si cenaba o no, y seguramente no estaría allí de no ser por *Rover*.

—Ha sido una suerte que me encontraras en el taller —murmuró, como si le costara pronunciar aquellas palabras. Era como si las tuviera pegadas en la lengua, como si no estuviese acostumbrado a pedir perdón—. No sé qué habría hecho si no hubieras aparecido.

Presioné la mandíbula con más fuerza. El accidente tendría que servirle de lección para no volver a encerrarse nunca más con llave. ¿A quién se le ocurría?

—De hecho, es a *Rover* a quien tendrías que agradecérselo.

Rover levantó la cabeza y miró con expectación a Mark, como si aceptara de buen grado el agradecimiento. Mi perro era un chico que sabía perdonar, y yo, en ese aspecto, no le llegaba ni a la suela del zapato.

—Te he traído una ensalada y un poco de crema de calabacín —dije, viendo lo incómodo que se sentía por tener que disculparse.

Mark puso mala cara.

—¿Cómo sabías que es mi sopa favorita?

—No lo sabía. Simplemente la tenía en el congelador. ¿Quieres que te la caliente? ¿O prefieres comer la ensalada?

—Tomaré la sopa.

—Muy bien.

Vi que tenía microondas, así que abrí un armario, encontré un cuenco y calenté la sopa.

—No es necesario que hagas todo esto, de verdad.

144

Era muy consciente de ello, pero ignoré el comentario.

—Te guardaré la ensalada en la nevera para que te la comas en otro momento.

—Déjala fuera, si quieres —dijo.

—Vale. —Entonces, con la sensación de que mi papel allí estaba agotado, recogí la correa de *Rover*—. Te dejo tranquilo con tu cena.

Mark retiró la silla de la mesa de la cocina para sentarse.

—Con lo de la pierna rota tardaré un tiempo en poder ponerme de nuevo con tu jardín.

Eso era evidente.

—Me lo imaginaba.

—Lo siento.

—Yo también.

Por segunda vez, *Rover* y yo nos pusimos en marcha hacia la puerta.

—Gracias, Jo Marie —dijo Mark—. Por todo.

¿Palabras de agradecimiento? ¿Por parte de Mark?

Debo reconocer que me sentó muy bien que Mark dijera aquello. Al final resultaba que no era un ogro tan espantoso como había imaginado. El dolor de la pierna debía de haber sido terrible, y por eso había estado tan irascible.

—¿Quieres que venga a ver qué tal sigues por la mañana? —le pregunté, aunque sería a última hora, ya que antes estaría ocupada con los desayunos y la llegada de nuevos huéspedes.

—No —dijo simplemente.

No pude evitar sonreír. Todo volvía a la normalidad.

Cuando regresé al hostal, me encontré con Kent y Julie Shivers.

—Estamos esperando a que nuestros amigos vengan a recogernos —me explicó Julie.

—Vaya, pensaba que ya se habían ido a cenar.

—No, Oliver y Annie nos han llevado a dar una vuelta por la zona y les he enseñado el lugar donde Kent me pidió que fuera su esposa —dijo con mucha calidez en la voz y con el romanticismo dando brillo a su mirada.

—¿Cuántas veces tengo que decirte que no te pedí en matrimonio en el paseo? —insistió Kent—. Estábamos en el cine y...

—Por supuesto que no —dijo Julie, interrumpiéndolo—. Una mujer recuerda esas cosas, te digo que estábamos justo donde ahora hay una glorieta. ¿Por qué si no querría Annie que celebráramos allí la renovación de nuestros votos?

Kent se cruzó de brazos.

—Recuerdo perfectamente que me armé de valor para proponértelo mientras veíamos una película de Steve McQueen.

Julie puso cara de exasperación.

—En Cedar Cove no fuimos nunca al cine.

—Lo que tú digas. Si quieres pensar eso, adelante, debe de ser que estaba con otra chica.

Julie lo miró entrecerrando los ojos.

—Siempre imaginé que te veías con otra... con otra chica...

—Oh, por el amor de Dios —exclamó Kent, y resopló—. Es imposible hablar contigo, mujer.

Dicho esto, salió de la cocina, que era donde estábamos reunidos, y recorrió el pasillo hasta su habitación. Cerró de un portazo.

Julie se encogió, horrorizada.

—Pido disculpas por el comportamiento de mi marido —se excusó, claramente perturbada.

Me parecía curioso que dos personas que habían conseguido sacar un matrimonio adelante durante cincuenta años estuvieran peleándose constantemente. Cuando Annie me había hablado sobre sus abuelos, lo había hecho siempre con un brillo en los ojos, muy orgullosa del amor y el cariño que sentían el uno por el otro. Me había dicho que confiaba en poder tener con su esposo una relación tan llena de amor como la que compartían sus abuelos.

—Creo que esperaré a nuestros amigos en el salón —dijo Julie, como si no hubiese pasado nada y Kent se hubiese ido tranquilamente a descansar un poco antes de la cena.

—¿Le apetece un té? —le pregunté para intentar animarla, porque a pesar de que Julie quería disimularlo, sabía que estaba molesta.

—Sí, me sentaría muy bien —respondió, y con paso digno se marchó al salón.

Fui enseguida a preparar el té y se lo llevé adonde se había sentado.

—¿Dónde están Annie y Oliver? —le pregunté mientras le dejaba la taza en la mesita.

—Han ido por su cuenta. Oliver es un chico encantador. Siempre esperé que...

Dejó la frase en el aire.

—¿Esperó qué? —pregunté, en un intento por descubrir si pensaba sobre ellos lo mismo que pensaba yo.

—Siempre esperé que Annie mostrara cierto interés hacia Oliver —reconoció con timidez Julie—. Pero nunca he dicho nada, porque da la impresión de que lo aborrece. No tengo ni idea de por qué. Sin embargo, ahora que ha roto su compromiso con ese vendedor de coches, confío en que todavía haya esperanzas.

Viendo la reacción que Annie había tenido con Oliver, me inclinaba a pensar que no había muchas posibilidades de que esas esperanzas se confirmaran.

—Lo vi una vez —prosiguió Julie—. Ahora no recuerdo cómo se llamaba. Era guapo, pero tenía alguna cosa que me causaba rechazo. Algo en su mirada, no sé.

Por lo que Annie me había contado, Julie había dado en el clavo. Todo indicaba que su prometido —su exprometido, perdón— era de los que se comen a las chicas con los ojos. Aunque hubiera sido difícil para ella, yo tenía claro que Annie había tomado la decisión adecuada. Y al parecer, no era la única que opinaba eso.

—Se le veía muy seguro de sí mismo, muy gallito. Kent decía que todo eran imaginaciones mías, pero yo supe desde el primer día que ese vendedor no tenía ni idea de cómo hacer feliz a mi nieta.

—¿Le ha comentado algo de todo esto a Annie? —pregunté.

—No. Kent dijo que no era buena idea. Que parecería una vieja metomentodo, y supongo que tenía razón.

Estaba bien saber que Julie era capaz de pensar que Kent llevaba la razón en alguna cosa, reflexioné conteniendo una sonrisa.

—Le hemos interrumpido la cena —dijo Julie—. No es necesario que me haga compañía, se lo digo en serio. Nuestros amigos estarán a punto de llegar. —Tomó la tacita de porcelana y señaló la cocina—. Vaya tranquila. Disfrute de su cena.

La verdad era que me había olvidado por completo de la ensalada. Primero me había preocupado por Mark, luego por Kent y Julie. Imaginé que Julie no estaba de humor para charlas, de modo que volví a la cocina. *Rover* estaba acurrucado en su cesta, durmiendo, agotado por todos los sucesos de la jornada. Era un perro buenísimo, y yo sabía que seguiría allí hasta la hora de ir a dormir, cuando me seguiría obedientemente hacia mi habitación.

Llegaron los amigos de los Shivers y Kent salió de su cuarto. Las dos parejas marcharon en pocos minutos. Me dio la impresión de que habían aparcado sus peleas, al menos momentáneamente.

La casa volvió a quedarse en silencio. Fui a mi habitación y me senté delante del televisor con la labor. Y mientras mis dedos trabajaban la lana de forma automática, mis pensamientos volvieron a los recuerdos de Paul y a la llamada que había recibido del teniente coronel Milford.

Era en momentos como aquel cuando más echaba de menos a Paul. Llevaba ya varias semanas sin percibir su presencia y deseaba sentir otra vez que seguía conmigo. Anhelaba aquellos instantes especiales en los que cerraba los ojos y me imaginaba que lo tenía sentado a mi lado, los dos felices por el simple hecho de estar juntos. No eran necesarias las palabras. Había percibido la presencia de Paul varias veces. Era una sensación tan real que estaba convencida de que incluso podía tocarlo. Cuando adquirí el hostal, Paul había venido a decirme que ese sería el lugar donde me curaría. Y había sido su consuelo y su amor lo que me habían dado el valor necesario para seguir adelante. Nunca había comentado con nadie aquellas visitas —si es que, de hecho, eran eso— por miedo a lo que pudieran pensar los demás. Y, francamente, me daba igual si aquel sentimiento, aquella sensación de cercanía, era tan solo fruto de mi imaginación. Me servía de consuelo. Me servía para curar el dolor de mi corazón. Por mucho que Paul hubiera muerto para el mundo, seguía vivo en mi interior.

Capítulo 15

A Annie no le gustaba ni un pelo todo aquello. Había caído en la trampa y no le había quedado otro remedio que ir a cenar con Oliver. Sus abuelos habían quedado con unos amigos, y, naturalmente, Oliver había aprovechado de inmediato esa circunstancia para sugerir que ellos siguieran su ejemplo. En un principio, ella se había negado, pero entonces habían sido sus abuelos los que habían empezado a insistir.

—Gracias, pero tengo mucho que hacer antes de la celebración.

Era una pequeña mentira inocente, pues había supervisado casi todo y estaba convencida de que el día transcurriría sin mayores problemas, pero la situación de tres contra una no le parecía justa.

—Annie, ya has trabajado suficiente en este tema —había dicho la abuela—. Deja que Oliver te invite a cenar.

—Sí, déjame —había intervenido el mismo Oliver, dedicándole una sonrisa petulante.

Él sabía que Annie haría casi cualquier cosa con tal de no quedarse a solas con él. Pero Oliver Sutton siempre se salía con la suya cuando se proponía incomodarla; no había cambiado en absoluto.

—Yo... yo... —tartamudeó en busca de una excusa, pero ni sus abuelos ni Oliver quisieron escucharla, así que comprendió que estaba completamente atrapada.

Oliver sugirió ir a cenar a DD's, delante del mar, y ella se mostró de acuerdo enseguida, pues quería acabar con todo aquello lo antes posible. Cuando llegaron al local, los acomodaron en una mesa situada en una plataforma de madera desde la que se dominaba toda la cala, y, a pesar de su desgana, el reflejo del sol en el agua ayudó a que Annie se relajase. Poder disfrutar de una tarde tan magnífica en aquella época del año era excepcional.

Los veleros atracados en la bahía se balanceaban levemente en el agua y de las farolas del paseo colgaban cestitos con flores multicolores. Era una escena de postal.

—¿Qué te apetece? —preguntó Oliver, examinando la carta.

Annie estaba tan absorta en el paisaje que ni siquiera se había tomado la molestia de mirarla.

—Todavía no lo sé. —Se sentía demasiado tensa para tener hambre—. Seguramente solo pediré un entrante.

Y en cuanto dijo aquello, se quedó paralizada, segura de que Oliver haría algún comentario denigrante sobre su peso o sobre cualquier otra cosa para aturullarla y fastidiarla.

—¿Qué sucede? —preguntó él, estudiando la expresión de Annie.

—Estaba esperando que dijeras algo sarcástico —respondió ella, mientras tensaba la postura.

—¿Y por qué tendría que hacerlo?

Oliver estaba de lo más relajado. Se recostó en el respaldo de su asiento y cruzó las piernas. Al llegar había pedido una copa de sauvignon blanco. Annie solo quería beber agua.

—Porque siempre estás buscando la manera de ponerme nerviosa.

—¿Yo?

—Lo estás haciendo ahora mismo, al devolverme todo lo que te digo en forma de pregunta.

—¿De verdad?

Lo miró enfurecida. Ya estaba con sus jueguecitos.

—Acabas de hacerlo otra vez —dijo, y pensó en lo mucho que le gustaría borrarle aquella sonrisa estúpida de la cara.

La camarera llegó para tomar nota. Oliver pidió el plato especial del día, salmón de Copper River, una especie que, según había descubierto recientemente Annie, solo estaba disponible unas pocas semanas al año y se consideraba una exquisitez. Por su parte, ella pidió crema de almejas y una ensalada como acompañamiento.

Tras tomar nota, la camarera se retiró. Annie tomó el vaso de agua y apartó la vista, a la espera de que Oliver hiciera algún comentario sobre el beso de antes. Seguía sin comprender cómo había permitido que sucediera. Solo de pensarlo se sentía incómoda. Y sentía también que el peso de la humillación era muy superior al del placer que había experimentado con el beso.

—Tus abuelos son muy graciosos —comentó Oliver en cambio, y bebió un poco de vino.

Annie levantó la vista y le sostuvo la mirada. No podía estar en mayor desacuerdo con él.

—Se pelean como el perro y el gato.

—Por supuesto que sí.

—¿Por supuesto?

Annie no podía creer lo que estaba oyendo. Se había quedado sorprendida al verlos regañar por cualquier cosa. Si uno cerraba la ventana, el otro la abría. Su conducta era completamente opuesta a lo que recordaba. Si eso era lo que sentían el uno por el otro, era un milagro que siguieran aún casados.

—¿Es que no lo ves? —dijo Oliver.

—¿Ver el qué? —preguntó Annie.

—Que tus abuelos se sienten tan cómodos entre ellos que pueden decir todo lo que sienten. Y eso no solo me parece asombroso, también me parece maravilloso.

—¿Maravilloso? —repitió Annie.

A ella le parecía de lo más desconcertante. Sus recuerdos de infancia estaban llenos de muestras de cariño entre sus abuelos. Recordaba, por ejemplo, cómo la abuela reía siempre los chistes del abuelo, o cómo se daban la mano en la iglesia para cantar a coro los himnos. Pero ahora no hacían más que reñir.

—Annie, querida mía —dijo con delicadeza, como si le estuviera hablando a una niña—, tus abuelos se aman intensamente.

—¿Cómo puedes decir eso después de lo que acaba de pasar? —cuestionó ella.

—¿A qué te refieres?

—A la vuelta que hemos dado con ellos por Cedar Cove. —Oliver iba también en el coche, así que había tenido que ver y oír exactamente lo mismo que ella—. En todo el rato, mis abuelos no se han puesto de acuerdo ni una sola vez. Ya has visto, la abuela insiste en que mi abuelo le pidió en matrimonio en el paseo, mientras que él dice que fue en el cine.

—¿Y acaso eso tiene importancia?

—Para ellos sí. Tendrías que haberlos visto cuando hemos vuelto al hostal. Él se ha encerrado en la habitación y ella se ha ido a lloriquear al salón. Sinceramente, Oliver, temo lo que pueda pasar en el transcurso de la ceremonia de renovación de votos. Tengo miedo de que mi abuela diga «no quiero» en vez de «sí quiero».

Oliver no compartía esos recelos con ella y rio.

—No tiene ninguna gracia.

Era como si para Oliver la vida fuera un chiste. Pero Annie estaba preocupada de verdad.

—Todo saldrá bien, Annie. Deja de preocuparte.

Ojalá fuera tan fácil, pensó Annie, que dijo entonces:

—¿Te importaría cambiar de tema?

Oliver dejó la copa sobre la mesa.

—Por supuesto, como quieras. Cuéntame lo que pasó con Lenny.

Normal, acababa de sugerir el tema que menos le apetecía comentar a ella.

—El tema de Lenny no se toca.

—Vaaale —resopló, alargando la palabra—. Pues cuéntame cosas de ti.

—Preferiría que habláramos de ti —dijo Annie, que tampoco tenía ganas de hablar sobre ella.

Oliver se enderezó en su asiento.

—Pensé que nunca me lo preguntarías.

¿Por qué no se le había ocurrido antes?, pensó Annie. Era evidente que a Oliver le encantaba hablar de sí mismo. Y a ella ya le iba bien: cuanto menos le tocara hablar sobre su vida, mejor.

—¿Qué quieres saber? —preguntó Oliver.

Annie empezó a barajar diversos temas.

—Antes mencionaste tu intención de viajar por el Pacífico Sur. ¿Cuánto tiempo piensas estar fuera?

—Un año.

Sí, siempre había gente capaz de hacer esas cosas. Y luego estaban los demás, los responsables, los que tenían que trabajar. Oliver siempre había sido un espíritu libre.

—¿Y qué piensas hacer durante todo ese año? —siguió preguntando, sin tomarse la molestia de disimular el sarcasmo.

—Viajar.

Lo dijo como si ya hubiera quedado más que claro.

—Imagino que tu intención será hacer autostop.

De lo más bohemio. De lo más predecible.

—De hecho, ya he reservado una furgoneta.

Australia y Nueva Zelanda. Dos países que la tenían fascinada desde pequeña. Cuando salía con Lenny, le había sugerido pasar la luna de miel en Nueva Zelanda, pero Lenny había descartado la idea de entrada. Él quería un crucero por el Caribe, y la diferencia de precio era tan grande que Annie no había tenido más remedio que acceder. Pero la verdad es que le habría encantado conocer el Pacífico Sur.

—Estás sonriendo —dijo Oliver, interrumpiendo sus reflexiones.

—Siempre he sentido curiosidad por Australia y Nueva Zelanda —murmuró ella, prestándole mucha más atención—. ¿Y qué te ha llevado a tomar la decisión de viajar allí?

—Lo que tú decías ahora, supongo. La curiosidad. Esa parte del mundo me tiene fascinado desde que era adolescente.

—¿Y por qué ahora?

—¿Por qué no?

Buena pregunta.

—Podría olvidarme del tema —continuó Oliver—, pero soy joven y estoy soltero, y he pensado que si no lo hago ahora, no lo haré nunca.

—¿Vas a viajar solo?

—Iré con un par de amigos, pero Alex solo puede dedicarle tres meses y Steve tiene que regresar en seis, de modo que volaremos primero hasta Nueva Zelanda y luego iremos a las islas Cook.

Annie recordó haber leído sobre aquellas islas. Había hecho un trabajo al respecto cuando cursaba el último año de primaria. Los primeros en establecerse en Nueva Zelanda habían sido los nativos de las islas Cook. Era gracioso que se acordara incluso ahora.

—Por lo que tengo entendido, las islas Cook son fascinantes —señaló, sorprendida de haberlo expresado en voz alta—. Se decía que en sus aguas se cultivaban unas perlas negras preciosas.

—Ven con nosotros.

Annie rio aun sin quererlo.

—Yo y tres chicos. Sería raro.

—No, no lo sería —la contradijo Oliver—. Estarías conmigo y te encantaría.

Sin duda, el viaje le gustaría, pero si se lanzase a hacerlo, jamás sería con Oliver. La camarera, que llegaba con los platos, salvó a Annie de tener que responder.

Empezaron a comer y pasaron un rato en silencio, a pesar de que la cabeza de Annie no dejaba de elucubrar. Cuando reanudaron la conversación, Oliver tomó la palabra la mayor parte del tiempo. Le habló más sobre el viaje y le explicó que llevaba años ahorrando para hacer su sueño realidad. Annie no pudo evitar quedarse impresionada ante la planificación detallada y concienzuda que había dedicado Oliver a aquella empresa. Se había equivocado al pensar que era una decisión tomada de improviso, por un simple impulso.

Después pasaron a la política. No les sorprendió descubrir que sus puntos de vista al respecto eran diametralmente opuestos. Annie discutió con él sobre el tema un buen rato, hasta que comprendió que él se lo estaba pasando en grande provocándola.

—Lo haces a propósito, ¿verdad? —preguntó Annie, dejando la cuchara. Aunque de entrada no tenía hambre, al final se lo había comido todo—. ¿Verdad? —repitió.

Jamás en su vida había conocido a un hombre con quien pudiera coincidir menos que con Oliver Sutton. Pero él, a modo de respuesta, se limitó a sonreír.

—Me haces enfadar y lo haces a propósito. —No podía perdonárselo, y tampoco estaba dispuesta a dejar correr el tema—. ¡Reconócelo!

—De acuerdo, tienes razón. Me declaro culpable.

—¿Por qué lo haces? —dijo Annie, consciente de que formular aquella pregunta era un error.

—La respuesta no te gustará.

—Sin duda —farfulló ella.

—La verdad es que me encanta ver cómo se te iluminan los ojos, cómo echan chispas —dijo él—. No puedes esconder tus sentimientos, por mucho que lo intentes.

A Annie no le hizo la menor gracia.

—Me encanta pelear contigo —reconoció Oliver—. Me sirve para agudizar el ingenio.

—Me complace que te parezca tan divertida.

—Me pareces algo más que divertida, Annie —dijo, bajando la voz y adoptando un tono más grave.

Annie se moría de ganas de preguntarle a qué se refería con eso, pero no lo hizo por temor a la respuesta. En algún momento de la velada, había bajado la guardia y había descubierto que se lo estaba pasando bien. La cena, que ella había esperado que terminase rápidamente, se prolongó un par de horas más. Volvieron al hostal a pie, siguiendo el paseo marítimo.

—¿Sabes a quién me recuerda todo esto? —preguntó Oliver.

La noche era fresca y Annie se cubrió con el jersey. Y, en lo que supuestamente era una iniciativa para ayudarla a entrar en calor, Oliver la rodeó con el brazo y la atrajo hacia él. El gesto la incomodó y pensó que debía apartarse, pero la cercanía del cuerpo de Oliver transmitía calidez y cierta sensación de consuelo. Y a pesar de que las señales de alarma empezaron a sonar con fuerza en sus oídos, al final ignoró las voces que gritaban «¡Cuidado!» a pleno pulmón y se quedó como estaba.

—¿A quién te recuerda? —preguntó Annie, retomando las palabras de Oliver.

—A tus abuelos.

Aquello no podía ser más que un intento de chiste malo.

—¿Pero qué dices?

—Ellos también discuten, ¿no?

—De acuerdo, eso lo reconozco.

—Son dos personas completamente distintas.

—De acuerdo otra vez.

—Pero se equilibran mutuamente.

—Vale, vale, en cierto sentido somos como mis abuelos. Sin embargo —añadió, levantando el dedo índice para enfatizar sus palabras—, y esto es un detalle importante, yo no estoy ni remotamente enamorada de ti. Y por lo que a ti respecta, lo que sientes por mí ni siquiera se acerca al cariño.

—No estés tan segura —replicó él.

Annie rio porque le hizo gracia de verdad.

En aquel momento le sonó el móvil y lo sacó del bolso. Era Lenny, ¿quién si no? Otra vez. No respondió la llamada; pulsó la tecla para cortarla y guardó el teléfono.

—¿Lenny? —preguntó Oliver, mientras seguían caminando lentamente hacia el hostal.

—Sí.

—Sigues enamorada de él, ¿verdad?

Annie ni siquiera tuvo que pensar la respuesta.

—No.

Aquella negación, con una única y breve palabra, lo decía todo.

—¿Y entonces por qué no has bloqueado su número?

Una vez más, la lógica de Oliver la dejó sin palabras e incapaz de comprender sus propias acciones o de explicarlas a los demás.

—¿Confías en que te haga cambiar de idea? ¿Deseas aún, en el fondo, casarte con él?

—De ninguna manera.

Para ella, la relación estaba muerta y no había posibilidad alguna de resucitarla. Se lo había dicho a Lenny, y se lo había dicho muy en serio: el compromiso estaba roto. Para siempre. Habían terminado.

—Si lo que dices es cierto, bloquéale el número.

Oliver tenía razón. Debería haberlo hecho justo después de romper el compromiso. Agarró el teléfono por segunda vez en un par de minutos, pulsó diversas teclas y bloqueó todos los números desde los que podía llamarle Lenny.

—Ni quiero que me haga cambiar de idea ni estoy enamorada de él —sentenció cuando hubo terminado—. Era mi ego, supongo. Imagino que necesitaba saber que no iba a olvidarse de mí fácilmente. Supongo que quería saber que estaba sufriendo. Me hizo daño y quería que también él sufriese. Sé que es una excusa muy débil, y no me gusta admitirlo, pero es la pura verdad.

A partir de ese momento, uno de los misterios de su vida sería la razón por la que había sentido la necesidad de confesar todo aquello a Oliver. Sobre todo teniendo en cuenta que, a buen seguro, él utilizaría en el futuro toda aquella información contra ella.

—Todos somos humanos —le garantizó Oliver.

Annie se quedó mirándolo. Otro cambio sutil en su relación. Desde que era una adolescente hasta justo aquella mañana, había considerado a Oliver como una persona a evitar a toda costa. Ya había bajado la guardia en una ocasión, y él había aprovechado la confianza ciega que había depositado en él para humillarla.

—¿Qué te pasa? —preguntó Oliver.

—¿Qué te lleva a pensar que me pasa algo? —replicó ella, sumándose al juego de responder a las preguntas con otra pregunta.

—Noto que de pronto tienes la espalda rígida.

—¿En serio? —insistió, confiando en que el juego le fastidiara tanto como a ella.

—Sí —respondió él, y la sorprendió agarrándola por ambos hombros y girándola hacia él, de modo que a ella no le quedó otro remedio que mirarlo—. ¿En qué piensas?

—¿Y ahora qué te lleva a creer que estoy pensando en algo?

—Es otra vez ese estúpido beso, ¿no? —preguntó, frunciendo el entrecejo.

Annie intentó apartarse, pero él, lejos de permitírselo, aumentó levemente la presión que ejercía con las manos para mantenerla en su sitio.

—Tal vez fuera estúpido para ti —replicó ella, furibunda—, pero fue mi primer beso. En aquellos tiempos creía estar locamente enamorada de ti, pero pronto averigüé que para ti todo era como una broma.

—Para mí no era ninguna broma —dijo él con calma, sereno.

—Oh, claro. Eso lo dices ahora, pero en aquel entonces todo fue otro cantar. De ser así, ¿por qué provocaste luego que todo el mundo se riera de mí? Mi hermano se pasó semanas burlándose. Fue una de las épocas más humillantes de mi vida —afirmó, recordando aquella tortura.

Su hermano y varios primos los habían sorprendido besándose. Y en vez de regañarlos, Oliver la había señalado a ella con el dedo y se había echado a reír. Sin saber qué hacer, Annie había huido corriendo hacia la casa, se había escondido y había roto a llorar.

—Lo siento, Annie —dijo Oliver, con tanta delicadeza y arrepentimiento que ella se vio obligada a mirarlo a los ojos—. También fue mi primer beso —le confesó.

—No, no lo fue. Dijiste...

—Mentí.

—¿Por qué? —preguntó ella con los ojos abiertos de par en par.

—Porque tenía catorce años y, por desgracia, era bastante imbécil. Tenía miedo de que mis amigos se burlasen de mí, pero estaba loco por ti.

—Y por eso me arrojaste a las fieras.

—Sí, y he estado arrepintiéndome de ello desde entonces. Si no sale nada más de este fin de semana, confío en que tu corazón tenga fuerzas suficientes para perdonarme por haber sido tan joven, tan estúpido y tan rematadamente imbécil.

Annie no pudo evitar hundirse en la mirada de Oliver, en unos ojos profundos y oscuros llenos de sinceridad. Asintió, lentamente.

—Gracias —dijo él.

Y allí mismo, en Harbor Street y bajo la luz de una farola, Oliver la besó por segunda vez aquel día. Y por segunda vez también, ella lo recibió con agrado entre sus brazos.

Su primer beso, cuando eran dos adolescentes, había sido un choque de labios y dientes, pero desde entonces habían aprendido mucho. El beso de Oliver la atravesó como una descarga eléctrica que Annie percibió en todos los rincones de su cuerpo. Sus células vibraron con anhelo, buscando más, deseosas de más.

Cuando se separaron, Annie vio que Oliver jadeaba con tanta fuerza como ella, como si acabara de terminar una carrera. La mantuvo abrazada unos instantes más y le besó entonces la coronilla.

Regresaron al hostal sin cruzar ni una sola palabra más. Cuando llegaron, subieron la escalera y entraron en sus respectivas habitaciones sin murmurar poco más que «Buenas noches».

Y no fue hasta que iba a meterse en la cama que Annie recordó algo que Oliver había dicho: «Si no sale nada más de este fin de semana...».

¿Qué pretendía Oliver que pasara aquel fin de semana?

Capítulo 16

El sábado, la fecha de la gran reunión de amigos y familiares para celebrar las bodas de oro de Kent y Julie Shivers, tenía que ser un gran día para ellos. Y sin embargo, me preguntaba si la pareja, que estaba inmersa en una discusión constante, conseguiría salir airosa de todo aquello.

A las ocho ya tenía el desayuno listo. El aroma de los panecillos recién horneados que inundó la casa debió de despertar a mis huéspedes. Annie fue la primera en aparecer, y cuando bajó la escalera me dio la impresión de que no había dormido muy bien. Siendo como era la principal responsable del evento, imaginé que habría estado toda la noche repasando mentalmente los detalles por última vez. Iba a hacerle algún comentario, pero decidí que era mejor no decir nada. Además de por la celebración, debía de estar preocupada por sus abuelos.

—Buenos días —la saludé, y agarré enseguida la cafetera: por su aspecto fatigado, necesitaba urgentemente una buena inyección de cafeína.

—Buenos días.

Alcanzó una taza y le serví café.

Oliver bajó justo en aquel momento. A diferencia de Annie, se le veía animado y radiante, sonriendo como si no tuviera ni una sola preocupación en la vida. Tomó una taza y se la llené también. Me di cuenta de que Annie evitaba mirarlo a los ojos. De hecho, vi que hacía verdaderos esfuerzos para no mirar siquiera en su dirección.

—Buenos días, preciosidad —le dijo a Annie, y le estampó un beso en la mejilla.

Ella se ruborizó al instante y miró furibunda a Oliver, que, al ver lo aturullada que la había dejado el beso, se echó a reír.

—Hace un día estupendo —afirmó él, y, después de dejar la taza en la mesa, extendió los brazos por encima de su cabeza—. Y es un día muy especial.

Kent y Julie aparecieron poco después. Imaginé que el resto de los huéspedes que participaba en aquella reunión familiar llegaría pronto. Aquella noche tendría el hostal al completo. Y todos los clientes estarían relacionados con la celebración del aniversario de los Shivers. Excepto Mary Smith, claro.

A ella solo la había visto brevemente y empezaba a preocuparme, pues pasaba casi todo el tiempo en su habitación. Aunque entonces recordé que me había mencionado que pensaba pasar el día en Seattle con un amigo. Esperaba que la excursión no fuera un esfuerzo físico demasiado excesivo para ella.

—Tengo panecillos recién salidos del horno.

—Panecillos —repitió Kent, frotándose las manos—. Me encantan los panecillos calientes.

—¿Desde cuándo? —le preguntó Julie.

Kent la miró con mala cara.

—Desde siempre.

—Pues podrías habérmelo dicho.

—¿Para qué? ¿Para que empieces a martirizarme con los niveles de colesterol?

—Alguien tiene que controlar lo que comes, ya que parece que eres incapaz de hacerlo tú solito. De no ser por mí, tomarías veinte pastillas al día.

Kent miró a Annie y meneó la cabeza.

—Tu abuela es imposible.

—Y tú también —dijo Julie, furiosa, y soltó tres estornudos, uno detrás de otro. Agarró un pañuelo de papel para sonarse—. Tu abuelo ha insistido en dormir con la ventana abierta. He pasado frío toda la noche. Seguro que he pillado una neumonía y me moriré, y eso es seguramente lo que pretende.

—No digas bobadas.

—Me he muerto de frío.

—No sé por qué, ya que has cerrado esa ventana cada vez que has podido.

—Porque tú no parabas de abrirla —se quejó Julie.

Kent no le hizo más caso y, con toda la intención de desafiarla, agarró un panecillo caliente y lo untó con mantequilla y mermelada de fresa. Luego, con exageración, le arrancó un trozo enorme de un bocado.

—Te comportas como un niño de dos años —se quejó Julie, y a continuación, mirando a Annie y a Oliver, añadió—: Espero que no tengáis en cuenta la pequeña pataleta del abuelo.

Temiendo que el intercambio de improperios creciera en intensidad y acabara convirtiéndose en una disputa con todas las de la ley, como había sucedido el día anterior, corrí a preguntar:

—¿Alguien quiere zumo de naranja?

Annie y Oliver respondieron enseguida. Al parecer, compartían mis temores.

Ya había tenido bastante con la acalorada discusión entre Kent y Julie que había presenciado la tarde anterior. Y desempeñar el papel de árbitro no me apetecía en absoluto.

Julie miró a su nieta.

—¿Necesitas que te ayude en algo? —le preguntó.

Pero Oliver se anticipó en la respuesta.

—Es justo para eso que estoy aquí. Para que Annie cuente conmigo como su mano derecha.

De entrada, Annie se quedó un poco sorprendida, pero, después de una breve pausa, le dio su aprobación.

—Es un día para que lo disfrutéis el abuelo y tú. Todo está listo y sé que tanto la familia como los amigos tienen muchas ganas de veros y estar con vosotros.

—Tu abuela se ha comprado un vestido nuevo para el guateque —dijo Kent, mirando a su esposa con mala cara—. Le ha costado más caro que su vestido de novia.

—Mi vestido de novia, por si acaso no te acuerdas, me lo compré aquella misma mañana en la tienda de J. C. Penney en Bremerton. Por culpa de las prisas que tenías para casarte, ni siquiera pude tener un vestido de novia de verdad.

—Pues resulta que lo que sí recuerdo es que teníamos un motivo para ir con tantas prisas. Yo estaba a punto de embarcarme y tú pensabas que podías estar embarazada.

Humillada, Julie sofocó un grito.

Viendo que la mañana empezaba a deteriorarse a marchas forzadas, entré en la cocina, cogí la jarra del zumo de naranja y regresé rápidamente al salón.

—Abuelo —dijo Annie—, que no se te ocurra mencionar este detalle en la fiesta, ¿entendido?

—Lo hará, para hacerme quedar mal delante de toda la familia.

Kent entrecerró los ojos.

—¿Qué has dicho?

—Ya hablaré luego con él, abuela, te lo prometo —dijo Annie—. No te preocupes, no dirá nada que pueda hacerte quedar mal.

—Si lo hace, te juro que me muero allí mismo.

—No te preocupes —insistió Annie, dando unos golpecitos cariñosos en la mano de su abuela para tranquilizarla.

—¡Queréis dejar ya de murmurar, vosotras dos! —gritó Kent.

Volví a la cocina para buscar las salchichas, el beicon y los huevos con queso que tanto elogiaban siempre mis huéspedes. Coloqué la bandeja en el centro de la mesa, pero por desgracia nadie mostró el más mínimo interés por aquella comida que con tanto esmero había preparado. Confiaba en que la jornada no acabara siendo un desastre para Annie y su familia. De pronto, recordé que tendría una mañana muy ocupada, con todos los huéspedes que tenían que llegar.

Annie y Oliver fueron los primeros en levantarse de la mesa. Ella anunció que tenía varios detalles de último minuto que supervisar, y él, ofreciéndose para echarle una mano, la siguió escaleras arriba.

—Podrías ayudarme a preparar el salón para la recepción —oí que le decía.

—Encantado.

Me fijé en que Julie los seguía con la mirada. Y me sorprendió observándola.

—Me encantaría que esos dos llegaran a algo.

—Julie, no te metas —ordenó Kent—. Lo que pase entre ellos no es asunto de tu incumbencia.

—Haré lo que me venga en gana —replicó Julie.

Kent resopló y meneó la cabeza.

—Lo harás sí o sí. Eres una mujer obstinada y testaruda.

—¿Obstinada y testaruda? Me parece que conozco a uno que es justo como dices.

Eran como niños en el recreo, insultándose constantemente.

—Olvídalo. Ni siquiera se puede hablar contigo —murmuró Julie—. No sé ni por qué lo intento.

—¿Qué has dicho? —preguntó Kent.

Ella suspiró con frustración, se levantó y se marchó. Instantes después, Kent la siguió hacia la habitación.

A las nueve, cuando Mary bajó, la sala del desayuno estaba desierta. Tenía buen color, y me deseó los buenos días con una sonrisa.

—Gracias, buenos días —correspondí.

Retiró una silla y tomó asiento. Le serví una taza de té directamente, pues ya sabía que lo prefería al café.

—Gracias —dijo simplemente Mary.

—¿Me permite tentarla con un panecillo recién hecho? Están todavía calientes del horno.

—Sí, me parece estupendo.

—¿Huevos, beicon, salchichas?

Mary negó con la cabeza.

—No, gracias, últimamente no tengo mucho apetito. Con un panecillo y un zumo de naranja tendré más que suficiente.

Sabía que prefería estar sola, así que regresé a la cocina y empecé a lavar los platos y a retirar las sobras. *Rover* estaba acurrucado en su cesta, observando todos mis movimientos. Como había sobrado mucha comida, tuve la tentación de guardarla para Mark. Pero tal vez no era muy buena idea. No podía estar segura de que aquel cascarrabias valorara el detalle.

Sonó el teléfono y agarré un trapo para secarme las manos mientras corría al despacho para atenderlo.

—Hostal Rose Harbor —contesté.

—Hola, Jo Marie, soy Dennis Milford.

Me flaquearon las piernas. Llevaba esperando noticias del teniente coronel desde nuestra última conversación. Al instante se me formó un nudo en la garganta.

—Prometí informarla en cuanto supiera alguna cosa más.

—Sí —pude decir a duras penas.

—Se han retirado los restos del lugar donde cayó el helicóptero.

Apreté el auricular con tanta fuerza que perdí incluso la sensibilidad en los dedos. Mi cabeza se llenó de docenas de preguntas. Pero por mucho que lo intentara, era incapaz de lograr que alguna de ellas superara la restricción que oponía mi garganta. Cerré con fuerza los ojos, muy tensa. Cualquier esperanza que pudiera albergar de que mi marido hubiera sobrevivido al impacto estaba a punto de esfumarse por completo, en cuanto me tropezara contra los duros límites de la realidad. Me armé de valor, dispuesta a escuchar lo que tuviera que decirme el teniente coronel.

—¿Y? —dije, para animarlo a continuar.

Mi interlocutor dudó.

—Le garantizo que los combatientes del ejército enemigo no han alterado el lugar del suceso.

—Oh.

Agradecí tener una silla cerca; mis rodillas ya no aguantaban más y me derrumbé en ella.

—Hemos retirado todos los restos.

Es lo que me había prometido. De un modo u otro, tendría la oportunidad de enterrar a mi esposo. Ningún hombre se quedaría allí. Era lo que me había asegurado Dennis Milford y lo que el ejército había convenido con Paul al emprender la misión.

—Gracias —musité.

Me pareció que seguía dudando.

Y acerté. Porque había algo más, algo que no estaba contándome. Lo intuía. Lo percibía en todos mis poros.

—¿Qué más? —conseguí preguntar, no sin cierta dificultad.

—Tengo mis dudas sobre si decírselo o no, Jo Marie.

—El helicóptero cayó con seis hombres a bordo.

—Sí —susurré.

—Pero solo hemos retirado los restos de cinco.

Abrí los ojos de golpe.

—¿Pretende decir que...?

—No significa nada. Existen muchísimas posibilidades de que la última víctima cayera del helicóptero o que se la llevaran de allí los animales. No quiero que se aferre a la esperanza de que Paul sigue con vida. No está vivo. Acéptelo.

—¿Saben a quién pertenece el cuerpo que falta?

—Todavía no. No debería habérselo dicho.

—No, no, me alegro de que lo haya hecho.

Mi pulso estaba acelerado. Siempre había tenido la sensación —o podría decir también la intuición,— de que él me había estado acompañando. Siempre. Desde el mismo momento en que recibí la noticia del suceso del helicóptero. Era como si, de alguna manera, Paul hubiera encontrado la forma de sobrevivir y me enviara mensajes para que siguiera adelante con mi vida hasta que él regresara.

Tal vez fuera porque nuestro amor era muy reciente y porque nos habíamos encontrado justo cuando menos esperábamos enamorarnos, pero lo cierto es que siempre había pensado que, de haber fallecido Paul, yo lo hubiera sabido con toda certeza. Una parte de mí estaba convencida de que, en el instante de su muerte, Paul habría conseguido llegar hasta mí de algún modo para hacerme saber que se marchaba para siempre. Y, en cierta manera, percibía que había venido, que me había envuelto con su amor, pero... Pero todo resultaba muy confuso. Con el tiempo, había llegado a la conclusión de que tal vez me estaba negando a aceptar que mi esposo hubiera muerto de verdad. Sin embargo, una noticia como aquella lo cambiaba todo.

El dolor que había sentido durante las semanas posteriores a que me comunicaran la noticia de lo sucedido con el helicóptero había sido tan espantoso, que no podía ni dormir ni comer. Me pasaba las noches en vela, esperando la llegada de Paul, su aparición en sueños. Pero eso no ocurrió..., o no ocurrió enseguida.

No empecé a percibir su presencia hasta que me mudé a Cedar Cove. Fue la primera noche que dormí en el hostal. Recuerdo aquel momento revelador con la misma claridad que cuando sucedió aquella noche. Estaba sentada delante de la chimenea encendida, adormilada. Era una noche estrellada de principios de enero y, de pronto, Paul estaba allí, real como la vida misma. Y yo estaba lo bastante despierta como para comprender que aquello estaba pasando de verdad. Intuí su presencia con tanta intensidad que fue como si él estuviera preguntándome si podía sentarse a mi lado.

Recuerdo que temía abrir los ojos por miedo a que desapareciera. Recuerdo que anhelé que aquel momento se prolongara el máximo tiempo posible. Fue aquella noche cuando me dijo que en el hostal me curaría y que todos los que se alojaran allí se curarían también.

—Jo Marie.

Tragué saliva.

—Sí —murmuré.

—Paul se ha ido.

—Sí —murmuré de nuevo, aunque mi corazón se resistía a la idea.

No quería creérmelo, y tampoco quería aceptarlo como la verdad.

Capítulo 17

Cuando acabó de desayunar, Mary regresó a su habitación para arreglarse antes de reunirse con George en Seattle. George había expresado su intención de pasar el día juntos y ella había accedido, aunque no estaba segura de haber hecho lo correcto. Él había propuesto desplazarse hasta Cedar Cove para recogerla, pero Mary había rechazado el ofrecimiento. Decidió que cogería un taxi hasta la terminal de Bremerton y que iría a Seattle con el transbordador de Washington State. Durante todo el tiempo que había vivido en la ciudad, Mary jamás había subido al transbordador, y era una verdadera lástima. Decían que el departamento de transportes del estado tenía el sistema de transbordadores más grande del mundo, lo cual, teniendo en cuenta que hay países que solamente están compuestos por islas, era impresionante.

Hasta hacía poco, hasta que le diagnosticaron el cáncer, Mary estaba siempre demasiado ocupada, demasiado inmersa en su carrera profesional como para tener tiempo para actividades frívolas como aquella. Antes, la impaciencia le habría impedido hacer cola y esperar a que le tocara el turno para subir al transbordador. Ciertamente, la impaciencia le había impedido realizar muchísimas cosas, incluso experimentar la maternidad. Posiblemente esta sería la última oportunidad que tendría en su vida de tomar el transbordador de Washington State, y no pensaba desperdiciarla, por mucho que George, siempre tan atento, temiera que pudiera cansarse o que se resfriara.

El taxi llegó a las diez y cuarto, lo que le daba tiempo suficiente para tomar el transbordador de las once y diez que iba desde Bremerton hasta Seattle. El tiempo de travesía era de sesenta minutos, lo cual le parecía ideal. A pesar de que la mañana estaba encapotada, el pronóstico del tiempo anunciaba que el sol acabaría despejando la nubosidad matutina. Mary confiaba en que acertaran y en que pudiera así disfrutar de la vista de las Olímpicas desde el transbordador.

El taxista era un tipo simpático que estuvo charlando durante todo el trayecto desde Cedar Cove hasta la terminal del transbordador. Su monólogo inacabable entretuvo a Mary. Dieciocho meses atrás le habría parecido un pesado, pero en aquel breve periodo de tiempo, su vida había cambiado por completo. Por ello pasó un rato agradable observándolo y escuchando sus historias.

Cuando llegaron a la terminal, le pagó el importe del viaje y le sumó una propina generosa. El recorrido hasta la pasarela la cansó, pero se lo tomó con calma y lo cubrió lentamente, sin importarle que los demás pasajeros que iban también a pie la adelantaran. En otros tiempos, siempre tenía la necesidad de ir al ritmo de todo el mundo, cuando no de tomar la delantera. Pero ya no. Ahora iba a su aire, reservando las energías para el empinado ascenso por la rampa, mientras el sonido de los coches que accedían al transbordador resonaba en la mañana.

En cuanto subió a bordo, Mary encontró un asiento y, agradecida, se acomodó. Observó maravillada la extensión de agua de tonalidad verde oscura. Las gaviotas se lanzaban en picado sobre el mar y el sonido de sus graznidos la hizo sonreír, pues de pronto recordó lo que aquel chico le había comentado el día anterior sobre el concurso de gaviotas que tenía lugar en Cedar Cove. Pasados unos minutos, se disponía a levantarse para hacer cola en la pequeña cantina y pedir un té, cuando apareció George y se sentó delante de ella.

—¡George! —exclamó, incapaz de esconder su sorpresa—. ¿Qué haces aquí?

—No iba a permitir que viajaras hasta Seattle sin mí —declaró con serenidad, como si una excursión en transbordador formara parte rutinaria de sus fines de semana—. Quiero pasar contigo todos los minutos posibles.

George siempre había sido tremendamente romántico. Era uno de los motivos por los que se había enamorado tantísimo de él.

—¿Cómo has llegado hasta aquí? —preguntó Mary, imaginando que había utilizado el coche.

—¿Cómo quieres que lo haya hecho? —cuestionó él—. He tomado el transbordador en Seattle, he desembarcado y he vuelto a subir.

Mary soltó una carcajada.

—Estás loco.

—Por ti estoy dispuesto a estar loco y mucho más.

Se trasladó al asiento contiguo al de ella, le pasó un brazo por los hombros y la atrajo hacia él con delicadeza.

A pesar de lo que acababa de decir, Mary estaba encantada de verlo. Al poder compartirlo con George, aquel trayecto tendría un sentido todavía más profundo y emotivo.

—¿Te traigo alguna cosa? —preguntó él entonces.

Mary movió la cabeza en un gesto afirmativo.

—Me encantaría una taza de té.

—Vuelvo enseguida.

Se levantó con rapidez, dispuesto a conseguirle cualquier cosa que ella quisiera o necesitara. Pero después de dar un par de pasos, se giró de golpe.

Mary levantó la cabeza, expectante. Con una sonrisa, George se inclinó hacia ella y le dio un breve beso en los labios.

Resultaba gracioso que una muestra tan pequeña de cariño le calara a Mary tan hondo. Notó una tensión en el pecho provocada por la emoción. Furiosa consigo misma, decidió que tenía que ingeniárselas como fuera para superar aquel deseo ridículo de llorar a las primeras de cambio. Era de lo más turbador.

George regresó a los pocos minutos con dos tazas de té humeante. Había añadido al suyo un poco de leche, pero había conservado el de Mary tal y como le gustaba a ella, muy caliente y fuerte. Le sorprendió que se acordara de aquello. Aunque George siempre había sido muy detallista.

—¿Qué planes tenemos para la jornada? —preguntó Mary, recordando que había sido él quien había propuesto pasar el día con ella—. Aunque me parece que después de la maravillosa cena de anoche, no volveré a tener hambre hasta de aquí a un mes.

La noche anterior, él había insistido en que probara la crema de almejas, y también en que tomara postre, un delicioso pudin que habían compartido. George no había hecho el menor esfuerzo por disimular que la quería ver más entrada en carnes. Sobre el pasado no habían comentado nada. Al final de la noche, Mary estaba cansada y ansiosa, y George había preferido no sacar el tema, algo que ella agradeció.

—Tengo varios planes —respondió él, tomando la mano de ella entre las suyas—. Primero, quiero llevarte a mi despacho para que lo veas.

—Buena idea.

En el pasado, el despacho de George habría sido lo primero que ella habría querido visitar. El trabajo era su vida, el foco de toda su atención y el lugar donde se sentía como en casa. Su despacho esquinero, con una vista increíble de la silueta de Nueva York (una vista que, sin embargo, le pasaba prácticamente desapercibida), había sido el reino desde el que había ejercido su poder. Pero el cáncer había puesto fin a aquel reinado, como a tantas otras cosas.

—Luego he pensado que podría llevarte a ver mi apartamento.

—Perfecto.

Era todo un detalle que hubiera pensado en no cansarla llenándole la jornada de actividades turísticas. Mary le apretó la mano, para confirmarle que aprobaba el plan.

—Lo he preparado todo para que podamos comer allí.

—Estupendo.

—Tengo muy buenas vistas, y además no creo que en Seattle haya alguna cosa que te quede aún por visitar.

—Cierto.

—Pero si tienes ganas de ver algo...

—No —le aseguró.

Los planes de George ya le iban bien. No tenía energías para mucha actividad física. Era sorprendente la rapidez con que se cansaba, y recordar sus limitaciones solo servía para deprimirla. El cáncer había amenazado casi todos los aspectos de su vida, y se negaba a permitir que le robara también aquel día con George.

—Me gustaría salir un poco a la cubierta —dijo, cuando el transbordador llegó a la mitad del recorrido, pensando que ver la silueta de la ciudad de Seattle desde la proa de la embarcación era una oportunidad que no podía desperdiciar.

George dudó, y Mary comprendió que estaba preocupado.

—No me pasará nada —le aseguró.

Llevaba una chaqueta gruesa y una bufanda, y la cabeza, casi calva, bien protegida del viento.

Sin soltarle la mano, George la acompañó al exterior y luego hacia la proa del barco. La torre de la Space Needle sobresalía por encima de los demás edificios, y le recordó a Mary que era el lugar donde se habían conocido. El viento soplaba con fuerza y le produjo un escalofrío. Pero Mary no quería volver a entrar. Quería retener aquel momento. Además, George estaba con ella, lo que hacía todo incluso más valioso.

Cuando atracaron en Seattle, Mary tuvo la sensación de que la excursión había durado escasos segundos, no sesenta minutos. Los coches desembarcaron con el mismo estrépito que cuando habían subido a bordo, y George y Mary siguieron al gentío y bajaron por la rampa hasta llegar a la terminal.

En cuanto salieron a la calle, George la tomó del brazo y dieron una breve y relajante caminata por el paseo marítimo. Mary se dio cuenta enseguida de lo mucho que había cambiado la ciudad en aquellos años. Había nuevas empresas, pero el primer Starbucks seguía allí, y también el acuario, al final de la calle. Le pasó entonces por la cabeza que le gustaría visitar Pike Place Market, aunque la subida sería todo un desafío.

Aquel mercado tenía un lugar especial reservado en su corazón. Recordó que George le regalaba cada semana un ramo de flores comprado allí. Si los cuidaba bien, aquellos ramos de flores coloridas y exóticas, cuyos nombres jamás había intentado siquiera pronunciar, solían aguantar toda la semana. Las ponía sobre la mesa en el trabajo, así le recordaban el amor de George cada vez que las miraba.

—¿Estás pensando en lo que creo que estás pensando? —le preguntó él, que caminaba a paso muy lento para no cansarla. Al realizar la pregunta, colocó la mano sobre la de ella, que reposaba todavía en el hueco de su codo.

—¿Y en qué estoy pensando? —replicó ella, mirándolo.

—En Pike Place Market.

—Y en las flores.

George se echó a reír.

—¿Te acuerdas de aquella vez que el pescadero lanzó un salmón que pasó volando justo por encima de tu cabeza?

Era algo que a buen seguro no olvidaría. Había sido un momento mágico. Todo aquel día lo había sido. Estaba segura de que fue la noche en que concibió a su hija.

De pronto, se apoderó de ella una sensación de tristeza que se combinó con la de arrepentimiento y tragó saliva. George, que detectaba a la legua su estado de ánimo, se dio cuenta enseguida.

—¿Estás bien? —le preguntó.

—Sí. ¿Pero no me habías dicho que ibas a enseñarme tu despacho?

George la guió hacia los taxis que esperaban justo delante de la terminal del transbordador y le abrió la puerta trasera de uno de los vehículos. Una vez dentro, dio instrucciones al taxista y el coche se puso en marcha de inmediato en dirección a la Cuarta Avenida.

La visita a las oficinas fue muy ilustrativa para Mary. George había prosperado. Su despacho, situado en una esquina del edificio, amueblado con una mesa y un aparador de madera de cerezo, y decorado con obras de arte originales, era realmente impresionante. Se sintió orgullosa de él, del hombre al que tanto había amado, y sonrió.

—Este despacho es tan tú... —dijo.

—¿Tú crees?

—Mira la superficie de la mesa.

—¿Qué le pasa?

—Está limpia y reluciente y...

—Tengo un servicio de limpieza que se ocupa de este tipo de cosas.

Mary siguió con lo que quería decir.

—Eres un hombre centrado y brillante, y cualquier cliente debería sentirse afortunado por tenerte como asesor.

Turbado ante tantos elogios, George apartó la vista.

—Creo que es hora de irnos.

La enlazó por la cintura y la guió hacia el ascensor.

A pesar de que el apartamento estaba a escasas manzanas de allí, George insistió en tomar otro taxi. Mary podría haber recorrido aquella distancia a pie sin grandes problemas, pero agradeció la consideración. El apartamento estaba en la planta veinticuatro de un moderno rascacielos y el salón ofrecía unas vistas impresionantes sobre el estrecho de Puget y las montañas Olímpicas. Mary se sintió atraída hacia los ventanales desde el instante en que entró.

—Oh, George.

—¿Te gusta?

—¿Cómo quieres que no me guste? ¡La vista es increíble!

Él la ayudó a quitarse la chaqueta, que colgó en el armario del recibidor. Mary advirtió que la mesa de la cocina estaba puesta y la comida lista para ser servida.

—¿Tomamos antes una copa de vino? —preguntó George.

Mary bajó la vista.

—No puedo... La medicación.

—¿Un té?

—Perfecto.

—Enseguida vuelvo.

Pasó a la zona de la cocina, que estaba separada del salón mediante un largo mostrador.

—Deja que te ayude.

Por mucho que se ofreciera, sospechaba que George no permitiría que hiciera nada. Y acertó.

—Tú tranquila, y relájate. No quiero que te canses.

Desde donde estaba sentada, Mary podía ver perfectamente a George preparando el té, trajinando por la cocina, abriendo y cerrando cajones... En un momento dado, se quedó completamente inmóvil, con las manos apoyadas sobre el mostrador. Mary adivinó enseguida el origen de aquel inquieto desasosiego. La había llevado a su casa porque quería profundizar en todo lo sucedido diecinueve años atrás.

Y era justamente lo que temía que pasara. Pero comprendía también que George tenía todo el derecho del mundo a conocer la verdad, por doloroso que resultara revelársela.

—George —dijo Mary en voz baja.

Él se giró rápidamente, con la mirada expectante.

—Ven, siéntate a mi lado —dijo ella, dando unos golpecitos al cojín del sofá.

—El té...

—Ya me lo tomaré después.

George se acercó al sofá, pero no tomó asiento. Empezó a deambular de un lado a otro, frotándose las manos.

—Dime, Mary, ¿por qué no te casaste conmigo? Podría haber funcionado. Yo no deseaba otra cosa que criar a nuestro hijo y amarte.

Mary bajó la vista e intentó encontrar las palabras adecuadas.

—Lo intentamos, los dos lo intentamos, pero yo veía, por mucho que tú no lo vieras, que aquello era imposible.

No mencionó el embarazo... Lo haría, pero no por el momento. Después se sentiría más fuerte; después se vería más capaz de enfrentarse a su rabia y su frustración.

Pero él ignoró su réplica.

—¿Cómo pudiste aceptar ese traslado sin hablarlo conmigo primero?

Una discusión que ya habían tenido.

—Conoces la respuesta mejor que yo, George. Por favor, ¿podríamos olvidar ahora esa decisión...? —Había temido aquella discusión incómoda, y en aquel momento carecía de la fortaleza emocional necesaria para afrontarla—. Nunca habría sido el tipo de esposa que te merecías ni el tipo de madre que un niño necesita, lo sabes, George. Tenía mis objetivos, y no eran compatibles con la maternidad. Además, no podía imaginarme arrastrando continuamente a un bebé de una punta a otra del país. Eso no es vida para nadie. Hice lo que tenía que hacer. Sé que querías casarte conmigo, sobre todo después de que te dijera que estaba embarazada, pero era mi cuerpo, y un embarazo nunca entró en mis planes.

Las palabras se quedaron flotando en el aire. Y como si no soportara mirarla a la cara, George se giró y reflexionó sobre lo que ella acababa de decir.

—Respóndeme ahora a lo siguiente: ¿Te han aportado felicidad todos estos años? —preguntó, mirándola a los ojos.

Vaya pregunta. ¿Había sido feliz?

—No lo sé —respondió, con la máxima sinceridad posible—. Pero lo que sí tengo es una profunda sensación del deber cumplido.

—¿Y el hecho de haber llegado a la cumbre profesional te ha aportado todo lo que necesitabas?

Aquella pregunta era incluso más difícil de responder.

—En cierto sentido, supongo que sí.

George meneó la cabeza con incredulidad.

—No te creo. No puedo creerte. —Cerró las manos con fuerza—. ¿Y ha merecido la pena, Mary? ¿Mereció la pena matar a nuestro bebé? —Pronunció las palabras con calma, pero el dolor que transmitían era mucho más potente que cualquier grito—. Yo quería ese bebé —dijo con voz temblorosa y resquebrajada por la rabia y el dolor.

Los ojos de Mary se llenaron de lágrimas, consciente del daño que le había hecho.

—Lo siento.

—Deberías sentirlo.

Ella abrió el bolso para sacar un pañuelo, lo apretó entre las manos y bajó la vista.

—Fui a una clínica especializada en abortos...

—No quiero oírlo.

George le dio la espalda y se alejó de ella para quedarse mirando el ventanal.

Mary cerró los ojos con fuerza. Necesitaba contárselo.

—George, escúchame... Debería habértelo contado hace mucho tiempo. Fui a la clínica, me recibió el médico...

—No quiero oírlo —repitió él, subiendo el tono de voz.

—No pude hacerlo, George. No pude hacerlo.

George se quedó paralizado. Y entonces, muy despacio, tremendamente despacio y con una expresión de inmensa sorpresa, se giró.

—¿Qué es eso que acabas de decir?

—Estaba tomando la píldora... Las posibilidades de quedarme embarazada eran de una entre cien mil. No me había olvidado ninguna. Las tomaba religiosamente cada mañana, y, aun así, me quedé embarazada. Allí, en la clínica, comprendí que aquel bebé no era ningún accidente. Que aquel bebé tenía que nacer.

George no podía hacer otra cosa que mirarla fijamente, boquiabierto e incrédulo.

—Tuvimos una hija —musitó Mary.

George se quedó mucho rato en silencio, y cuando logró hablar, las palabras salieron atropelladamente.

—¿Por qué no me lo dijiste?

—No... no podía. Yo me había ido, habíamos cortado todos los vínculos. No quería hacerte más daño.

—¿Hacerme daño? ¿Que no querías hacerme daño? —repitió, mirándola furioso con ojos acusadores—. ¿Es este el concepto que tienes tú de una broma? Diste a luz a mi hija y ni siquiera me lo contaste... Durante todos estos años me has privado de un ser de mi propia sangre, ¿y dices que lo hiciste para no hacerme daño?

—George...

Él levantó la mano para hacerla callar.

—Yo no podía dejar de amarte. Dios sabe bien que lo intenté. Me casé con otra mujer, confiando, rezando para que con ello lograra alejarte de mi cabeza. Pero no fue así. Kathleen sabía que yo simplemente me dejaba llevar. Siempre supo que, por mucho que yo le dijera lo contrario, nunca dejé de amarte.

Mary se llevó la mano a la boca y rompió a llorar.

—Oh, George...

George se dejó caer en un sillón y se tapó la cara con ambas manos.

—Y ahora descubro que diste a luz a una niña y que la has mantenido alejada de mí durante todos estos años...

—No la he mantenido alejada de ti.

Mary se levantó, se acercó a él y posó una mano en su espalda.

Él se apartó rápidamente, como si el mero contacto lo quemara. Levantó la cabeza, tenía los ojos bañados en lágrimas.

Mary creía haber hecho lo correcto, lo mejor para ella y para su hija.

—Di a nuestra hija en adopción.

George apartó la vista, volvió a taparse la cara con las manos y lloró con amargura. Sus sollozos le partían a Mary el corazón. Incapaz de soportar más aquel dolor, se inclinó sobre él y apoyó las manos en sus hombros. Las lágrimas empezaron a rodar por sus mejillas.

—Lo siento, lo siento.

George se giró, la rodeó con sus brazos por la cintura y hundió la cara contra el vientre de ella.

Capítulo 18

Annie dio una vuelta completa alrededor de una de las mesas que habían montado en el salón de banquetes donde se reunirían la familia y los amigos por la tarde. El salón estaba decorado con preciosos centros florales y unos globos que tenía que sujetar todavía a los respaldos de las sillas. Pese a que todo parecía en orden, temía que la fiesta de aniversario acabara siendo un desastre de proporciones gigantescas. Sería un milagro si sus abuelos no acababan matándose antes de que la jornada tocara a su fin. ¿Qué había pasado? ¿Qué había cambiado? ¿Dónde estaba la cariñosa pareja de cuando ella era niña?

—¿Dónde quieres que ponga estas sillas? —gritó Oliver desde el otro extremo del salón, y señaló unas sillas plegables que estaban apoyadas contra la pared a la espera de ser colocadas alrededor de las mesas.

Annie se quedó mirándolo.

—¿Annie?

Desplegó una silla y se derrumbó en ella.

—Esto no va a funcionar —musitó.

Oliver examinó la estancia con las manos apoyadas en las caderas.

—Pues a mí me parece que es un montaje perfecto.

—No me refiero al salón. Me refiero a mis abuelos.

Le costaba creer que hacía tan solo unos días les hubiera comentado a sus amigas que le gustaría tener un matrimonio como el de sus abuelos. Hasta entonces creía que habían construido sus vidas pensando siempre el uno en el otro. Habían criado una familia, se habían apoyado y animado mutuamente a lo largo de los años. En definitiva, creía que eran la prueba viviente de que el amor puede durar eternamente.

Qué desgracia.

—¡Annie! —dijo Oliver, interrumpiendo sus pensamientos—. ¿Qué problema hay?

—¿Y tú me lo preguntas? —gritó.

Annie tenía un nudo en el estómago. No podía dejar de pensar en la chispa que lo haría estallar todo y que acabaría con la fiesta. Si a su abuelo se le ocurría mencionar que la boda había sido precipitada por temor a un embarazo, sería una humillación para su abuela y una conmoción para todas sus amistades.

Oliver corrió a su lado, desplegó otra silla y se sentó delante de ella. Después se inclinó hacia delante y le tomó ambas manos.

—¿Están siempre así? —le preguntó Annie, esperando que Oliver la tranquilizara diciéndole que aquella conducta no era la norma.

—No —le aseguró Oliver.

—Gracias a Dios. —Pero su garantía no sirvió para apaciguar la preocupación—. Desde que han llegado no han hecho más que discutir. Primero porque el abuelo había olvidado los audífonos y la abuela se veía obligada a gritarle. Luego, él se enfada porque ella le grita...

—Lo sé.

Oliver rio entre dientes, aunque Annie no le veía la gracia al asunto por ningún lado.

—Kent se viste y Julie le dice que lo que lleva no es adecuado e insiste en que se cambie —comentó Oliver, para sumar más anécdotas a la lista.

—Exactamente. —Annie no sabía qué hacer. Incluso le dolía el estómago—. Siempre pensé que me gustaría que mi matrimonio fuera como el de ellos —le explicó, sorprendiéndose de haber expresado en voz alta algo tan íntimo.

—Annie —dijo Oliver, empleando un tono cariñoso—, la gente se demuestra el amor de distintas maneras.

—¿Peleándose? No creo.

—Tus abuelos están nerviosos por lo de la fiesta. Tu abuelo nunca se había planteado una celebración de este estilo. Él preferiría estar en Portland, jugando una partida de póker con sus amigos. Ha accedido a todo esto porque piensa que es lo que quiere tu abuela, pero si por él fuera se lo ahorraría. No es lo suyo.

Frustrada y sintiéndose un poco herida, Annie proyectó la barbilla hacia arriba.

—Pues podría haberme comentado algo al respecto. Y yo habría adaptado la fiesta a sus deseos. No sé, hubiera montado una cosa más pequeña.

—Tu abuelo no quería desilusionar a tu abuela —le explicó Oliver.

Annie no sabía muy bien qué pensar. Ahora, en el último minuto, era demasiado tarde para echarse atrás con lo de la celebración. La orquesta llegaría en pocas horas, la empresa de catering empezaría a preparar las mesas con el bufet, y los mejores amigos de los abuelos y los familiares se reunirían en breve en el paseo marítimo para la ceremonia de renovación de votos.

Oliver acarició con los pulgares el dorso de las manos de Annie. Estaba tan preocupada que ni siquiera se había dado cuenta de que tenían las manos unidas. En cuanto lo vio, las retiró.

—¿Recuerdas aquel verano, cuando tenías catorce años? —le preguntó Oliver.

—Por supuesto que lo recuerdo —le espetó ella a modo de respuesta. Que ahora empezara con preguntas sin sentido la ponía aún más nerviosa.

—Viniste a pasar dos semanas en Portland con tu madre. ¿Recuerdas por qué?

—Lo único que recuerdo de aquel verano es que hice todo lo posible para no acercarme a ti.

Annie se esforzó por disimular lo mucho que le molestaban aquellas preguntas inútiles. Recordaba que, después de aquel beso desastroso, decidió no volver a hablar con Oliver nunca más. Recordaba que había hecho todo lo posible por evitarlo y que él, para fastidiarla, la buscaba por todas partes. Lo que recordaba de aquel verano, en fin, era que él se había excedido y había hecho lo imposible para humillarla.

—Te comportaste horrorosamente conmigo —le recriminó.

—Lo sé.

—¿Lo sabes? ¿Y por qué tendrías que saberlo? ¿Qué te hice yo para ser merecedora de tanta maldad?

Aparte de quedar como una idiota y dejar que la besara.

Oliver soltó el aire lentamente.

—Quería volver a besarte.

—Pues empleabas una forma muy curiosa para intentar conseguirlo.

—Sé que no fui muy delicado, la verdad, pero ten claro que pagué por ello.

Annie no entendía nada, pero en aquel momento no quería seguir hablando del tema. Había pasado mucho tiempo y ya carecía de importancia.

—¿Y qué tiene todo esto que ver con mis abuelos?

—¿No te acuerdas de por qué viniste a Portland aquel verano?

—Veníamos cada verano.

—Sí, unos días, pero aquel verano en concreto estuvisteis dos semanas.

—¿Sí?

—Lo recuerdo perfectamente —insistió Oliver—. Era una tortura tenerte justo en la puerta de al lado.

Annie sonrió aun sin quererlo.

—Pues si aquel verano te torturé, mejor. Te lo merecías.

—Operaron a tu abuelo, recuérdalo —continuó Oliver, ignorando el comentario de Annie—, y tu abuela no se quería separar de su lado.

Annie parpadeó. Apenas recordaba que su abuelo hubiera estado enfermo. Lo que sí que ocupaba un lugar destacado en su cabeza era lo mucho que detestaba a Oliver y lo mal que lo había pasado por su culpa. Era bueno para su ego enterarse ahora de que ella se la había devuelto, aunque le costaba imaginarse que fuera verdad que él lo hubiera pasado tan mal.

—Tu abuela acababa de abrir su tienda de regalos, ¿te acuerdas?

Se acordaba perfectamente, porque en la tienda vendían muñecas. No muñecas de juguete para niñas, sino lujosas muñecas de porcelana que las mujeres codiciaban y coleccionaban. Annie recordaba que había muñecas que costaban varios miles de dólares. La tienda había sido un éxito durante varios años, hasta que el mercado de las muñecas de porcelana cayó en picado.

—Sí —reconoció—. Recuerdo muy bien la tienda de la abuela.

—Tu madre se ocupó de la tienda mientras tu abuelo estaba hospitalizado.

Annie frunció el ceño y regresó mentalmente a aquel verano. A pesar de que el fastidio que suponía Oliver pesaba mucho en su memoria, logró al fin recordar que, efectivamente, su abuelo había estado gravemente enfermo.

—Sí, sufrió una peritonitis. Mamá pensaba que se iba a morir.

—Igual que tu abuela y que todo el mundo. Recuerdo haber oído decir que fue el amor de ella lo que lo sacó adelante. Estuvo a su lado las veinticuatro horas del día, siete días a la semana.

Annie ni siquiera recordaba haber visto a su abuela durante aquel viaje.

—Un amor tan fuerte como ese no puede cambiar, Annie.

Annie deseaba desesperadamente que lo que acababa de decir Oliver fuera verdad.

—Pues viendo ahora cómo se meten todo el rato el uno con el otro, me cuesta creerlo.

—Tu abuelo está abrumado, y tu abuela no está acostumbrada a ser el centro de atención. Están nerviosos y se desahogan importunándose a cada momento.

—De haberlo sabido... Oh, Oliver, me parece que no les he hecho ningún favor.

Annie se sentía fatal por haber forzado a sus abuelos a que se implicaran en una situación tan incómoda, una situación para

184

la que ninguno de los dos estaba preparado. Había dedicado todos sus esfuerzos a la fiesta. Se había sumergido en los detalles porque el trabajo la ayudaba a superar el dolor emocional que le había provocado perder a Lenny. El nudo que notaba Annie en el estómago se hacía cada vez mayor. La idea de organizar una gran celebración había sido solo suya. Ella solita había establecido la agenda, y se había negado a escuchar cuando sus abuelos le habían dicho que no tenía por qué meterse en aquel berenjenal. En realidad, lo que habían estado intentando decirle era que ellos preferían una celebración más íntima.

—Oh, Oliver, lo he liado todo.

—No, no has liado nada. Todo lo que has hecho ha sido porque los quieres.

Annie se levantó de un brinco.

—Tengo que poner las cosas en su lugar, tranquilizarlos. Lo anularé todo si ese es su deseo.

Tenía que encontrar la manera de sacarlos de aquello, aunque por el momento no tuviera ni idea de cómo hacerlo. Agarró la chaqueta y el bolso y se encaminó hacia la puerta.

—¿Qué piensas decirles?

—No lo sé, ya lo pensaré cuando esté allí.

Oliver se quedó mirándola.

—¿Quieres que vaya contigo?

Annie negó con la cabeza.

—Tú quédate aquí y... —Annie miró a su alrededor—. Continúa colocando las sillas y atando los globos a los respaldos. Seguiremos adelante con el plan hasta que te diga lo contrario.

—De acuerdo. ¿Quieres que te dé un beso de buena suerte?

—No —replicó Annie, sin dejar la más mínima duda sobre lo que opinaba al respecto.

—Seguro que sí quieres —dijo él—. Pero ya te lo daré luego.

Annie hizo un gesto para mandarlo callar. Oliver siempre había sido un bromista. Y a ella nunca le había gustado. Pero aquel día todo era distinto. Le agradecía que se hubiese tomado el tiempo necesario para explicarle qué les sucedía a sus abuelos.

185

Cuando llegó al hostal, Annie subió corriendo las escaleras del porche y entró a toda prisa. *Rover* le ladró, furioso.

—Soy yo, *Rover* —le anunció.

En cuanto el perro la reconoció, dio otro breve ladrido y regresó a su puesto en la cocina. Jo Marie salió de otra estancia. Al verla, Annie tuvo la impresión de que la propietaria estaba preocupada por algo. Aunque tal vez fueran solo imaginaciones suyas.

—¿Pasa algo? —preguntó Jo Marie.

—¿Sabes dónde están mis abuelos?

Jo Marie hizo un gesto negativo.

—No he vuelto a verlos desde la hora del desayuno.

Durante un instante horrible, Annie temió que sus abuelos se hubiesen marchado. Corrió hasta su habitación, aporreó la puerta con todas sus fuerzas y no paró hasta que el dolor en la mano le impidió continuar.

Su abuelo abrió la puerta y, después de mirarla de arriba abajo, le preguntó:

—Annie, santo cielo, ¿qué pasa?

—Tengo que hablar con vosotros —dijo, jadeando y presa del pánico.

—Pasa.

El abuelo se hizo a un lado para dejarla entrar. La abuela debía de estar en el cuarto de baño, pues no la vio en la habitación.

—¿Dónde está la abuela?

—Haciendo pucheros.

De pronto, se abrió la puerta del cuarto de baño y apareció Julie Shivers, vestida con el batín y con la cabeza llena de rulos.

—Annie, cariño, ¿qué haces aquí?

—Acabo de preguntarle lo mismo —dijo Kent.

Julie se sentó en la cama.

—Cuéntanos por qué estás así —dijo en un tono frío y sereno.

Annie se sentía fatal. Y ahora que estaba con ellos, no sabía por dónde empezar. Pero finalmente empezó a hablar:

—Tengo la sensación de haberos metido a la fuerza en una celebración que ninguno de los dos quería. Lo siento muchísimo.

Tanto su abuelo como su abuela se quedaron mirándola boquiabiertos, como si no supieran qué decir.

—Me dejé llevar porque quería..., porque necesitaba una distracción después de lo de Lenny. Jamás se me pasó por la cabeza la posibilidad de que no quisierais este tipo de celebración —explicó. Aunque, a decir verdad, tanto su madre como su tía Patty también habían opinado que lo de la fiesta era una idea estupenda.

—¿Y eso quién te lo ha dicho? —preguntó Julie.

—Un pajarito.

Julie se giró rápidamente hacia Kent con los ojos echando chispas.

—¿Y ahora qué has hecho?

—No ha sido el abuelo —la interrumpió Annie—. Sino Oliver.

La abuela inspiró hondo.

—No tenía por qué decirte eso.

—Pues me alegro de que me lo haya dicho —gritó Annie, replicándole—. Escuchadme bien, estamos a tiempo de parar lo de la fiesta. Me encargaré de todo. No tenéis por qué preocuparos. De hecho, si queréis, podéis iros ahora mismo. Yo... yo me encargaré de decirle a todo el mundo que os habéis fugado por segunda vez.

Julie miró a su marido para conocer su opinión.

—¿Qué piensas, Kent?

—Veamos —dijo con tranquilidad el abuelo, con expresión pensativa y volcando toda su atención en su esposa—, creo que yo ya me he hecho a la idea, pero haremos lo que tú quieras.

—Va a venir mucha gente de fuera de la ciudad —murmuró Julie—. Betty y Vern vienen en coche desde Dakota del Sur. Sería de muy mala educación huir y dejar plantados a nuestros invitados.

—En eso estoy de acuerdo —corroboró Kent—. Creo que deberíamos celebrar la fiesta, renovar los votos y todo lo demás.

Aunque aliviada, Annie pensó que faltaba algo más.

—¿Qué puedo hacer para que os sintáis más cómodos?

—Oh, cariño, no te preocupes, estaremos bien. —Julie extendió la mano hacia Kent—. ¿Verdad, cariño?

—Por supuesto que sí —confirmó Kent, rodeando a Julie por la cintura.

—Nos hemos portado fatal —admitió Julie—. Oh, Annie, te pido perdón.

—También podrías pedírmelo a mí, ¿no?

La abuela apoyó la cabeza contra el pecho del abuelo.

—Somos un par de viejos bobos, Kent Shivers.

El abuelo de Annie rio entre dientes y le dio un pequeño apretujón a su esposa.

—En eso sí que has dado en el clavo.

Julie sonrió y le dijo a Annie:

—Y ahora, vuelve a lo que quiera que estuvieras haciendo.

—¿Estáis seguros?

—Por supuesto —declaró el abuelo.

—Ve, que tenemos que acabar de vestirnos.

Annie se giró, dispuesta a marcharse, pero su abuelo le dijo entonces:

—Oye, Annie, ¿qué opinas del nuevo sujetador de realce de tu abuela?

—¡Kent!

El abuelo rio.

—A mí me gusta. Ese par de chiquillas han vuelto a subir.

—¡Kent! —volvió a gritar la abuela—. Querrás decir que este par de gemelas han vuelto a subir —concluyó, y rio como si volviera a tener veinte años.

Sintiéndose mucho mejor, Annie abandonó el hostal para volver al salón de banquetes.

Cuando llegó, vio que Oliver ya había colocado todas las sillas.

—¿Qué tal ha ido? —preguntó Oliver.

—Bien, creo —respondió Annie, quitándose la chaqueta y dejando el bolso—. Les di la opción de fugarse una segunda vez, pero decidieron seguir adelante con lo de la fiesta.

—Es lo que imaginé que harían.

Annie comprendió que todo se lo debía a Oliver.

—Gracias —musitó—. Me parece que este día habría sido un desastre de no haberme dicho tú todo eso.

Oliver le restó importancia al agradecimiento.

—No hay de qué.

El espacio entre ambos estaba cargado de electricidad. Annie intentó huir de aquella sensación, pero el momento la tenía atrapada. No era más que sentimiento de gratitud, intentó decirse. De aprecio por lo que Oliver había hecho. Era imposible que se sintiera atraída físicamente por él. Era imposible que estuviera deseando que la besara, era imposible...

Y con todas aquellas ideas dándole vueltas en la cabeza, Annie se descubrió acercándose a él.

Oliver no necesitó más palabras de ánimo. La atrajo hacia él y su boca empezó a aproximarse a la de ella justo en el momento en que se abrió de repente la puerta del salón.

—Annie, ¿en qué quieres que te ayude?

Los dos se separaron instintivamente, y Annie se giró.

—¡Tía Patty! Gracias por pasarte por aquí...

Capítulo 19

He descubierto que cuando estoy inquieta o preocupada, mi mejor antídoto es hacer algo físico. El teniente coronel Milford tenía razón. Paul no estaba vivo. No volvería a casa. En el fondo de mi corazón tenía que aceptar el hecho de que mi marido había muerto en un accidente de helicóptero en Afganistán. Que los seis hombres que iban en ese helicóptero habían muerto. No podía depositar esperanzas en que uno de ellos hubiera sobrevivido por el simple hecho de que solo se hubieran encontrado los restos de cinco cuerpos. Ni siquiera aunque el que faltara perteneciera a Paul.

Había recibido a dos grupos de huéspedes y los había acompañado a sus habitaciones, pero no recordaba nada de lo que les había dicho. Pensé que, para despejarme, lo que necesitaba era realizar algún tipo de trabajo que exigiera esfuerzo físico. Y como no podía contar con Mark para lo de la rosaleda, decidí que lo haría yo.

Me calcé las botas de agua, me puse una chaqueta y salí. *Rover* me siguió obedientemente. Agarré una pala en el cobertizo y, sin saber muy bien por dónde empezar, me dirigí con determinación hacia el espacio de jardín que Mark había empezado a excavar. Como mínimo, volvería a taparlo todo con tierra para que no se viera tan revuelto. Contaba con que el esfuerzo me ayudara a controlar un poco aquel remolino de emociones.

Rover debió de intuir que algo iba mal, puesto que empezó a gimotear y no paró hasta que dejé de remover tierra y lo acaricié un poquito. Fue entonces cuando me di cuenta de que tenía los ojos llenos de lágrimas. Intenté ignorarlas y sorbí varias veces por la nariz hasta que no me quedó otro remedio que buscar un pañuelo de papel en el bolsillo. Me sequé los ojos y me soné. Al final, dejé de esforzarme por contener las lágrimas y acabé quedándome sin pañuelos. Entre tanto, no había dejado de ir arriba y abajo del jardín cargando carretillas de tierra. Con todo, cuando acabé no estaba segura de no haber dejado el jardín peor de lo que estaba antes.

¿Y qué pensaría Mark? Con lo perfeccionista que era, seguro que no se tomaría nada bien que me hubiera inmiscuido en lo que consideraba su área de trabajo.

Cuando guardé la pala en el cobertizo, me dolía la espalda y me temblaban las piernas. A pesar de que debía de tener una docena de tareas urgentes que requerían mi atención, después de tanto ejercicio físico necesitaba ducharme y cambiarme. Las emociones me desbordaban, pero confiaba en que una buena ducha con agua caliente sirviera para sosegarme.

Cuando me disponía a entrar en la casa, se abrió la puerta y salieron los Shivers. La mañana había tenido un comienzo vacilante para la pareja protagonista de la celebración. Crucé los dedos para que todo saliera tal y como Annie tenía planeado. Sabía que la chica había puesto todo su corazón en la organización del evento y que deseaba lo mejor para sus abuelos.

Julie y Kent Shivers salieron al porche. La mujer me miró y comprendió de inmediato que me pasaba algo.

—Jo Marie, ¿qué pasa?

Esconder la nariz, colorada de tanto sonarme, era imposible. Resultaba evidente que había estado llorando.

—Les pido disculpas —dije, con un tono de voz que apenas superaba el de un murmullo—, pero es que esta mañana he recibido noticias turbadoras.

No sabía que la pareja estaba todavía en el hostal. Imaginaba que ya habían salido para iniciar los festejos con su hija menor y su marido.

—¿Podemos hacer alguna cosa por usted? —preguntó Kent.

Negué con la cabeza y, deseosa de cambiar de tema, intenté esbozar una sonrisa.

—Están ustedes magníficos.

Y era verdad. Julie llevaba un traje de chaqueta rosa con americana de doble botonadura y falda tubo rematada con un volantito. El traje marrón oscuro de Kent complementaba a la perfección el conjunto de Julie. Hacían una pareja estupenda.

—Es decir, que damos el pego —dijo Kent, bromeando.

—Por supuesto que sí —afirmé, encantada de haber recuperado de repente la voz.

—¿Usted cree? —preguntó Julie, pasándose la mano enguantada por la parte delantera de la chaqueta—. Hemos esperado hasta el último minuto para vestirnos. Oliver debe de estar a punto de llegar para recogernos. Kent estaba tan impaciente que ya no podía seguir esperando más rato dentro.

—Demasiado incómodo, querrás decir. —Kent se pasó un dedo por el interior del cuello de la camisa—. Nunca me ha gustado llevar traje y corbata. Solo lo aguanto unas horas.

—No nos daremos cuenta y todo habrá terminado —le garantizó Julie a su marido mientras le daba unos golpecitos cariñosos en el brazo.

—Es lo que intento repetirme todo el rato —refunfuñó Kent.

—¿Por qué no se sienta un poco con nosotros? —ofreció Julie, indicando con un gesto el columpio del porche.

—Voy hecha un asco —dije en tono de protesta, consciente de que llevaba las botas llenas de barro y necesitaba con urgencia una ducha.

—Siéntese —me ordenó Kent—. Ayúdenos a no pensar más en todo este follón de la fiesta de aniversario.

Vi que la invitación era más por ellos que por mí, de modo que me senté en un peldaño de la escalera de acceso al porche, mientras Kent y Julie se instalaban en el columpio. *Rover* correteó y se tumbó a mi lado. Le acaricié la espalda, reconfortada por el hecho de comprobar que mi amigo especial siempre me ofrecía consuelo.

—¿Qué es lo que pasa? —preguntó Kent, yendo directamente al grano.

Más para distraerlos que por necesidad de hablar, dije:

—Esta mañana he recibido una llamada telefónica del que fuera el superior de mi marido. Ha vuelto de Afganistán. Finalmente han podido acceder a la zona en la que se estrelló el helicóptero en el que viajaba Paul —les expliqué, y a continuación les conté los detalles que había conocido aquella misma mañana.

—¿Y cree que el cuerpo que no se ha recuperado podría ser el de su marido, y que por tanto podría haber sobrevivido? —preguntó Julie, abriendo los ojos de par en par con expresión esperanzada.

—Me repito una y otra vez que debo aceptar el hecho de que está muerto.

—Pero no puede evitar pensar que podría estar vivo —afirmó Kent, leyéndome los pensamientos.

Asentí. Nadie necesitaba decirme que aquello era de locos.

—Cualquier esposa, cualquier madre, reaccionaría igual que yo. Se aferraría a la esperanza de que el cuerpo que falta perteneciese a su ser querido y que, por obra de algún milagro, él siguiese todavía con vida. Nos gustaría creer que está en las montañas, buscando el modo de volver a la civilización.

—¿Y cómo no aferrarse a una esperanza así? —se cuestionó Julie.

Kent se mostró de acuerdo con ella.

—Francamente, creo que si no lo hiciera no sería usted humana. Nunca es fácil cuando se trata de un ser querido.

Las muestras de compasión de la pareja me ayudaron a alejar la sensación desagradable de aquella mañana.

—Paul y yo estuvimos juntos muy poco tiempo —dije, contemplando las aguas tranquilas de la cala—. Me gustaría pensar que, de haber sobrevivido al accidente, podríamos haber tenido la oportunidad de llegar a celebrar algún día nuestras bodas de oro.

—Cuando Kent estaba en Vietnam, vivía sumida en la preocupación —explicó Julie—. Tenía mucho miedo de perder a mi marido. Cada noche, en las noticias informaban sobre los muchos jóvenes que habían muerto. Mi mayor temor era que un día me dieran la noticia de que Kent no iba a volver a casa. Imaginármelo era insoportable.

Kent le dio la mano a su esposa e intercambiaron una prolongada mirada.

—Julie me escribía a diario —rememoró Kent—. Sus cartas fueron lo que me ayudó a superar el día a día de la guerra. De no haber sido por esas cartas, me habría vuelto loco.

—Y cuando no tenía noticias de él, me pasaban por la cabeza todas las cosas que pueda usted imaginarse —añadió Julie—. A menudo pasaba una semana entera sin recibir carta de Kent, y entonces empezaba a pensar que lo había perdido para siempre.

Con Paul no había sido tan complicado.

—Por suerte, nosotros podíamos mantener el contacto —recordé.

Mi vida giraba alrededor del momento en que podíamos hablar. Había acabado instalando el ordenador en la habitación e, incluso cuando estaba profundamente dormida, reconocía el sonido cantarín que indicaba la entrada de un mensaje de correo electrónico. Muchísimas noches me despertaba y dialogábamos a través del servicio de mensajería instantánea. Después volvía a meterme en la cama y me dormía pensando que mi marido me abrazaba, a pesar de que estuviera a medio mundo de distancia.

—Hoy en día, entre el correo electrónico, Skype y los teléfonos móviles es mucho más fácil estar en contacto —dijo Julie.

Siempre recordaría con agrado aquellas sesiones nocturnas. Había releído a menudo los mensajes de correo electrónico que nos habíamos intercambiado, sobre todo durante los meses posteriores a recibir la noticia del fatal accidente. Algunos me los sabía incluso de memoria. Los había impreso y los tenía guardados en una carpeta. Los sacaba cuando me sentía muy sola. Y entonces me sentaba, con *Rover* acurrucado a mi lado, y los leía una y otra vez. Tal vez volvería a hacerlo por la noche.

Aunque albergaba mis dudas, puesto que a lo mejor no era lo más acertado. A veces, aquellos mensajes me servían de consuelo, pero otras veces tenían el efecto contrario y me veía sorprendida por una oleada de dolor. Pensé que esperaría a que cayera la noche y entonces decidiría.

—Parece que ya llega Oliver —dijo Kent, señalando hacia la calle.

Se levantó, y Julie siguió de inmediato su ejemplo.

—Ha estado con Annie, preparando el salón del banquete —me explicó Julie—. Estoy segura de que ha sido de gran ayuda.

—¿Sabes una cosa? A lo mejor tienes razón —dijo Kent, mirando a Julie.

—¿En qué?

—En lo de que Oliver sería ideal para nuestra Annie.

Julie se mostró satisfecha.

—Llevo años diciéndolo. Me encantaría que Oliver formara oficialmente parte de la familia.

—Ya es como si lo fuera —murmuró Kent—. Pasa más tiempo con nosotros que con sus padres.

—Eso no es verdad, Kent. Oliver solo viene a visitarnos cuando están nuestros nietos.

—Pero si no estuvieran, también encontraría una excusa para venir —dijo Kent, aunque era evidente que no le molestaba en absoluto recibir las visitas del joven.

—Oliver lleva años siendo de gran ayuda para nosotros, así que deja ya de quejarte.

—No me quejo —insistió Kent—. Simplemente hago un comentario, eso es todo.

—Oliver siempre nos quita la nieve de la entrada con la pala, y si hay alguna cosa que Kent ya no puede hacer, se ocupa él. La verdad es que lo echaremos mucho de menos cuando emprenda ese viaje por el Pacífico Sur.

—Cierto —confirmó Kent.

—Me gustaría...

Pero Julie no acabó de expresar su anhelo.

—¿Qué es lo que te gustaría, cariño? —le preguntó su marido.

—Ya sabes, que Oliver y Annie...

—Reconozco que estaría muy bien, pero es algo que tienen que descubrir ellos sin que nosotros nos pongamos de por medio. Todos sabemos, Julie, que te encanta hacer de casamentera, pero no podemos entrometernos en la vida de estos jóvenes.

—Lo sé, lo sé —afirmó Julie, aunque no estaba convencida en absoluto.

Oliver salió corriendo del coche.

—Vuestra carroza os está esperando —dijo, todo sonrisas.

—¿Estás a punto? —preguntó Kent.

Julie exhaló un suspiro e hizo un gesto afirmativo.

—Creo que sí. ¿Y tú?

Kent asintió solemnemente, tomó la mano de su esposa y bajaron la escalera del porche.

Comprendí entonces que todo saldría bien. Kent y Julie estarían rodeados de familiares y amigos, y recordarían aquel día durante mucho tiempo.

Cuando el coche se marchó, seguí sentada en el porche. Con los Shivers había aprendido una lección muy valiosa. Estaba convencida de que, de haber seguido Paul con vida, seguramente nos habríamos comportado igual que ellos después de tantísimos años de matrimonio.

Pero no tendríamos oportunidad de comprobarlo.

Aunque tampoco en su día esperaba enamorarme y casarme, la verdad. ¿Habría cambiado conocer y amar a Paul Rose por cualquier otra cosa que la vida pudiera ofrecerme? Mi corazón supo la respuesta al instante.

No.

No me arrepentía de nada, ni siquiera teniendo en cuenta el inmenso dolor que me había provocado su pérdida y que seguiría acompañándome durante el resto de mi vida. Por otra parte, y al margen de mis locas esperanzas, aunque Paul ya no estuviera físicamente a mi lado, siempre seguiría formando parte de mí.

Me disponía a entrar en casa cuando oí que un coche entraba por el camino de acceso. Miré por encima del hombro y vi que eran Peggy Beldon y Corrie McAfee. Peggy y su marido eran también propietarios de un hostal en la ciudad. Corrie estaba casada con un detective de policía retirado de Seattle que actualmente llevaba a cabo investigaciones en el sector privado. Ahora que lo recordaba, uno de los chicos que había acudido a rescatar a Mark había mencionado a McAfee. Me pregunté si serían familia.

Las dos mujeres eran buenas amigas y sabía que tenían la costumbre de comer juntas una vez al mes. Siempre me invitaban a sumarme a ellas, pero solo había conseguido acompañarlas en una ocasión.

Peggy y Bob —así se llamaba su marido— me habían ayudado en muchas cuestiones prácticas relacionadas con la gestión del hostal y me habían presentado a propietarios de negocios similares de la zona. Me maravillaba la buena disposición que tenían para echar una mano, incluso a quien podían considerar competencia directa. Su actitud siempre había sido amistosa. Peggy insistía en que los propietarios de los hostales necesitábamos estar unidos. Parte de la familia Shivers se había alojado en The Thyme and Tide, en Cranberry Point. Yo misma les había recomendado el establecimiento, puesto que sabía que Peggy y Bob siempre hacían la estancia muy agradable a sus huéspedes.

Corrí a recibir a mis amigas.

—Hola —dije, feliz por tener compañía y un poco de distracción, sobre todo en un día como aquel—. ¿Qué hacéis por aquí?

—Íbamos a comer y hemos pensado en pasarnos por aquí para ver si necesitabas ayuda con la jornada de puertas abiertas —se ofreció Peggy.

—Esto sí que son amigas —dije.

—Buenas amigas —corroboró Corrie.

—Tienes razón. No todo el mundo se ofrecería para ayudar a limpiar —añadió Peggy, que miró a su alrededor y puso mala cara al ver la rosaleda a medio terminar—. Pensaba que Mark ya habría acabado, a estas alturas.

—Sí, yo también. —Nadie estaba más frustrada que yo en ese sentido—. Pero no lo ha conseguido, y además se ha fracturado la pierna.

—¿Cuánto tiempo estará de baja?

—Ni idea —respondí, pensando que Mark no era precisamente una gran fuente de información, especialmente tratándose de un asunto de índole personal.

—Confío en que no estés enfadada conmigo por habértelo recomendado —dijo Peggy.

—En absoluto —le aseguré—. Trabaja estupendamente y sus precios son muy razonables. —En términos generales, contar con los servicios de Mark era una bendición. Era gruñón, eso sí, pero seguía siendo una gran ayuda—. Ya me ha terminado bastantes proyectos y siempre he quedado muy satisfecha con los resultados.

—Me alegro de oírlo —dijo Peggy, aliviada—. Ya te dije que era un tipo un poco raro.

Cuando conocí a Mark, yo pensé lo mismo, pero poco a poco, a medida que he ido conociéndolo mejor, he llegado a la conclusión de que simplemente es una persona reservada.

—¿Conocéis su historia? —pregunté, mirando a las dos mujeres.

—No —respondió Peggy, y me preguntó entonces, con la misma curiosidad que acababa de mostrar yo—. ¿Y tú?

Negué con la cabeza. Mark era un gran enigma desde el primer día. Y ahora, tal vez incluso más. Cuánto más sabía de él, más me daba cuenta de que apenas lo conocía. Sólo podía decir que era bueno jugando al Scrabble y que me había recomendado algunos libros que me habían gustado mucho.

—Lo único que sé es que trabaja bien.

Estaba completamente de acuerdo.

—¿Queréis pasar a tomar un café? —sugerí, ya que me parecía un poco ridículo seguir allí, en medio de la acera, cuando podíamos estar perfectamente dentro.

—Gracias, pero hoy no podemos. Íbamos a comer cuando hemos visto tu letrero, y yo me he acordado de lo de la jornada de puertas abiertas —dijo Peggy—. Estaré encantada de ayudarte en lo que sea. De verdad. Ya que fui yo quien te lo sugirió, creo que es lo menos que puedo hacer. Si quieres, prepararé algún tentempié.

Le di de nuevo las gracias, pero ya había decidido que prepararía mis galletas, y justo a primera hora había acabado de hornear las que me quedaban aún pendientes. Mi intención era preparar una cosa sencilla, para que así los asistentes se concentraran más en el hostal que en la comida.

Cuando mis amigas se marcharon, me quedé mirando cómo se alejaba su coche. Me sentía más animada.

Había amado a mi esposo y lo echaría de menos.

Despacio, pero sin pausa, estaba aprendiendo a construirme una nueva vida.

Una vida sin Paul.

Capítulo 20

Mary sabía que la noticia de que había dado a su hija en adopción perturbaría muy negativamente a George. Estaba pasmado, conmocionado. Seguía mirándola como si no supiera ni qué decir ni cómo reaccionar.

Se inclinó hacia delante, apoyó los codos sobre las rodillas y escondió la cara entre las manos, incapaz de asimilar lo que Mary acababa de contarle. Parecía un hombre cuyas preocupaciones acabaran de llegar al límite de lo soportable.

Si al menos dijera alguna cosa. Mary se sentía con fuerzas para afrontar lo que fuera, pero no aquel silencio. Y George seguía sin mirarla. Habría preferido que gritase, que despotricase, incluso que la echase de su casa. Lo que no soportaba era ser testigo de tanto dolor, de aquella terrible sensación de pérdida.

George levantó la cabeza poco a poco. Abrió la boca, como si fuera a hablar, pero enseguida volvió a cerrarla.

—No esperaba albergar sentimientos hacia ella —musitó Mary—. Intenté convencerme de que no era más que un conjunto de células, pero luego empezó a moverse. La sentía agitándose y creciendo en mi interior. Por mucho que lo intentara, no podía ignorar lo que le estaba sucediendo a mi cuerpo, a mi corazón.

George enderezó ligeramente la espalda y se inclinó hacia ella, como si quisiera seguir escuchando.

—Recuerdo la primera vez que sentí a aquel ser vivo, que sentí a nuestra hija —continuó Mary, comprendiendo que George estaba impaciente por conocer más detalles—. Era una sensación tan leve, tan frágil, que al principio pensé que no eran más que imaginaciones mías.

Él seguía mirándola, como si no tuviera ni idea de qué decir.

Mary se pasó la lengua por los labios y continuó.

—Con el paso de las semanas, fui acostumbrándome a sentirla como parte de mí. Me llevaba constantemente la mano al vientre, como si pretendiera protegerla. No sé, era extraño, era como si estuviera tocándola..., como si estuviera tocándote a ti.

Le pareció detectar en George un amago de sonrisa.

—Después de aquellas primeras patadas, el bebé empezó a moverse más a menudo y aprendí a reconocerla. Esperaba todo el día a que se moviera, aguardaba el momento con ganas. Nadie se imaginaba que estaba embarazada, aunque había quien comentaba que tenía... que tenía un resplandor especial, como si estuviese enamorada. Mis compañeros de trabajo estaban convencidos de que había conocido a alguien.

—¿Y habías conocido a alguien?

—Sí —reconoció Mary.

La expresión de George se volvió más tensa de repente.

—Ese alguien era nuestro bebé —dijo Mary.

A George no le hizo gracia el chiste, y así se lo hizo saber con la mirada.

—¿Dices que acabaste tomándole cariño?

Sus manos, que no habían parado de moverse, se quedaron de pronto inmóviles.

—¿Cómo no iba a tomarle cariño? Pero eso no alteró lo que pensaba de mí misma. No sería una buena madre, y lo sabía. El bebé era parte de mí y parte de ti, lo mejor de los dos. Y justamente porque la quería mucho, decidí entregarla a una familia, a una familia de verdad.

George tardó un momento en asimilar sus palabras.

—¿Cuándo supiste que era una niña?

—Con la primera ecografía. Como yo ya era un poco mayor, el ginecólogo quería estar seguro de que el bebé se desarrollaba correctamente. Me dijo que no podía asegurármelo, pero que parecía una niña.

George asintió.

—Cuéntame más cosas.

Mary no sabía muy bien qué explicarle.

—Le cantaba por las noches antes de dormirnos... —dijo, y sonrió levemente—. Bueno, antes de dormirme yo. Imaginé que sería buena futbolista. Dios mío, vaya patadas daba.

George sonrió.

—Me habría gustado...

Pero no acabó la frase. No era necesario; Mary lo entendió.

—Lo sé. Ojalá también tú hubieras podido notar cómo se movía.

Mary se había preguntado muy a menudo si había hecho lo correcto abandonando a George sin comunicarle la decisión que había tomado. A lo largo del embarazo, había pensado más de cien veces en ponerse en contacto con él, sobre todo hacia finales del tercer trimestre, cuando se sentía tan hinchada e incómoda. Había conseguido ocultar el embarazo en el trabajo. Seguramente alguien lo sospechaba, pero nunca nadie le comentó nada. Diez semanas antes de salir de cuentas, solicitó un permiso aludiendo que tenía que ausentarse para cuidar de su padre enfermo. El final del embarazo había sido horroroso. Se le habían hinchado las manos y los pies hasta el punto de parecer salchichas.

—¿Estabas sola cuando la tuviste?

Mary asintió. Debido a su edad avanzada, el ginecólogo había recomendado una cesárea para evitar posibles complicaciones. Solo como precaución. Pero después de sopesar las distintas opciones, Mary se había decantado por un parto natural. Aquel sería su único parto: deseaba vivir la experiencia. Y la vivió. Completa.

—Habría dado cualquier cosa por haber estado a tu lado —dijo George.

—No, George, alégrate de no haber estado presente. Fui una paciente horrorosa.

—¿Fue mal?

Mary se encogió de hombros.

—Por razones evidentes, no asistí a las clases de preparación al parto. Me limité a ver un par de documentales y a leer algunos libros, y di por sentado que con eso ya estaba preparada.

—¿Y no lo estabas?

Mary respondió con una breve carcajada.

—Nada puede preparar a una mujer para un parto. Después de cuatro horas, empecé a pensar que el proceso estaba siendo más largo de lo que me había imaginado y le pedí al médico que me diera algo para acelerarlo. La comadrona dejó claro que podía durar aún bastantes horas más, pero yo lo llevaba fatal.

—¿Cuánto duró?

Mary sonrió al recordarlo. Como George era muy sensible, decidió que era mejor no agobiarlo con detalles escabrosos. De lo contrario, se hubiera visto obligada a utilizar un lenguaje que dejaría sorprendido al marinero más curtido. Eso de parir no era para cobardes. A pesar del dolor y del consejo de la comadrona, Mary había insistido en que quería un parto natural, por miedo a que los fármacos pudieran dañar al bebé. Y lo consiguió. Viéndolo en perspectiva, había sido una experiencia increíble.

—Un parto dura lo que dura —dijo Mary, respondiendo a su pregunta—, pero nuestra hija estaba decidida a no salir. Por lo visto, allí estaba confortable, calentita y podía chuparse el dedo a gusto.

—¿Se chupaba el dedo?

—Constantemente.

—¿En el útero?

—Sí —dijo Mary, y se explicó—. Siempre notaba un movimiento rítmico, que me mantuvo muchas noches en vela durante el tercer trimestre. Luego, cuando nació, vi que se chupaba el dedo y comprendí que eso era lo que hacía mientras yo intentaba encontrar la posición para poder dormir cómoda.

George esbozó una sonrisa de oreja a oreja.

—Yo me chupé el dedo hasta los cinco años —reconoció—. Tenía mi manta favorita y la llevaba conmigo a todas partes. Mi padre se enfadaba mucho. Pero mi madre era más lista. Me lavaba la manta cada semana y cada vez iba cortándole un trocito, hasta que quedó convertida en un pequeño retal de tela.

—¿Y tú no te imaginabas nada?

—Tenía mis sospechas. Mi madre insistía en que se encogía, y luego, al cabo de unos meses, me explicó que la lavadora se la había comido.

—Una mujer muy inteligente.

—Recuerdo que odiaba esa lavadora —dijo George, riendo—. Durante años, cada vez que me acercaba a ella le arreaba un puntapié, hasta que comprendí que yo me hacía más daño que el que pudiera hacerle a aquel mamotreto con mis patadas.

Era encantador, pensó Mary, sonriéndole. Le dolía el corazón de tanto que lo quería, y también por la hija que nunca conocería.

De pronto, la sonrisa de George se esfumó.

—¿Cómo era?

Mary asintió.

—Los recién nacidos suelen ser feos. Nadie lo dice, claro está, pero el proceso del parto es tan difícil para el bebé como para la madre.

—¿Y era fea nuestra hija?

—No, esa es la gracia. A pesar de todo, era una belleza, George, una preciosidad. Me pasaba horas mirándola desde el otro lado del cristal de la sala de neonatología.

—¿Estabas... —dudó unos instantes, sin saber muy bien cómo expresar lo que quería decir— dolorida?

—No. De hecho, me sentía estupendamente. Tenía ganas de aporrearme el pecho como Tarzán y gritarle al mundo: «¡Mirad lo que he hecho!». Creo que jamás en mi vida me he sentido más fuerte que después de dar a luz.

George rio entre dientes por segunda vez y luego volvió a quedarse serio.

—¿La tuviste en brazos... o te exigieron entregarla enseguida?

Si George supiera.

—La tuve en brazos todas las veces que pude. Era importante saber de corazón que estaba tomando la decisión adecuada. Suponía entregar una vida a este mundo. Una vida preciosa que era parte de mí y de ti. De mí dependía darle el mejor futuro posible, y tenía que aceptar que ese futuro no sería conmigo.

George se puso en cuclillas a su lado y le tomó la mano.

—Ese embarazo, ese bebé, era algo más grande que tú y que yo —dijo Mary, mirándolo a los ojos.

—¿Sabes quién la adoptó?

—Sí. Elegí personalmente a la familia.

George abrió los ojos de par en par.

—¿Los elegiste?

Mary pasó semanas leyendo formularios de solicitud e informes familiares antes de sentirse preparada para tomar la última decisión.

—Lo hice a través de una agencia privada de adopción. Una que encontré después de una investigación concienzuda y que tenía una reputación sin tacha.

—¿Conociste... a los padres?

—No, personalmente no. Tenía la posibilidad, pero creí que era mejor no hacerlo directamente. Y creo que tomé la decisión correcta.

—¿Por qué lo dices?

Mary dejó de mirarlo a los ojos y bajó la vista.

—De haberlos conocido personalmente —confesó, tragándose el nudo que se le había formado en la garganta—, creo que habría tenido la tentación de cambiar de idea e intentar anular la adopción.

—¿La echaste de menos?

—Pasé noches sin dormir, sumida en la agonía por la decisión que había tomado. Pero, entonces, todo cambió.

—¿Qué pasó?

A Mary le estaba costando mucho más de lo que nunca habría imaginado. Gran parte de lo que le estaba contando a George lo tenía enterrado en lo más profundo de su mente. Pero a medida que liberaba los detalles del embarazo, el nacimiento y la adopción, los recuerdos iban aflorando a la superficie como los copos de nieve que salen disparados al chocar contra un coche que circula a toda velocidad.

Era parecido a lo que le había pasado cuando le diagnosticaron el cáncer. Sentía como si alguien le hubiera dado a una tecla y ella se hubiera introducido en una máquina del tiempo en la que su vida avanzaba a una velocidad imposible.

Después de entregar a su hija a la persona de la agencia que llevaría al bebé a su familia de adopción, Mary se había sumido en una tempestad de duda e indecisión. Durante un tiempo, se planteó acudir a un psicólogo. Pero Mary era una persona muy reservada que nunca se había sentido cómoda compartiendo los detalles de su vida con desconocidos, y mucho menos los detalles de un tema tan personal como aquel. Además, temía que la información pudiera llegar de algún modo a oídos de la firma de inversión donde trabajaba. Visitar a un especialista en salud mental podía transmitir una imagen de debilidad y no quería correr ese riesgo.

—Dar al bebé en adopción fue más duro de lo que te habías imaginado, ¿no?

Mary asintió, incapaz de hablar, temerosa de que su voz revelara lo difícil y complicada que había sido aquella decisión. Después de dedicar unos segundos a concentrarse para recuperar el control sobre sí misma, dijo:

—Todo cambió cuando la agencia me hizo llegar una carta de parte de la madre adoptiva. La familia le había puesto de nombre Amanda.

Mary había pensado evitarle a George los detalles, pero cuánto más hablaba, más cómoda se sentía. Además, George tenía derecho a saberlo todo.

—Amanda —repitió lentamente George, pensativo—. Me gusta ese nombre.

—Si... si yo la hubiera criado, le habría puesto Elizabeth.

—¿Elizabeth? ¿Cómo tu madre?

Mary sonrió.

—Murió antes de que Amanda naciera... Y yo quería mucho a mi madre. Agradezco que no se enterara nunca de mi decisión; la habría decepcionado.

—No estés tan segura; le diste una vida a nuestra hija —dijo George, tranquilizándola.

Mary le apretó la mano, agradeciendo aquellas palabras de consuelo.

—Y si necesitaba una confirmación de que había hecho lo correcto, la obtuve. La familia adoptiva le puso Amanda Elizabeth, ese es su nombre completo.

—Oh, Mary.

—Lo sé. Esa carta rebosaba gratitud y amor, y me proporcionó todas las garantías de que Amanda sería una hija muy querida y de que la familia le proporcionaría bienestar emocional, físico y espiritual. Son buena gente, George. Elegí bien.

—¿Has vuelto a tener noticias de la familia desde entonces?

Mary captó un tono de esperanza en su voz.

—No. Ni una sola vez. Lo quise así, tanto por el bien de Amanda como por el mío.

—¿Y después de eso todo fue más o menos bien?

—Sí, más o menos.

—Hasta el cáncer.

—Hasta el cáncer —confirmó Mary.

George se arrodilló delante de ella. La enlazó con los brazos por la cintura y la atrajo hacia su corazón. Y permanecieron abrazados mucho rato.

Ninguno de los dos habló.

Fue George quien rompió el silencio. Se enderezó y le acarició a Mary la cara con una mirada cálida y bondadosa, repleta de amor.

—Gracias —susurró George.

Mary había imaginado frustración, incluso rabia. Aquella expresión de gratitud la tomó por sorpresa.

—¿Por qué? —preguntó ella. Al fin y al cabo había rechazado su amor y su propuesta de matrimonio. Lo había abandonado. George tenía todas las razones del mundo para odiarla.

—Por darle la vida a mi hija.

—Oh, George.

Lo abrazó y lo estrechó contra ella.

Cuando se separaron, Mary secó las lágrimas que resbalaban por las mejillas de él. George la imitó y los dos sonrieron.

Mary tuvo tentaciones, muchas tentaciones, de contarle el resto.

Pero no podía. Todavía no.

Capítulo 21

Me gustó ver a Peggy y a Corrie. Después de despedirlas, permanecí un rato sentada en las escaleras del porche, disfrutando del sol.

Rover persiguió una mariposa y luego se quedó tumbado en el césped. Yo continuaba atenta para que no se escapara, pero parecía haber entendido que aquella era su casa, el lugar al cual pertenecía. Cuando lo dejaba salir, no se aventuraba a ir muy lejos. Supongo que podía considerarme afortunada por tener un perro que se portaba tan bien. Lo cual me llevaba a preguntarme si alguien lo habría entrenado..., alguien que lo echaba de menos y vivía preocupado por lo que pudiera haberle pasado. Tal vez algún día obtuviera la respuesta a todas esas preguntas, pero, por el momento, estaba feliz de tener a *Rover* conmigo.

Había llegado el correo, y, después de colocar unas cuantas macetas con flores en el espacio donde en un futuro luciría mi rosaleda, decidí echarle un vistazo a la correspondencia.

Abrí el buzón. Entre la propaganda, facturas varias y una revista, descubrí un sobre con la dirección escrita a mano que parecía una invitación formal. Lo abrí y vi que mi intuición no me había defraudado. Era una invitación de boda. Y sonreí en cuanto leí los nombres.

Era de Abby Kincaid. Abby fue una de las primeras personas que se alojó en el hostal poco después de que lo inaugurara en enero. Se había desplazado con motivo de la boda de su hermano y parecía retraída, reticente y claramente incómoda. Poco después me enteré de que era ella la que iba al volante del coche que tuvo el accidente en el que perdió la vida su mejor amiga, Angela, durante su primer año en la universidad. A partir de ese momento, la vida de Abby se había detenido. Era como si viviera en el limbo, y evitaba todo contacto con sus amigos y sus compañeros de clase.

Lo que hacía que esta invitación de boda fuera tan maravillosa era que confirmaba lo que Paul me había dicho en cuanto me instalé aquí. Que el hostal sería un lugar de curación, tanto para mí como para los que se hospedaran en él.

Para Abby, regresar a Cedar Cove para asistir a la boda de su hermano había sido el punto de inflexión a partir del cual rehacer su vida. Hasta entonces, se había visto incapaz de volver a este lugar, por miedo a quien pudiera encontrarse y porque aquí se veía obligada a enfrentarse de nuevo a los recuerdos de aquella horrorosa noche de invierno en la que falleció Angela.

—*Rover*, oh, *Rover* —grité emocionada—. ¡Mira, Abby y Steve Hooks se casan!

Rover, que se había instalado ahora en el último peldaño de la escalera, ladeó la cabeza y me miró con perplejidad.

—Es una noticia fantástica. ¿Te acuerdas de ella?

Ya sabía que era una pregunta tonta, puesto que *Rover* no sabía ni quién era ni de qué le estaba hablando. Pero era una noticia demasiado buena para reservarla solo para mí.

Me levanté, entré corriendo en la casa, dejé el correo sobre la mesa de mi despacho y agarré el teléfono. Solo se me ocurría una persona a quien contárselo.

Mark respondió casi al instante.

—¿Qué tal estás? —le pregunté.

—Estaba bien hasta que me han interrumpido la siesta. Odio tener que tomar estos analgésicos de mierda. Me provocan sueño.

—Lo siento. ¿Te he despertado? —pregunté, sintiéndome culpable.

—No has sido tú, me ha despertado el teléfono. ¿Qué pasa? —preguntó.

—He tenido noticias de Abby Kincaid.

—¿De quién?

—De Abby. Fue una de mis primeros huéspedes, estuvo aquí en enero.

—Ah, sí, ya me acuerdo. Muy callada... Vino por la boda de su hermano, ¿no?

—Eso es. Acabo de recibir por correo su invitación de boda —le anuncié, aunque empezaba a arrepentirme de compartir la noticia con él, viendo el mal humor que gastaba.

—Eso está bien —replicó para mi sorpresa—. ¿Se trata del chico que conoció en la boda de su hermano? Era el antiguo compañero de habitación del hermano, ¿no?

No tenía ni idea de cómo lo sabía.

—¿Sí? ¿Y tú cómo sabes eso?

—¿Que cómo lo sé? Pues porque tú me lo contaste.

—¿Cuándo? —pregunté, porque la verdad es que no recordaba haberle comentado nada sobre Abby y Steve.

—Ni idea, pero ¿cómo tendría que saberlo si no?

Buena pregunta. Debí de comentarle alguna cosa, pero la verdad es que no lo recordaba.

—¿Y qué sabes de Josh y Michelle? ¿Has vuelto a tener noticias?

Josh había estado en el hostal al mismo tiempo que Abby. Abby y Josh, de hecho, habían sido mis primeros huéspedes.

No sabía nada, la verdad.

—No hace mucho vi a Michelle en el supermercado, pero fue solo de pasada.

—Se casarán —declaró Mark con firmeza.

—Vaya, ¿desde cuándo eres un experto en asuntos del corazón?

Mark rio entre dientes.

¿Mark estaba riendo? Eso sí que era un cambio. El sonido de su risa me pilló tan por sorpresa que me costó no reírme yo también.

—A esos dos se les notaba —se explicó Mark.

—¿Qué se les notaba?

—¿Acaso no se quedó Josh unos días más de lo que tenía planeado en un principio?

—Sí, cierto —le confirmé extrañada; no había caído en la cuenta de que Mark observara tanto a la gente.

—Eso pensaba.

—Fue por su padrastro, ¿lo recuerdas? Richard falleció y Josh se sintió obligado a solucionar todos sus asuntos.

—Fue la excusa que utilizó. Pero en realidad se quedó por Michelle.

—¿Charlaste con él y te abrió su corazón?

Eso sí que era una broma. Porque ni Mark ni Josh eran precisamente del tipo de personas que suelen comentar detalles de su vida íntima.

—En cierto sentido, podría decirse que sí.

—No te creo.

—Créete lo que quieras —replicó Mark—. Y ahora, ¿puedo continuar con mi siesta?

—Por supuesto.

Iba a colgar cuando me interrumpió.

—¿Jo Marie?

—¿Sí?

—Espero que no tengas en cuenta lo gruñón que he sido. No era mi intención comportarme así.

—Estás perdonado —dije, restándole importancia a su mal humor.

¡Mark estaba preocupado ante la posibilidad de que me hubiera sentido ofendida! No podía creérmelo.

—Es por esas malditas pastillas.

—Claro que es por eso —repliqué bromeando—. De no ser por los medicamentos, serías como siempre el señor Sonrisas.

Mark volvió a reír.

—Me parece que lo has dicho con cierta ironía.

—Solo con una pizca —concedí con una sonrisa.

—Oye, en cuanto me quiten la escayola haré todo lo posible para empezar a trabajar en la rosaleda.

—Lo sé. —Valoré el detalle de que siguiera preocupado por mi encargo—. Me pasaré a última hora para llevarte la cena.

—No es necesario. Tengo mantequilla de cacahuete y mermelada.

—Te llevaré una cena de verdad —insistí.

—La mantequilla de cacahuete es comida de verdad.

—Lo sé —dije, consciente de que no merecía la pena discutir con él—. Pasaré después de las seis.

Mark suspiró, como si estuviera agotado de tener que pelear conmigo.

—De acuerdo, me rindo. Haz lo que te venga en gana.

Colgué el teléfono, agarré la invitación de Abby y la leí por segunda vez. La boda estaba programada para agosto y sería en Florida. Me preparé una taza de café y me senté detrás de la mesita de la cocina.

Recordé el día en que Abby y yo empezamos a hablar y acabó contándome lo del accidente de coche que acabó con la vida de su mejor amiga. El suceso le había robado a Abby el futuro. Por aquel entonces, estaba saliendo con Steve Hooks, pero rompió con él poco después, en parte por el sentimiento de culpa y en parte por la sensación de no merecerse nada en la vida. No le parecía correcto intentar ser feliz, enamorarse y seguir viviendo la vida si Angela estaba muerta.

En aquel momento sonó el timbre. *Rover* ladró y corrió hacia la puerta. Era la mujer de la casa de al lado. La señora Coryelle, un verdadero encanto, debía de rondar los ochenta años de edad. De vez en cuando me pasaba por su casa para asegurarme de que estaba bien, y había charlado con su hija varias veces.

—Señora Coryelle, pase, por favor —dije, extrañada de que se hubiera desplazado hasta el hostal.

—No, no, tengo que volver a casa enseguida. En uno de esos canales de la televisión por cable están dando hoy un maratón de mi serie favorita y no quiero perdérmela. —Sonrió y se rascó la cabeza—. He visto todos los capítulos, pero por mucho que me esfuerce ya no consigo recordar cómo acababa cada uno. Lo mejor de que me falle la memoria es que disfruto de todas las cosas como si fuera la primera vez.

—¿Qué puedo hacer por usted? —le pregunté, segura de que no había dado aquel paseo para hablarme sobre las reposiciones de la televisión.

—Oh, sí, casi se me olvida —dijo, riendo—. El cartero me ha dejado este sobre en el buzón, pero he visto que es para usted.

Lo sacó del bolsillo y me lo entregó.

—Gracias —murmuré.

Le di la vuelta para ver el remitente. No era un nombre que me sonara a primera vista, de modo que lo guardé, más preocupada por mi anciana vecina que por abrir la carta.

—Permítame que la acompañe hasta casa, señora Coryelle —me ofrecí.

—No es necesario.

—Insisto, y también vendrá *Rover*.

Salimos al porche y *Rover* nos siguió de inmediato. Tardamos poco en recorrer la distancia que separaba las dos casas. La señora Coryelle era parlanchina y me informó acerca de los detalles de la maratón televisiva; hablaba de sus personajes favoritos como si fueran amigos íntimos. Estaba especialmente enamorada de Mark Harmon, que era el protagonista, y no paró de hablarme de él y de lo guapo que era.

—Por mucho que haya cumplido ya los ochenta y tres, sé reconocer a un hombre guapo cuando se me pone delante.

—Y yo —repliqué, recordando lo atraída que me sentí por Paul en cuanto lo vi.

La dejé en casa y *Rover* y yo regresamos tranquilamente al hostal. No había terminado aún con los preparativos para la jornada de puertas abiertas. Tal y como habían ido las cosas, pensé que debería haber retrasado el envío de invitaciones y haber esperado a que el hostal tuviera el aspecto deseado. Seguramente lo habría cancelado de no ser porque varios miembros de la Cámara de Comercio me habían comentado lo mucho que les apetecía conocer el hostal Rose Harbor.

Cuando llegué a casa, ya me había olvidado de la carta. Fue *Rover* quien me la recordó. Se detuvo al lado de la mesita que tenía en la entrada y empezó a ladrar. Tardé unos instantes en comprender qué quería.

—Uy, sí, tienes razón, la carta —dije.

Por suerte, su memoria era mejor que la mía.

Agarré el sobre, entré en la cocina y lo dejé encima de la mesa, pero *Rover* tenía tanta curiosidad que me senté y lo abrí. Eran un par de hojas, una de ellas con una nota.

> *Querida Jo Marie,*
> *Perdóname. Paul me pidió que te entregara esta carta si le sucedía alguna cosa en Afganistán. La he tenido conmigo todo este tiempo y la había olvidado por completo, la verdad. Sé que seguramente te llega en el momento más inesperado, y te pido disculpas por ello.*

A continuación había una firma con un nombre ilegible.

Giré la hoja y encontré una carta dirigida a mí y escrita de la mano de mi marido.

Una carta de Paul.

Capítulo 22

El sol brillaba por encima de la glorieta del paseo marítimo cuando los abuelos de Annie, de la mano y sin dejar de mirarse, se disponían a renovar sus votos matrimoniales. El padre Donovan miró al pequeño grupo congregado en el lugar y abrió el misal.

Una de las mayores preocupaciones de Annie durante todo el proceso de preparación de aquel evento había sido el tiempo. A pesar de que nunca había acabado de discernir dónde exactamente su abuelo le había propuesto matrimonio a su abuela, Annie se había decantado por la versión de esta última. Por mucho que el abuelo insistiera en que se lo había pedido un sábado en el transcurso de una sesión matinal de cine, el escenario delante del mar resultaba mucho más pintoresco y práctico que la posibilidad de renovar los votos en el aparcamiento del cine.

Kent y Julie estaban rodeados por sus mejores amigos y su familia más próxima. La madre y el padre de Annie, además de su tía Patty y su tío Norman, se habían colocado en semicírculo alrededor de la pareja homenajeada. Y Annie y sus primos se habían situado detrás de ellos.

Oliver estaba al lado de Annie. Ella intentaba ignorarlo, pero le estaba resultando más difícil de lo que esperaba.

El anciano oficiante levantó la vista de la Biblia y sonrió a los reunidos. A continuación fijó la mirada en los abuelos de Annie.

—Kent y Julie, sois verdaderos ejemplos de lo que significa amarse y respetarse.

Julie se giró y miró a su marido a los ojos. Kent le devolvió la mirada y Annie contuvo la respiración. Ni siquiera en aquel momento estaba del todo segura de lo que haría si su abuelo empezaba a refunfuñar. Pero se sorprendió al ver la expresión que irradiaba de él en dirección a la que llevaba cincuenta años siendo su esposa. Era como si en aquel momento solo existiera Julie, y el amor que compartían se extendió hacia todos los que estaban allí reunidos para celebrar aquel momento tan especial.

Annie estaba tan nerviosa que ni siquiera escuchaba las palabras del pastor. Paralizada, vio cómo su abuela movía los labios para repetir sus votos, cosa que hizo con tanto sentimiento que las lágrimas empañaron los ojos de Julie.

Al instante, Annie se dio cuenta de que también a ella se le habían llenado los ojos de lágrimas. Fue entonces cuando notó que Oliver buscaba su mano, la enlazaba y se la apretaba con delicadeza. Deseó al instante poder liberarse, pero no se vio capaz. Oliver se pegó a ella de tal modo que la proximidad le impedía sentirse cómoda. Pero, en lugar de apartarse como le habría gustado, se quedó inmóvil donde estaba. El aroma cítrico de la loción para después del afeitado de Oliver le hizo pensar en naranjas y limones, así como en aquella tranquila noche de verano en que estuvo contemplando el cielo nocturno con él tumbado a su lado sobre una manta.

Aquella noche, Oliver también le había dado la mano. Annie era muy joven entonces, tenía solo trece años, pero después de todo aquel tiempo, y por mucha rabia que le diera, comprendía que esa noche había sido una de las experiencias más memorables y románticas de su vida. Por aquel entonces, Oliver era para ella el chico más guapo del universo, y Annie llevaba el verano entero suspirando por él.

Imaginaba que todas las chicas recordaban con cariño su primer beso, que guardaban su recuerdo en lo más profundo del corazón. En su caso, sin embargo, Oliver había arruinado aquel momento, y ella no lo había perdonado nunca. Hasta ahora. ¿Cómo podía no hacerlo, cuando su disculpa le había parecido completamente sentida y sincera? Además, le había confesado que para él también había sido el primer beso.

Justo en ese instante notó que Oliver estaba mirándola, y ella giró la cabeza y lo miró a los ojos. La atracción estaba allí, tan fuerte y potente como aquella lejana noche de verano. De hecho, tenía que reconocer que siempre había sido así, por mucho que hubiera tratado de ignorarla.

Y ahora deseaba que volviera a besarla. Habían pasado doce años y era como si no hubiese cambiado nada. Annie anhelaba cerrar los ojos, ofrecer su boca y recibir un beso. La ceremonia continuó y ellos siguieron mirándose a los ojos.

Oliver, intuyendo los deseos de ella, inspiró hondo e inclinó la cabeza para acercarse a sus labios justo cuando el abuelo proclamó a viva voz:

—Sí, quiero.

Las risas que siguieron a aquella proclama despertaron a Annie del sueño romántico que, como una red invisible tejida alrededor de Oliver y ella, la había apartado del mundo durante unos segundos. Recuperó la conciencia, retiró la mano y, después de las palabras de cierre del padre Donovan, aplaudió con ganas.

Oliver aplaudió también, aunque con menos entusiasmo. Al terminar, la agarró por la cintura y la atrajo de nuevo hacia él. Ella le lanzó una mirada contrariada que él decidió ignorar.

Aquella atracción no podía ser real, se dijo Annie. Lo que estaba pasando entre Oliver y ella no era más que la consecuencia de haber roto el compromiso con Lenny. Una parte de su ego, esa parte que tanto estaba incordiándola, necesitaba sentirse atractiva y deseable. Y, casualmente, Oliver era el chico que tenía más a mano en aquel momento. No le gustaba la idea, pero era lo único que tenía sentido.

El grupo empezó a disgregarse y, a regañadientes, Oliver se vio obligado a apartarse de su lado.

—Tengo que llevar a tus abuelos en coche hasta el salón de banquetes —dijo sin moverse. Tomó de nuevo la mano de Annie, se la acercó a la boca y murmuró—: Luego hablamos.

—No, no hablaremos —replicó ella, pero Oliver ya se había ido y, si la había oído, había fingido no hacerlo.

Annie no tuvo más tiempo para seguir analizando lo que estaba pasando entre ellos. Ni tampoco quería que aquellos sentimientos indeseados hacia él la distrajeran de lo más importante: la celebración de sus abuelos.

La recepción tendría lugar en el club náutico, muy cerca de la glorieta. Era más fácil recorrer a pie la escasa distancia que encontrar otra vez aparcamiento. El paseo, sin embargo, resultaba excesivo para sus abuelos, por eso Oliver se había ofrecido a llevarlos en coche.

—Oye, hermanita, ¿de qué va ese rollo entre Oliver y tú? —le preguntó su hermano Peter mientras cruzaba el aparcamiento del paseo.

—Entre Oliver y yo no hay ningún rollo —respondió, muy animada.

—Vale, lo que tú digas. Pero no estoy ciego. He visto cómo os mirabais mientras los abuelos pronunciaban sus votos. Por un momento he pensado que ibais a besaros delante de todo el mundo.

—Imaginaciones tuyas —insistió Annie, acelerando el paso.

Le horrorizaba pensar que la gente los hubiera estado observando. Y no pudo evitar preguntarse cuántos familiares más la habrían visto mirar con deseo a Oliver y casi suplicarle que la besase.

—Oliver es buen tío —dijo Peter, siguiéndole el ritmo—. Si decides casarte con él, me parecerá estupendo.

—No pienso casarme con Oliver.

Peter se detuvo en seco.

—Francamente, sería un marido mucho mejor que Lenny —dijo, con un tono que solo podía describirse como de esperanza.

—¡Para ya con este tema, Peter! —gritó Annie.

—Es la pura verdad. Lenny es un perdedor.

—Eso ya lo he averiguado yo solita.

Le sorprendía que, después de la ruptura de su compromiso, nadie de su familia hubiera revelado lo que opinaba de Lenny.

—Es una suerte que tomaras esa decisión inteligente a tiempo. No te veo muy hecha polvo por lo sucedido, la verdad —prosiguió Peter, manteniéndose a la altura de Annie.

—Ya han pasado seis meses.

Annie había estado demasiado ocupada para reflexionar sobre sus sentimientos hacia Lenny y el hecho de que ya no formara parte de su vida. En aquel momento, sabía con toda seguridad que había terminado para siempre con él, pues de lo contrario no se sentiría atraída hacia Oliver.

—Está colgado de ti desde que éramos niños.

—¿Oliver? —Ni siquiera se tomó la molestia de disimular su sorpresa—. Me tomas el pelo.

—¿Quieres decir que no lo sabías?

—No, no lo sabía.

—¿Pero qué te pasa? ¿Es que estás ciega? Se pegaba a ti como un chucho enamorado todos los veranos y tú no le hacías ni caso. Creía que te habías vuelto inteligente de golpe y que por eso antes os estabais haciendo ojitos.

—¿Haciéndonos ojitos? —repitió Annie, riendo. Hacía años que no escuchaba aquella expresión.

—No pretenderás negármelo. Espera, acabas de hacerlo. Bueno, tú misma.

—¿Yo misma? —repitió ella.

—Lo único que te pido es que le des una oportunidad al pobre.

—Olvídate del tema, Peter.

—Sí, seguramente tienes razón —murmuró Peter—. Creo que ya ha perdido casi toda esperanza y se larga al Pacífico Sur. Lo cual también es una lástima. Imagino que acabará casándose con una chica de por allí y ya no volverá.

—Mejor —replicó Annie, pero en cuanto soltó alegremente aquella palabra, se le hizo un nudo en el estómago.

Peter abrió la puerta del salón de banquetes y le cedió el paso a su hermana. Al entrar, los ojos de Annie tardaron unos instantes en adaptarse a la falta de luz, pero cuando lo hicieron, lo primero que vio fue a Oliver ayudando a sus abuelos. Se mostraba educado con ellos, y muy paciente y cariñoso. Su abuelo, por ejemplo, debía de haberle contado decenas de veces aquella historia sobre el incidente que había sucedido a bordo del barco mientras estaba en Vietnam. Annie era capaz de repetirla palabra por palabra, pero Oliver la escuchaba atentamente cada vez, como si no la hubiera oído nunca.

En ese momento, como si hubiera intuido los ojos de ella clavados en él, Oliver se giró y la miró. Empezó a sonreírle, pero entonces Julie dijo alguna cosa y él volcó de nuevo su atención en la abuela de Annie.

A Annie le costaba creer que lo que le había contado su hermano fuera cierto. ¿Sería verdad que Oliver había estado enamorado de ella todos aquellos años? Cuando lo veía en verano, él siempre intentaba hablar con ella, pero ella, convencida de que Oliver solo quería ganarse su atención para mofarse y humillarla, lo rechazaba a cada ocasión.

Había llegado el personal de la empresa de catering, y Annie se acercó a ellos para asegurarse de que todo marchaba según lo programado. La recepción tendría lugar enseguida, en atención a los que no podían quedarse mucho tiempo. El pastel de tres pisos era un auténtico pastel de bodas. Y Annie había encargado que, además, prepararan otros dos pasteles de aspecto normal.

La singularidad era que uno de esos pasteles estaba decorado con una foto del día de la boda de Kent y Julie, cincuenta años atrás. En ella se les veía jóvenes, felices y profundamente enamorados. El otro pastel estaba decorado con una fotografía más reciente de la pareja.

Más tarde se serviría la cena tipo bufet. Annie había repasado innumerables veces el menú, para el que había elegido ingredientes frescos del noroeste del país. El plato principal consistía en salmón, o pollo para quienes no pudieran comer pescado. Había también ensaladas con fresas primerizas de California, almendras y queso de cabra. Y los acompañamientos favoritos de su abuelo: patatas cocinadas de tres maneras distintas y judías verdes. Además, otras dos ensaladas y panecillos recién salidos del horno.

La fiesta culminaría con un baile. Hasta el momento, todo había salido rodado, y Annie se alegraba por ello.

Después de hablar con la gente del catering, se dio media vuelta para salir de la cocina y a punto estuvo de chocar con Oliver, que la ayudó a mantener el equilibrio sujetándola por los hombros. De lo contrario, habría caído al suelo.

—Lo siento —se disculpó Oliver.

Annie se quedó mirándolo, y se dio cuenta de que tenía la boca seca. El corazón le latía como si fuera la batería de un grupo de rock: con fuerza, con ritmo, estrepitosamente. Le sorprendió que nadie pudiera oírlo.

—No me lo creo —dijo Annie, pensando en la conversación que acababa de mantener con su hermano.

Si realmente Oliver estaba enamorado de ella, su hermano se lo habría pasado en grande tomándole el pelo. Pero no había escuchado ningún comentario al respecto, y eso que había visitado a sus abuelos prácticamente todos los veranos de su infancia y adolescencia, hasta que había entrado en la universidad.

Oliver frunció el entrecejo.

—¿Qué es lo que no te crees?

Annie no se había dado cuenta de que había hablado en voz alta. Meneó la cabeza y se apartó.

—No tiene importancia.

—No —insistió él—. Dímelo.

Annie enderezó la espalda y se quedó mirándolo.

—Tengo cosas mejores que hacer que quedarme aquí a discutir contigo.

Confundido por la reacción, Oliver se apartó. Pero antes de que ella pasase por su lado, la agarró por el brazo.

—¿Qué te preocupa? —insistió.

—Tú —respondió ella en voz baja.

Era consciente de que se estaba comportando de manera irrazonable e injusta. Desde que había llegado, Oliver había sido una ayuda enorme para sus abuelos y para ella. Annie no tenía ni idea de como continuar, y además, la sonrisa de Oliver la pilló completamente desprevenida.

—¿Te molesto, entonces?

—No... ¿Es que no te das cuenta de que no tenemos nada en común?

—¿A qué te refieres?

—De acuerdo, si quieres que te lo detalle, lo haré. Eres terco y obstinado y... eso es simplemente lo más superficial.

—Y estás confusa porque tienes ganas de volver a besarme.

—¡Sí! —gritó ella sin pensar, aunque al instante comprendió que no era muy buena idea que Oliver supiera que se sentía tan atraída hacia él—. ¡Quiero decir que no, por supuesto que no!

Oliver meneó la cabeza, como si aquella respuesta le hiciese gracia.

—Si eso es lo que te apetece creer, adelante.

—No me fío de ti —replicó ella, pensando que ese era realmente el quid de la cuestión.

Una vez más, él la tomó por los hombros y la obligó a girarse para que se quedaran frente a frente.

—Si no quieres escuchar nada más de lo que te digo me parece bien, Annie, pero te pido que al menos entiendas lo siguiente: yo no soy Lenny. ¿Entendido?

Annie inclinó la cabeza, y se sintió eternamente agradecida cuando la responsable del catering la llamó justo en ese momento para formularle una pregunta. Una distracción estupenda. Mientras hablaba con la mujer, comprendió que aquel encuentro con Oliver la había dejado muy afectada. Posiblemente su interlocutora se dio cuenta de alguna cosa, pero no hizo ningún comentario al respecto.

Familiares y amigos habían empezado a llenar el salón, y Annie se encargó de saludar a todo el mundo. Sus abuelos se habían mostrado inflexibles con el tema de los regalos. Habían dicho a todo el mundo que no les regalasen nada, y que, si aun así alguien sentía la necesidad de hacerlo, realizase una donación a su entidad sin ánimo de lucro preferida, una organización que ayudaba a familias sin hogar. Annie se fijó en que sobre la mesa, al lado de los pasteles, había ya un montón de tarjetas con donaciones.

Catherine, la prima menor de Annie, se encargó de repartir los pasteles, y otra prima, Eva, servía café y té. Entre tanto, sus tíos y sus padres deambulaban por el salón para hablar con los invitados y asegurarse de que se sintieran a gusto.

La madre de Annie y su tía Patty habían conseguido reunir una colección estupenda de fotografías de los abuelos en diferentes etapas de sus vidas, y las habían colocado en álbumes que se exhibían en distintos rincones del salón.

A principios de año, la abuela había entregado a Annie varios objetos que habían formado parte de la lista de boda y que seguía utilizando. Era asombroso que la abuela no solo los conservara, sino que además continuaran resultándole útiles. Annie los había colocado también en la exposición, acompañados de una tarjetita con el nombre de la persona que se los había regalado. Su objeto favorito era una caja de galletas en forma de manzana. En la tapa había una pequeña muesca que había hecho Peter con cinco años de edad, cuando pretendía robar una galleta.

Annie estaba tan ocupada con los invitados que dejó de prestarle atención a Oliver. Toda una bendición. Pero llegó un momento en que no aguantó más y lo buscó con la mirada. Lo localizó hablando con la gente, haciendo lo posible para que todo el mundo se sintiese cómodo. Se preguntó si siempre habría sido tan servicial y ella no se había dado ni cuenta.

Los responsables del catering debían de tener ya preparada la comida, y Annie se dirigió a la cocina una vez más. Estaba llegando a la puerta, cuando Oliver le cortó el paso.

—Tengo cosas que hacer —dijo Annie, intentando esquivarlo.

—Perfecto, pero quiero que quede claro que tú y yo tenemos que hablar antes de que este día toque a su fin.

—Ah...

—Antes de que este día toque a su fin, Annie.

Quiso replicarle, pero Oliver no le dio oportunidad. Desapareció al instante.

Capítulo 23

Mary estaba cansada. Intentó disimular lo agotada que se sentía tanto emocional como físicamente, pero George lo sabía. Ninguno de los dos comió mucho. Apenas tocaron la comida, a pesar de lo bien presentada que estaba. Mary se había quedado sin hambre, igual que George, totalmente conmocionado por la noticia. No habían vuelto a hablar del bebé; él necesitaba asimilar la información.

Casi incapaz de seguir manteniendo los ojos abiertos, Mary dijo:

—Creo que ya es hora de que vaya hacia el transbordador.

—No —dijo él al instante.

—George, lo siento..., mis fuerzas...

—No pienso llevarte al transbordador.

—Pero...

—Te llevaré hasta el hostal.

—Cedar Cove está a una hora en coche, seguramente más incluso. Lo que supone dos o tres horas de trayecto. No puedo permitirlo —dijo, y pensó en George, en lo detallista y considerado que siempre había sido; algo que no había perdido con los años.

—Me da igual el tiempo que tenga que pasarme en el coche, no pienso permitir que te marches en el transbordador.

—George, por favor.

Sabía que George era consciente de lo difícil que estaba siendo todo aquello para ella, y no solo lo del cáncer. Encontrarse con él en esas circunstancias, amándolo como lo amaba, era una experiencia dolorosa y complicada.

—No puedo dejar que te vayas —dijo George—. Todavía no. Tengo que conocer aún muchas más cosas sobre Amanda.

Eso era lo que Mary temía. Que le formulara preguntas cuya respuesta era mejor no conocer, y que lo hiciera además cuando más baja estaba emocionalmente. Mary era una persona reservada, y George era el único hombre que había penetrado el muro que siempre había formado parte de ella. El único hombre, también, que la había hecho sentirse débil al tiempo que se convertía en su principal fuerza.

Era un fenómeno inexplicable. El amor de George la debilitaba porque, con él, su corazón se volvía vulnerable; él le hacía creer que podían estar juntos a pesar de llevar vidas separadas. Por otro lado, el amor de George le hacía sentirse fuerte. Con él, había descubierto la dicha y la alegría. Con él, podía ser ella misma. George había sido el único hombre que había roto aquel caparazón duro de profesional de éxito que siempre había dominado su vida. ¿Cómo era posible que un hombre fuera capaz de provocar en ella tanta fuerza y tanta debilidad al mismo tiempo? Era algo que Mary nunca había alcanzado a comprender.

Por mucho que lo intentara, y lo intentó de todas las maneras, Mary no logró disuadirlo de que la acompañara en coche al hostal Rose Harbor. Bajaron al garaje, le abrió la puerta del acompañante, se pusieron en marcha y se sumergieron en el tráfico de Seattle.

Ninguno de los dos dijo nada durante diez minutos.

Entonces, de repente, George preguntó:

—¿Te han enviado alguna vez una foto los padres adoptivos?

Mary se puso tensa.

—No.

—¿Por qué no?

Mary tardó tanto tiempo en responder que George acabó volviendo la cabeza hacia ella. Tragó saliva y musitó, con voz tan baja que no estaba segura de si él podría oírla.

—Les pedí que no lo hicieran.

Se fijó en que las manos de George sujetaban con más fuerza el volante.

—¿Y nunca has sentido curiosidad?

Una lágrima solitaria trazó un sendero húmedo por su mejilla.

—Por supuesto que he sentido curiosidad.

—¿Entonces por qué?

—Porque quería intentar no pensar en ella —se apresuró a explicarle—. Intentar olvidarla por completo.

Otra larga pausa, que coincidió con la incorporación a la autopista.

—¿Y... lo conseguiste?

—No.

Mary giró la cabeza hacia la ventanilla y cruzó los dedos para que George no viese que estaba llorando. No, no había podido permitirse el lujo de pensar en su hija. En la hija de ambos.

Pero esconderle todo aquello a George no tenía sentido. Él extendió el brazo para tomarle la mano.

—Oh, Mary, mi preciosa e inteligente Mary, lo siento. Todo esto es muy doloroso para ti. Pero...

—No, si te entiendo —lo interrumpió ella, y era verdad que lo entendía. Todo aquello era nuevo para él. Era natural que quisiera conocer los detalles—. Te he sorprendido con esto y no has tenido ni tiempo para asimilarlo, mientras que yo hace dieciocho años que vivo con este secreto.

Viendo que las preguntas la molestaban, George volvió a quedarse en silencio. Pero Mary le había privado de tantas cosas que se sintió obligada a contarle todo lo que recordaba.

—Cuando nació, tenía un montón de pelo oscuro y rizado.

George sonrió y se llevó la mano a su incipiente calva.

—Supongo que eso no lo heredó de mí.

—Dicen que es imposible adivinar qué color de ojos tendrá de mayor un bebé recién nacido, pero ella los tenía azules.

—Como los tuyos.

—Como los míos —musitó Mary.

Un nuevo silencio.

—¿Alguna cosa más que puedas contarme sobre nuestra... hija?

Mary se acordaba de hasta el más mínimo detalle de aquel bebé que tan poco tiempo había podido tener en sus brazos.

—Tenía los meñiques un poquito torcidos.

—Señal de inteligencia, seguro —afirmó George, sonriendo.

—Sin duda —concedió Mary, sonriendo también—. Y, George, tenía unos piececitos monísimos.

—Que yo recuerde, tú también tienes los pies bonitos.

George siempre decía cosas graciosas.

—Oh, George, sé sincero.

—¡Es cierto!

Mary recordó que, después de las largas jornadas que pasaba en el despacho, solía poner los pies en el regazo de él para que le hiciese un masaje. Era sensual y romántico a la vez.

George la miró de reojo y, por la sonrisa que esbozó, Mary comprendió que también él lo recordaba.

—Me alegro de que heredara tus pies y no los míos —murmuró.

—¿Por qué lo dices? —preguntó Mary, incapaz de recordar los pies de George.

—Los tengo regordetes.

—Creo que nunca me di cuenta de eso.

—Mejor. Supongo que mis atractivas facciones te tenían tan maravillada que ni siquiera le prestabas atención a los pies.

—Seguro que fue por eso.

George era capaz de arrancarle una sonrisa incluso en los peores momentos.

—¿Te resulta gracioso, no?

—Pues sí.

—¿Alguna otra cosa que pueda decirte para hacerte sonreír? —preguntó George—. Porque esta tarde has sonreído poquísimo.

Mary volvió a sonreír. Siempre le hacía sentirse cómoda y relajada. Con él no tenía que fingir, podía ser ella misma.

—¿Sigues pensando en ella? —preguntó George, poniéndose de nuevo serio.

—Por supuesto que sí. —¿Y cómo no?—. Tal vez no haya criado a nuestra hija, pero siempre será parte de mí.

—Y de mí —añadió él.

—Lo mejor de cada uno de nosotros. —Mary estaba segura de que era así—. El día de su cumpleaños... —empezó a decir, pero tuvo que tragar saliva porque se le había formado un nudo en la garganta.

—¿Sí?

—Cada año celebro su cumpleaños. Da igual dónde esté o qué esté haciendo. Preparo una pequeña fiesta para las dos... —Había llegado la hora de ser sincera, sincera de verdad—. Para los tres —dijo, corrigiéndose.

—¿Piensas también en mí?

—George, ¿de verdad creías que había llegado a olvidarte?

—Sí —replicó él, con el dolor tensándole la voz—. Cortaste cualquier tipo de contacto conmigo, ¿lo recuerdas?

No necesitaba ningún tipo de recordatorio. Por supuesto que se arrepentía de muchas cosas. ¿Y quién no? Si tuviera que escarbar en el pasado para cargar con las decisiones equivocadas que había tomado, podría llenar un camión. Pero en lo referente a la que había tomado en relación a su hija, Mary no tenía dudas: en el caso de Amanda Elizabeth había hecho lo correcto.

—¿Qué sueles hacer para recordarlo, para celebrarlo? —quiso saber George.

—Te parecerá soso y predecible.

—¿Mary Smith haciendo algo predecible? No me lo creo.

Solo para confirmarle que se equivocaba, Mary le sacó la lengua.

George se echó a reír.

—¿Piensas contármelo o no?

—Vale. Pues me como un pastel.

—¿Qué tipo de pastel?

—De chocolate alemán.

George rio tímidamente.

—Mi favorito. Recuerdo que una vez intentaste hacerme un pastel de chocolate.

No era necesario que se lo recordase. La experiencia había sido un desastre. Si se necesitaba alguna prueba de que Mary no estaba hecha para la cocina, valía de sobras con esa. Se gastó una fortuna comprando todos los utensilios necesarios en tiendas de lujo especializadas, adquirió los mejores ingredientes y luego siguió a pies juntillas la receta.

Por el motivo que fuese, el pastel no subió. Pero eso no fue lo peor. Después de montar las cuatro capas de tarta y el glaseado, la monstruosidad resultante resbaló sin miramientos de la bandeja y cayó en el horno. George declaró que la quería más que nunca por haberlo intentado. Al día siguiente, Mary donó todo lo que había comprado a una organización benéfica.

En el coche se estaba calentito, y al cabo de un rato Mary empezó a adormilarse.

—Descansa —le dijo él en voz baja, dándole unas palmaditas cariñosas en el muslo.

Mary, sin embargo, hizo esfuerzos por mantenerse despierta. No quería desperdiciar ni un momento del fin de semana. Ni un solo momento. Cuando regresara a Nueva York, recordaría aquel día, lo repetiría mentalmente una y otra vez. Siempre atesoraría en su memoria la imagen de George cuando le había dicho que no había abortado y que había dado a luz a su hija. Había sido una expresión que mezclaba dolor y felicidad a partes iguales, como si no estuviese seguro de qué emoción acabaría dominándolo. El dolor por todos los años perdidos sin conocer la existencia de su hija y la felicidad, la felicidad pura de saber que Mary había dado a luz a su hija.

Mary tomó una decisión en aquel momento.

—George — pronunció su nombre, incapaz casi de hablar.

—¿Sí?

—¿Estamos cerca de alguna salida?

La preocupación de apoderó de él.

—¿Qué sucede? ¿Necesitas que te lleve a un hospital?

—No.

Se quedó mirándola, angustiado.

—¿Te encuentras mal?

230

—Estoy bien —dijo. Aunque en verdad no se sentía bien, lo de ahora no tenía nada que ver con el cáncer.

George cruzó dos carriles con tanta brusquedad, que le cortó el paso al coche que venía por detrás y provocó que varios conductores empezaran a tocar el claxon para protestar por la maniobra.

—¿Qué tengo que hacer? —le imploró.

—George. Que no cunda el pánico. Lo único que quiero es hablar contigo.

—Me parece que ya estamos hablando —dijo atropelladamente, con prisas, frenético.

A pesar de la sensación de urgencia que transmitía George, Mary permaneció fría y serena.

—Estamos hablando, pero hay más.

—¿Más? ¿Sobre qué?

—Sobre Amanda Elizabeth.

Tomó la salida al doble de la velocidad permitida y, cuando se detuvo ante un semáforo en rojo, los cinturones de seguridad se tensaron con fuerza para mantenerlos pegados al asiento a pesar de los bandazos del coche. Cuando se puso verde, George fue directo al primer aparcamiento que encontró y apagó el motor.

—De acuerdo, cuéntame —suplicó—. Sea lo que sea, tengo derecho a saberlo.

—Yo...

Se le cerró la garganta y, una vez más, giró la cabeza hacia la ventanilla para serenarse.

—Sea lo que sea, necesito saberlo.

Mary volvió a tragar saliva para aclararse la garganta.

—Cuando me enteré de que tenía cáncer..., sentí la necesidad de poner todos mis asuntos en orden.

—Natural —dijo él, tomándole la mano y sujetándosela con fuerza.

—Una gran parte de todo lo que tengo lo he destinado a organizaciones benéficas.

George no hizo ningún comentario, como si para él fuera demasiado doloroso discutir sobre aquellos detalles. Tampoco había sido fácil para Mary. Era relativamente joven y siempre había creído que aún tenía años por delante para pensar con tranquilidad en esos temas. Había solucionado las cosas más básicas relativas a sus bienes, pero no los detalles. Enfrentarse al cáncer había alterado por completo su punto de vista.

—Quería asegurarme de que Amanda siempre tendría todo lo que necesitara.

George siguió sin decir nada. Era como si estuviera conteniendo la respiración, a la espera de lo que ella fuera a decirle, para entonces soltar el aire.

—Vine a Seattle.

—Me alegro de que lo hicieras, te lo agradezco mucho —dijo, agarrándole las dos manos.

—Pero George, mi querido y maravilloso George, descubrir que seguías viviendo aquí ha sido una gratificación extra, un regalo.

La mirada de George descansó en ella en cuanto comprendió lo que estaba diciéndole, lo que en realidad le estaba intentando explicar. Durante un momento muy largo, George permaneció inmóvil y en silencio, como si su conmoción se hubiera extendido por todo el interior del vehículo.

—¿Pretendes decirme...? ¿Pretendes decirme que nuestra hija...? ¿Pretendes decirme que la pareja que adoptó a nuestra hija vive en Seattle?

—No.

George frunció el ceño.

—Viven en Cedar Cove.

George parpadeó, como si no la hubiera oído.

—Cedar Cove —repitió—. ¿Cómo lo sabes?

Mary apartó la vista.

—Contraté los servicios de un detective privado.

—¿Y Amanda está sana y feliz?

—Mucho. Es preciosa, George. Inteligente y preciosa.

George sonrió y le presionó aún más la mano.

—Como ya te he dicho, debe de ser como su madre.

—El cabello rizado ha desaparecido y, como sospechaba, tiene los ojos azules.

George acarició el rostro de Mary, abarcando la barbilla con la mano.

—¿Entonces la has visto?

—Todavía no. Lo que sí he visto es una fotografía.

—¿Dónde?

—Había un par de fotos en Internet de funciones escolares que aparecían en unos artículos del periódico.

—¿Piensas verla personalmente?

—No, no creo que lo haga. Me gustaría más que nada en el mundo, pero no quiero perturbar su vida. No puedo.

—Pero has viajado hasta Cedar Cove de todos modos.

—Sí —murmuró ella—. He venido porque pensaba... confiaba en que tal vez podría oírla hablar.

—¿Hablar? —George frunció el ceño.

Y entonces, con una sensación de tristeza mezclada con orgullo, Mary añadió:

—Nuestra hija se gradúa en el instituto el domingo por la tarde.

—¿En el instituto de Cedar Cove?

Mary asintió y, con un orgullo que le inundó los ojos de lágrimas, dijo:

—Igual que lo fui yo en su día, Amanda es la primera de su promoción.

Capítulo 24

Retuve la carta de Paul en las manos y fijé la vista en el mensaje escrito por encima de la austera caligrafía de mi marido: «PARA ENTREGAR A JO MARIE EN CASO DE MI FALLECIMIENTO».

Era incapaz de moverme. No podía respirar ni parpadear; lo único que al parecer podía seguir haciendo era clavar la vista en las palabras de Paul. Las últimas palabras que me diría en su vida.

Sabía que debía leer la carta. Sabía que, con toda probabilidad, mi esposo estaba muerto. Pero hasta que no recibiera la verificación de que los restos habían sido localizados e identificados, quería negarme a leer sus últimas palabras. Con prisas, doblé el papel y lo guardé de nuevo en el sobre. Tenía la sensación de que latía en mis manos, de que estaba vivo.

Corrí a mi habitación a tal velocidad que *Rover* empezó a ladrar y me ganó la carrera. Cuando llegué, estaba jadeando y sin respiración, mis hombros temblorosos tanto por la emoción como por el agotamiento. Abrí el cajón de la mesita de noche, saqué mi diario y guardé la carta en su interior.

Hasta que alguien me asegurara que el cuerpo que faltaba no era el de mi marido, no renunciaría a albergar esperanzas de que Paul Rose seguía con vida. La esperanza era un bien embriagador, y yo seguía aferrada a ella con desesperación. Seguía permitiéndome soñar que lo imposible era posible y que Paul había conseguido sobrevivir.

Me aparté de la mesita de noche y uní las manos para intentar detener los temblores. Inspiré hondo, cerré los ojos y probé a concentrarme. Era fantástico que tuviera el hostal lleno de huéspedes, pero en aquel momento hubiera agradecido eternamente que estuviera vacío.

El teléfono sonó justo en aquel momento, como si pretendiera recordarme que no podía dejarme vencer por las emociones, y me devolvió a la realidad. No fue hasta el tercer ring que me sentí lo bastante serena como para responder.

—Hostal Rose Harbor —dije, con toda la calma que mi acelerado corazón me permitió,

—¿Jo Marie?

Mark.

—¿Sí? Tu voz suena rara. ¿Pasa alguna cosa?

—No. —Dudó, maldijo para sus adentros y farfulló—: Necesito ayuda.

Imposible reconocer en aquellas palabras el tono característico de Mark. Su voz sonaba grave y seria, llena de frustración y miedo.

—¿Qué sucede?

Se quedó de nuevo en silencio, como si tener que pedir ayuda a alguien quedara a miles de kilómetros de su zona de confort.

—He tropezado con las malditas muletas y no consigo levantarme del suelo.

Había llegado el momento de dejar de lado mis luchas personales y correr a ayudar a un amigo.

—Enseguida estoy ahí.

—No te habría llamado de no haberlo considerado necesario.

—Lo sé.

—Y como estás continuamente irrumpiendo en mi vida, pensé que...

—¿Quieres que te ayude o no? —le espeté, perdiendo la paciencia.

—O vienes tú o tendré que llamar otra vez a urgencias.

—Voy enseguida.

Y colgué el teléfono antes de que pudiera decirme nada más. La verdad es que en mi vida había conocido un ser humano menos racional. Por suerte, esta vez llevaba el teléfono móvil encima. El médico, según me había contado Mark, le había sugerido que no se despegase de él por si acaso le pasaba algo. Y al parecer le había acabado pasando. Había sido un buen consejo.

—Vamos —le dije a *Rover*—. El señor Mal Carácter se ha caído y no puede levantarse.

Rover ladeó la cabeza y se quedó mirándome como si no entendiera lo que le decía. Pero, de todos modos, me siguió obedientemente. Cuando entré en el lavadero, reconoció enseguida que íbamos a salir y correteó hacia la puerta, donde esperó pacientemente a que yo llegara y le pusiera la correa.

Y en cuanto pisamos la calle y comprendió hacia dónde nos dirigíamos, *Rover* tiró con fuerza de mí. Le gustaba muchísimo Mark, lo cual me confundía, puesto que Mark no era precisamente una persona agradable. La afinidad especial que mi perro mostraba hacia el manitas me resultaba difícil de entender. Normalmente, *Rover* consideraba que era su deber marcar el territorio a cada metro, pero esta vez pareció intuir la urgencia y me arrastró sin detenerse siquiera.

Cuando llegamos a casa de Mark, no llamé. Sabía que él no podía acudir a la puerta. Pero cuando intenté abrirla, descubrí que estaba cerrada. Estupendo, otra vez una aventura.

Aporreé la puerta.

—¿Estás ahí? —grité.

—No, estoy fuera jugando a las canicas —gritó Mark desde el otro lado.

—La puerta está cerrada. ¿Tienes alguna llave escondida aquí fuera? —pregunté, mientras miraba a mi alrededor en busca de los escondites habituales, como una maceta o una piedra, pero en el porche no había nada.

—No.

Si Mark esperaba que encontrara una ventana abierta para colarme al interior de la casa, se equivocaba. Aunque no le gustara la idea, no me quedaría otro remedio que llamar a emergencias como en la otra ocasión.

—Es posible que la puerta de atrás no esté cerrada con llave —sugirió Mark, gritando de nuevo.

—Vale, lo intentaré.

Rover y yo nos dirigimos a la parte posterior de la casa, donde se encontraba el taller. Los dos edificios estaban separados por un caminito de cemento. A la casa se accedía después de subir cuatro peldaños. Solo había utilizado aquella puerta una vez, la otra ocasión en que tuve que buscar frenéticamente las llaves.

Por suerte, el pomo de la puerta giró y me encontré con un vestíbulo en el que ni siquiera me había fijado durante mi primera visita.

—¿Dónde estás? —grité cuando pasé del vestíbulo a la cocina.

—En el pasillo.

Pronunció las palabras de forma entrecortada y con impaciencia, como si le molestara que hubiera tardado tanto. Y ahí lo encontré, tendido en medio del estrecho pasillo. Las muletas estaban también en el suelo, formando un curioso ángulo y a cierta distancia de él. Puse mala cara y me agaché para sentarme en el suelo de madera, a su lado.

—¿Y ahora piensas contarme qué ha pasado?

—No.

—¿Por qué no?

—Porque te burlarás.

—¿Yo?

—Es lo que siempre hacéis las mujeres. Disfrutáis diciéndoles a los hombres «Ya te lo dije».

—¿Tú crees?

Su actitud me pareció más graciosa que irritante, pero enseguida recordé que él estaba en el suelo sin poder levantarse, mientras que yo tenía total libertad de movimientos.

—No intentes negarlo —dijo, mirándome con mala cara, como si yo fuera la responsable de su último fiasco.

—¿Y eso lo has descubierto gracias a tu amplia experiencia con las mujeres?

—Sí. Y ahora, ¿piensas ayudarme o no?

—Estoy pensándomelo —dudé, pues me lo estaba pasando en grande.

Como si quisiera recriminarme que me estaba comportando con crueldad, *Rover* se acercó a Mark y le lamió la cara. Esperaba que el manitas lo ahuyentara, pero no lo hizo. Todo lo contrario: rodeó a *Rover* con el brazo que tenía libre y lo atrajo hacia él.

—Al menos puedo contar con que los hombres formamos un equipo.

Sin mucha elegancia, me incorporé y recogí las muletas. Me daba la impresión de que las había lanzado lejos en un ataque de frustración, pero consciente de lo cascarrabias que podía llegar a ser, decidí que era mejor no preguntárselo.

—No soporto tener que andar con eso para mantener el equilibrio —refunfuñó Mark, poniendo muy mala cara—. Mira que lo he intentado. No sé cuántas veces.

—Así que de verdad te has caído y no has podido levantarte —no pude evitar decir.

La mala cara se acentuó.

—Si tan gracioso te parece, puedes largarte a tu casa ahora mismo.

—Gruñón, gruñón —murmuré, moviendo un dedo hacia él.

Me coloqué detrás de Mark, lo rodeé con los brazos e intenté ponerlo de pie. Mark no era muy grande, pero levantarlo no era fácil.

—¡Para! —gritó—. Te lesionarás la espalda si intentas hacerlo de esta manera.

—¿Tienes alguna idea mejor? —pregunté.

Exhausta, me dejé caer en el suelo a su lado. Y me llevé la mano a la frente para intentar encontrar la manera de ponerlo en pie.

—¿Estás bien? —preguntó Mark, observándome.

—Sí. Concédeme un minuto para pensar qué hacemos.

—Cuando te he llamado, no parecías tú —comentó Mark, sin dejar de observarme—. ¿He interrumpido alguna cosa, quizá?

—¿Como qué?

Se encogió de hombros.

—No sé. ¿Alguna visita?

—No.

En general, yo era más explícita a la hora de dar información, pero no creía que pudiera mencionarle lo de la carta de Paul.

Mark me miró con perplejidad.

—¿Qué pasa? —le pregunté, como si estuviera perdiéndome algo.

—Algo va mal. Lo intuyo —insistió.

—¿Y ahora de qué vas? ¿De vidente? —le espeté, incapaz de disimular mi enfado.

Mark abrió los ojos de par en par ante mi acalorada respuesta.

—No.

Caí en la cuenta de que acababa de delatarme e intenté disimularlo con una excusa.

—Supongo que será por lo de la jornada de puertas abiertas. Nunca había hecho nada de esta envergadura y estoy un poco estresada.

—¿Solo un poco? —replicó él, arqueando una ceja.

Le di un manotazo cariñoso en el antebrazo.

—Mira, colega, podría marcharme ahora mismo y dejarte aquí tirado durante las próximas veinticuatro horas. Así que más te vale que muestres un poco de consideración.

No se tomó la amenaza en serio.

—Volvamos a intentarlo —dijo, sentándose más erguido—. Ahora, en vez de que tú intentes levantarme, deja que me apoye yo en tu brazo.

La idea funcionó, pero no fue fácil. Cuando Mark consiguió tenerse en pie, estábamos los dos tan agotados que cualquiera pensaría que habíamos estado escalando el monte Rainier.

Mark se apoyó en la pared y le pasé las muletas. Avanzó entonces renqueante hacia el salón y se dejó caer en un sillón reclinable. Yo también necesitaba un descanso, así que tomé

239

asiento en el sofá. *Rover* descansó el hocico en mi muslo y lo acaricié mientras intentaba recuperar el aliento.

En una mesita al lado del sillón había un cuchillo y un montón de virutas de madera. No tenía ni idea de qué estaría tallando Mark. Fuera lo que fuese, parecía complicado.

—¿Y esto qué será? —pregunté, dándome entonces cuenta de que se trataba de un ave posada en la rama de un árbol.

—Un águila.

En Cedar Cove había muchas.

—Es muy bonito. ¿Sueles vender estas piezas? —pregunté, pensando que quedaría perfecto en la librería de mi salón.

—Es tuyo —dijo escuetamente—. Lo estoy haciendo para ti.

Levanté de pronto la cabeza, sin saber qué decir.

—O hago alguna cosa o me vuelvo loco. Tú te has portado estupendamente, y yo he sido un imbécil. Quería agradecértelo.

Me quedé atónita. Aquella consideración me revelaba una parte de Mark que no había visto hasta el momento.

—Gracias.

—Y no te pases de exigente conmigo. Hace bastante tiempo que no hago una talla de este tipo, así que no puedo garantizarte cómo quedará al final.

—Lo guardaré como un tesoro.

Mark respondió con un bufido, como queriéndole restar importancia al asunto, como si se sintiese incómodo.

—¿Puedo hacer algo más por ti antes de irme? —le pregunté, transcurridos unos instantes.

Mark hizo un gesto de negación con la cabeza.

—¿Y la cena? ¿Quieres que te la prepare?

—No, gracias.

Hice ademán de marcharme, pero Mark me cortó el paso antes de llegar a la cocina.

—No piensas contármelo, ¿verdad?

Me giré.

—Es sobre Paul, ¿no? Imagino que habrás vuelto a tener noticias de su superior.

Me quedé rígida.

—No.

—Entonces es porque no has tenido más noticias.

—De verdad, no me apetece hablar del tema. Yo no me meto en tu vida privada.

Mark levantó los brazos, como si estuviera apuntándole con una pistola.

—Perdón.

—No es asunto tuyo —continué con voz trémula—. Déjame en paz.

Y crucé la cocina con *Rover* pisándome los talones.

Llegué a casa y reflexioné durante un rato sobre el estado de irascibilidad en el que me había dejado la carta de Paul. Mark estaba poniendo todo su esfuerzo en prepararme un regalo y yo le había respondido de mala manera. Y encima me había marchado sin darle explicaciones.

Rover también intuía que algo iba mal y lo oí gimotear mientras yo me preparaba un té. Me gusta tanto el café como el té, pero cuando estoy nerviosa por algún motivo, me decanto por este último. Pensé que si alguna vez en mi vida había necesitado consuelo, era precisamente ahora.

Me senté en la cocina, con la tetera y la taza, y cerré los ojos. Por mucho que lo intentara, no podía dejar de pensar en la carta; posiblemente, la última comunicación que recibiría de mi marido.

¿Qué me decía Paul en ella? ¿Quería saberlo?

La curiosidad era muy fuerte, pero si me rendía a ella y leía la carta, sería como reconocer que había perdido todas las esperanzas. Y me negaba a ello.

El nudo que se me había formado en la garganta me hacía casi imposible beber el té. Si a alguien se le ocurría regresar ahora al hostal, yo sería incapaz de disimular mis emociones.

Por otra parte, lo que le había dicho a Mark sobre la jornada de puertas abiertas era cierto. Nunca había organizado nada de aquel calibre y estaba nerviosa. Francamente, no sabía si sería capaz de salir airosa del evento. En cualquier caso, ya había enviado las invitaciones, así que era demasiado tarde para cancelarlo. Estaba hecha un lío. Y cuanto más lo pensaba, más turbada me sentía.

Incapaz de permanecer quieta, aparté la silla y empecé a deambular de un lado a otro de la cocina frotándome las manos. *Rover* se había acomodado en su cesta y seguía mis movimientos con la cabeza.

Sin saber qué hacer, entré en mi despacho y agarré el teléfono, aunque no sabía a quién llamar. A mi familia no; mis padres ya estaban suficientemente preocupados por mí como para incordiarlos aún más. Y a pesar de que tenía amistades en Seattle, buenas amistades, no estaba del todo segura de si era un tema para comentar con ellas.

Con el teléfono en la mano, me dirigí de nuevo a la cocina y continué dando vueltas. Mi cabeza iba a una velocidad increíble en un esfuerzo por intentar discernir el mejor camino a seguir. Si acaso había alguno.

Entonces recordé una cosa que había oído de boca de una persona que conocía en Cedar Cove. De una persona que me entendería. Una mujer que había conocido al poco de llegar aquí. Una mujer a la que apreciaba y que había pasado por algo similar a lo mío, aunque, por otro lado, completamente distinto. Su marido había desaparecido, y ella había tardado más de un año en averiguar dónde había ido y qué había hecho. Tal vez podría ofrecerme consejo. Y decidí que la llamaría enseguida.

Pulsé una tecla y el teléfono hizo la señal de llamada. Descolgaron casi al instante.

—Biblioteca de Cedar Cove.

—¿Podría hablar con Grace Harding, por favor?

Capítulo 25

Annie permaneció ocupada durante toda la cena. Se aseguraba en todo momento de que la comida estuviese fría o caliente, según correspondiera, y ayudaba a los responsables del catering a transportar la comida en carritos. También echó una mano en la cocina. En cuanto el bufet estuvo servido, saludó a los invitados de sus abuelos que aún no había tenido tiempo de ver y se ocupó de llenar las tazas de té y café de todo el mundo. Annie se fijó en que Oliver tampoco había parado ni un momento, aunque se esforzó en olvidarse de su presencia.

Durante todo aquel rato, no pudo evitar seguir dándole vueltas a la conversación que había mantenido con su hermano. Se preguntaba si lo que Peter le había contado sería cierto. Naturalmente, todo aquello de que Oliver estaba locamente enamorado de ella podía ser una simple invención de la imaginación hiperactiva de su hermano. Al fin y al cabo, Peter siempre había sido un pesado, sobre todo cuando eran pequeños, y hacía cualquier cosa con tal de causar problemas. Aunque, bien pensado, la idea de que se hubiera inventado todo aquello era absurda. Peter había cambiado mucho y ya no era así. Se había convertido en un esposo y padre responsable. Y, en comparación con cuando eran niños, ahora se llevaban a las mil maravillas.

El grupo musical subió al escenario y empezó a tocar un popurrí de canciones de la época de sus abuelos. Annie reconoció algunos clásicos, que le encantaban.

El abuelo tardó escasos minutos en tomar a Julie de la mano. La abuela protestó, negándose a seguirlo. Pero Kent se inclinó y le susurró alguna cosa al oído. Julie se echó entonces a reír y, sin articular ni la más mínima queja, se levantó y se agarró al brazo de su marido.

Annie, maravillada, vio que su abuelo acompañaba a su abuela hacia la pista de baile y la abrazaba. Con más energía de la que cabía esperar, Kent empezó a evolucionar por la pista con la que cincuenta años atrás fuera la recién casada. Annie no recordaba haberlos visto bailar nunca. Pero eran fabulosos, sus pasos se sincronizaban a la perfección. No sabía si habrían acudido a clases, pero, en todo caso, había tanta armonía entre ellos que no podía dejar de mirarlos. Y no era la única. Todos los presentes se quedaron atónitos.

Cuando terminó la canción, Annie dejó la cafetera en una mesa y aplaudió entusiasmada. Tampoco era la única. El salón entero estalló en un aplauso espontáneo. Su abuelo saludó con una reverencia y, como todo un caballero, acompañó de nuevo a su esposa a la mesa.

Mientras otras parejas se levantaban para ir a bailar, Annie empezó a poner los platos en un carrito para llevarlos a la cocina. Cuando volvió a levantar la vista, vio a sus abuelos en el escenario junto a los músicos. Habían pedido panderetas y las tocaban al son de la música. Asombrada ante tal exhibición de energía, Annie entró en la cocina cargada de platos.

Oliver la interceptó cuando regresaba al salón.

—Ya basta —dijo, sujetándola por los hombros.

Annie se quedó mirándolo.

—Deja que esta gente haga su trabajo, para eso los has contratado.

—Pero...

—Ven y disfruta de la fiesta.

Su madre y su tía Patty ya le habían dicho lo mismo dos veces. Y Annie sabía que todos tenían razón. Sonrió y asintió.

—De acuerdo.

—Así me gusta.

Oliver le dio la mano, tiró de ella y empezaron a serpentear entre las mesas.

—¿Dónde me llevas?

—A la pista de baile.

Annie llevaba años sin bailar. La última vez había sido cuando aún estaba en el instituto. Y sus habilidades no se acercaban ni de lejos a las de sus abuelos. Quedaría como una tonta.

—Yo...

—Nada de excusas.

—Oliver —protestó Annie, reacia a seguir caminando.

Oliver le hizo caso omiso y tiró de ella hasta que llegaron cerca de las parejas de bailarines. Por suerte, la canción terminó justo cuando él se giró para tomarle de las manos..

—Creo que no es muy buena idea —se sintió obligada a decirle.

Oliver arqueó las cejas en un gesto de interrogación.

—¿Por qué no?

Annie se mordió el labio y bajó la vista.

—La verdad es que no soy muy buena bailarina.

—No es necesario que lo seas. Tú limítate a seguirme.

—¿Qué vas a hacer?

La música empezó a sonar otra vez antes de que a Oliver le diera tiempo a responder. Annie refunfuñó al ver que era una canción romántica, lo cual era aún peor que un baile rápido.

Oliver la tomó entre sus brazos, la enlazó por la cintura y le dio una mano. Al cabo de unos momentos, le susurró al oído:

—Relájate. No voy a morderte.

Por mucho que lo que acababa de decir fuera cierto, Annie pensó que no le sorprendería que le mordisqueara el lóbulo de la oreja. Pero hizo un esfuerzo sincero para liberar toda la tensión que la embargaba. No solo estaba pisando territorio desconocido, sino que además estaba haciéndolo con Oliver. A pesar de todo, poco a poco empezó a sentirse más cómoda.

—¿Lo ves? No es tan terrible, ¿no te parece? —le susurró Oliver al oído.

—No es tan terrible, es cierto —repitió ella.

La verdad era que seguirle no resultaba demasiado complicado, puesto que estaba limitándose a pasos de baile muy básicos.

—¿Lista? —preguntó Oliver, cuando el ritmo se aceleró.

—¿Lista para qué? —preguntó ella, temerosa.

Oliver la ciñó con más fuerza por la cintura y empezó a dar vueltas por el salón trazando círculos y arrastrándola con él.

Annie sofocó un grito y lo agarró con más fuerza.

—Pero ¿qué haces? —preguntó, presa del pánico.

—Bailar.

—Pues no.

Oliver rio, como si la respuesta de ella le hubiera hecho gracia.

—¡Si lo hacemos estupendamente!

La canción continuó, y Annie suspiró agradecida cuando Oliver regresó a los pasos sencillos y lentos de antes. Volvía a ser fácil seguirlo. Y también era muy fácil sentirse a gusto entre sus brazos.

Por pura curiosidad, le preguntó:

—¿Dónde aprendiste a dar vueltas de esa manera?

—Si te lo contara no me creerías.

—¿Has ido a clases de baile? —preguntó Annie en tono dubitativo, puesto que no consideraba que Oliver fuera de ese tipo de chicos.

—En cierto sentido, podría decirse que sí.

¿En cierto sentido? O había ido o no, tampoco era tan complicado. Annie se quedó mirándolo y vio cierta malicia en su mirada.

—¿Me lo piensas contar o no?

—Puesto que quieres saberlo, te diré que quien me enseñó estos pasos fue precisamente tu abuelo.

—¿Pretendes decirme que bailaste con mi abuelo?

—No. —Oliver siguió riendo—. Según él, era la técnica que utilizaba para hacer bailar a tu abuela.

—Imagino que habrás utilizado esta maniobra de salón de baile con otras chicas ingenuas —dijo Annie, que se lo estaba pasando en grande.

Oliver le acarició la mejilla con la yema del dedo para que girara la cara hacia él.

—No.

—¿No?

—Solo contigo, Annie. Solo contigo.

Era un tipo de información que ella no quería oír. Apartó la vista e intentó ignorar la reconfortante calidez que le proporcionaba el abrazo de Oliver. Por mucho que no quisiese sentir nada por aquel chico —convertido ahora en un hombre— al que había odiado durante los últimos diez años, la corriente sexual que se había creado entre ellos era potente, iba en aumento a cada movimiento y resultaba difícil de ignorar. Con trece años había estado loca por él, y ahora se encontraba allí, transformada en una mujer hecha y derecha, bailando con él y con la misma sensación de euforia que cuando era una chiquilla.

La canción terminó y él la soltó a regañadientes. Annie aprovechó la oportunidad para apartar un poco su cuerpo del de él. Y entonces, justo cuando vio que Oliver pretendía decirle alguna cosa, apareció Tammy Lee, una pariente lejana que ni siquiera había alcanzado la adolescencia.

—Baila conmigo, ¿vale? —le suplicó Tammy a Oliver, cogiéndole la mano—. Quiero que me hagas dar vueltas igual que acabas de hacer con Annie.

Oliver rio y dijo:

—Un caballero no puede rechazar una invitación así.

—¡Y yo luego! —dijo otra prima.

Era evidente que Oliver permanecería ocupado un buen rato. Annie agradeció disponer de un momento de respiro, y no porque le faltara el aire, sino porque la cabeza le daba vueltas por culpa de lo que estaba pasando entre Oliver y ella, algo que no sabía todavía cómo calificar.

Sus abuelos habían vuelto a sentarse a la mesa y, viendo que estaban solos, decidió acercarse.

—Oh, Annie —dijo su abuela, indicándole que tomara asiento a su lado—. Siéntate unos minutitos con nosotros.

El abuelo se inclinó hacia Annie y, cuando le habló, lo hizo con una mirada cálida y sincera.

—Ha sido una fiesta encantadora.

—Todo está yendo perfecto —coincidió su abuela—. Mucho mejor de lo que Kent y yo imaginábamos. Ha superado con creces nuestras expectativas.

—Me hace muy feliz que me digáis esto —replicó Annie.

Y era cierto. Annie había consagrado muchas horas y mucho trabajo a preparar aquella fiesta de aniversario tan especial. Había cuidado al máximo cada detalle. Y al final todo aquel esfuerzo había merecido la pena. Solo con haber visto cómo se iluminaban los ojos de sus abuelos al entrar en el salón de banquetes y ver a tantos familiares y amigos esperando su llegada, ya se sentía recompensada.

Julie miró a Kent.

—No sé por qué estábamos tan preocupados.

—Somos un par de viejos tontos —murmuró el abuelo, acercándose Annie.

—Eso lo serás tú —dijo la abuela, en broma.

Annie se sentía exultante con sus elogios.

—Tengo que decir que nunca me había imaginado que fuerais tan buenos bailarines.

—Oh, la verdad es que el que tiene los pies ágiles es tu abuelo —se apresuró a explicarle su abuela—. En los buenos tiempos, las chicas se peleaban por bailar con él.

Sin pretenderlo, la mirada de Annie localizó a Oliver en la pista. Estaba bailando con su prima, que lo contemplaba con adoración.

—Veo que te has dado cuenta de que Kent no es el único que sabe mover bien los pies —comentó la abuela, siguiendo la dirección de la mirada de Annie.

Ese comentario le recordó lo que Oliver acababa de contarle.

—Me ha dicho Oliver que fuiste tú quien le enseñaste a hacer girar de ese modo a una mujer con esos pasos de baile —le dijo Annie a su abuelo.

Kent rio entre dientes.

—¿Eso te ha dicho?

—Sí, y también que fue justo con ese movimiento con el que te ganaste el corazón de la abuela.

—Kent —dijo la abuela, regañándolo.

—Es la verdad.

Julie se inclinó hacia delante.

—La verdad es que nunca fui tan frívola, Annie. No te creas ni por un momento las cosas que cuenta el abuelo. Por mucho que sea cierto que Kent era capaz de bailar trazando círculos mejor que cualquier otro chico que hubiera conocido en mi vida, el hecho de que me enamorara de él no tuvo nada que ver con sus piruetas en la pista de baile.

—¿Ahora lo niegas? —preguntó Kent en tono desafiante.

—Veamos, para hacerle justicia diré que me impresionó porque era un gran bailarín, pero lo que realmente pudo conmigo fueron sus ojos.

Kent puso mala cara.

—¿Mis ojos?

—Me parecían absolutamente adorables. Y siguen pareciéndomelo —confesó la abuela con un suspiro.

Pero en lugar de sentirse complacido, el abuelo de Annie afeó el gesto y se rascó la cabeza.

—Esto sí que es una sorpresa —dijo.

—Por el amor de Dios, Kent, después de cincuenta años tendrías que habértelo imaginado.

—Supongo que tienes razón —murmuró el abuelo, aunque continuaba perplejo.

—Lo que te acaba de decir es un cumplido, abuelo —señaló Annie, sorprendida por su reacción.

—Lo sé. Lo que pasa es que acabo de decirle a Oliver...

Cerró de pronto la boca, consciente de que había hablado más de la cuenta.

—¿Qué acabas de decirle a Oliver? —preguntó la abuela.

Annie también sentía curiosidad.

—Sí, eso, ¿qué le has dicho a Oliver?

Kent negó con la cabeza, como si el asunto careciera de importancia.

—Hemos estado charlando sobre las mujeres en general. Oliver me ha formulado unas cuantas preguntas, y yo se las he respondido lo mejor que he podido.

—¡Kent!

—Quería que le aconsejara con respecto a Annie.

—¡Kent! —repitió la abuela, abriendo los ojos como platos—. Dijiste que lo que pudiera pasar entre Annie y Oliver no era asunto nuestro y que me mantuviera al margen.

Annie miró con perplejidad a sus abuelos.

—Pero ¿de qué estáis hablando?

No le hicieron ni caso.

—Oliver me dijo que quería un matrimonio que durase cincuenta años, como el nuestro, y por eso me pidió consejo.

—Tengo la impresión de que has seguido, precisamente, el camino que tanto insistías en que yo no siguiera —dijo la abuela, en absoluto satisfecha.

—Quería cosas concretas.

—¿Cosas concretas? —preguntó Annie, que también quería detalles sobre lo sucedido.

—Sí. Por ejemplo, cómo conseguí que Julie se enamorara de mí. Yo pensaba que había sido por el baile, pero por lo visto estaba equivocado.

—Viejo tonto, fue mucho más que por eso. Eras considerado y cariñoso.

—Y mi hermana, que Dios la tenga en su gloria, te pasó información.

—Cierto —reconoció la abuela, aunque a regañadientes.

—Y entonces, ¿qué mal he hecho respondiendo a las preguntas que Oliver tenía sobre Annie?

—Pues que viendo que Annie...

Los dos hablaban como si hubiesen olvidado por completo que Annie estaba sentada a menos de un metro de ellos.

—Escuchad, vosotros dos. ¿Os acordáis de que sigo aquí?

—Por supuesto —respondió la abuela, sin mirarla. Extendió un brazo y le dio unos golpecitos cariñosos en la rodilla—. Tú ten paciencia mientras tu abuelo y yo acabamos de hablar de este tema. Veamos, Kent Shivers, me parece que has sido un poco hipócrita.

El abuelo adoptó una expresión de culpabilidad.

—Ambos deseamos lo mismo. Lo que sucede es que empleamos métodos distintos.

Con la discusión de los abuelos, Annie ni siquiera se había dado cuenta de que los músicos habían dejado de tocar. Cuando levantó la vista, descubrió que Oliver estaba a su lado.

—Creo que este baile es mío —dijo, tendiéndole la mano a Annie.

Sin darse ni cuenta de lo que hacía, Annie se levantó y lo miró a los ojos.

Oliver la estrechó por la cintura y ella presionó la cara contra su pecho. Se estaba muy a gusto entre sus brazos. Tremendamente a gusto.

—Es cierto, ¿no? —susurró Annie, más para sí misma que a modo de pregunta.

Oliver le dio un beso en la coronilla. E incluso sin saber qué estaba preguntándole, respondió:

—Sí, absolutamente todo.

Capítulo 26

Hasta que no llegó Grace fui incapaz de distraerme. Había hablado un momento con ella, pero no le había dado detalles sobre el motivo de mi llamada. Debió de notar la ansiedad en mi voz, ya que enseguida me dijo que vendría a verme en cuanto terminara la película que proyectaban los sábados. No tardaría más de una hora.

Me sentía un poco culpable por molestarla en pleno trabajo, aunque me había asegurado que no pasaba nada. *Rover*, mi constante y fiel compañero, se sentó a mi lado a esperar.

En cuanto oí el sonido de la puerta de un coche al cerrarse, corrí al porche y me alegré de ver a Grace, que aceleró el paso en cuanto me vio salir. A pesar de ser bastante mayor que yo, seguramente de la edad de mi madre, la consideraba mi amiga. De no ser por ella, no tendría ahora a *Rover*. Aquel día Grace iba vestida con un mono vaquero y un jersey de cuello alto de color rojo.

Extendió ambas manos hacia mí.

—Jo Marie, ¿va todo bien? Por teléfono me ha parecido que estabas muy nerviosa.

Podía mentirle y decirle que todo era de color de rosa, pero no lo era y me sentí incapaz de pretender lo contrario.

—¿Tienes tiempo para hablar un poco? —le pregunté, en lugar de responder a su pregunta.

—Por supuesto.

Nos sentamos allí mismo, en la escalera del porche. Grace no me soltó las manos, y Rover, mi maravilloso *Rover*, intuyó mi inquietud y apoyó la cara contra mi muslo.

—¿Te importa si antes que nada te formulo un par de preguntas? —le dije.

—Puedes preguntarme todo lo que quieras —me garantizó Grace, y a continuación se echó a reír—. Bueno, todo lo que quieras dentro de unos límites razonables.

—¿Tu primer marido murió?

Los ojos de Grace se inundaron de tristeza y se perdieron en la lejanía.

—Se llamaba Dan y estuvimos casados casi treinta años.

—Oí decir...

Esperaba sinceramente no sacar a relucir una época demasiado dolorosa para ella.

—¿Qué oíste decir? —preguntó.

—Mark me contó que Dan estuvo varios meses desaparecido antes de que recibieses la confirmación de que había muerto.

La tristeza de su mirada se intensificó.

—Estuvo desaparecido casi un año.

—Un año... ¿Y durante todo ese tiempo mantuviste la esperanza de que siguiese con vida?

Estaba tan obsesionada con aferrarme a mi propia esperanza que me fue imposible evitar la pregunta.

—Sí, estaba convencida de que seguía vivo. Dan ya había hecho aquello anteriormente. En dos ocasiones, concretamente. Había desaparecido sin decir palabra. La primera vez caí presa del pánico porque no sabía qué pensar. Estaba tan preocupada que llamé al sheriff e informé de su desaparición. Cuando Dan volvió a casa, se puso furioso conmigo.

Las circunstancias de Grace eran completamente distintas a las mías, pero los sentimientos que ella había experimentado, lo de no saber nada a ciencia cierta sobre su marido, me resultaban dolorosamente familiares. Era la pesadilla que yo estaba viviendo desde que recibí la llamada telefónica del teniente coronel Milford.

—Cuando desapareció la siguiente vez, fue durante mucho más tiempo. Aunque regresó esporádicamente a casa en dos ocasiones. Sin embargo, lo hizo mientras yo estaba trabajando.

—¿Y cómo lo supiste? ¿Encontraste a faltar algo?

—No precisamente. O, al menos, no enseguida.

Vi que le resultaba difícil sacar a relucir recuerdos que a buen seguro prefería olvidar, y empecé a sentirme mal por haberle hecho revivir todo aquello.

—Si prefieres no hablar sobre...

—No, no pasa nada.

Le di las gracias con una sonrisa.

—Resulta gracioso —dijo—. No gracioso porque tenga gracia, pero gracioso, de todos modos. En cuanto entré en casa, intuí que Dan había estado allí. Incluso lo llamé para ver si respondía, convencida de que había vuelto. Me quedé en medio del salón a la espera de que dijera algo. En la ocasión anterior había aparecido a los dos días y se había comportado como si no hubiese pasado nada, como si yo tuviera que ignorar el hecho de que hubiera estado dos noches desaparecido.

—Y la vez que se ausentó durante más tiempo, ¿tratabas de imaginar adónde podría haber ido o qué habría sido de él?

Grace sonrió, pero vi que no era porque aquello le hiciese gracia.

—Imaginaba que estaba con otra mujer.

—¿Y qué te llevaba a pensar eso?

—Un par de cosas. Para empezar, encontré su anillo de casado. Lo había dejado en casa, como si pretendiese olvidarse de mí y de nuestros votos matrimoniales. Más o menos al cabo de un mes de que desapareciera por última vez, descubrí en nuestra tarjeta de crédito un cargo de una joyería desconocida. Me enfadé muchísimo. Me puse en contacto con la joyería en cuestión y lo único que pudieron decirme fue lo que había comprado: un anillo. Imaginé que la joya era para otra mujer. Lo que más me dolió fue que me tocara a mí pagarla.

—¿Y era para otra mujer?

Grace unió las manos con fuerza.

—No fue hasta mucho más tarde cuando supe que se había comprado otro anillo de casado. Al parecer, creía que había perdido el que yo encontré en casa y deseaba llevar el anillo puesto en el momento de su suicidio. Visto con perspectiva, creo que fue su manera retorcida de honrarnos a mí, a nuestras hijas y nuestro matrimonio.

Al comprobar lo doloroso que estaba siendo todo aquello para mi amiga, le agarré las manos.

—No es necesario que me cuentes más.

—Seguro que tienes algún motivo para hacerme tantas preguntas, y creo que hablar sobre Dan te ayudará. Encontrar su anillo de boda en casa y la factura de la joyería no fueron, sin embargo, los únicos motivos por los que di por sentado que había alguien más.

—¿No?

—Un día, poco después de su desaparición, me encontraba yo trabajando en la biblioteca cuando entró una persona corriendo y me dijo que había visto a Dan en la ciudad. Al parecer, conducía su furgoneta y no iba solo. Iba con otra mujer. Alardear de ella de esa manera, ponerme en ridículo delante de todo el mundo, fue ya demasiado. Después de toda la agonía que nos había hecho pasar a mis hijas y a mí, decidí enfrentarme a él. Recuerdo como si fuera ahora lo rabiosa y frustrada que me sentí en aquel momento. Con las prisas por localizarlo, salí a todo correr de la biblioteca. Tropecé, me lesioné gravemente la rodilla y no pude hacer otra cosa que quedarme allí sentada en el suelo y llorar.

—¿Y era Dan el de la furgoneta? ¿Estaba con alguien?

—No. Era imposible que fuera él. Habían transcurrido ya varias semanas desde su desaparición, y cuando localizaron el cuerpo se demostró que había muerto bastante antes de aquel incidente.

—¿Te enfadaste?

—¿Enfadarme? —dijo, repitiendo mi expresión—. Esa palabra no sirve ni siquiera para empezar a describir lo furiosa que estaba. Poco después de aquello, sufrí una crisis nerviosa. Los vecinos estaban tan preocupados que llamaron a mis hijas.

Resultaba difícil imaginar el dolor y la rabia que debía de haber experimentado.

—¿Y qué pasó?

Grace rio, una risa sincera esta vez.

—Saqué todas las cosas de Dan del armario. Cargué con toda su ropa y la amontoné en el jardín. Bajo mi punto de vista, si lo que quería era marcharse, tendría que haberse llevado todas sus cosas.

—Fue una época terrible para ti, ¿no?

Grace perdió la mirada en la distancia.

—Cuando regresó de Vietnam, Dan se había convertido en una persona completamente distinta. Ahora estoy convencida de que fue víctima de un trastorno por estrés postraumático, pero por aquel entonces ni Dan ni yo sabíamos qué pasaba. Yo no tenía ni idea de cómo ayudarlo. Tampoco es que antes nuestro matrimonio fuera maravilloso, pero no estaba mal. Éramos felices el uno con el otro. Dan, a su manera, nos quería a mí y a nuestras hijas. Pero, por desgracia, no consiguió olvidar el pasado. Lo atormentaba.

Por artículos que había leído, sabía que la tensión y la ansiedad podían afectar profundamente a los soldados desplazados en combate. Por suerte, había programas destinados a ayudarlos, pero no eran suficientes, y gran parte de los mecanismos para solventar el problema habían llegado demasiado tarde para ayudar a hombres como Dan.

—Sufrió durante años. Nunca volvió a considerarse válido para nada. Recuerdo que una vez encontré en el garaje los regalos de Navidad que le habíamos hecho las chicas y yo. Los había destruido, los había hecho pedazos y, luego, no sé por qué razón, había escondido los restos allí.

Era evidente que el primer marido de Grace había sufrido una increíble angustia mental.

—Para él, la muerte fue una liberación. Cargaba con un fuerte sentimiento de culpabilidad y vergüenza como consecuencia de un incidente sucedido en la guerra. Por aquel entonces tenía solo diecinueve años, y jamás fue capaz de olvidarlo.

—Ahora descansa en paz —musité, pensando que por mucho que anhelara desesperadamente que Paul siguiera con vida, lo más importante era que mi marido conociera la paz y la serenidad.

—¿Te ayuda en algo todo esto que estoy contándote sobre Dan? —preguntó Grace.

Había llegado el momento de exponerle a Grace mi gran dilema.

—La señora Coryelle ha pasado por casa esta tarde —dije, yendo directa al grano.

—¿Marion Coryelle?

—Sí, mi vecina.

No era exactamente mi vecina, sino que vivía un poco más abajo, en la cuesta. Y, como era tan anciana, siempre intentaba vigilarla un poco.

—Tenía entendido que no salía de casa. Su hija pasa muy a menudo por la biblioteca para llevarse libros con letra bien grande. Por lo visto, le encanta leer.

—Es muy buena vecina. Dejaron por equivocación una carta en su buzón y subió personalmente a entregármela.

—¿Y es esa carta lo que tanto te inquieta?

Aparté la vista por miedo a no poder continuar sin que se me quebrara la voz.

—Era de un amigo de Paul.

Grace se acercó un poco más a mí.

—Por lo visto, Paul le dio esa carta para que me la entregara si fallecía. En una nota aparte, su amigo se disculpa y explica que la había olvidado por completo, que la encontró hace poco y que por eso me la envía ahora.

—Oh, Jo Marie, no me extraña que estés nerviosa.

Nerviosa era decir poco.

—¿Has leído la carta?

—No.

—¿Quieres que esté contigo cuando lo hagas?

—No. Me niego a leerla...

—¿Querrías que la leyese yo primero? —dijo con voz cariñosa y amable.

—No la leeré... No lo haré hasta que tenga pruebas de que Paul ha muerto.

Rompí a llorar y *Rover* empezó a gimotear y a lamerme la cara. Dejé que subiera a mi regazo.

Grace me rodeó con el brazo.

—Tendrás que aceptar que es posible que nunca lleguen a localizar su cuerpo.

Me di cuenta entonces de que Grace no estaba al corriente de la llamada del teniente coronel Milford. Sorbí por la nariz, me enderecé y solté el aire con fuerza para serenarme.

—He tenido noticias del ejército. Me llamó el teniente coronel Milford a principios de semana —le expliqué—. El lugar donde cayó el helicóptero ya es accesible y han conseguido retirar los cuerpos. A bordo del helicóptero iban seis hombres, pero solo han localizado los restos mortales de cinco. Ahora están llevando a cabo los análisis de ADN. Pese a que las probabilidades son remotas, no es imposible que uno de ellos consiguiera sobrevivir. Podría ser Paul. Podría estar vivo. Me niego a renunciar a mis esperanzas... De estar muerto, lo habría intuido. Sé que lo habría percibido de alguna manera.

No sé por qué hablé con tanto ímpetu y rotundidad, como si tuviera que convencer a Grace de que mi marido estaba vivo.

Mi amiga permaneció un buen rato en silencio, y cuando tomó la palabra, lo hizo con un tono de voz tan bajo que me vi obligada a aguzar el oído para escucharla.

—Durante todo aquel año que Dan estuvo desaparecido, pensé también que de haber muerto lo habría percibido. Estaba convencida de ello.

—¿Y notaste alguna cosa? —pregunté.

—Ese era en parte el motivo por el que pensaba que había encontrado a otra mujer que lo hacía feliz. —Grace se inclinó hacia delante y rodeó las rodillas con sus brazos—. No tenía sentido que decidiera matarse cuando lo hizo. Ningún sentido. Nuestro primer nieto estaba a punto de nacer, y Kelly y su padre estaban muy unidos.

—¿Y no lo percibiste?

—No, y tampoco lo percibirás tú con Paul, por mucho que lo ames. Dan tenía su propio camino trazado en la vida, del mismo modo que Paul tenía el suyo.

Pensé en la carta que seguía esperándome en el cajón de la mesita de noche.

Grace me acarició el brazo.

—No es necesario que leas ahora esa carta. Espera, si es lo que deseas. Sabes dónde está y tu corazón se encargará de comunicarte cuándo es el momento adecuado.

Era un buen consejo, y reconocí enseguida la sabiduría de sus palabras. Tenía más preguntas, pero no sabía muy bien cómo articularlas.

—¿Cómo... cómo saliste adelante?

Grace recuperó la mirada pensativa de antes.

—La muerte de un ser tan próximo a nosotros como un marido o un hijo duele de una forma inimaginable. El dolor es tan intenso que podría llegar a matar a cualquiera, y, a menos que lo hayas experimentado personalmente, es imposible entenderlo. Mi amiga Olivia quería ayudarme a superar la desaparición y la muerte de Dan. Ella había perdido un hijo y podía entenderlo, pero, aun así, en estos casos las palabras de consuelo no existen, no hay nada que se pueda decir para aliviar el dolor. No hay palabras.

Tragué saliva y asentí.

—Es una herida, pero a diferencia de una herida física, para esto no existe ningún medicamento capaz de quitarte el dolor, ni tampoco una fecha prescrita en la que te acabarás curando. Cuando te fracturas un hueso, sabes que en unas seis semanas se habrá soldado. Pero con la muerte no es así. ¿Crees que algún día llegarás a superar la pérdida de Paul?

—¿Si lo creo? —Necesitaba respuestas, no más preguntas—. ¿Has superado tú lo de Dan?

—No —respondió Grace en voz baja—. Era mi marido y el padre de mis hijas. Pasé con él casi toda mi vida adulta. Siempre lo amaré. Pero, por otro lado, te aseguro que la vida continúa. Al principio, no querrás que lo haga. Es como si todo tuviera que paralizarse, como si la vida tal y como la conoces se detuviese mientras tú intentas asimilar lo sucedido.

Así fue como me sentí cuando recibí la noticia del accidente de helicóptero. Fue como si la vida se hubiese terminado también para mí. Me arrastraba de un día hasta el siguiente sin sensación de tiempo ni de distancia, perpleja, horrorizada, conmocionada e incrédula.

—Pero volviste a casarte.

Grace tenía ahora una nueva vida; lo que acababa de decir era más una afirmación que una pregunta.

—Así es —dijo Grace, y su mirada se iluminó—. Otra lección de la vida vinculada a la muerte de un ser querido. La vida continúa y, por mucho que intentemos aferrarnos a ella tal y como era antes, acabamos dejándonos arrastrar por la corriente. En mi caso, seguí protestando y gritando. Había superado ya un año sin Dan. Un año para aprender a vivir sin él.

—Como yo... El 27 de abril hizo un año.

Necesitaba que me dijera que este duelo sería más fácil, que sobreviviría igual que había hecho ella. Aunque tal y como me sentía en aquel momento, me parecía imposible. La muerte era preferible a aquella agonía.

—Partiendo de la base de mi experiencia personal, puedo asegurarte que te curarás, Jo Marie. La cicatriz de la pérdida de Paul te quedará para siempre en el corazón, pero te curarás.

Todo el mundo insistía en que no había posibilidades de que mi marido hubiera sobrevivido. Mi corazón me lo decía también, pero la terquedad me impedía creérmelo y me obligaba a aferrarme a la esperanza. Todo lo que me estaba diciendo Grace, sin embargo, era cierto. Con el tiempo me curaría, igual que se había curado ella. Paul había estado a mi lado la primera noche que dormí en el hostal. Y, como Grace, me había garantizado que el hostal sería un lugar de curación.

—Llegará un día en que incluso volverás a enamorarte —prosiguió Grace.

Reí a carcajadas, pensando en el muchísimo tiempo que había permanecido soltera.

—Tardé treinta y seis años en encontrar a Paul. Si vuelvo a tardar lo mismo, habré superado ya los setenta.

—La vida podría reservarte alguna sorpresa.

Jamás había sido muy de sorpresas, pero tenía tiempo para esperar y ver qué me deparaba la vida.

Capítulo 27

La sonrisa iluminó lentamente el rostro de George mientras pasaba el brazo por detrás de los hombros de Mary y la atraía hacia él.

—¿Nuestra hija es la primera de su promoción? —repitió con orgullo.

—Sí. Oh, George, me siento tan orgullosa de ella.

—Sé que es una locura, pero me siento personalmente responsable de haber engendrado una niña tan brillante —dijo, con la voz temblorosa por la emoción—. Hace apenas unas horas que conozco la existencia de Amanda y ya se me saltan los botones de la camisa de tan henchido que estoy de orgullo.

Durante un largo momento permanecieron abrazados. Después, ella le acarició la cara; lo amaba con tanta intensidad que creía que el corazón le acabaría explotando. Comprendía muy bien cómo se sentía George, puesto que aquella emoción era similar a la que había experimentado ella al descubrir que Amanda era una estudiante excelente. De tal madre tal hija, se había dicho a sí misma, pese a saber que no tenía derecho a sentirse responsable de los éxitos de la niña. Al fin y al cabo, la única contribución que ella había hecho en lo referente a su hija, aparte de transmitirle su ADN, había sido traerla al mundo. Era la familia adoptiva de Amanda la que le había dado cariño y amor. Había sido su madre adoptiva la que había pasado las noches en vela cuando la pequeña estaba enferma, la que le había besado las rodillas peladas cuando se había lastimado jugando, la que se había sentado pacientemente a su lado para enseñarle a leer. Era aquella familia la que tenía todo el derecho a sentirse orgullosa de su hija, y, sin duda alguna, así debía de sentirse.

—¿Y eso que dices de que te ves incapaz de asistir a la graduación? —preguntó George, poniéndose serio.

—Es un acto multitudinario.

—¿Y?

Mary conocía a la perfección aquella expresión tan resuelta.

—Solo hay invitaciones para familiares y amigos. Nadie podrá entrar en el auditorio sin invitación.

—Pues conseguiremos invitaciones.

—Esa es la cuestión, George. No quedan. Y mira que lo he intentado, créeme.

—¿De verdad piensas permitir que eso te lo impida? —preguntó él en tono desafiante, y luego rectificó sus palabras—. ¿Nos lo impida?

En otras circunstancias, Mary se habría enfrentado a cualquier obstáculo que le impidiera asistir a la ceremonia, pero, por desgracia, el cáncer le había robado aquel espíritu de lucha.

—Oiremos el discurso de nuestra hija —insistió George.

—No creo que pudiera aguantar la escena en primera fila —susurró Mary—. Y además, dudo que con mi aspecto pudiera colarme sin que nadie se diera cuenta —dijo, en referencia a su cabeza calva, que destacaba inevitablemente entre la multitud.

—No te preocupes —dijo George, manteniendo la calma—. Tengo contactos. De un modo u otro, conseguiré dos entradas para mañana por la tarde.

Mary lo veía imposible. Ella se conformaba con poder estar cerca de su hija y saber algo de ella. Hailey Tremont, la chica que trabajaba para Jo Marie, le había proporcionado ya una mínima y fragmentada información acerca de Amanda, igual que Connor, el chico de la cafetería. Mary había saboreado con gusto aquellos pequeños retazos de vida y confiaba en poder disfrutar de más.

Se había enterado también de que el periódico del lunes publicaría el discurso de la primera de la promoción. Poder leer los pensamientos de su hija era lo máximo a lo que la imaginación de Mary podía llegar a aspirar. Ver y escuchar a Amanda en persona, con George sentado a su lado, era un verdadero sueño.

George la soltó y se secó las lágrimas de las mejillas. Mary siguió su ejemplo, y entonces se miraron y se echaron a reír.

—Míranos —dijo George.

—Somos un par de blandengues —afirmó Mary.

Amaba a George con toda su alma. Nunca había dejado de amarlo, pero verlo, estar con él, multiplicaba por cien sus sentimientos. Y en menos de cuarenta y ocho horas tendría que recurrir a todas sus fuerzas para volver a abandonarlo.

Ambos seguían inmersos en sus pensamientos cuando George puso en marcha el coche y emprendió camino hacia la rampa de acceso a la autopista. Mary hizo un auténtico esfuerzo para permanecer despierta hasta llegar al hostal, pero era una causa perdida. No recordaba en qué momento cerró los ojos, pero lo siguiente que vio fue que estaban ya cruzando el puente sobre el estrecho de Tacoma.

—¿Estás despierta? —preguntó George en voz baja.

—Si... Lo siento, sé que soy una compañía muy aburrida —dijo, pensando que eran apenas las tres de la tarde y no podía ni siquiera mantener los ojos abiertos.

—Tonterías. Necesitas dormir. Dime la dirección del hostal.

—¿Qué?

—De Rose Harbor. La introduciré en el GPS y así podrás dormir tranquila, sin tener que ir dándome indicaciones a cada momento.

—Oh, vale, no viniste por aquí, ¿es eso? —Buscó en el bolso—. Aquí la tengo.

—Seguramente podría encontrarlo sin ayuda. Sé más o menos cómo llegar, pero así será más fácil.

¿De verdad que había sido tan solo ayer cuando Mary se había mostrado tan reacia a revelar su paradero? Viendo todo lo que le había contado a George desde entonces, le pareció una tontería.

Mary nunca había tenido intenciones de contarle a George lo de Amanda. Y al ver ahora cómo había reaccionado ante la noticia, comprendía que había sido una egoísta. Había sido cruel guardar aquella información solo para ella durante tantos años. La verdad, sin embargo, era que nunca había querido inmiscuirse en su vida, pues George estaba casado, y hacerlo hubiera sido injusto para su esposa.

—Lo siento —murmuró.

—¿Te preguntas si me habría gustado que todo hubiese sido distinto? Por supuesto que sí. Pero siempre te estaré agradecido por haber traído al mundo a mi hija. Y por amarla lo bastante como para permitir que una familia adorable la adoptara y le diera una buena vida. No te disculpes por eso, Mary. Aunque, la verdad, ¿no podrías habérmelo dicho? ¿No tenía yo derecho a saberlo? —Hizo una pausa, soltó todo el aire y añadió, con voz tensa y controlada—: Lo que está hecho, hecho está. Y, teniendo en cuenta las circunstancias, hiciste lo que consideraste que era mejor.

George, como siempre, era muy bueno con ella. Y ese era precisamente su problema. Era tan bueno que parecía increíble. Que siguiera amándola era un milagro que jamás habría imaginado.

Cuando llegaron a Cedar Cove, Mary estaba lo bastante despierta para darle a George indicaciones de la ruta a seguir. Llegaron al paseo marítimo y, a partir de allí, ella se sintió en terreno conocido, así que encontraron fácilmente el hostal.

George apagó el motor y con voz firme le ordenó a Mary:

—Y ahora quédate donde estás.

Mary disimuló una sonrisa. A veces, George podía ser muy mandón.

Él salió del coche, lo rodeó, abrió la puerta del lado del acompañante y la ayudó a salir. Después, agarrándola por la cintura, la acompañó por la acera hasta el porche.

—Estos últimos dos días he pasado muchos ratos sentada aquí fuera, empapándome de sol —dijo, recordando sus siestas al calor de aquella inesperada primavera y rodeada de flores que perfumaban el ambiente con su dulzor. Cuando florecía, Rose Harbor era un lugar mágico.

—¿Quieres que lo hagamos juntos? —preguntó George, subiendo con paciencia los peldaños del porche para que fuera ella quien marcara el ritmo—. Me encantaría sentarme al sol en compañía de la mujer que amo.

—¿Tendrás tiempo?

—Mary, por si no te has dado cuenta, estoy saboreando al máximo cada minuto que pasamos juntos.

—Entonces sí, sentémonos aquí fuera un poco.

—¿No estás demasiado cansada?

Lo estaba, pero, al igual que George, deseaba disfrutar de su tiempo juntos y no quería que se marchase.

George la acompañó hasta el extremo del porche y Mary tomó asiento en la silla de madera. En el interior de la casa se oyeron unos ladridos y, al cabo de un momento, apareció Jo Marie seguida por el perro de pelo corto.

—Veo que ya está de vuelta —comentó Jo Marie, y miró a George—. ¿Les apetece que les traiga alguna cosa?

—George Hudson —dijo él, presentándose—. Creo que Mary le agradecerá una manta.

—Enseguida se la traigo —respondió Jo Marie, que volvió a entrar en la casa.

Reapareció enseguida con una manta tejida a mano, la misma que Mary había utilizado anteriormente.

George se instaló en otra silla, de tal manera que quedaba una mesita auxiliar entre ellos.

—La vista desde aquí es encantadora —dijo Mary, absorbiendo la belleza del cielo azul, los picos de las Olímpicas y los muelles, a lo lejos.

—Lo es —reconoció George, aunque estaba mirándola a ella.

Mary no estaba acostumbrada a los cumplidos. La hacían sentirse incómoda, sobre todo ahora que estaba casi calva y horrorosamente pálida y delgada. Intentó ignorarlo.

—Las montañas Olímpicas son formidables, ¿verdad? —dijo, distrayendo la atención hacia el paisaje.

—Preciosas —replicó él, mirando ahora hacia las montañas.

—Sí. —Y entonces, por pura curiosidad, le preguntó—: ¿Has estado alguna vez en Hurricane Ridge?

—No, pero he oído hablar maravillas sobre ese lugar.

—Yo también —dijo ella, pensativa.

Mary había leído información sobre aquel paraje en uno de los folletos que había ojeado mientras esperaba el transbordador en Bremerton. Pero la oportunidad le había pasado de largo. Hurrican Ridge estaba a menos de dos horas en coche de Seattle, y ofrecía vistas espléndidas de los picos de las montañas Olímpicas y de los prados llenos a rebosar de flores, además de excelentes senderos para caminar. Había leído también detalles sobre el Bosque Nacional Olímpico, y, como le sucedía últimamente con tantas cosas, hubiera deseado poder dedicarle algún tiempo..., haber hecho el esfuerzo.

Remordimientos. Uno de los efectos secundarios del cáncer era la gran cantidad de remordimientos que tenía.

Mary y George pasaron los siguientes minutos charlando. George era ingenioso y tenía un irónico sentido del humor; Mary siempre había disfrutado dialogando con él.

Debía de hacer media hora que estaban en el porche, cuando George dijo:

—Estás cansada.

Mary no le llevó la contraria. Una vez más, le costaba mantener los ojos abiertos. Durante el trayecto en coche solo había descansado unos minutos y sus niveles de energía estaban llegando al mínimo.

—Deja que te acompañe a tu habitación.

Mary asintió, pero se preguntó si sería capaz de subir las escaleras.

Él le retiró la manta, que dobló y dejó en la mesita, antes de inclinarse para ayudarla a levantarse. Intuyó que necesitaba algo más que su brazo, y la atrajo hacia él.

Las escaleras resultaron ser un reto tan arduo como Mary se había imaginado. Pero George tuvo paciencia y la acompañó peldaño a peldaño. Después, Mary extrajo del bolso la llave de la habitación y se la pasó a George, que se encargó de abrir la puerta.

—Recuerdo los tiempos en que me acompañabas a mi habitación y no te marchabas hasta la mañana siguiente —dijo ella en voz baja.

—No me tientes, Mary.

Mary rio.

—¿Crees que bromeo?

—Sí —replicó ella, sin mentir.

—Pues te llevarías una sorpresa.

—De verdad, George, yo...

Él le acercó un dedo a los labios antes de que ella pudiera terminar la frase.

—Eres preciosa. Y te quiero.

La emoción era abrumadora.

—Gracias.

Independientemente de que fuera o no verdad, era lo que Mary necesitaba escuchar. Le acarició, y entonces George la estrechó con fuerza contra su cuerpo. Mary se estremeció, incapaz de combatir el efecto que le causaban las palabras que acababa de escuchar.

—Estoy muy cansada —musitó.

—Lo sé. Y lo siento. Hace ya rato que tendría que haberte dejado dormir.

—No...

Se dejó caer sobre el borde de la cama y se quitó la chaqueta.

George la descalzó, un zapato después del otro, le acomodó las piernas sobre el colchón y la cubrió con la manta que estaba doblada a los pies de la cama. Después se inclinó y le dio un delicado beso en la frente.

—Te llamo luego, ¿vale? —dijo.

—Por supuesto.

Mary estaba tan agotada que cayó en un sueño profundo e inquieto antes incluso de que George cerrara la puerta. Se despertó una hora más tarde y enseguida percibió que se sentía muchísimo mejor. Instantes después, cuando salía del cuarto de baño, oyó que llamaban a la puerta.

—¿Quién es? —preguntó.

—Soy Jo Marie. Le traigo una bandeja.

Mary parpadeó, sorprendida.

—No he pedido nada —dijo. Por lo que sabía, en el hostal no había servicio de habitaciones.

Mary abrió la puerta y la propietaria entró con una bandeja de madera con una tetera, una taza y su platillo, un plato con galletas Fig Newtons, una manzana reluciente y una barrita de caramelo Butterfinger, su favorita.

—Su amigo me ha pedido que se lo subiera en cuanto se despertase.

Su merienda favorita. George se acordaba incluso de eso, incluso del más mínimo detalle.

—Me ha pedido también que le trajera la cena a las siete. Le he dicho que le cocinaría encantada lo que le apeteciese, pero ha insistido en que fuera algo muy concreto.

—Pollo con fideos picantes —musitó Mary.

—Sí —confirmó Jo Marie, sorprendida de que lo hubiese adivinado.

Era una cena que George y Mary compartían a menudo cuando acudían a su restaurante favorito en el distrito internacional de Seattle.

—Creo que quiere engordarme —dijo Mary, agarrando la barrita.

—Buen provecho —le deseó Jo Marie—. Y llámeme si necesita cualquier cosa.

—De momento no necesito nada, gracias.

Acompañó a la propietaria hasta la puerta y se quedó observando hasta que Jo Marie hubo llegado abajo para cerrar la puerta y servirse una taza de té. Era de menta. También su favorito.

Consiguió comer una galleta y media barrita de caramelo. Logró también dar un mordisco a la manzana y beber media taza de té. Llevaba semanas sin comer tanto de una sola sentada.

Meses. Había hecho el esfuerzo de comer con George para quedar bien, pero sin verdadero apetito.

El móvil sonó justo a las siete y media. Consciente de que recibiría una llamada de George, había dejado el teléfono en la mesita de noche.

—¿Mary? ¿Te despierto?

—No, llevo horas despierta, leyendo. Gracias por la merienda y por la cena.

—¿Qué tal estaban los fideos?

—Absolutamente increíbles. ¿Los has pedido en algún restaurante de por aquí?

George rio.

—¿A ti qué te parece?

—George, no me digas que los has hecho llegar desde Seattle.

—No te lo diré.

Aquel hombre era increíble. De pronto se quedó triste, pensando que todo aquello le haría más complicado regresar a Nueva York el lunes. Pero no le quedaba más remedio que volver.

—No me mimes tanto —le dijo, hablando en serio.

Vio que George dudaba antes de replicar.

—Supongo que eso significa que no tengo que decirte que he conseguido dos entradas para la ceremonia de graduación del instituto.

Mary tenía casi miedo de creer lo que acababa de escuchar.

—Bromeas, ¿verdad?

—No.

—¿Cómo? ¿Dónde?

—Te dije que tenía contactos, ¿lo recuerdas?

—Sí, pero no pensé que lo consiguieras... Por lo que me habían dicho, era imposible meter una sola persona más en el auditorio.

—Pues han conseguido meter dos más. Veremos la graduación de nuestra hija.

—Gracias —musitó Mary, tan abrumada que casi no podía hablar.

—Mañana a la una pasaré a recogerte. Que duermas bien, amor mío.

—Tú también —consiguió farfullar, y antes de que George notara que estaba llorando, cortó la llamada.

Capítulo 28

La fiesta iba decayendo y Annie vio que sus abuelos, después de una jornada con tantas emociones, empezaban a estar cansados. Fue a buscar a su madre, que estaba dándoles a una prima y a otros familiares la dirección del restaurante de Seattle donde cenarían al día siguiente.

—Creo que será mejor que llevemos a los abuelos al hostal —dijo Annie en cuanto consiguió captar su atención.

—No te preocupes, cariño. Oliver ya se encarga de eso.

—Oh.

Cuando Annie levantó la vista vio que Oliver se dirigía con la pareja de ancianos hacia la salida.

No pudo evitar sentirse decepcionada. Confiaba en poder pasar un rato a solas con él. Pero si Oliver abandonaba ya la fiesta, era posible que no volvieran a verse hasta la mañana siguiente.

—¿Te parece bien, no? —le preguntó su madre, que debió de captar su frustración.

—Oh, sí, claro, estupendo, ningún problema.

—Has hecho un trabajo magnífico, Annie. Papá y yo no podríamos sentirnos más orgullosos de ti.

—Gracias, mamá.

El elogio de su madre la enterneció. Se dieron un abrazo de despedida. La mayoría de los familiares de fuera de la ciudad emprenderían camino de vuelta hacia el hostal, pero los padres de Annie regresarían directamente a Seattle.

Annie se quedó un rato más por si quedaba algún asunto pendiente con la gente del catering y el grupo musical. Se sentó un rato mientras los encargados desmantelaban la sala, doblaban sillas y recogían mesas. Al cabo de un momento, se abrió la puerta principal del club marítimo y la luz del sol se filtró en la estancia.

Annie levantó la vista. Era Oliver. Se había cambiado y vestía ahora más informal: unos pantalones de algodón y una chaqueta de tela ligera. El corazón de Annie reaccionó de inmediato. La fuerte sensación de atracción la pilló completamente desprevenida. No estaba preparada para gestionarla y, por mucho que lo intentara, no pudo disimular una sonrisa.

—¿De verdad pensabas que te dejaría aquí sola con todo este lío?

Pero Annie, en vez de responder a la pregunta, le formuló otra:

—¿Qué tal están mis abuelos?

—Agotados, emocionados, agradecidos y felices. No han parado de hablar de todos los amigos que han visto y de toda la gente que ha venido.

—Estupendo —exclamó Annie, y pensó que precisamente así era como ella había deseado que se sintiesen.

—Y tampoco han parado de hablar de ti, de lo maravillosamente bien que has preparado la fiesta y muchas cosas más.

A Annie casi le incomodaba que Oliver hubiera tenido que escuchar tantos elogios.

—Ha sido una fiesta fabulosa, y apuesto lo que quieras a que tú también estás agotada.

—No estoy tan mal, de verdad.

Aunque aquello solo podía decirlo ahora, con la gran fiesta ya terminada. A partir de aquel momento, su madre y su tía se ocuparían del resto de acontecimientos, pues había todavía una cena programada para el domingo en Seattle.

Oliver tomó en su mano uno de los talones que Annie acababa de preparar.

—¿Puedo ayudarte en algo?

—Lo tengo todo bajo control, pero gracias de todos modos. Me has ayudado mucho.

—Me alegro de haberlo hecho.

Se sentó sobre la mesa al lado de Annie, dejando los pies colgando.

—Acudirás mañana a la cena de la familia, ¿no? —comentó ella, segura de que así sería.

—De hecho, no.

Annie levantó la cabeza de golpe. No se esperaba aquello.

—Como trajiste a mis abuelos en el coche, pensaba que...

—¿Te gustaría que fuese?

—Sí —respondió Annie rápidamente, tal vez demasiado, por mucho que la época de andarse con evasivas hubiera quedado ya atrás.

El rostro de Oliver se iluminó con una amplia sonrisa.

—Entonces veré cómo me lo monto para poder asistir. No me gusta decepcionarte.

—No se trata solo de mí. Estoy segura de que mis padres querrán que te sumes a ese encuentro familiar, y no es necesario que te diga que a mis abuelos también les hará mucha ilusión —dijo, pensando que no quería que su ansiedad se viera como algo personal.

Arrancó el último talón y se lo entregó a la persona adecuada mientras Oliver hacía una llamada. No mencionó con quién hablaba, y Annie tampoco se lo preguntó, pero por fragmentos de la conversación que pudo escuchar, imaginó que se trataría de uno de sus compañeros de viaje.

Oliver y Annie abandonaron el salón de banquetes y salieron al exterior, que todavía estaba soleado. Eran ya más de las siete de la tarde, pero no oscurecía hasta las ocho y media o las nueve.

—¿Adónde vas? —preguntó Oliver, caminando junto a ella.

—He dejado el coche aparcado cerca de la glorieta.

—Te acompañaré hasta allí.

—Encantada —reconoció Annie.

Hacía poquísimo tiempo, Annie habría rechazado su compañía. Pero habían cambiado muchas cosas, y con tremenda rapidez. Todo lo que había averiguado sobre Oliver en el transcurso de las últimas horas le había llenado la cabeza de preguntas sin respuesta.

—¿Te apetecería sentarte un rato en los muelles? —le preguntó Oliver cuando estuvieron cerca del puerto deportivo.

—Sí, pero ¿cómo entramos? Sólo pueden acceder los que tienen embarcaciones atracadas allí.

—Hay otro puerto cerca —respondió Oliver—. Podríamos ir hasta allí para sentarnos un rato y charlar.

—Perfecto.

Después de aquella jornada, repleta de acontecimientos, la cabeza le daba vueltas. Estaba cansada, pero también feliz y ansiosa por estar con Oliver; quería hablar con él y entender los sentimientos que compartían.

Subieron al coche, Oliver se puso al volante y siguieron por el paseo marítimo unos tres kilómetros, alejándose del centro de la ciudad. El puerto se encontraba cerca de Cranberry Point y, tal y como Oliver había augurado, estaba abierto al público. Como la marea estaba baja, la instalación sobresalía un par de metros por encima del agua. Según se explicaba en un cartel, los días laborables atracaban allí pequeños barcos de vapor que transportaban a los trabajadores de los astilleros a los distintos puntos de la zona.

Oliver le dio la mano y la guió por el embarcadero recién pintado de gris. Se quitó la chaqueta y la extendió en el suelo para que pudiera sentarse sobre ella. Annie se descalzó y dejó los pies colgando sobre el agua. Él se sentó a su lado; sus hombros se tocaban.

Annie no sabía por dónde empezar y decidió dejar que hablase él primero. Con las manos apoyadas en los tablones del embarcadero, se inclinó ligeramente hacia atrás y movió los pies en un leve gesto de pataleo.

—Ha sido una gran jornada para ti —dijo Oliver.

—Y para ti —replicó ella.

—¿Para mí? —preguntó él.

—Sí, para ti. He perdido la cuenta de las damas que querían que bailases con ellas —dijo Annie con sorna—. Supongo que son cosas que no pasan cada día.

—Podría haber resultado más emocionante si hubieran sido mayores de trece años.

Annie se rio y ladeó la cara hacia el sol. La sensación de calor sobre la piel era agradable. El tiempo había sido perfecto. Era como si Dios hubiese decidido sonreír a sus abuelos y bendecir aquel día tan especial.

—¿Estás celosa?

—¿De las niñas de trece años?

—Tienes razón.

Annie imaginaba que podrían seguir charlando tranquilamente toda la tarde, pero pensó también que aquella podía ser la única oportunidad que tuvieran para hablar, para hablar de verdad.

—Te has quedado callada de repente.

—Lo sé —dijo Annie—. Y lo siento. Es que tengo tantas cosas que preguntarte que no sé ni por dónde empezar.

—¿Quieres que nos remontemos a cuando éramos niños?

—No lo sé —respondió Annie, pensativa—. Pensar en eso me trae de inmediato malos recuerdos, así que no creo que sea un buen punto de partida. —Y a continuación, y porque la pregunta le quemaba en su interior, le espetó—: ¿Es cierto eso de que te gusté durante todos esos años?

—Gustarme es decir poco. Estaba loco por ti.

—Oliver, lo que dices no puede ser verdad, es imposible.

—Te lo digo en serio. Si piensas que fuiste la que te llevaste la peor parte después de aquel beso, te equivocas. Tu hermano me dio la paliza durante años. Peter fue de lo más cruel. Como sabía que lo pasaba fatal con eso, no paraba de contarme historias sobre tus novios.

—Nunca me dijiste nada.

—¡Si ni siquiera podía acercarme a ti! Era como si estuvieras envuelta en un alambre de púas.

Annie no se tomó la molestia de negárselo.

—Hice todo lo que se me pasó por la cabeza para que te fijaras en mí.

Eso no era cierto, tampoco lo había intentado tanto; de haberlo hecho, Annie lo habría visto más a menudo, sobre todo en los últimos años.

—La verdad, Annie, es que tuve que aceptar que nunca perdonarías lo que sucedió después de aquel beso, y por eso al final decidí olvidarme de ti y seguir con mi vida.

Annie se quedó mirándolo y frunció el ceño.

—Y entonces, cuando me enteré de que habías roto tu compromiso, supe que tenía que darme una última oportunidad.

Oliver la miró a los ojos; su mirada rebosaba sinceridad y cariño.

—Sabía que necesitabas tiempo para superar lo de Lenny, por eso esperé. Pero si me marchaba por un año sin antes confesarte lo que sentía por ti, estaba seguro de que me arrepentiría. Por eso quise estar aquí este fin de semana.

—¿Y tu viaje? Te marchas, ¿no es eso?

Oliver asintió.

—La verdad es que hice todas las reservas cuando me enteré de tu compromiso, y luego, cuando lo rompiste, ya era demasiado tarde para echarme atrás. La fiesta de aniversario de tus abuelos era el momento ideal. Vine a verte, una última vez. Supongo que podría decirse que era como el canto del cisne para una fantasía adolescente que se negaba a morir por muerte natural.

—Pero aun así te marchas, ¿no?

Oliver dudó unos instantes y volvió a asentir.

—Sí, mis amigos confían en mí y ya hemos hecho planes, comprado billetes y todo eso. —Se quedó mirándola en silencio—. ¿Estás pidiéndome que me quede?

—No..., eso no lo permitiría.

—Pero lo haría si me lo pidieras.

Annie se quedó muda. Oliver estaba siendo sincero.

—No puedes ni imaginarte, Annie, la emoción que sentí cuando me enteré de que habías roto tu compromiso.

Annie bajó la vista y se miró los pies. De un modo inconsciente, había empezado a hacerlos patalear a un ritmo mucho más rápido.

—Me di cuenta de que tenía que ir con mucho cuidado. Mi mayor temor era decir o hacer cualquier cosa que pudiera empeorar aún más la situación entre nosotros.

—Mi abuelo ha estado aconsejándote, ¿verdad?

—Sí, aunque desde mucho antes de lo que piensas. Fue él quien me animó a volver a intentarlo.

—¿Insinúas que todo ese lío de las gafas era una invención para que tú los trajeses hasta aquí en coche?

—No. Mi intención era venir igualmente, pero Julie me llamó por teléfono para preguntarme si podía acompañarlos en coche y, como tenía pensado venir de todos modos a Cedar Cove, me dije ¿y por qué no?

De modo que no fue una conspiración tan tremenda como me imaginaba.

—Y ahora soy yo el que tiene una pregunta para ti. Una pregunta muy seria —dijo Oliver.

—De acuerdo, dispara.

—Y te pido que seas sincera, Annie, porque necesito saberlo. ¿Tengo alguna posibilidad contigo?

Annie se llevó la mano a la cara.

—Antes de responderte, quiero que hagas una cosa.

—De acuerdo.

—Vuelve a besarme.

La sonrisa de Oliver fue tan grande que ni le cabía en la cara.

—Encantado.

Cambió de posición y se arrodilló. A lo largo del fin de semana se habían besado más de una vez, y cada beso había afectado a Annie de una forma distinta. No podía negar que el primer beso le había gustado, pero le molestaba el hecho de haber disfrutado con ello. El segundo beso ya no había sido tan a regañadientes, y le había gustado mucho más de lo que se habría podido imaginar. Aquel tercer beso sería una prueba para los dos.

Oliver no podía estar tan seguro de sus sentimientos. Ahora eran personas adultas, y era posible que él siguiera aferrándose al amor que había sentido de adolescente, un amor que ya no tenía ningún sentido en su realidad actual. Los sentimientos cambian. Las cosas también.

Poco a poco, Oliver acercó los labios a los de Annie. Abrió la mano y sumergió los dedos entre el cabello de ella para ladearle la cabeza y poder acceder a su boca con más libertad. Fue un beso dulce y delicado, húmedo y cálido, que rápidamente se transformó en un beso de deseo y pasión. Annie no tenía ni idea de cuánto tiempo se prolongó; lo único que sabía era que cuando él hizo ademán de separarse, exhaló un jadeo de protesta.

Oliver deslizó entonces los labios hacia el cuello, que empezó a besuquear muy suavemente. Cuando se separó por fin y se colocó en cuclillas, Annie agradeció que no separara las manos de sus hombros; de lo contrario, se habría derrumbado sobre el suelo del embarcadero.

Tardó varios segundos en armarse del valor necesario para abrir los ojos.

—¿Ha respondido esto a tu pregunta? —dijo Oliver.

Annie parpadeó varias veces.

—¿Quieres otro beso? Yo estoy más que dispuesto, aunque si seguimos así acabarán arrestándonos por escándalo público.

Annie sonrió.

—Gracias, pero creo que ya tengo la respuesta.

—¿Puedo saber cuál era la pregunta? —le suplicó él.

—Quería asegurarme de que lo que sentía era real y no... algo que buscaba por simple despecho.

—Ah. —Dudó un momento antes de preguntar—: ¿Y cuál es el veredicto?

Sí, aquello era real. Muy real.

—Creo que aquí hay algo —respondió Annie.

No quería parecer demasiado ansiosa. Al fin y al cabo, Oliver se marchaba y tenía pensado estar un año entero fuera. Además, él vivía en Portland y ella en Seattle.

Oliver volvió a sentarse al lado de ella y le tomó la mano, enlazando los dedos.

—Y ahora que esto está claro, ¿qué vamos a hacer al respecto?

Era justo la pregunta que Annie estaba formulándose. Miró a Oliver a los ojos y recostó la cabeza en su hombro.

—Sinceramente, Oliver, no tengo ni idea.

—Yo tampoco.

Annie sonrió radiante. Todo resultaba tan extraño... Hacía apenas unos meses estaba comprometida con otro hombre y dispuesta a casarse con él. Y sin embargo, ahí estaba ahora, con el corazón de nuevo acelerado y feliz de tener a Oliver a su lado.

Capítulo 29

Había sido incapaz de dormir más de un par de horas seguidas y me levanté antes del amanecer. Me escocían los ojos y no tenía ni la más remota idea de cómo conseguiría sacar adelante el resto del día. Había huéspedes a los que atender, y la jornada de puertas abiertas estaba programada para la tarde.

Vestida aún con la bata, me senté en el taburete de la cocina con *Rover* a mis pies. Me preparé una taza de café cargado, perdí la mirada en la distancia e intenté pensar en positivo. Pero no sirvió de nada. Aquel estado de humor sombrío pesaba con fuerza sobre mis espaldas. Había sido una de las peores noches desde que recibí la noticia del accidente del helicóptero en el que viajaba mi marido.

Existía una posibilidad, por muy remota que fuera, de que Paul siguiera con vida. Y aunque creer en ella tenía poco sentido y mi parte más racional me impelía a someterme a la verdad, me resultaba imposible impedir que mi corazón se abandonara a aquel sueño. Deseaba tan fervientemente que hubiera logrado sobrevivir, que me agarraba con afán a lo improbable.

No hace falta decir que a Paul no le habría gustado en absoluto verme de aquella manera. Seguía sin leer la carta, pero me imaginaba perfectamente su contenido.

«Sigue adelante con tu vida. Aférrate a los recuerdos. No estés triste.»

¿Acaso no se daba cuenta de que lo estaba intentando? ¿Acaso no veía que me estaba pidiendo lo imposible? Me di cuenta de que estaba rebatiendo sus palabras sin haber leído siquiera la carta.

Todos mis huéspedes se marcharían a lo largo del día, con la excepción de Mary Smith, que pasaría la noche en el hostal y se iría el lunes por la mañana. Los Shivers, Oliver Stutton, Annie Newton y el resto de familiares que se habían alojado en mi casa para la celebración del aniversario se marchaban esa misma mañana.

Serían unas horas movidas. Además de servir los desayunos y empezar a cambiar sábanas y limpiar y ventilar habitaciones, me quedaba aún por delante la preparación de la jornada de puertas abiertas. Tenía la sensación de que me había caído encima el mundo con todo su peso. Y empezaba a preguntarme en qué momento de locura se me habría ocurrido poner todo aquello en marcha con el jardín patas arriba y el hostal lleno de huéspedes. ¿Qué me pasaba? ¿Me habría vuelto loca?

Rover apoyó una pata sobre mi pie. O era un intento de consolarme o estaba diciéndome que quería salir. Me levanté del taburete y abrí la puerta trasera de la cocina para dejarlo salir.

Asomó tranquilamente la cabeza al exterior, avanzó hasta el primer peldaño y se quedó quieto mirando el jardín, como si estuviera contemplando su propiedad. Luego dio media vuelta y me miró fijamente. Me dio la impresión de que quería que lo siguiera.

—Haz lo que tengas que hacer, *Rover* —le dije, desde la puerta de la cocina y con el café en la mano.

Rover bajó muy despacio los peldaños del porche y se dirigió a su rincón favorito del jardín. Olisqueó y se giró para mirarme, como si necesitara que le confirmara que aquel era el lugar adecuado para hacer su pipí.

—Muy bien —dije, intentando animarlo.

Mi eterno compañero tampoco estaba de muy buen humor. Se quedó a gusto y regresó a casa sin ninguna prisa. Me dio la impresión de que actuaba como si yo lo hubiera ofendido con alguna cosa. Entró y se acurrucó sin más en la cesta.

—¿Y ahora qué pasa? ¿Has decidido ignorarme? —murmuré.

Rover se hizo el dormido.

—Traidor —dije en voz baja.

Acabé el café, dejé la taza en el fregadero y fui a mi habitación para vestirme. No tenía tiempo que perder si pretendía tener el desayuno servido en la mesa para cuando mis huéspedes se levantaran.

A pesar de que no estaba de humor para ser la perfecta anfitriona, quería dar lo mejor de mí misma. Me vestí en plan informal, con vaqueros y una blusa amarilla de manga larga, pensando que aquel color me ayudaría a levantar los ánimos. Para estar en la cocina elegí también un delantal de colores alegres; todo valía para intentar combatir la tristeza que me embargaba.

Annie fue la primera en bajar. Entró en el comedor dando saltos de alegría, como si fuese la mañana del día de Navidad. Desde hacía tiempo había llegado a la conclusión de que Annie era una persona de mañanas.

—Te veo de muy buen humor —dije, esforzándome por utilizar un tono positivo y alentador.

—Lo estoy —replicó, con una voz tan luminosa y alegre que no pude evitar sentirme inspirada—. La fiesta salió a las mil maravillas. Todo quedó precioso. La comida estaba estupenda, los pasteles deliciosos y la música fue perfecta. No podría haber ido mejor.

—¡Fenomenal! —exclamé.

Me alegraba por ella, puesto que había trabajado muy duro para que el evento fuese un éxito.

Annie retiró una silla, ocupó su lugar y suspiró.

—Aún sigo de subidón emocional.

—Me alegro de que todo saliera tan bien.

—Más que bien. —Agarró una magdalena de la bandeja que había dejado en el centro de la mesa—. Fue... romántico.

Su mirada se volvió soñadora y se quedó en silencio, inmersa en sus pensamientos. Estaba tan absorta en ellos que seguía con la magdalena intacta en la mano, sin intención de darle un mordisco ni depositarla en el plato.

—Sé lo importante que era para ti que el aniversario de bodas de tus abuelos fuera algo muy especial —añadí, para darle conversación—. Debe de ser de lo más gratificante que todo salga tan bien.

—¿Perdón? —se excusó, mirándome con expectación—. ¿Decías algo?

—Nada importante.

Viendo que tenía la cabeza en otra parte, le serví un vaso de zumo de naranja sin preguntárselo.

—¿Has visto a Oliver esta mañana?

—Todavía no.

—Oh —dijo, decepcionada.

Ahí había pasado algo. Todo parecía indicar que habían llegado a algún tipo de acuerdo. Recordé que Annie siempre se ponía tensa con solo escuchar aquel nombre. Ella había dado a entender que no quería nada con él, pero no me había pasado por alto que Oliver era incapaz de quitarle los ojos de encima. Tal vez Annie se había dado también cuenta de eso.

—¿Y mis abuelos? ¿Sabes si se han levantado?

—No he oído ni una mosca.

Volvió a mirarme con aquella expresión ausente, como si hubiese perdido el hilo de la conversación.

Era evidente que aquella mujer tenía la cabeza en las nubes. Conocía aquella mirada y me resultaba imposible dejar de sonreír.

—Se marcha.

—Te refieres a Oliver, ¿no?

—Oh, sí, perdón. Creo que estaba pensando en voz alta.

Bebió un poco de zumo de naranja y dejó el vaso sobre la mesa.

—Sí, tengo anotado que se va esta mañana.

—No me refiero a que se marche de aquí —me aclaró Annie—. Me refiero a que se va, a que se marcha del país.

—Oh, no lo sabía.

—Tiene pensado estar fuera todo un año.

Aquello sonaba más a una aventura que a vacaciones.

—¿Y adónde va?

—Lejos... para mucho tiempo, con dos amigos. —Su cara se ensombreció al pronunciar esa última frase—. Lo cual lo hace todo imposible.

—¿Qué es lo que hace imposible?

La entrada de Kent y Julie Shivers en el comedor evitó que Annie tuviera que responder. Iban vestidos con camisas iguales. Por lo visto, habían acordado una tregua en sus discusiones. Me pregunté cuánto tiempo duraría. El día anterior parecía que apenas pudieran pasar unos minutos sin meterse el uno con el otro.

Kent retiró una de las sillas para que Julie pudiera sentarse; ella lo miró con adoración y tomó asiento.

—Nos marcharemos en cuanto terminemos de desayunar —me informó Kent.

Asentí, dándole a entender que se lo tendría todo preparado.

Saqué una bandeja con beicon y la dejé en la mesa. Estaba crujiente, pues había descubierto que era como más les gustaba a mis huéspedes. A continuación, serví una quiche de espinacas y champiñones, recién salida del horno. El queso fundido rezumaba por los laterales.

En aquel instante oí los pasos de Oliver al bajar por la escalera. Hizo su entrada en el comedor unos segundos después.

—Buenos días —saludó alegremente.

—Buenos días —respondió Kent, sirviéndose tres lonchas de beicon.

Contuve la respiración, pues temía que Julie le recordara sus niveles de colesterol. Pero me sorprendió y no dijo ni palabra. Como si esperara recibir una regañina, Kent miró de reojo a su mujer. Después sonrió y devolvió a su lugar dos lonchas de beicon.

—Dámelas a mí —propuso Oliver, mientras agarraba una bandeja. Y entonces, mirando a Julie, añadió—: Una mañana preciosa, ¿verdad?

Miré por la ventana y vi que estaba encapotado y neblinoso, el cielo completamente gris. Pero para su estado de ánimo, que sorprendemente era igual que el de Annie, era un día precioso.

—¿Sigues pensando en conducir tú hasta Seattle? —le preguntó Oliver a Kent.

—¿Que conducirás tú? —se exclamó Julie, sorprendida, dirigiendo la pregunta a su marido.

—Lo haré bien, no te preocupes —respondió Kent, y le dio unos golpecitos tranquilizadores en la rodilla—. Oliver y yo lo tenemos todo arreglado.

—¿Piensas conducir el coche de Oliver? —preguntó Annie.

—Efectivamente.

Annie miró primero a su abuelo, a continuación a Oliver, y después de nuevo a su abuelo.

—¿Y cuándo habéis decidido eso?

—Antes.

Oliver agarró una magdalena, cuatro lonchas de beicon y dos porciones enormes de quiche.

Por lo visto, estaba hambriento.

—¿Y cómo piensas ir a casa de mis padres? —preguntó Annie, mirando a Oliver.

—¿No puedo ir en tu coche? —replicó, mirándola inquisitivamente.

—Sí, claro..., pero todo esto es muy repentino, ¿no?

—Diría que sí —corroboró Julie—. No es que piense que no es una buena idea. Ay, Dios, creo que acabo de pronunciar una doble negación, ¿verdad?

—A mí me ha parecido buena idea —dijo Kent—. Annie y Oliver necesitan pasar más tiempo a solas, ¿no es verdad, chicos?

—Y al final, ¿de quién ha sido la idea? —quiso saber Annie.

La verdad era que aquel cambio repentino de planes tampoco la inquietaba mucho.

—Mía —anunció Oliver.

—Mía —repitió Kent, riendo entre dientes—. La hemos tenido ambos a la vez.

—De este modo, podré ayudar a Annie si quedan detalles pendientes de última hora por aquí.

—Ya lo zanjé todo ayer.

—De ese modo —rectificó Oliver—, podrás enseñarme tu apartamento en Seattle.

—No pienso llevarte a mi apartamento —declaró Annie, y se echó a reír—. ¡Eres imposible!

—Kent también era así —dijo Julie.

—Pero conseguiste domesticarlo, abuela.

—Sí, aunque haya tardado casi cincuenta años en conseguirlo.

Mientras las parejas seguían con su conversación, regresé a la cocina para servir el desayuno al resto de mis huéspedes. La única persona que no había bajado a desayunar era Mary.

Mary no había salido de la habitación desde la tarde anterior y, francamente, estaba preocupada por ella. Desde que había llegado al hostal, había bajado todas las mañanas. Al cabo de un buen rato, todos los huéspedes habían desayunado excepto ella. Sabía que no se encontraba muy bien, por eso decidí arriesgarme a subir y llamar con timidez a su puerta.

—¿Quién es? —respondió con voz débil y temblorosa.

—Soy yo, Jo Marie. Solo quería saber si todo seguía bien.

—Sí, estoy bien, gracias.

—¿Está ya levantada? —Y antes de que le diera tiempo a responder, maticé el porqué de mi pregunta—. El desayuno está servido.

—Oh, no pasa nada. Esta mañana no tengo mucha hambre.

—¿Quiere que se lo suba en una bandeja?

—No, gracias.

Titubeé unos segundos. Por mucho que dijera que estaba perfectamente, el temblor de su voz me hacía recelar. Por otro lado, no quería que pensara que me metía en su vida personal.

—¿Bajará pronto? —le pregunté.

—De aquí a un poquito —respondió desde el otro lado de la puerta.

Si la seguía interrogando me sentiría incómoda. Y como nunca antes me había encontrado en una situación similar, di media vuelta y volví a bajar. Intentaría tener paciencia.

Cuando regresé a la cocina, vi que en la zona del desayuno solo quedaban Annie y Oliver. Ocupaban extremos opuestos de la larga mesa y estaban enfrascados en una conversación. Cuando Annie me vio llegar, se ruborizó levemente y enderezó la espalda.

Al ver la reacción de Annie, Oliver miró por encima del hombro y sonrió al ver que era yo.

No sabía de qué estaban hablando, pero me dio la impresión de que era sobre temas íntimos. No me gusta interrumpir, pero tampoco podía retrasarme en mi agenda. Sobre todo en un día como aquel.

De todos modos, me esfumé para prepararle una bandeja a Mary, la quisiera o no, y guardé las sobras del desayuno en la nevera. Luego asomé la cabeza otra vez para ver si Annie y Oliver seguían con la conversación. Pero como no quería que pensaran que pretendía escucharlos a escondidas, me retiré enseguida a la cocina.

Rover seguía durmiendo satisfecho en su cesta, ajeno por completo a mi inquietud. Me habría gustado gruñirle, de haber podido, aunque el pobre no tenía ninguna culpa de que mi mañana estuviera siendo tan horrorosa.

En cuanto escuché el sonido de las sillas moviéndose, comprendí que la pareja había dado por terminada la charla y corrí literalmente al comedor para retirar las cosas de la mesa. Tenía ya el lavavajillas abierto, de modo que aclaré enseguida los platos y los coloqué dentro.

Trajinaba a toda velocidad en la cocina, cuando oí una voz a mis espaldas.

—Jo Marie, ¿ha pasado algo?

Me giré de golpe y vi a Mary en el umbral de la puerta observando mis movimientos erráticos de un lado a otro de la estancia. Supongo que el frenesí con el que me había puesto a trabajar no era sino una forma de intentar liberar mi cabeza para que pudiera obtener las respuestas que tanto necesitaba.

Al oír su voz me quedé paralizada.

—No, en absoluto —le aseguré, con toda la serenidad que me fue posible—. De verdad. —Ansiosa por cambiar de tema, le formulé también una pregunta—: ¿Está lista para desayunar?

—Solo tomaré un zumo.

—¿Solo zumo? —repetí. Con lo delgada que estaba, Mary tendría que esforzarse en comer un poco más.

—Ya le he comentado que últimamente no tengo mucho apetito.

Pensé en ofrecerle algún incentivo.

—A esta quiche no han cesado de lloverle elogios.

—Seguro que está deliciosa, pero esta tarde tengo que asistir a un gran acontecimiento y no quiero tener problemas de estómago.

No quise discutir su decisión. Agarré un vaso, lo llené de zumo de naranja y se lo serví.

Yo también tenía un gran acontecimiento por la tarde.

Capítulo 30

Annie tenía la maleta preparada y a punto para cargarla en el coche. La dejó en el pasillo junto con la funda que contenía su vestido de fiesta y regresó a la habitación una última vez para verificar que no se hubiera dejado nada. Sus abuelos se habían marchado hacía un momento.

La habitación estaba vacía. Cuando volvió a salir al pasillo, vio que tanto la maleta como la funda habían desaparecido. Le pareció extraño. No había oído a nadie. Bajó corriendo las escaleras y vio que sus cosas estaban en el vestíbulo, junto a la bolsa de fin de semana de Oliver. Debía de haber sido él quien las había bajado.

No sabía qué pensar sobre los sucesos de la noche anterior. Sus sentimientos hacia Oliver la habían dejado francamente desconcertada. Y lo que más le sorprendía era el asombroso y veloz vuelco que había dado su relación. Cuando Oliver había llegado el viernes, ella ni siquiera soportaba su presencia. Y ahora..., solo de pensar en él se le aceleraba el ritmo cardiaco a niveles alarmantes. Era el mismo Oliver que conocía de toda la vida, pero al mismo tiempo era una persona completamente distinta. Él no había cambiado, lo que había cambiado era la imagen que ella tenía de él. En un abrir y cerrar de ojos, Oliver había pasado de ser un fastidio a ser un príncipe azul. Asombroso, la verdad. Y también un poco abrumador.

Oliver salió de la cocina doblando un papel, seguramente la cuenta del hostal. Annie ya había pagado antes la suya.

—¿Lista? —preguntó Oliver.

Annie asintió. Por mucho que fingiera lo contrario, estaba encantada de poder disfrutar de su compañía un rato más. Su cerebro era un hervidero de preguntas. Aun sabiendo que él ya había puesto en marcha todos sus planes para el viaje al Pacífico Sur.

Un año podía ser mucho tiempo. Las circunstancias podían cambiar. Era lo que solía pasar. Sin ir más lejos, por Acción de Gracias ella se había comprometido con Lenny, y ahora... Por suerte había entrado en razón a tiempo. Su matrimonio con el atractivo vendedor de coches habría sido un desastre; por lo visto, todo el mundo lo sabía excepto ella.

—Te veo muy pensativa —dijo Oliver—. ¿Sigues todavía dándole vueltas a lo que te he sugerido esta mañana?

—No. Lo que he dicho, lo he dicho en serio. Me niego a impedirte hacer este viaje, Oliver. Es la aventura de tu vida.

Habían estado discutiendo sobre el proyecto después de desayunar. Él estaba dispuesto a anularlo todo, pero Annie se negaba a permitírselo.

—Pues entonces, ven conmigo.

—No puedo. —A Annie le encantaría, pero era imposible—. Tengo mis compromisos y mis responsabilidades. Tal vez podría sumarme de aquí a unos meses, pero no ahora. Además, creo que los dos necesitamos tiempo.

Él la contradijo poniendo los ojos casi en blanco, a lo que Annie correspondió con un cariñoso codazo en las costillas.

—De acuerdo, tal vez tú no necesites tiempo, pero yo sí. No sé si recuerdas que acabo de romper un compromiso.

Oliver adoptó una expresión más seria.

—¿Y te arrepientes de algo?

—No me arrepiento de nada con respecto a nosotros, pero creo que todavía no estoy preparada para comprometerme con otra relación.

Oliver frunció el entrecejo, como si lo que acababa de escuchar lo hubiera alarmado.

—No tienes que preocuparte. Entre tú y yo no cambiará nada.

—De acuerdo —dijo Oliver, aceptando sus palabras sin cuestionarlas ni un instante.

—Además, siempre podrías conocer a alguna chica en las islas y enamorarte locamente de ella.

—Sí, claro. ¿Crees que no lo he intentado ya, lo de enamorarme de otra? No funciona. Soy todo tuyo.

—¿De verdad? —replicó Annie, pensando que Oliver era capaz de decir las cosas más románticas del mundo.

Oliver rio, agarró las maletas para cargarlas hasta el coche y salieron juntos del hostal.

Annie se acercó a la puerta del conductor y pulsó el botón para abrir automáticamente el maletero. Dejó el bolso en el suelo y, justo en aquel momento, oyó el sonido del motor de un coche que llegaba a la zona de aparcamiento. Por lo visto, Jo Marie tenía otro huésped. Cuando se giró, vio que se trataba de un flamante deportivo rojo, el tipo de coche que le encantaría a Lenny.

Y entonces lo vio: Lenny estaba al volante.

Se quedó paralizada. De pronto, el oxígeno que contenían sus pulmones pareció volverse sólido y su boca se secó.

Oliver cerró el maletero, la miró y comprendió enseguida que algo iba mal.

—¿Annie?

Por mucho que lo intentara, era incapaz de hablar.

Lenny salió del coche y cerró la puerta con fuerza.

—Vaya, vaya, vaya, mira qué tenemos aquí. —Entornó los ojos y dirigió una mirada acusadora, primero hacia Annie y luego hacia Oliver—. Por lo visto, mi dulce e inocente prometida no es tan inocente como parecía. Así que te gusta actuar a escondidas, eh.

—Si eres quien creo que eres, tal vez sería mejor tratar esto de hombre a hombre —irrumpió Oliver, situándose al lado de Annie.

Annie consiguió recuperarse un poco.

—Ya no soy tu prometida —le recordó—. Y tú, Oliver, mantente al margen, por favor.

Lenny ignoró por completo a Oliver y se dirigió exclusivamente a Annie.

—Tengo un par de pequeños deslices y tú te pones hecha una fiera. Te espantas tanto que hasta llegas a romper nuestro compromiso. Me partes el corazón y le partes también el corazón a mi madre. Y mientras, resulta que estás acostándote con un... con un don nadie.

Oliver soltó una carcajada.

—¿Un don nadie?

—Sí. Con un pringado.

—Annie, permíteme poner a este imbécil en el lugar que le corresponde —suplicó Oliver, cerrando las manos con fuerza.

—¡No! —gritó Annie.

Lo último que necesitaba era que aquellos dos resolvieran el tema a puñetazo limpio. Sería ridículo. No había ninguna necesidad de que Oliver defendiera su honor.

—Me gustaría ver cómo intentas ponerme en mi lugar —dijo Lenny en tono desafiante.

—¡Parad ya los dos de una vez! —chilló Annie—. Esto es ridículo. Lenny, te presento a Oliver. Oliver, este es Lenny, mi antiguo prometido. Soy consciente de que la situación puede parecer sospechosa, pero te aseguro, Lenny, que Oliver no es mi amante.

—Al menos, todavía no —añadió Oliver.

Annie lo miró, furiosa, y siguió hablando.

—Oliver ha estado ayudándome con lo de la fiesta de mis abuelos. Se ha alojado en el hostal después de haber traído a mis abuelos en coche desde Portland.

Con una sola mirada, Annie comprendió que no había conseguido convencer a Lenny, que hizo caso omiso y miró amenazante a Oliver.

—Si quieres pelea, la tendremos. Pero antes, estoy obligado por ley a comunicarte que he asistido a clases de judo.

—¿De verdad? —Annie no lo sabía—. Te lo estás inventando, ¿no? ¡No es más que otra de tus mentiras! —exclamó, y pensó en lo extraño que le resultaba ahora que aquel hombre que tenía delante hubiera sido su prometido. Un hombre del que a cada momento que pasaba descubría una cosa nueva que no sabía de él.

—¿Que estás obligado por ley? —repitió Oliver con desdén, meneando la cabeza—. ¡Esto es nuevo!

—¿Cómo me has localizado? —preguntó Annie, ansiosa por distraer a Lenny.

—¿Cómo quieres que lo haya hecho? Pues llamando a tu jefe.

Annie refunfuñó. La situación empeoraba a cada segundo que pasaba.

—¿Qué esperabas que hiciese? No respondes a mis llamadas. Ignoras mis mensajes de texto y luego bloqueas mi número. Tenía algo muy importante que decirte.

Conociendo a Lenny, seguramente sería otra súplica, otra disculpa sin pies ni cabeza.

—¿Qué puede ser tan importante para que incluso te hayas tomado la molestia de llamar a mi jefe? —preguntó Annie, horrorizada solo de pensar que el lunes por la mañana, al llegar al trabajo, se veía obligada a explicar una situación tan incómoda como aquella.

—Pues que mi madre quiere hablar contigo.

—¿Y este es tu mensaje tan importante? —cuestionó Annie. Con esa excusa había dado en el clavo—. Supongo que le has contado a tu madre el pequeño desliz que tuviste con esa chica, ¿no?

Lenny parpadeó, y a Annie ese gesto ya le sirvió de respuesta.

—No lo has hecho. —Fue una afirmación más que una pregunta—. Me has cargado a mí con la culpa de la ruptura de nuestro compromiso, ¿verdad?

—¿Y qué esperabas? Sea por la causa que sea, la cuestión es que quien ha roto el compromiso has sido tú.

—En ese caso, no hay ningún problema —replicó Annie, contenta de ponerse al fin de acuerdo en aquel punto.

—No me dejas otra elección, sobre todo después de lo que acabo de presenciar entre tú y ese como se llame.

—Oliver —dijo Oliver, respondiendo por ella.

Annie dio un paso al frente.

—Ya te he explicado quién es Oliver.

—Annie... —intervino Oliver, poniéndole una mano en el hombro para hacerla callar.

—Deja que hable con él —le pidió ella, deseosa de que la ruptura con Lenny fuera de una vez por todas clara y definitiva.

Oliver se resistía a quedarse al margen y dejar que fuera ella sola quien se enfrentara a su antiguo prometido. Pero Annie lo sujetó por el antebrazo para asegurarse de que no hacía nada.

—Llevo todo el fin de semana muerto de preocupación por no haber podido ponerme en contacto contigo —prosiguió Lenny, ahora con voz triste y desesperada—. Estaba frenético. No he conseguido vender ni un solo coche, y ya sabes lo que esto supone para mi media mensual. Este mes podría perder mi puesto como mejor vendedor, y sería solo por tu culpa.

—¿De verdad? —preguntó ella, con sarcasmo—. ¿Y no tenías ni idea de dónde podía estar yo?

—No. Y no es que no haya hecho esfuerzos para localizarte —argumentó—. He llamado a todas tus amistades.

—¿A quién? —preguntó ella, sabiendo que todas sus amistades estaban al corriente de que aquel fin de semana lo dedicaría por completo a la fiesta de sus abuelos.

—A Elle, por ejemplo.

Elle, la que en su día fuera amiga de Annie, y con la que Lenny había flirteado sin cesar. Ahora que caía en la cuenta, llevaba semanas sin hablar con ella, incluso meses.

—¿A alguien más?

Lenny frunció el ceño y bajó la vista.

—Sí, a más gente.

—¿A quién?

—¿Y eso qué importa? El tema es que estaba desquiciado, muerto de preocupación.

Annie no se creyó nada de nada.

—Tendrías que haberlo averiguado tú solito, Lenny —dijo, sin ganas de seguir escuchando excusas.

—¿Cómo pretendes que adivinara que este fin de semana era el guateque de tus padres?

—De mis abuelos.

—De quien sea, da igual —murmuró Lenny.

—Tendrías que haberlo sabido, porque era importante para mí.

—Vale, ahora lo capto. Estás cabreada porque hace no sé cuántos meses te dije que no podría venir. Eso es lo que pasa. Pero como te dije ya entonces, es precisamente los fines de semana cuando cierro las ventas. No puedo tomarme un sábado libre porque un par de viejos celebren que han conseguido permanecer casados.

—Lenny, oh, Lenny, ¡qué error más grande cometí en su día!

Lenny levantó la vista y su mirada se iluminó.

—Lo sé, pero estoy dispuesto a olvidarlo todo. Has sido la primera chica del agrado de mi madre, y se enfadó mucho cuando le conté que lo de la boda estaba cancelado.

—¿Annie? —dijo en voz baja Oliver.

—Tranquilo, no pasa nada —musitó ella. Volcó de nuevo la atención en Lenny y se cuadró de hombros—. Eres un hombre guapo y carismático, con un potencial enorme.

Aquellas palabras parecieron gustar a Lenny, que sonrió y se encogió de hombros, mientras su mirada se dulcificaba.

—El tema es que me enamoré del amor. Sentía la necesidad de tener a alguien especial en mi vida, y allí estabas tú: guapo, divertido, con éxito.

Lenny se encogió de nuevo de hombros, como restándole importancia.

—Hay quien dice que soy el alma de la fiesta.

—Y lo eres —reconoció Annie—. Pero desconoces por completo lo que significa ser fiel y tener honor...

—Oh, venga, Annie, no empieces otra vez con eso, ¿vale? De acuerdo, tienes razón, la fastidié una segunda vez, pero acabé vendiéndole un coche.

—La fidelidad es importante —insistió ella.

Lenny lanzó una mirada furibunda a Oliver.

—¡Mira quién habla! Por lo que se ve, has disfrutado de un fin de semana muy confortable en compañía de este viejo amigo de la familia.

Oliver dio un paso al frente enseguida y se plantó a escasos centímetros de Lenny. Estaban tan cerca el uno del otro que sus narices casi se rozaban.

—Tienes una cara agraciada, ya te lo ha dicho Annie —dijo Oliver entre dientes—. No me gustaría nada tener que partírtela, pero me lo estás poniendo muy difícil.

—¡Parad ya de una vez los dos! —insistió Annie.

Le hicieron caso omiso y siguieron mirándose fijamente.

—Una nariz rota sería tu ruina —murmuró Oliver.

—¿De verdad piensas que podrías conmigo? —replicó Lenny en tono desafiante—. Recuerda que he acudido a clases de judo.

—Oh, sí, lo había olvidado. Pues sabes una cosa, pequeño, yo también sé practicar el judo.

Lenny parpadeó.

Annie no estaba dispuesta a quedarse de brazos cruzados y dejar que aquel par de hombres con exceso de testosterona acabaran poniéndose en ridículo. De modo que los cogió a los dos por los hombros e intentó separarlos.

—¡Esto es una locura! —gritó—. Ya te dije, Lenny, que lo nuestro se había acabado. No hay vuelta atrás, así que te ruego encarecidamente que te marches. Mientras sigues aquí, estás perdiendo ventas.

Lenny dejó caer los brazos y retrocedió.

—Mi madre...

—Antes de que te des cuenta habrás encontrado a otra que merezca su aprobación.

Lenny suspiró y, con cara de pena, afirmó:

—No será tan sencillo.

—Adiós, Lenny.

Lenny asintió y reconoció por fin que la suya era una causa perdida. Cabizbajo y con los hombros caídos, subió de nuevo al deportivo rojo y puso en marcha el motor.

Annie miró a Oliver.

—¿Es verdad eso de que has ido a clases de judo?

—Sí. ¿Crees sinceramente que mentiría ante un peligro así?

Annie no sabía si fiarse de él.

—Tenía ocho años —añadió Oliver.

—¿Ocho?

—Lenny también iba de farol. Ambos sabemos que sería incapaz de hacer cualquier cosa que pudiera poner en riesgo su cara bonita.

Seguramente tenía razón. Si de verdad Lenny hubiese asistido a clases de judo, se habría jactado de ello mucho tiempo atrás.

—Y hay algo más.

—Oh, ¿qué más?

—Que a mi madre también le gustas. Lleva años diciéndome que tendría que encontrar una chica tan agradable como la nieta mayor de los Shivers.

—Eso te lo has inventado.

—En absoluto.

Riendo, Annie abrió la puerta del coche y se sentó al volante. Oliver tomó asiento a su lado.

—No sé si recuerdas que antes de ser tan groseramente interrumpidos estábamos en medio de una discusión muy importante —dijo Annie—. Quiero que te vayas de viaje.

—Y darte con ello el tiempo que necesitas.

—Eso es.

Oliver no se sentía feliz, pero no podía hacer nada para hacerle cambiar de opinión.

—¿Te sumarás a mi aventura en unos meses, cuando puedas arreglarlo todo?

Annie lo miró, sonrió y dijo:

—Veremos, pero por ahora diría que existe una clara posibilidad.

Capítulo 31

Cuando detuvieron el coche en el aparcamiento del estadio de Bremerton, donde estaba teniendo lugar la ceremonia de graduación, el corazón de Mary se aceleró. George había dado varias vueltas antes de encontrar una plaza cerca de la entrada para que ella no tuviera que caminar mucho. Apagó el motor, y cuando iba a abrir la puerta, Mary se lo impidió.

Se volvió hacia ella, expectante.

—George, ¿estamos haciendo lo correcto? —preguntó, tomándolo del brazo.

Tenía la sensación de que el corazón acabaría saltándole desbocado del pecho. Jamás en su vida se había sentido tan nerviosa o ansiosa como en aquel momento. Mary se había enfrentado a muchos retos a lo largo de sus años de carrera profesional, pero nada, ni siquiera las reuniones con altos funcionarios del gobierno o con malhumorados gestores de fondos de inversión, le había provocado aquella inquietud. Se había sentado en reuniones de accionistas y había tenido que plantar cara a juntas directivas, pero nada, absolutamente nada le había aterrorizado tanto como saber que estaba a punto de ver a la niña que había dado en adopción. A la hija que tanto amaba.

—¿A qué te refieres? —preguntó George—. Creía que era lo que querías.

—Y lo es.

—No me digas que ahora vas a echarte atrás.

Mary no sabía qué decirle.

—Apenas empezaba a sentirme cómoda con la idea de saber que estaba en la misma ciudad que Amanda —musitó.

—¿Tienes... —dudó, como si lo considerase imposible— miedo?

Mary estuvo a punto de negarlo, por puro instinto, pero la negación no salió finalmente de entre sus labios. A George no podía engañarlo. En un instante se daría cuenta de que su aparente valentía era falsa.

—Me muero de miedo —susurró, incapaz de alzar la voz—. El corazón me va a mil... Y mírame.

Extendió las manos para que viese cómo le temblaban.

—Amor mío —dijo George, sonriéndole con serena confianza—. Ella no sabrá nunca que sus padres biológicos están entre el público.

—Pero yo sabré que está allí —dijo Mary.

—¿Crees que existe alguna probabilidad, por mínima que sea, de que nos reconozca?

—No...

Expresar en qué consistía su miedo era casi tan difícil como reconocerlo.

—Entonces, ¿qué pasa?

Mary dejó caer la cabeza y movió las manos con nerviosismo, abriendo y cerrando el bolso.

—Mi mayor temor no es que ella me reconozca, sino ser incapaz de contenerme y decirle lo orgullosa que me siento de que sea mi hija.

—Te aseguro que con seiscientos graduados que habrá ahí dentro será prácticamente imposible que puedas acercarte a Amanda.

A pesar de que lo que acababa de decir George tenía todo el sentido del mundo, sus palabras de consuelo no sirvieron de nada.

—Nuestra sangre corre por sus venas. —Se atragantó y se mordió el labio—. Es nuestra hija.

—No permitiré que nada te perturbe —le garantizó George con amabilidad, como si la comprendiera mucho mejor de lo que ella se imaginaba—. Amanda forma parte de nosotros, pero pertenece a otra familia que la quiere.

Mary aceptó que no tenía ningún derecho sobre Amanda Palmer, pero, aun así, las dudas eran tan intensas que permaneció paralizada en el interior del coche.

—Vamos, ya es la hora.

—No creo que pueda.

—Puedes, y lo harás —insistió George.

Sin esperarla, salió del coche, rodeó el vehículo y abrió la puerta del lado del acompañante.

Mary se quedó mirándolo, completamente rígida por culpa de la indecisión.

—No has llegado hasta tan lejos para echarte atrás ahora.

George tenía razón, y Mary en el fondo lo sabía. Inspiró hondo y salió del coche. Notó enseguida la mano de George asiéndola por el codo para ayudarla. Cruzaron el aparcamiento en silencio y se sumaron a la multitud de familiares y amigos que estaba accediendo al edificio. Cuando entraron en el auditorio, George entregó los dos pases a un empleado que acto seguido los acompañó hasta los asientos que tenían asignados.

En el instante en que entró en el auditorio, Mary captó el nivel de excitación que había en el ambiente. Percibió la sensación de anticipación de los demás asistentes, combinada con la alegría y la felicidad. Había mucho ruido, lo que hacía prácticamente imposible hacerse oír. Conmocionada, no se separó de George ni un solo momento.

Mary no tenía ni idea de cómo se lo había montado George para conseguir las invitaciones. Sus asientos estaban en la zona intermedia del auditorio y podían ver bien el escenario. En cuanto se sentaron, él le agarró la mano, y ella, agradecida de que estuviese a su lado, apretó la de él. Al cabo de un rato, lo enlazó por el brazo y, necesitada de su fuerza y consuelo, se recostó en su hombro. Era una conducta tan impropia de ella que no podía ni imaginarse qué estaría pensando George. Lo único que sabía era que no habría sido capaz de superar aquel acto sin él.

La música empezó a sonar y los estudiantes hicieron su entrada en el auditorio en solemne procesión. Mary examinó las caras de los adolescentes que iban accediendo al salón, buscando aquellos con la insignia que los identificara como miembros de la National Honor Society. Amanda sería una de ellas. No la localizó de inmediato, pero cuando lo hizo, su mano apretó la de George con una fuerza excepcional.

Él lo entendió de inmediato.

—¿La ves?

Mary movió la cabeza en un gesto afirmativo.

—Se está colocando en la primera fila. La tercera por la derecha.

Los estudiantes de la segunda fila empezaban a ocupar su lugar, así que lo único que pudo ver George de Amanda en aquel momento fue su nuca.

Mary no había asistido a otras ceremonias de graduación que no fueran las suyas, y de eso hacía ya muchísimos años. Demasiados. El ambiente era claramente distinto. Sus ceremonias de graduación, tanto del instituto como de la universidad, habían sido actos solemnes. Pero aquí la atmósfera era diferente, era festiva y jovial, y el público silbaba y aplaudía constantemente. En tiempos de Mary, esa falta de respeto no se habría tolerado.

Empezó la ceremonia y el director de la institución, el señor LaCombe, pronunció un breve discurso y presentó al delegado de la clase, que dijo también unas palabras. Mary apenas podía escuchar lo que decía el orador, un chico que saludó a los familiares y amigos que se habían congregado allí para asistir a aquel feliz acto. Cuando llegó el momento de que la primera de la clase pronunciase su discurso, George tomó la mano de Mary y la posó en su antebrazo. Cuando Amanda cruzó el escenario, los dos contuvieron la respiración.

Amanda se acercó al atril y Mary intuyó su nerviosismo. La chica desplegó el papel donde llevaba las notas de su discurso, lo colocó sobre el atril y se sujetó con ambas manos al mismo antes de observar al público en busca de alguna cara familiar.

Al cabo de unos instantes esbozó una sonrisa, y Mary comprendió que había localizado a alguien que le transmitía confianza. Siguió con la mirada la dirección de los ojos de Amanda y vio a una mujer que levantaba el pulgar. Su madre.

Amanda inició el discurso dando las gracias al director de la escuela y a sus compañeros de graduación.

Mary se inclinó hacia delante para escucharla con atención.

La adolescente habló a continuación sobre sus experiencias como estudiante y sobre los compañeros con quienes había compartido los dieciocho años de su vida.

Al escuchar esto, Mary comprendió que Amanda llevaba prácticamente toda la vida en Cedar Cove. Se preguntó cuándo y cómo la familia se habría trasladado a aquella zona, y llegó a la conclusión de que seguramente nunca llegaría a conocer la respuesta.

—Y ahora estamos todos a punto de iniciar una nueva etapa —prosiguió Amanda—. Para algunos de nosotros, significará asistir a la universidad o a la escuela de comercio. Para otros, supondrá incorporarse a las fuerzas armadas. Seguramente, esta va a ser la última vez que estemos todos juntos.

Por su propia experiencia, Mary sabía que eso era cierto. Ella nunca regresó a su ciudad natal para asistir a reuniones de exalumnos del instituto ni tampoco asistió jamás a las reuniones de antiguos alumnos de la universidad. Los encuentros siempre habían coincidido con momentos en los que estaba muy ocupada y le había sido imposible asistir a ellos. En algunas ocasiones, había añorado tanto tener un hogar que le habría gustado poderse reencontrar con sus antiguas amistades, que por otra parte se contaban con los dedos de una mano. Podría haberlas localizado, pero al final nunca lo había hecho. Y ahora ya era demasiado tarde.

Cuando Amanda se dirigió a sus padres para darles las gracias por su amor y su apoyo, Mary miró a George y se relajó lo suficiente como para lograr esbozar una sonrisa.

—Lo que la mayoría de los aquí presentes no sabrá —continuó Amanda— es que tengo unos segundos padres. Mis padres biológicos.

Mary tomó aire y lo contuvo en los pulmones. La mano de George la presionó con tanta fuerza que incluso le causó dolor.

—Ellos fueron los responsables de darme la vida —prosiguió—. Por razones que desconozco, decidieron darme en adopción. Fui a parar a un hogar lleno de amor, a una familia que me ha querido y que me ha criado. A pesar de que no conozco a mis padres biológicos ni el motivo por el cual no quisieron criarme, siempre les estaré agradecida por haberme dado en adopción a los Palmer.

El discurso terminó con una estruendosa ovación. Mary se secó las lágrimas que le asomaban a los ojos y confió en que no fueran muy evidentes. Cuando se atrevió a mirar de reojo a George, vio que también él tenía los ojos llenos de lágrimas.

Empezaron entonces a llamar uno por uno a todos los estudiantes, y aunque se solicitó al público que no aplaudiera hasta que se hubiesen leído todos los nombres y entregado todos los certificados, pocos acataron la petición. Padres y amigos silbaron o aclamaron los nombres de sus seres queridos casi indefectiblemente.

Pero el desfile de los seiscientos graduados no se hizo pesado. La cola avanzó con orden y eficiencia. Y cuando la ceremonia de entrega terminó, los estudiantes siguieron la tradición y lanzaron al aire sus birretes. Sonó entonces la música que anunciaba la clausura de la ceremonia y los estudiantes rompieron filas.

Cuando el último graduado hubo abandonado el auditorio, familiares y amigos se levantaron para marcharse. La multitud avanzó hacia las salidas y, una vez fuera, se sumó a los estudiantes que esperaban en el exterior para reunirse con sus seres queridos.

Mary y George avanzaron a paso de tortuga hacia la salida. Durante todo el rato, George rodeó a Mary con un brazo protector. En cuanto salieron del edificio, todo el mundo se dispersó: los padres en busca de sus hijos graduados y los recién graduados en busca de sus padres.

—¡Beth! —gritó alguien al lado de Mary, dejándola casi sorda—. ¡Espera!

—¡La fiesta de los graduados empieza a las siete! —gritó un adulto, recordándole la hora a alguien

—Perdón, perdón —dijo una estudiante, intentando sortear a George.

Con las prisas, la chica estuvo a punto de tropezar y él la sujetó por el brazo para evitarle la caída.

Era Amanda.

—Oh, lo siento, ¿le he pisado el pie? —le preguntó a George, disculpándose.

Durante un momento terrible, Mary pensó que rompería a llorar.

Y por unos instantes permanecieron los tres mirándose, como rocas en medio de un río, rodeados por una corriente de gente que fluía a su alrededor.

Mary tenía la lengua pegada al paladar. Aunque su futuro hubiera dependido de ello, no habría conseguido pronunciar ni una sola sílaba.

—No —respondió George, y añadió rápidamente—: Ha sido un discurso maravilloso. —Miró a Mary—. ¿Verdad?

Mary estaba tan conmocionada que no pudo replicar.

—Gracias. —Amanda estaba radiante y les sonrió a los dos—. Lo reescribí varias veces y hasta el último momento no he decidido qué versión utilizar. Ni siquiera mi madre sabía cuál elegiría.

Fue como si el maleficio se rompiera, pues Mary logró esbozar una sonrisa.

—Ha sido perfecto, una muy buena reflexión. Has dicho lo que tanto tu familia como tus amigos necesitaban oír.

—Oh, gracias. —Dejó de mirar a Mary para observar a la multitud—. Discúlpenme. Creo que ya he visto a mis padres.

—Por supuesto.

Mary se hizo a un lado y vio que los Palmer se acercaban para encontrarse con Amanda. Debido a los empujones de la gente, Mary y George estuvieron a punto de chocar con ellos.

—Hola —dijo la madre de Amanda—. Siento mucho robársela, pero nos espera una fiesta familiar.

—Oh, no pasa nada, solo queríamos decirle que su discurso ha sido magnífico.

—Amanda se ha pasado con los elogios hacia nosotros —dijo la señora Palmer—. Es ella la que ha trabajado muy duro para obtener buenas notas. Y nos sentimos muy orgullosos.

—No es para menos —apuntó George.

—¿Tienen algún hijo en la graduación? —preguntó la señora Palmer.

Mary y George se miraron.

—Sí, una hija —dijo finalmente George, con una sonrisa—, y también nos sentimos muy orgullosos de ella.

—¿Quién es? —preguntó Amanda.

—Cariño, tenemos que irnos —apremió el señor Palmer antes de que a George le diera tiempo a responder.

Los Palmer se marcharon enseguida, y George siguió guiando a Mary entre la muchedumbre hasta llegar al aparcamiento. Entraron en el coche y tuvieron que esperar casi cuarenta minutos antes de poder salir de allí.

Permanecieron en silencio todo el rato. Mary, por su parte, necesitaba tiempo para asimilar todo lo sucedido.

Había hablado con su hija. Cara a cara.

Sin ser consciente de ello, Amanda había conocido a sus padres biológicos.

Cuando por fin George enfiló el desvío que los llevaría hasta el hostal Roser Harbor, dijo:

—Es menuda, como mi madre.

—Y como la mía.

—Y preciosa, tan preciosa como su madre.

Aparcó en el estacionamiento del hostal y apagó el motor. Ninguno de los dos hizo ademán de moverse.

—Gracias —murmuró Mary.

George le tomó la mano.

—Conseguir las invitaciones no me costó nada. Lo único que hice fue...

—No te doy las gracias por eso. Te doy las gracias por quererme, por ser parte de mi vida, por estar a mi lado estos días.

Guardaré como un tesoro todos los minutos que hemos pasado juntos.

—No tiene por qué terminar...

—Tiene que terminar.

—Quiero que te quedes en Seattle. Que te vengas a vivir conmigo; procuraré que tengas los mejores médicos y...

—No —dijo ella con brusquedad, interrumpiéndolo—. No puedo, George. Mi hogar está en Nueva York.

Mary se negaba a que George tuviera que cargar con lo que pudiera sucederle en el futuro. Quizá, si tenía la suerte de que el cáncer remitiera, regresara para verlo. Pero en ese momento, sin saber todavía si el tratamiento sería o no un éxito, se negaba tajantemente a imponerle a George la condena de tener que soportar lo que pudiera pasarle.

—De modo que vuelves a expulsarme de tu vida. ¿Es eso lo que quieres, Mary? Después de todo lo que hemos compartido, ¿es eso sinceramente lo que quieres?

Mary dudó unos instantes y asintió.

—Lo siento, pero sí.

—¿De modo que esto es un adiós? ¿Así, sin más?

—Sí —musitó ella, con la voz rota—. Esto es un adiós.

—No lo creo.

—George, por favor...

—¿Me quieres? —preguntó él, mirándola fijamente.

Mary apartó la vista.

—Sabes que sí.

—Entonces dime por qué no puedes ponerme a mí por delante de todo lo demás por una vez y darme lo que siempre he deseado: a ti.

—George, por favor. —Era espantoso que se lo estuviera poniendo tan difícil—. Es muy posible que me esté muriendo.

—Me da igual. Si estuvieras en fase terminal, ¿pretendes decirme que preferirías morir sola que a mi lado?

Mary no le respondió, porque no podía. Tenía cáncer y, por mucho que lo amara y deseara estar con él, se negaba a hacerlo pasar por aquel sufrimiento.

Discutieron un poco más y ella hizo una pequeña concesión. Le dejaría que la acompañase al aeropuerto.

George la ayudó a salir del coche, pero Mary no le agarró la mano. Salió haciendo acopio de todas sus fuerzas, recogió el chal y el bolso y, con la cabeza bien alta y el corazón hecho pedazos, echó a andar sin volver la vista atrás.

Capítulo 32

La mañana había sido una locura. La había pasado cambiando sábanas y limpiando las habitaciones para luego dedicar todos mis esfuerzos a los preparativos de la jornada de puertas abiertas. Con la cabeza proyectada en tantas direcciones distintas, fue asombroso que consiguiera hacerlo todo, y en un tiempo récord. Cualquier otro domingo, Hailey habría estado allí para ayudarme, pero su ceremonia de graduación estaba programada para la tarde y sabía que estaba muy ocupada con los familiares que acudirían a acompañarla. No consideraba correcto pedirle ayuda en un día tan especial como aquel.

Había colocado las galletas que había ido preparando a lo largo de la semana en platos de cerámica de vivos colores y los había dispuesto alrededor de un jarrón blanco con rosas rojas en la mesa del comedor. En el aparador había dejado jarras con té helado y termos con café y té junto con tazas, platillos y demás utensilios. Retrocedí un poco para visualizar el conjunto y me sentí satisfecha. La mesa tenía el aspecto esperado: sencillo y elegante.

Ojalá vestirme hubiera sido tan fácil como la decoración. Los trajes de chaqueta que solía utilizar cuando trabajaba en el banco eran demasiado serios para la propietaria de un hostal. Pero los pantalones vaqueros y el delantal que solía llevar a diario eran excesivamente informales. Tenía que ofrecer un aspecto profesional que a la vez transmitiera una personalidad acogedora. Después de dos o tres intentos, me decidí por una

309

falda blanca y una chaqueta de punto a conjunto. Debajo, una blusa rosa con botones de perlitas. *Rover* me miró con perplejidad cuando le pedí su opinión. Francamente, no fue de gran ayuda.

Cuando *Rover* se instaló en el lavadero para dormitar un rato, yo tenía ya la comida preparada y la bebida lista para ser servida. Solo me quedaba esperar a que empezaran a llegar los invitados. Nerviosa, deambulé de una habitación a otra para mirar y comprobar por enésima vez que todo estuviera en orden. Y una vez más, pensé que tendría que haber organizado el evento en un momento más avanzado del año, en verano o incluso en otoño. Peggy Beldon, de The Thyme and Tide, me había animado a no posponerlo. Me había dicho que si lo iba retrasando hasta estar completamente satisfecha con todo, nunca lo celebraría. Y por instinto sabía que tenía razón.

Desde que compré el hostal a los Frelinger, los antiguos propietarios, había realizado algunos cambios. Mark había hecho un trabajo maravilloso con la repisa de roble de la chimenea. También había cambiado la barandilla de la escalera del porche y un par de apliques de la luz. Mark tenía nociones básicas de electricidad y fontanería y podía llevar a cabo sin problemas las reparaciones más básicas, razón por la cual había aprovechado sus servicios en más de una ocasión.

Me gustaba Cedar Cove. A pesar de que llevaba escasos meses en la ciudad, me sentía como en casa. Había hecho amistades y disfrutaba formando parte de la comunidad empresarial del lugar. Y adoraba mi hostal. En él había encontrado la paz.

La llegada de un coche interrumpió mis pensamientos: mis primeros invitados. Enseguida reconocí a Olivia Griffin, acompañada por su madre, Charlotte Jefferson Rhodes. No pude evitar esbozar una sonrisa. Había coincidido dos veces con Charlotte y siempre llevaba la calceta consigo. Vi que esta tercera vez llevaba también la bolsa.

Charlotte y su marido, Ben, habían pasado por el hostal para presentarse poco después de que me instalara. Habíamos tomado té y había probado esos panecillos tan especiales que ella preparaba. Mientras charlábamos, Charlotte había sacado su calceta y, sin apenas bajar la vista hacia la labor, se había puesto a trabajar con la lana. Si no recuerdo mal, estaba tejiendo unos calcetines para su hijo, Will.

Abrí la puerta para recibir a mis amigas.

—¿Somos las primeras? —preguntó Olivia.

Olivia era una juez elegante y distinguida. No la conocía tan bien como a su amiga Grace, pero confiaba en que el tiempo me diera oportunidad de conseguirlo. Olivia tenía la gracia y el estilo de Jacqueline Kennedy o Audrey Hepburn, e imaginaba que su presencia en los tribunales debía de ser impresionante.

—Me alegro mucho de que hayáis venido —dije, invitándolas a pasar.

Por suerte, el cielo encapotado de la mañana se había despejado y el día, a pesar de ser frío, era claro y soleado. Habíamos tenido varios días seguidos de sol, lo cual no era la norma, y agradecía mi suerte.

—Mamá y yo tenemos muchas ganas de ver cómo te ha quedado el hostal. Hemos salido temprano de la iglesia y hemos disfrutado de un *brunch* en el restaurante de Justine. Me parecía una tontería dejar en casa a mi madre para volver a recogerla poco después.

—No te preocupes, por favor. Llegas en el momento perfecto.

—He venido a ver las innovaciones —dijo Charlotte, mirando a su alrededor con un gesto de aprobación—. Me gusta el cartel y el nombre que has escogido: Hostal Rose Harbor. Muy inteligente, teniendo en cuenta que te apellidas Rose. Y me han dicho que el cartel te lo hizo Mark Taylor.

—Así es. Me ha hecho bastantes trabajos.

Charlotte miró la mesa y acarició el mantel de ganchillo que había puesto.

—Un buen hombre, Mark. También ha trabajado a veces para Ben y para mí, y siempre a muy buen precio.

Hablar sobre Mark me provocó una punzada de culpa. Tenía intención de ir a ver qué tal seguía por la mañana, pero el tiempo había pasado volando y me había olvidado por completo.

—Veo que has cambiado los cojines del salón —comentó Olivia, observando su entorno.

—Y también he hecho cambios en algunas de las habitaciones.

Mark me había ayudado a mover muebles de un lado a otro. Pensándolo bien, había jugado un papel importante en mi vida y en la del hostal.

—Me muero de ganas de ver las habitaciones —dijo Charlotte.

Olivia giró la cabeza hacia la escalera.

—Mamá, no hay ascensor. Y a tu edad no puedes subir escaleras.

—Tonterías. Claro que puedo.

—Mamá.

Charlotte levantó la mano en un gesto de protesta.

—Subiré de una en una e iré despacio. No he venido para inspeccionar la cocina, sino a ver lo que Jo Marie ha hecho en la parte de arriba.

Viendo que su madre se ponía terca, Olivia capituló. La tomó del brazo y la acompañó hacia la escalera.

Los siguientes en llegar fueron el sheriff Troy Davis y su esposa, Faith. El sheriff Davis y yo habíamos asistido a una subasta benéfica y habíamos pujado por hacernos con un jarrón azul que me había parecido perfecto para decorar una de las habitaciones. Él había acabado ganando la puja y luego me había dado las gracias por haberme retirado. El jarrón era un regalo para Faith. No la conocía todavía, de modo que dediqué unos momentos a charlar con ella y a intercambiar unos comentarios amables.

Jack Griffin, el marido de la juez, llegó a continuación a bordo de un magullado Ford que debía de tener más de cincuenta años. Subió las escaleras del porche de dos en dos, como si tuviera prisa. Iba vestido con una gabardina larga que le proporcionaba el típico aspecto de editor de periódico local, la

312

profesión que desempeñaba. Para completar la imagen, solo le faltaba un sombrero de fieltro, un bloc de notas y un bolígrafo, herramientas de trabajo que sin duda debía de guardar en alguno de sus bolsillos.

—¿Está Olivia por aquí? —me preguntó, antes de que me diera tiempo a saludarlo.

—Está arriba con su madre.

—Gracias. —Se disponía a subir las escaleras cuando se detuvo y se giró—. Por cierto, has hecho un trabajo magnífico con el hostal —comentó, y su mirada se vio atraída hacia la mesa y las galletas.

—Estas galletas tienen una pinta estupenda —dijo, como si fuese un hombre perdido en un desierto que acababa de vislumbrar un oasis.

—Sírvete tú mismo.

A pesar de que la tentación era evidente, negó con la cabeza.

—Si me salto la dieta, Olivia me despelleja. Ahora le ha dado por comer sano. —Se acercó a la mesa para observarla mejor—. La mantequilla de cacahuete es sana, ¿verdad?

—Claro que sí.

—Y, según Olivia, la avena tiene un alto contenido en fibra —añadió.

—También.

Jack rio entre dientes, agarró una galleta de cada y las puso en un platito.

—Imposible comer cosas más sanas.

—Imposible —dije, conforme con su razonamiento.

Pero justo cuando iba a llevarse a la boca la primera de las galletas, Olivia apareció en la escalera.

—Jack Griffin, ¿qué estás haciendo? —preguntó.

La expresión de culpabilidad de Jack era cómica.

—Esta es de mantequilla de cacahuete y la otra de avena. —Dudó y bajó la vista con deseo hacia el plato con las dos galletas—. Eso es rico en fibra, ¿no?

—Adelante —dijo Olivia, meneando la cabeza con falso enfado—. No soy tu niñera. La decisión es solo tuya.

Jack suspiró y al final dejó sin tocar el plato con las dos galletas.

—Lo que se llega a hacer por amor a una mujer —me dijo.

Sonreí, y justo entonces vi que se detenía un taxi delante del hostal. ¿Un taxi? Ay, Dios mío, a ver si resultaba que me había despistado por completo y tenía alguna reserva justo para el domingo. No había aceptado reservas para esta fecha, pero cabía la posibilidad de que alguna me hubiera pasado por alto.

Se abrió la puerta del taxi y de entrada no reconocí al pasajero. Pero cuando lo hice, tuve que mirar dos veces para asegurarme de que no me confundía.

Mark Taylor.

Jamás lo había visto vestido con otra cosa que no fueran vaqueros o ropa de trabajo. Pero para aquella tarde se había puesto pantalón de vestir y camisa blanca, y se había peinado con raya y gomina. Para colmo, me pareció que también se había afeitado.

¿Era de verdad Mark? Me quedé mirándolo, sin saber qué pensar.

Le costó un poco sacar las muletas del taxi. Pero en cuanto lo consiguió, se apuntaló sobre ellas y se encaminó hacia el porche. Contuve la respiración cuando vi que empezaba a subir los peldaños.

—¡Mark! —grité, abriendo rápidamente la puerta para salir a ayudarlo—. ¿Qué haces aquí? —dije, pensando al instante que tal vez no era la mejor pregunta que formular en aquel momento.

—Creí que estaba invitado. Me dejaste una invitación.

—Por supuesto que estás invitado, pero la verdad es que no esperaba que vinieses —le confesé, pues recordaba que la primera vez que le mencioné el proyecto de la jornada de puertas abiertas, Mark había hecho un comentario bastante desabrido al respecto—. Deja que te ayude.

Lo agarré por el brazo, ya que con las muletas temía que perdiese el equilibrio en la escalera. No había tenido aún mucho tiempo para acostumbrarse a ellas.

—No necesito ayuda.

—Por supuesto que no, solo me pongo a tu lado por si acaso.

Me sorprendió su agilidad. En un abrir y cerrar de ojos había subido todos los peldaños y ya estaba en el porche. Le abrí la puerta. La verdad es que no sabía qué decir. Me había quedado tan pasmada al verlo, que lo había recibido como si no fuese bienvenido. Y lo era, evidentemente.

Cuando entró, vi que se tambaleaba un poco.

—¿Quieres sentarte? —le pregunté.

—Pues creo que sería buena idea —replicó.

Le indiqué que pasara al salón. Debía de tener mucha fuerza en el torso, pues se manejaba a la perfección con las muletas. Se dejó caer en el sofá y las depositó en el suelo delante de él para que no molestasen el paso de nadie.

Llegó más gente y pasé las dos horas siguientes ocupada enseñando el hostal y respondiendo preguntas. Había preparado con antelación un libro de visitas y, al finalizar la jornada, había reunido más de cincuenta firmas. Las visitas, en general, fueron cortas.

Cuando la penúltima persona se marchó, estaba realmente agotada.

Solo quedaba una persona.

Mark.

No se había movido del sofá, pero había visto de pasada que había estado charlando con mucha gente.

—¿Quedan galletas? —me preguntó, y, a pesar de que era una pregunta casual, yo sabía perfectamente que esperaba que sí quedasen.

—Algunas. ¿Quieres?

—Creo que he comido ya bastantes.

—¿Quieres llevarte a casa lo que sobra?

La sonrisa fue de oreja a oreja.

—Creí que nunca ibas a preguntármelo.

Empecé a empaquetar las galletas que quedaban, aproximadamente una docena de tres variedades distintas.

—Ven a sentarte —me ordenó entonces Mark—. Llevas dos horas seguidas de pie sin descansar ni un instante.

Y tenía razón. No me había dado cuenta de lo agotada que estaba hasta que terminó la jornada. De pronto, me sentía como si acabase de correr un maratón. Dejé salir a *Rover* del lavadero y vi que tenía ganas de dar una vuelta, así que le abrí la puerta. En cuanto reapareció, se instaló en el sofá al lado de Mark.

—Has hecho un buen trabajo. La gente me ha estado diciendo lo mucho que le gustaba todo lo que has hecho en el hostal.

—Gracias.

Me fijé en que no había hecho mención del papel que él había jugado en todos aquellos cambios. Un alarde de modestia por su parte, puesto que Mark era el responsable de la mayoría de las reformas. Yo me había encargado de pintar algunas de las habitaciones, de reordenar el mobiliario y de comprar detalles, pero él había sido el responsable principal del proyecto, incluyendo la colocación de las persianas en las ventanas.

—Estás muy elegante —dijo, mirándome.

¿Un cumplido? ¿Por parte de Mark? No sabía ni cómo responder.

—Y tú también.

Mark sonrió, se pasó la mano por la cabeza y luego por la frente.

—Hacía mucho que no me ponía esta camisa. Ni siquiera recuerdo por qué la compré. Para una boda, creo.

Sabía tan poco sobre él que me pareció la oportunidad perfecta para formularle alguna que otra pregunta sutil.

—¿Tu boda o la de otra persona?

Entrecerró los ojos.

—La de otra persona. —Apartó la vista—. Uno de los motivos por los que he decidido venir era para ver si estabas bien.

—¿Qué te ha llevado a pensar que no estaría bien?

Rio.

—¿Te refieres a qué otro detalle me lleva a pensar eso, además de que ayer casi me mandas a paseo cuando te formulé un par de preguntas inocentes?

—¿Eso hice? ¿Cuándo?

—Ayer por la tarde. Me dijiste que no me metiera en tus asuntos y te largaste poniendo pies en polvorosa.

—Sí, supongo que sí. No era mi intención ofenderte.

Mark se encogió de hombros, como si fuera un asunto de menor importancia, a pesar de que era evidente que había estado preocupado.

—No tengo muchas amistades y supongo que me he acostumbrado a ti.

No sabía si tomarme aquello como un cumplido, pero decidí que sí.

—Gracias. Me pasa lo mismo.

—¿Algún comentario sobre el detalle de que el jardín siga aún patas arriba?

—Ninguno. —A pesar de que estaba claro que la zona seguía todavía en obras—. De hecho, he mencionado que tengo intención de plantar una rosaleda e instalar una glorieta.

—¿Has mencionado, por casualidad, que he sido yo el que se ha retrasado y que todo es por mi culpa?

—Eso jamás se me pasaría por la cabeza.

—Tal vez no, pero seguro que lo piensas.

Ahí no podía llevarle la contraria.

—Me llevé una decepción, Mark.

—Lo sé. En cuanto me recupere, será lo primero que haré.

—Te lo agradecería.

Me sorprendía que no tuviese prisa por marcharse.

—¿Te has tomado algún analgésico hace poco?

—¿No? —Lo dijo como una pregunta, como si se preguntase por qué se lo había dicho—. ¿Algún motivo especial por el que quieras saberlo?

—Lo decía por si te apetecía una copa de vino.

—¿Contigo?

—No, conmigo no —dije bromeando—. Con *Rover*, si te parece.

Se lo pensó unos instantes y luego se encogió de hombros, como si le diera igual tanto una cosa como la otra.

—Supongo que podría.

—¿Tinto o blanco?

Me dio la sensación de que le parecía una decisión complicada.

—Elige tú.

Abrí una botella de un pinot noir del Willamette Valey, Oregon, y serví una copa para cada uno.

Pasamos la media hora siguiente charlando. La verdad es que la que más habló fui yo. Mark nunca hablaba mucho. Con una copa de vino en el cuerpo, sentí tentaciones de contarle lo de la carta. Pero, teniendo en cuenta lo doloroso que era el tema, al final decidí que era mejor no hacerlo.

Me negué a que llamara un taxi y acompañé a Mark en coche hasta su casa. Cuando regresé al hostal, vi que Mary Smith ya estaba de vuelta. Pero, sin decir palabra, subió directamente a su habitación.

Capítulo 33

El lunes por la mañana, Mary se despertó temprano y despejada. Hacía semanas que no dormía tan bien. Se sentó en la cama y, con un bostezo, levantó los brazos por encima de la cabeza. Miró hacia el exterior y vio que estaba lloviendo. Después de cuatro gloriosos días de sol, algo excepcional en la primavera de la costa noroeste del Pacífico, era de esperar algún que otro chaparrón.

Se sentía satisfecha. La oportunidad de ver en carne y hueso a la hija que había dado a luz había sido un regalo inesperado. Pero haber podido hablar con Amanda estaba muy por encima de cualquier cosa que pudiera haberse imaginado. Y George había sido el artífice de todo ello.

Al pensar en él, su buen humor se esfumó y la sensación de felicidad desapareció por completo. La alegría se diluyó con la realidad de saber que tenía que volver a abandonarlo. Por tentadora que fuese la idea de quedarse en Seattle, era imposible. Era poco práctico. Sería una total muestra de egoísmo por su parte y no podía hacerlo, no podía obligarlo a pasar por aquel mal trago.

Lo amaba, sí, por supuesto. ¿Cómo no amarlo? Pero Mary no estaba dispuesta a poner sobre sus hombros la carga de sus graves problemas de salud. Él quería que se quedase y habían discutido por ello, pero al final ella había logrado convencerlo de que lo más práctico era que volviese a Nueva York. Sus médicos, sus informes y su hogar seguían allí. Interrumpir ahora el programa de tratamiento sería una locura y, además, a buen seguro sería también peligroso.

George no se lo había puesto fácil. Cuando por fin se había cansado de discutir, le había pedido solo una cosa: que le permitiese acompañarla al aeropuerto. Mary había claudicado única y exclusivamente porque la discusión la había dejado agotada. Y con pocas ganas, había llamado para cancelar el taxi que había solicitado con antelación.

Ahora era la única huésped en el hostal y le había dicho a Jo Marie que no tenía mucho apetito para desayunar. Le había pedido que le preparase solo un zumo de naranja y tostadas. Pero aun así, solo había conseguido comer una rebanada y beber unos pocos sorbos de zumo.

Mientras esperaba la llegada de George, pensó que era una locura que tuviera que conducir hasta Cedar Cove para luego acompañarla hasta el aeropuerto de Seattle. Además en lunes, cuando el tráfico era terrible en ambas direcciones. Se imaginaba la complicación que todo aquello debía de haberle causado a George en su agenda profesional. Pero, por otro lado, tenía ganas de verlo una última vez y sabía que guardaría siempre como un tesoro aquel recuerdo.

—Permítame que le lleve yo la maleta —se ofreció Jo Marie en cuanto la vio bajar por la escalera.

Mary había pagado ya la factura después de desayunar. El vuelo no estaba programado hasta el mediodía, así que tenía tiempo de sobra.

—Gracias.

Jo Marie había sido una buena anfitriona. Mary se había sentido bien acogida y había podido establecer sus propios límites. Siempre había valorado mucho su intimidad y apreciaba el hecho de que la propietaria no se hubiera mostrado excesivamente confiada e inquisitiva.

Jo Marie bajó la escalera con la maleta como si esta no pesara nada. Mary le agradeció la ayuda.

—¿Ha disfrutado de la estancia? —preguntó Jo Marie.

—Oh, sí, mucho —respondió Mary, pensando que llevaría siempre con ella aquellos días en Cedar Cove, donde había disfrutado de una oportunidad que no volvería a repetirse y que guardaría para siempre entre sus recuerdos.

—Seguro que también le apetecerá estar de vuelta en casa —añadió Jo Marie—. Volver al hogar siempre resulta reconfortante, ¿verdad? Esa sensación de familiaridad.

Mary sonrió, pero no hizo ningún comentario. Su piso de Nueva York no era más que un cascarón. Con los años, le había añadido algún que otro toque decorativo, pero nunca lo había percibido como un verdadero hogar. Era el lugar donde dormía y guardaba sus cosas. Cocinar nunca le había interesado, así que casi siempre recurría a la comida preparada. Comer era simplemente una necesidad y solía picar entre reunión y reunión. De noche, estaba tan cansada que muchas veces ni siquiera cenaba.

El coche de George se detuvo delante del hostal y el corazón de Mary se alegró de repente al verlo. George salió del automóvil y corrió hasta el porche para mojarse lo menos posible. Sabiendo que la lluvia en Seattle era el fenómeno meteorológico más habitual, Mary había incluido un impermeable en su equipaje. Se cubrió la cabeza con la capucha y salió al porche, tirando de la maleta.

George subió corriendo los peldaños y se hizo cargo de la maleta con un gesto mecánico.

—¿Estás lista? —le preguntó.

—Buenos días, eh.

George levantó la vista y la miró a los ojos.

—Para mí no son buenos días.

—Oh, George, cariño mío. Ya pasamos por todo esto una vez.

George asintió y apartó la vista.

Apareció Jo Marie, seguida por *Rover*.

—Espero que vuelva en otra ocasión —dijo.

Era improbable, por ello Mary se limitó a sonreír.

—Gracias por todo.

—De nada.

George tomó a Mary de la mano para ayudarla a bajar por la escalera, la guió hasta el coche y le abrió la puerta antes de correr a guardar la única pieza de equipaje en el maletero. Cuando entró en el coche, estaba empapado.

—Oh, George, mira cómo te has puesto.

—Enseguida me secaré.

Estaba compungido, con los hombros caídos y la mirada triste, como si Mary le hubiera roto una vez más el corazón. Encendió el motor, pero antes de poner la marcha atrás, dijo:

—De camino hacia aquí he estado pensando que en una semana o dos podría tomarme unos días libres para ir a verte a Nueva York —dijo, y se quedó dudando a la espera de su reacción.

Mary comprendió al instante qué pretendía: regresar a su vida poco a poco. Pero si bien le encantaría volver a verlo, sabía que vivir entre costa y costa perjudicaría la carrera profesional de George. Ya lo habían intentado y no había funcionado. No se veía ahora repitiendo aquello. Y, sin embargo, la tentación de acceder a la propuesta era tan grande que, sin darse cuenta, notó que se estaba recostando contra él, como si experimentara una atracción magnética, eléctrica.

El problema era el futuro completamente incierto. Mary no sabía qué le reservaba la vida, y si... si la quimio y la radioterapia no habían derrotado el cáncer, era consciente de que sus opciones serían muy limitadas. Y sabía que George se moriría viéndola apagarse poco a poco, día a día.

—¿Qué opinas? —preguntó George, presionando el volante.

—Ya veremos.

George suspiró con fuerza.

—Una forma educada de decirme que no te interesa, ¿no es eso?

Mary no respondió. Y George volvió a suspirar.

—He estado engañándome, ¿verdad?

—¿Engañándote sobre qué?

—Pensaba... que este fin de semana... Confiaba en que hubieras llegado a la conclusión de que nunca habías dejado de quererme.

¿Cómo podía creer lo contrario?, se preguntó Mary, que comprendió rápidamente que George se sentía herido y decepcionado.

—Siempre te he querido, George. Y siempre te querré.

—¿Incluso cuando me abandonaste?

Mucho más de lo que él se imaginaba.

—Incluso entonces.

—¿Y ahora?

—Incluso ahora —le aseguró en voz baja.

George estuvo unos instantes sin decir nada, hasta que murmuró:

—Pues tienes una forma muy curiosa de demostrarlo.

Es comprensible que él lo vea así, se dijo Mary, que lo amaba demasiado como para obligarlo a tener que enfrentarse al cáncer junto a ella.

Se pusieron en marcha y no volvieron a hablar hasta que llegaron a la autopista 16, por la que seguirían hasta Tacoma, donde se incorporarían a la interestatal.

—¿Me estás ocultando alguna cosa? —preguntó George, sin apartar la atención de la carretera.

—¿Como qué?

—¿Alguna cosa relacionada con el cáncer?

—No —contestó, pensando que había sido totalmente sincera con él desde un buen principio.

—¿Estás segura?

—Por supuesto que estoy segura, George.

¿De verdad pensaba que le mentiría con respecto a un asunto tan serio? Pero entonces Mary se dio cuenta de que George, después de todo lo que había averiguado acerca de Amanda y ella en el transcurso de aquellos últimos días, tenía todos los motivos del mundo para dudar de ella.

—Imagino que estarás al corriente de que en Seattle hay uno de los centros de investigación del cáncer más importante del país, ¿no?

—Sí, lo estoy. —El Fred Hutchinson Cancer Research Center era un centro de fama mundial. Pensando que debía cambiar de tema, dijo—: No hablemos más sobre mi partida, por favor. Es difícil para ambos.

—¿De qué quieres hablar, entonces?

—De Amanda.

La tensión abandonó los hombros de George de repente.

—Es asombrosa.

La simple mención de su hija produjo también una sensación de ligereza y alegría en Mary.

—Estoy completamente de acuerdo. Verla y poder hablar cara a cara con ella ha sido mucho más de lo que me esperaba. No me cansaré de darte las gracias.

—¿No te costó un gran esfuerzo no tocarla? —preguntó George.

—Sí, muchísimo. Tuve que cerrar las manos en puños para recordarme que no podía acariciarla y tocarle la cara. Y me costó mucho más no abrazarla y explicarle que fui yo la que la llevó justo debajo del corazón durante nueve meses.

—Por un momento temí que los padres nos reconocieran —confesó George.

—¿Cómo querías que nos reconocieran?

—Mary, por el amor de Dios, es clavada a ti, ¿no lo viste?

No se había dado cuenta.

—Pensé que se parecía más a ti.

George sonrió por primera vez en toda la mañana.

—Entregándola a los Palmer hiciste lo correcto.

Mary compartía su opinión, por mucho que durante la ceremonia de graduación hubiese experimentado punzadas de arrepentimiento. Ver a su hija destacar como la primera de la clase la había llenado de dudas. Había deseado que todo el mundo supiera que era su hija, el fruto de su vientre. Pero habría sido totalmente injusto con la familia que la había criado durante dieciocho años. Mary había necesitado un buen rato para comprender que ya era demasiado tarde para echarse atrás. Y a pesar de que había sido difícil, había conseguido desterrar aquellos sentimientos y se había concentrado en el discurso de su hija.

En realidad era irónico. Ver a Amanda le había producido una alegría inmensa, pero también una gran tristeza. Resultaba complicado de explicar, era complicado entender cómo era posible que Mary hubiera podido experimentar de manera simultánea la combinación de aquellas dos emociones.

El tráfico se intensificó en cuanto se incorporaron a la interestatal. Mary miró el reloj. Con la lentitud con que se movía últimamente, había organizado sus horarios para llegar con mucho tiempo al aeropuerto. A aquel ritmo, llegarían dos horas antes de la salida del vuelo.

Permanecieron unos minutos en silencio, como si todo lo que querían decir ya estuviera dicho, y, en determinados casos, repetidas veces.

George pasó de largo la primera salida hacia el aeropuerto.

—¿No tendrías que haber salido por aquí? —le preguntó Mary.

—Hay dos salidas. Siempre voy por la otra.

—Entendido.

—Faltan todavía dos horas para que salga el vuelo —le recordó.

—Pasar los controles de seguridad lleva su tiempo y, además, yo voy muy lenta —replicó ella, pensando que incluso necesitaría pararse a descansar de vez en cuando, dependiendo de lo lejos que estuviera la puerta de embarque. Se negaba, por otro lado, a que la llevaran en silla de ruedas.

—¿Quieres que te acompañe hasta la puerta de embarque? Conseguir un pase no será muy complicado.

—No, pero gracias de todos modos —dijo Mary, pensando que prolongar la despedida complicaría todavía más las cosas.

—Facturarás la maleta, ¿no?

—Sí, ya tengo la tarjeta de embarque impresa.

—Buena idea. ¿Te la ha impreso Jo Marie?

—Sí, se ha mostrado de lo más servicial.

George cambió de carril para colocarse en el de más a la derecha antes de tomar la salida.

—Tengo entendido que es viuda.

—Sí —confirmó Mary, que notó que se le estaba cerrando la garganta a medida que se aproximaban al aeropuerto.

—¿Conoces su historia?

—No.

Debió de contestar en un tono raro, puesto que George la miró de reojo.

—¿Estás bien?

—¿Por qué no tendría que estarlo? —replicó Mary, disimulando el terror que la embargaba.

Pasaron el cartel de la autopista que indicaba que estaban a un kilómetro y medio de la salida. El nudo de la garganta de Mary era cada vez más grande. No pensaba llorar, se negaba rotundamente a que George la viera llorar.

Transcurridos un par de minutos, y sin previo aviso, George volvió a cambiar de carril y se sumergió de nuevo en el denso tráfico que se dirigía hacia el norte.

—¿Qué haces? —preguntó Mary.

George no respondió.

—George, acabas de pasarte la salida.

—Lo sé.

—Pero... George, tengo que ir al aeropuerto. Dijiste que me acompañarías al aeropuerto.

—Te mentí —replicó él, como si no tuviera importancia.

—¿Qué quiere decir eso de que me mentiste? —preguntó Mary, sinceramente enfadada.

—Te lo explicaré todo cuando lleguemos a mi casa.

—No pienso ir a tu casa —replicó Mary en tono insistente.

—Pero irás de todos modos. No tienes otra alternativa.

Tenía razón, pero no por ello mejoraba la situación.

—¿Piensas secuestrarme? ¿Es eso?

—Te lo explicaré todo en un par de minutos.

—Explícamelo ahora. ¡Esto es lo más ridículo que has hecho en tu vida!

—Sabía que dirías eso —replicó, de lo más feliz.

—George, por el amor de Dios, ¿en qué estás pensando?

George se limitó a sonreír y meneó la cabeza, negándose a responderle.

Exigir que le aclarase qué pasaba no servía de nada, pues George ignoraba por completo sus súplicas, de modo que Mary, sin saber qué otra cosa podía hacer, decidió recostarse en el asiento y cruzarse de brazos.

George se desvió por una de las salidas que conducían hacia el centro de Seattle y fue directamente al edificio donde se encontraba su apartamento. Entró en el garaje y estacionó el coche en su plaza.

Apagó el motor, salió del vehículo y abrió la puerta del lado del acompañante. Mary se negó a moverse. Si él era tozudo, también podía serlo ella. Se mantuvo cruzada de brazos, la mirada fija en el frente, negándose a reconocer la mano que se brindaba a ayudarla.

—Ya te dejé partir en una ocasión —dijo George con calma—, y he decidido que no pienso cometer el mismo error dos veces.

—¿Y yo no cuento para nada?

—Fui un imbécil por dejarte marchar. No pienso volver a hacerlo.

—George —dijo ella con voz suplicante, cerrando los ojos con dolor y frustración—. ¿Acaso no te das cuenta de lo que estás haciendo? Tengo cáncer. Mis médicos, mis informes, todo está en Nueva York.

—En Seattle también tenemos oncólogos estupendos, y enviar los informes médicos por correo electrónico es un momento.

—Mi casa está en Nueva York.

—No, no es verdad —afirmó él, empleando un tono desafiante.

Mary suspiró, enojada.

—Tu casa está aquí conmigo —prosiguió él—. Hemos estado engañándonos durante diecinueve años y no estoy dispuesto a pasar un día más de mi vida sin ti.

—Oh, George...

—¿Me amas o no?

Mary se mordió el labio para no responder.

—No puedes mentirme, Mary. Te conozco demasiado bien.

—¿Entonces por qué me lo preguntas? —replicó ella, con los ojos llenos de lágrimas. Al percatarse de que estaba llorando otra vez, se sintió débil como un cachorrillo recién nacido.

—Me niego a rendirme. Si permito que vuelvas a alejarte de mí, me arrepentiré de ello el resto de mi vida.

—¿Pero es que no lo entiendes? —musitó ella con voz la quebrada—. Podría estar muriéndome...

—Todos estamos muriéndonos.

Mary se tapó la boca con la mano. George se puso en cuclillas a su lado.

—Pelea conmigo todo lo que te venga en gana, pero ten presente que pienso ganar esta batalla. No dejaré que te alejes de mí. Discute hasta que te quedes sin aliento, pero la decisión está tomada.

—¿A qué te refieres?

—Me he puesto en contacto con un amigo que me va a facilitar el nombre del mejor especialista en cáncer del país.

—Está en Nueva York.

George rio y negó con la cabeza.

—Buen intento. No sé dónde tiene la consulta; pero eso no me preocupa. Lo que me preocupa eres tú. Me da lo mismo lo que nos depare el futuro, pero sea lo que sea, lo afrontaremos juntos.

—Oh, George —dijo Mary, incapaz de contener las lágrimas por más tiempo.

—Estamos destinados a estar juntos. Siempre lo hemos estado. ¿Cuánto tiempo vas a seguir negándote a ello?

La voluntad de abandonarlo había desaparecido por completo. Con un sollozo, Mary abrazó a George por detrás del cuello y se aferró a él, tirándolo casi al suelo.

—Te quiero tanto.

—Lo sé... Yo también te quiero. Pase lo que pase, Mary, estaré a tu lado.

Mary asintió.

No sabía qué había hecho para merecerse a aquel hombre, pero, fuera lo que fuese, le estaría eternamente agradecida.

Capítulo 34

Justo estaba acabando de limpiar la habitación que había ocupado Mary Smith cuando sonó el teléfono. Con mucho más buen humor que los últimos dos días, corrí escaleras abajo para responder. Me sentía bien. A pesar de todas mis preocupaciones con respecto a la jornada de puertas abiertas, todo había salido perfecto.

—Hostal Rose Harbor —dije alegremente.

—¿Jo Marie? —escuché que decía una voz, algo dubitativa. El teniente coronel Milford.

Era la llamada que esperaba con ansia y que temía a la vez. La conversación que reforzaría aquel fino hilillo de esperanza o que lo partiría en dos definitivamente.

Me dejé caer en la silla de mi despacho y presioné el auricular contra el oído con tanta fuerza que incluso me hice daño.

—¿Qué han averiguado?

—Acabo de tener noticias, hace tan solo unos minutos.

—¿Tienen ya los resultados de las pruebas de ADN?

¿Por qué no podía decirme directamente eso en vez de prolongar mi agonía? Estaba segura de que ya conocía la respuesta.

—Obtener esa información lleva algo más que un par de días.

—De modo que todavía existe alguna posibilidad de que...

—No —dijo él, interrumpiéndome—. No existe ninguna posibilidad de que Paul sobreviviera al accidente. Ninguna.

—¿Qué quiere decir? —pregunté.

—Lo siento.

—Pero si acaba de decirme que aún no tienen los resultados de las pruebas de ADN —contraataqué.

—Y no los tenemos.

—¿Y entonces cómo pueden estar seguros de que Paul ha muerto? Usted mismo me dijo que...

Volvió a interrumpirme.

—Se han encontrado los restos de los seis hombres. Lo siento. Ojalá hubiera podido darle mejores noticias.

Aquellas palabras me cortaron la respiración. Fue como si me hubiera quedado sin pulmones. La sensación de dolor me golpeó con tanta fuerza que me sentía como si me hubieran enterrado.

El sonido que escuché a continuación me asustó. Un alarido de dolor, de tristeza, de desesperación. Las esperanzas se habían esfumado por completo. Tardé unos instantes en comprender que lo que acababa de oír era un grito emitido por mí misma. Mi marido estaba muerto.

Rover se plantó al instante a mi lado, se levantó sobre las patas traseras y apoyó las delanteras en mi muslo para consolarme. Le acaricié la cabeza con una mano temblorosa. Me ardía la cara y las lágrimas que brotaban de mis ojos me abrasaban la piel.

—Si así lo desea, podemos enterrar a Paul en el cementerio nacional de Arlington —continuó Milford.

Me repitió una vez más que Paul era un buen hombre, aunque yo lo sabía de sobra. Seguí escuchando, pero sin apenas prestar atención a lo que me decía.

Después de unas breves palabras de despedida, colgué el teléfono.

Se había acabado.

Permanecí sentada con la mirada perdida durante muchísimo rato. Hasta que respiré hondo y me sequé las lágrimas. Tenía la sensación de que se me había hinchado el corazón hasta adquirir un volumen el doble de lo normal. Mis opciones se habían esfumado por completo, todos los escenarios que había construido mentalmente habían quedado reducidos a polvo.

Y mientras acariciaba a *Rover,* mientras me consolaba con la presencia de aquel compañero tan especial, mi mano se quedó paralizada de repente. Había llegado el momento de leer la carta de Paul.

Como una sonámbula, entré en mi habitación y me senté en la cama. Abrí el cajón de la mesita de noche donde la había guardado y tomé el sobre.

La leí dos veces seguidas, sin pararme a descansar.

No contenía sorpresas. Decía exactamente lo que me esperaba.

Me amaba.

No quería que estuviese triste.

Nos volveríamos a ver en el cielo, pero esperaba que fuese de aquí a muchos años, pues yo tenía aún mucho que ofrecer a los demás.

Cuando hube terminado, la doblé y la guardé de nuevo en el sobre.

«Sigue adelante con tu vida», había escrito Paul, y tenía razón. Tenía mucho trabajo que hacer.

Apenas había tenido tiempo de recuperarme, cuando *Rover* ladró y salió corriendo de mi habitación para plantarse delante de la puerta de entrada. Tenía compañía.

Sonó el timbre por segunda vez. Abrí la puerta y reconocí de inmediato a la mujer que esperaba en la puerta.

—Michelle —dije.

Había conocido a Michelle Nelson a través de Joshua Weaver, uno de los primeros huéspedes del hostal Rose Harbor. Joshua había venido a visitar a su padrastro, que estaba muriéndose y que, de hecho, falleció cuando Joshua estaba con él. Michelle era vecina del padrastro de Joshua y había estudiado con él en el instituto.

Michelle no era miembro de la Cámara de Comercio. Era funcionaria del estado y trabajaba como asistenta social, pero tenía muchos vínculos con la comunidad. La había invitado a la jornada de puertas abiertas porque no había vuelto a tener noticias de Joshua desde que se marchó, aunque tampoco esperaba tenerlas, la verdad. Había intuido la posibilidad de un romance entre Joshua y Michelle y quería saber cómo iban las cosas sin parecer fisgona ni excesivamente inquisitiva.

—Siento no haber podido estar en la jornada de puertas abiertas —se disculpó Michelle a modo de saludo.

La verdad es que ni siquiera me había percatado de su ausencia. Con tanta gente de negocios entrando y saliendo, había perdido la cuenta de quién había asistido y quién no.

—Seguro que tuviste un montón de gente —dijo Michelle, accediendo al vestíbulo.

Rover corrió a saludarla y ella se inclinó, le rascó las orejas y le dijo que era un perro muy bueno. *Rover* se mostró encantado con sus atenciones. Es evidente que tanto las personas como los perros responden a las mil maravillas a la comida, los juguetes y los elogios.

—¿Tienes tiempo para tomar un café? —le pregunté, observando el intercambio entre Michelle y *Rover*.

—¿Y tú? —replicó ella, levantando la vista.

—Por supuesto.

Me serviría de distracción. Solo esperaba que no se diese cuenta de que había estado llorando. Avanzaría poco a poco, paso a paso, y de este modo asimilaría la realidad de lo que acababa de conocer. Por suerte, los siguientes huéspedes no tenían que llegar hasta el martes, lo que me proporcionaba un día de descanso.

Me dirigí a la cocina y Michelle me siguió. Mientras preparaba la cafetera, ella tomó asiento al lado de la mesita para dos personas que tenía pegada a la pared.

—Tengo que estar en los juzgados en media hora —me explicó—. Solo puedo quedarme unos minutos.

—Ningún problema. ¿Es para una adopción?

—Sí, es la mejor parte de mi trabajo —me explicó Michelle, con un gesto de asentimiento—. Es un niño precioso y su nueva familia está emocionadísima. La madre se ha sometido a seis intentos de fecundación *in vitro* sin éxito. Estaba convencida de que nunca llegaría a ser madre y por eso recurrió a la adopción.

Como la mayoría de las familias, intentaban que fuera un recién nacido.

—Es comprensible, ¿no?

—Por supuesto. Pero, por desgracia, los recién nacidos son escasos.

—¿Cuántos años tiene el niño que adoptan?

—Tres. Es el niño más dulce que puedas imaginarte.

—¿Y qué los convenció para adoptar un niño de tres años? —le pregunté.

Le pasé una taza de café humeante y le indiqué a continuación el azucarero, que rechazó con un gesto negativo.

—Lo prefiero sin nada, gracias. —Le dio un sorbo al café y respondió a mi pregunta—. Le comenté cosas del niño y la convencí para que lo acogieran de modo temporal.

—¿Y la familia se enamoró de él?

—Sabía que pasaría. Es un niño precioso que por fin tendrá una familia. Y una pareja verá por fin hecho realidad su sueño de ser padres. Es por eso que me encanta mi trabajo. —Sus ojos brillaban—. Y también tengo una niña para ellos, pero para cerrarlo faltan todavía meses.

Michelle era como un diablillo. Y lucía una sonrisa de oreja a oreja.

Decidí que la mejor manera de averiguar cómo iban las cosas entre ella y Josh era preguntárselo directamente. De lo contrario, nunca sabría qué había sido de su vida.

—Dime —dije, confiando en que mi tono sonara tranquilo y despreocupado—. ¿Desde cuándo no tienes noticias de Josh?

Imaginaba que su sonrisa no podía ser más amplia, pero de repente se hizo enorme. Su mirada se iluminó y bajó la vista.

—La verdad es que hablamos a diario.

—¿A diario?

Muy interesante.

—Anda metido en un importante proyecto de construcción en Dakota del Norte. Es exigente y agotador, pero por mucho trabajo que tenga en la obra, siempre encuentra tiempo para poder hablar.

Recordé que Josh era director de proyectos. Cuando estuvo en el hostal, acababa de finalizar un trabajo como supervisor de la construcción de un centro comercial, aunque ni que me mataran sabría decir en qué estado estaba ubicado. Y eso que, a buen seguro, me lo había mencionado.

—Me alegro de saber que seguís en contacto.

Michelle levantó la vista y me miró a los ojos.

—Me ha pedido que me case con él.

—Michelle, eso es maravilloso. —Pero enseguida me di cuenta de que no me había dicho que hubiera aceptado su proposición—. ¿Y qué le dijiste?

—Quiero a Josh y me gustaría convertirme en su esposa, pero Cedar Cove es mi hogar. Me encanta vivir aquí. Tengo un trabajo que me llena y no quiero renunciar a él.

—¿Y no podría Josh venirse a vivir aquí?

—Se ha ofrecido a hacerlo, pero su trabajo le lleva por todo el país. Le gusta lo que hace y es muy bueno en ello, bueno de verdad.

—¿Significa eso que estáis en una situación de punto muerto?

Michelle se encogió de hombros.

—¿Conoces ese dicho que dice que querer es poder?

—Lo conozco bien.

—Josh y yo hemos estado negociando. Y la verdad es que creo que muchos líderes sindicales podrían aprender de él. Cuando quiere una cosa, acaba siendo imposible decirle que no.

—Y te quiere a ti.

Michelle se ruborizó y asintió.

—Ha hablado con su empresa y el director general ha accedido a darle trabajo en el estado de Washington. Lo que significa que trabajará básicamente en el área de Seattle y Tacoma. Tendrá prioridad en los proyectos que haya en la zona y, si no hay obras, se ocupará de aquellas que solo le exijan pasar dos o tres noches fuera.

—¿Y ese acuerdo te va bien?

—Sí.

—¿Entonces, ¿para cuándo es la boda?

—Para agosto, cuando haya terminado el proyecto en el que anda metido ahora. Y en cuanto regresemos de nuestra luna de miel, ya tiene otro para empezar.

—¿Cerca de casa?

—Muy cerca. En Cedar Cove.

Fruncí el entrecejo. No estaba al corriente de ningún gran proyecto de construcción en la zona. De ser así, la Cámara de Comercio y los demás negocios locales tendrían que saberlo.

—La verdad es que todo resulta un poco irónico. El padrastro de Josh puso su casa en venta con instrucciones de que el dinero obtenido se destinara a obras benéficas.

Había oído mencionar el asunto y lo lamentaba por Josh, ya que, como único pariente vivo de Richard, pensaba que debería haber heredado la casa. Y ahora tenía la confirmación de que no había sido así.

—Josh adquirió la casa cuando salió a la venta.

—¿La casa de su padrastro?

—Sí. Está justo al lado de la de mis padres. Piensa hacer una reforma completa, incorporar un par de habitaciones más y renovar la cocina entera. Será una casa nueva.

Me pareció una gran noticia.

—¡Estupendo!

—Queremos formar una familia, y, por otro lado, mis padres viajan mucho y necesitan tener a alguien cerca para que les cuide la casa. Será ideal para todos. Cada uno tendrá su espacio y podremos ayudar a mis padres cuando lo necesiten.

Comprendí que Josh estaba a punto de fundar con Michelle la familia que siempre había deseado.

—Procura que no me falte una invitación para la boda.

—No te preocupes. Tu nombre ya está en la lista.

—Dale recuerdos a Josh de mi parte cuando hables con él.

—Lo haré. —Michelle apuró el café, se levantó y dejó la taza en el fregadero—. Siento ir con tantas prisas...

—No pasa nada. Tienes un trabajo muy importante que hacer.

La acompañé a la puerta con *Rover* pisándome los talones y los dos despedimos a Michelle desde el umbral. Había sido una visita muy agradable.

De modo que Josh volvía a Cedar Cove. Una noticia estupenda, y me alegraba además por Michelle. Habíamos congeniado, me caía muy bien y deseaba lo mejor para ella. Era una mujer que sabía lo que quería y que no se conformaba con medias tintas. La admiraba por eso.

Cuando se marchó, recordé de nuevo el sueño que había tenido la primera noche que pasé en el hostal, cuando Paul se me apareció. Me había asegurado que el hostal sería un lugar de curación, tanto para mí como para otras personas. Y a lo largo de aquel fin de semana había visto un par de muestras de ello. Primero con la invitación para la boda de Abby Kincaid y ahora con Josh, que había encontrado el amor y una familia.

Volví a la cocina y, justo cuando dejaba mi taza en el fregadero, oí que sonaba el teléfono.

—Hostal Rose Harbor.

—Soy Eleanor Reynolds y quería una habitación.

La voz sonaba entrecortada y seria. Pedía una reserva para un fin de semana a finales de agosto y quería saber si la habitación seguiría disponible unos días después de aquel fin de semana por si fuera necesario.

—De momento tengo esos días libres —le respondí.

—Bien. En ese caso, me gustaría hacer una reserva para viernes, sábado y domingo. Tal vez me quedaría también el lunes... y el martes. Pero aún no lo sé seguro.

—Ningún problema. ¿Es para algo especial?

—Sí. Bueno, ya veremos si al final lo es o no —dijo, sin extenderse más.

Tampoco hice más preguntas. Si no quería ofrecer más información, no era cuestión de sonsacársela. El negocio iba viento en popa y tenía reservas para casi cada día a partir de junio. La cala era un lugar muy popular para realizar excursiones en barco, y el mercado de los productores agrícolas atraía auténticas multitudes los fines de semana. Por otro lado, las bodas eran también un gran negocio, y, si todo iba bien, tendría la rosaleda y la glorieta terminadas para finales de verano.

—Ya está anotada la reserva —le dije, confirmándole las fechas de agosto que me había dado.

Rover ladró y vi que no me había acordado de volver a llenarle el cuenco del agua.

—¿Tiene animales? —preguntó en tono remilgado, como si no estuviese acostumbrada a ellos.

—Un perro —le expliqué—. Confío en que no sea ningún problema.

Sabía que había personas alérgicas y que incorporar a *Rover* al hostal había sido un riesgo.

—Soy más bien de gatos. Nunca he tenido perros, pero imagino que todo irá bien.

—No se preocupe, *Rover* es muy simpático.

—Seguro que lo es —dijo, con un tono que contradecía sus palabras.

Pensé que mi pobre *Rover* tendría trabajo si pretendía ganarse a la señora Reynolds.

A pesar de que llevaba poco tiempo gestionando el hostal, tenía buena intuición y solía adivinar cómo serían mis huéspedes a partir de la llamada que hacían para reservar habitación. No acostumbraba a fallar. El tiempo me diría si había acertado o no con la señora Reynolds.

—Muy bien, señora Reynolds, esperaré encantada su visita.

—Igualmente.

Y después de una breve despedida, dio por terminada la llamada.

Estirada y formal, una mujer de gatos... Mmm..., todo aquello daba que pensar. Seguramente sería una bibliotecaria que rondaba los cincuenta. ¿De visita en la ciudad para una ocasión especial? Tendría que seguir dándole vueltas a las distintas posibilidades.

No sé por qué razón, mis ojos se posaron en el libro de reservas y en las dos últimas entradas que había anotado en él. Eleanor Reynolds y una pareja joven: Maggie y Roy Porter.

Maggie había llamado hacía unos días para reservar una habitación el mismo fin de semana que Eleanor. Parecía muy joven, apenas una adolescente. Se había mostrado parlanchina y me había comentado que se trataba de una escapada de fin de semana para ella y su marido, sin los niños.

Habría dado cualquier cosa por tener también una oportunidad como aquella con Paul. Cualquier cosa.

Continué con mi jornada, esforzándome por hacer caso del consejo de mi marido y seguir adelante con mi vida. Había guardado el teléfono móvil en el bolsillo y en aquel instante vibró. Era la señal de que acababa de recibir un mensaje de texto. Vi que era de Mark. Vaya, vaya, aquello sí que era una novedad. La mitad de las veces ni siquiera sabía dónde había dejado el móvil. La tecnología le molestaba. Pero, por lo visto, lo de no tener el teléfono cerca cuando le había caído la mesa encima le había enseñado una buena lección.

Había escrito: «Me aburro».

Tecleé rápidamente una respuesta: «Lee un libro».

«Muy graciosa.»

«No es ningún chiste. Tienes que olvidarte de esa pierna.»

«Decirlo es muy fácil.»

Sonreí.

«¿Quieres que te lleve la comida?»

«¿Qué has preparado?»

«¡Oye, que esto no es un catering! Acepta lo que haya sin quejarte.»

«No tengo otra elección, ¿verdad?»

«Ninguna. Iré hacia el mediodía. Cuento con ser bienvenida y con que me des las gracias.»

«Sí, señora.»

Llené el cuenco de *Rover* con agua y preparé la comida para Mark. Más tarde, *Rover* y yo iríamos a llevársela personalmente a aquel manitas tan quisquilloso que había acabado convirtiéndose en nuestro amigo.

339

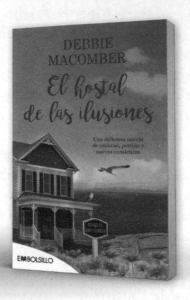

Una novela de amistad, perdón y nuevos comienzos, primera entrega de una serie ambientada en el hostal Rose Harbor.

«Una novela cargada de emociones.» —*Kirkus Reviews*

«Nadie toca la fibra sensible de los lectores con tanta eficacia como Debbie Macomber.» —*Chicago Tribune*

Te invitamos a leer las primeras páginas

Capítulo 1

Anoche soñé con Paul.

Nunca anda lejos de mi mente —no pasa un día en que no esté conmigo—, pero no había soñado con él hasta ahora. Es irónico, supongo, que fuera él quien me dejara, porque antes de cerrar los ojos fantaseo con que me rodea con sus brazos. Al dormirme, finjo que tengo la cabeza apoyada en su hombro. Por desgracia, nunca podré volver a estar con mi marido, al menos, no en esta vida.

Hasta anoche, si alguna vez soñaba con Paul, lo olvidaba al despertar. Pero este sueño ha permanecido en mi memoria, llenándome de tristeza y alegría a partes iguales.

Cuando me comunicaron que Paul había muerto, mi dolor fue tan grande que no creí poder salir adelante. Sin embargo, la vida sigue, y yo también: me arrastré de un día al siguiente hasta que me sentí capaz de respirar con normalidad.

Ahora estoy en mi nuevo hogar, el hostal que compré hace menos de un mes en la península de Kitsap, en un pueblo costero muy acogedor llamado Cedar Cove. Decidí llamarlo Hostal Rose Harbor. El «Rose» es por mi marido, con quien estuve casada menos de un año, Paul Rose; el hombre a quien siempre amaré y echaré de menos durante el resto de mi vida. *Harbor,* «puerto», es por el lugar donde he echado el ancla mientras la tormenta de la pérdida se abate sobre mí.

Suena muy melodramático, pero no hay otra forma de decirlo. Aunque estoy viva y me comporto como una persona normal, a veces me siento muerta por dentro. A Paul no le gustaría nada oírme decir eso, pero es cierto. Morí junto a Paul el pasado abril, en la ladera de una montaña en un país al otro lado del mundo, donde él luchaba por la seguridad de la nación.

La vida tal como yo la conocía terminó en un abrir y cerrar de ojos. Me arrebataron mi futuro soñado.

Se suele decir a quienes están de duelo por un ser querido que es mejor esperar un año antes de tomar cualquier decisión importante. Mis amigos me dijeron que me arrepentiría si dejaba mi trabajo, abandonaba mi casa de Seattle y me trasladaba a una nueva ciudad.

Lo que no comprendían es que no encontraba ningún consuelo en lo familiar, que la rutina no me daba alegría alguna. Pero como apreciaba su opinión, esperé seis meses. Y en ese tiempo nada mejoró, nada cambió. Sentía cada vez más la necesidad de alejarme, de empezar una nueva vida, segura como estaba de que solo así encontraría la paz y se mitigaría el terrible dolor que se alojaba en mi interior.

Empecé a buscar una nueva casa por Internet, indagando en distintas regiones por todo Estados Unidos. La sorpresa fue que encontré lo que buscaba a un tiro de piedra.

El pueblo de Cedar Cove se encuentra frente a Seattle, al otro lado del estrecho de Puget. Es una ciudad marinera, junto al astillero de Bremerton. En cuanto encontré el anuncio de «en venta» de un hostal encantador, se me aceleró el corazón. ¿Yo, propietaria de un hotelito? Nunca se me había ocurrido regentar un negocio, pero me di cuenta de que necesitaría algo en que ocupar el tiempo. Además, y esa fue la buena señal que necesitaba, siempre me ha gustado recibir invitados.

Con un porche que da la vuelta a toda la casa y unas vistas increíbles a una cala, la casa era espectacular. En otra vida, hubiera podido imaginarnos a Paul y a mí sentados en el porche después de cenar, tomando un café y hablando de nuestro día, de nuestros sueños. Al principio pensé que la fotografía que vi en Internet era obra de un profesional que había disimulado sus defectos con habilidad. Parecía imposible que algo pudiera ser tan perfecto.

Me equivocaba. En cuanto llegué a la casa con la agente inmobiliaria, el encanto del hostal me cautivó. ¡Oh, sí! Estaba lleno de una deslumbrante luz natural, con ventanales que daban a la cala, y enseguida me sentí como en casa. Era el lugar perfecto para comenzar mi nueva vida.

Aunque permití educadamente que Jody McNeal, de la inmobiliaria, hiciera su trabajo y me enseñara la casa, no tenía ninguna pregunta que hacerle. Estaba predestinada a convertirme en la propietaria de ese hostal; era como si llevara todos esos meses a la venta esperándome. Tenía ocho habitaciones para huéspedes repartidas entre los dos pisos superiores y, en la planta baja, una enorme cocina moderna contigua a un espacioso salón. Su construcción se remontaba a principios del siglo XX, y tenía unas vistas espléndidas al mar y al puerto deportivo. Cedar Cove se extendía a sus pies a lo largo de la calle Harbor, que recorría toda la ciudad flanqueada por pequeñas tiendas. Aprecié el atractivo de la ciudad antes incluso de explorar sus rincones.

Lo que más me sedujo del hostal fue la sensación de paz que experimenté al entrar. La punzada en mi corazón que se había convertido en una compañía constante se desvaneció. El dolor que arrastraba desde hacía tantos meses se hizo más ligero. Lo sustituyó una sensación de serenidad, una calma difícil de describir.

Desafortunadamente, esa paz no me duró mucho, y mis ojos se inundaron de lágrimas de repente, poniéndome en evidencia al final de la visita. A Paul también le hubiera encantado este lugar. Pero tendría que hacerme cargo del hotel yo sola. Por suerte, la agente inmobiliaria fingió no darse cuenta de las emociones que yo me esforzaba en disimular.

—Bueno, ¿qué te parece? —me preguntó Jody con expectación al salir por la puerta principal.

Yo no había pronunciado una sola palabra durante toda la visita, ni le había hecho ninguna pregunta.

—Me la quedo.

Jody inclinó la cabeza como si no me hubiera oído bien.

—¿Cómo dices?

—Me gustaría hacer una oferta. —No titubeé; para entonces no tenía duda alguna. Pedían un precio más que razonable, y yo estaba preparada para dar ese paso.

Jody casi dejó caer una carpeta llena de información sobre la propiedad.

—Tal vez quieras pensártelo —sugirió—. Es una decisión importante, Jo Marie. No me malinterpretes; me encantaría venderte la casa, lo único es que nunca había visto a alguien tomar una decisión como esta tan... deprisa.

—Me tomaré una noche para pensarlo, si quieres, pero no me hace falta. He sabido enseguida que este era el lugar apropiado.

Continúa en tu librería
